紅髮安妮

Anne of Green Gables

露西·莫德·蒙哥馬利
Lucy Maud Montgomery——著
張鈞涵——譯

「妳誕生之時吉星交會，
以靈氣、火焰與露水創造了妳。」

——羅伯特・白朗寧（Robert Browning）

謹以此書紀念我的父母

目次

第一章 瑞秋・林德太太驚訝不已

瑞秋・林德太太住在艾凡里[1]主要道路途中的一處小低谷。低谷周圍長滿赤楊和鳳仙花，一條小溪流經此地。這條溪的源頭位在古老的卡斯柏農莊旁的樹林中，據說林間的上游水流湍急，河道錯綜蜿蜒，沿途形成幽暗隱密的水潭和小瀑布。但來到林德家的谷地，這條小溪已經變得安靜又規矩，畢竟要經過瑞秋・林德太太家門口，就連溪流也得端莊一點才行。或許溪流也知道，瑞秋正坐在窗邊，注視著行經谷地的所有人事物，從溪流到孩子都逃不過她敏銳的目光。如果她發現有什麼奇怪或不對勁的地方，在查出來龍去脈前，她絕不會善罷甘休。

無論是艾凡里的居民或艾凡里以外的人，若要關心鄰居的事，往往就疏忽了自己的事，但瑞秋・林德太太十分能幹，不只能顧好分內事，還有心力幫忙別人家。她是個幹練的家庭主婦，家務總是料理得妥妥貼貼。她「主辦」婦女的縫紉聚會、協助辦理主日學校，更是教會援助協會和海外宣教輔助組織的主力成員。儘管如此，瑞秋還有餘裕坐在廚房窗邊好幾個小時，一邊編織棉紗床罩——她織了十六匹棉紗床罩的事蹟，頗為艾凡里的主婦敬佩且津津

1 艾凡里為作者虛構的村莊，位於加拿大愛德華王子島（Prince Edward Island）。此村莊的原型為作者童年時居住的凱文迪許（Cavendish）。

樂道——一邊注視村裡的主要道路穿過谷地，迂迴繞上遠處陡峭的紅土山丘。艾凡里是一塊小小的三角形半島，半島伸入聖羅倫斯灣，兩面環海，因此進出半島的人一定得經過山丘上的大路，殊不知自己的一舉一動，全被瑞秋看得清清楚楚。

六月初的一天下午，瑞秋一如既往坐在廚房窗邊。明亮溫煦的陽光透進窗戶；屋子下方斜坡的果園裡，粉紅色的花朵綻放，宛如新娘泛紅的雙頰，成群的蜜蜂嗡嗡飛舞其間。湯瑪斯．林德在穀倉後方的山丘地播種秋天收成的蕪菁。他長得不高，個性謙和，艾凡里的居民都叫他「瑞秋．林德的丈夫」。這個時候，在另一邊的**綠山牆之家**[2]，馬修．卡斯柏應該也在溪邊遼闊的紅土田地種蕪菁。瑞秋會知道，是因為前一天晚上她在威廉．J．布雷爾位於卡莫地的店裡，聽見馬修告訴彼得．莫里森他今天下午要散播蕪菁種子。這當然是彼得問他的，畢竟馬修．卡斯柏這輩子從沒主動談論過什麼事。

但就在這農忙日的下午三點半，馬修．卡斯柏從容地駕車穿過谷地，爬上山丘；不僅如此，他穿著他最好的那套衣服，繫著白衣領[3]，顯然是要到艾凡里村外；而從他動用了那輛輕型馬車和拉車的栗色母馬看來[4]，這趟路程相當遙遠。那麼，馬修．卡斯柏是要去哪裡，又為什麼要去呢？

---

2 山牆（gable），建築物頂端兩邊屋頂斜坡上部構成山尖形的橫牆，過去常誤譯為「屋頂」。

3 十九世紀至二十世紀初，有錢人才穿得起有領襯衫，一般人若要出席穿著正裝的場合，多會戴上分離式衣領來替代整件有領襯衫。

4 比起以耕作用的馬拉車，以體型較小的母馬拉車看起來更體面。

換作是艾凡里的其他男人，瑞秋拼湊一下線索，大概就能輕鬆猜到答案。但馬修平時很少外出，所以一定有什麼非比尋常的大事。他可以說是世界上最內向的人，不喜歡和陌生人打交道，也不喜歡去需要說話的場合。馬修繫著白衣領、盛裝打扮、駕車外出可不是常見的景象。

瑞秋苦思良久，也理不出半點頭緒，她美好的午後時光也因此被打亂了。

「下午茶後我要去綠山牆之家一趟，問瑪莉拉為什麼馬修要出門、又要去哪兒。」這位備受村民敬重的女士最後做出這個決定。「馬修通常不會在這個時節去鎮上，他也從來不到別人家做客；如果是蕪菁種子用完了，他不必穿得這麼體面、駕著馬車去買；他看起來也不急，不是要去找醫生。昨晚之後一定發生了什麼事，所以他必須出門一趟。我實在是想不通，就是這麼回事。要是不弄清楚馬修・卡斯柏今天離開村子要做什麼，我一秒鐘也靜不下來。」

於是喝過下午茶後，瑞秋出發了。從林德家谷地到卡斯柏家僅約四百公尺，但必須走一條羊腸小徑，因此路途感覺比實際上要遠得多。卡斯柏家是一棟藏身在果園裡的大房子，格局向外伸展，看起來十分寬敞。馬修・卡斯柏的父親和馬修一樣內向寡言，他當年將農場建在樹林邊，盡可能遠離村裡的其他房舍，並選在他開墾的土地最偏遠的角落蓋了綠山牆之家。至於艾凡里其他房子，則不約而同坐落在主要道路沿途。直到今天，綠山牆之家依舊屹立在農場角落，從主要道路幾乎望不見那裡。對瑞秋・林德而言，那種地方根本不宜久居。

「那裡充其量只能住個幾天，就是這麼回事。」瑞秋說。她沿著野薔薇叢夾道的小徑前進，小徑的路面滿布青草，被馬車壓出深深的車轍痕跡。「馬修和瑪莉拉遠離人群住在這兒，怪不得他們倆都有點古怪。樹可沒辦法和人作伴，如果可以的話，那它們的伴已經夠多啦。我還是喜歡與人為伍。不過，他們的確很滿意這樣的生活，也或許他們是習慣了。就像愛爾蘭人說的：人可以習慣任何事，連絞刑也不例外。」

瑞秋一邊嘟噥著，一邊從小路轉進綠山牆之家的後院。這裡綠意盎然，打理得井井有條，庭院一側是姿態有如莊嚴老者的柳樹，另一側是修剪整齊的白楊，地上乾淨得連一根掉落的樹枝或一粒石子也沒有——畢竟有的話，瑞秋一定能注意到。她心裡暗想，瑪莉拉．卡斯柏整理庭院大概和打掃房子一樣勤奮，就算在這裡的地上吃一頓飯，也沾不到多少泥土。

瑞秋急促地敲了敲廚房門，聽到「請進」後便開門進屋。綠山牆之家的廚房算是明亮宜人，卻一塵不染得有如閒置的客廳，看起來有些冷清。如果這裡再有生氣一點，也許會更討人喜歡。廚房的窗戶分別開向東邊和西邊，西邊的窗戶面向後院，柔和的六月陽光由此傾瀉而下；東邊的窗戶爬滿綠色藤蔓，從縫隙隱約可見左側果園中白花盛放的櫻桃樹，以及溪邊谷地裡樹型纖細、枝葉低垂的樺木。瑪莉拉．卡斯柏平時如果要坐著，總是選這一側。她有點不信任陽光，對她而言，世間萬事皆須嚴肅看待，輕盈舞動的陽光則顯得太過隨興而不可靠。此刻她就坐在東邊這一側編織，身後的桌子已經擺好晚餐和餐具。

瑞秋把門關上前，已經默默記下桌上所有物品。桌上放著三個盤子，代表瑪莉拉在等馬修和另一個人回來吃晚餐；但餐具都是普通的款式，配菜只有小酸蘋果蜜餞，蛋糕也只有一種，可見那個人不是什麼特別的客人。既然如此，為何馬修還要繫白衣領、選栗色母馬來拉車呢？

一向靜謐單純的綠山牆之家，此刻似乎隱藏著巨大的謎團，看得瑞秋一頭霧水。

「妳好，瑞秋。」瑪莉拉簡單打了聲招呼。「今天傍晚真是舒服，妳說是吧？請坐，妳的家人們都還好嗎？」

儘管瑪莉拉．卡斯柏和瑞秋的性格截然不同，兩人長久以來仍保持著某種近似於友誼的關係——也許正是因為她們如此不同，才能相處融洽。

瑪莉拉身材高瘦、有稜有角，完全不見圓潤的曲線；夾雜幾綹白髮的深色頭髮總是梳到腦後，緊緊盤成一個小小的髮髻，並以兩枝金屬髮夾牢牢固定。她給人一種生活圈狹隘、一板一眼的印象，而她實際上就是這麼古板。所幸她的嘴角散發出些許和善的氣質，如果那股氣質再強烈一些，說不定能讓她看起來有點幽默感。

「託妳的福，我們都很好。」瑞秋說。「我倒是有點擔心妳。我剛才看到馬修出門，以為他是去請醫生呢。」

瑪莉拉立刻就聽出瑞秋的來意，嘴角忍不住因為想笑而抽動了一下。瑞秋過來拜訪，完全在她的意料之中；她知道瑞秋看見馬修出門，一定會按捺不住好奇心，前來一探究竟。

「噢，沒事，我很好。我昨天確實頭痛得厲害，但現在已經好了。」她說。「馬修到明河鎮上去了。我們從新斯科細亞[5]的孤兒院收養了一個小男孩，他今晚會搭火車到明河車

5 新斯科細亞（Nova Scotia）為加拿大東南岸的省分，和愛德華王子島只有一個海峽之隔。

站。」

要是瑪莉拉說馬修去明河接一隻從澳洲來的袋鼠，瑞秋也不會這麼震驚。她楞了整整五秒，一句話也說不出。瑪莉拉不可能開這種玩笑，但瑞秋有一瞬間不禁以為瑪莉拉是在捉弄她。

她回過神後，連忙追問：「這是真的嗎，瑪莉拉？」

「當然是真的。」瑪莉拉回答，她的語氣十分平靜，彷彿從新斯科細亞省的孤兒院領養男孩只是艾凡里傳統農家春天的例行工作，而不是前所未聞的創新之舉。

這個消息對瑞秋而言簡直是晴天霹靂。她的心中迸出無數個驚嘆號：一個男孩！瑪莉拉和馬修．卡斯柏居然要領養一個男孩！還是從孤兒院！天下要大亂啦！以後再大的事都不可能嚇著她了！絕對不可能！

「你們怎麼會想做這種事呢？」瑞秋語帶責備地質問。

他們沒有問過她的意見就做出這種決定，因此瑞秋絕對不贊成。

「其實我們已經考慮了一段時間，整個冬天我們都在思考這件事。」瑪莉拉回答。「去年聖誕節前一天，亞歷山大．史賓賽的太太來我們家做客，她說她今年春天會去荷普鎮的孤兒院領養一個小女孩。她有親戚住在荷普鎮，她去拜訪親戚時得知了那間孤兒院的事。從那之後，我和馬修討論了好幾次，後來我們決定領養一個男孩。馬修年紀大了，今年已經六十歲了，體力大不如前，心臟也不好。妳也知道這年頭要請人幫忙農事有多難，只聘得到那些半大不小又傻乎乎的法國男孩；就算真的找到一個幫手，好不容易教會他，他馬上又跑去龍蝦罐頭工廠，或到美國闖蕩去了。馬修原本提議從巴納多醫生之家[6]領養孩子，但我堅決反對。我跟他說：『我不是認為那些男孩不好，他們可能是好孩子，但我不想要一個流落在倫敦街頭的阿拉伯少年。我希望我們收養的孩子至少是在加拿大土生土長。不論我們收養誰，總會有風險，但如果能找個加拿大的孩子，我會比較放心，晚上也能睡得比較安穩。』最後我們決定拜託史賓賽太太，請她去荷普鎮接她領養的小女孩時，順便替我們挑一個男孩。上星期我們聽說她要出發去孤兒院了，就請住在卡莫地的理查．史賓賽家的人轉告她，請她幫忙找個適合的人選。我們想要一個聰明伶俐、大約十到十一歲的男孩，這個年紀最合適，既能馬上分擔家事，又能好好教導。我們會給他一個完整的家，讓他接受良好的教育。今天郵差從車站送了史賓賽太太的電報過來，她說他們搭的火車傍晚五點半會到明河，所以馬修就去接那個男孩了。史賓賽太太會在那一站送他下車，而她自己當然是要到白沙站再下車。」

瑞秋一向以自己有話直說的個性為榮。此刻她震驚的情緒已經平復，準備好將內心的想法一吐為快。

「我就老實跟妳說吧，瑪莉拉，你們做的這件事實在蠢極了，而且非常危險，就是這麼回事。妳不知道會領養到怎樣的孩子。妳把一個陌生的小孩帶回家，妳對他一無所知，不了解他的性格、不清楚他的家庭背景，也不曉得他長大後會是什麼德性。妳知不知道，瑪莉

---

6 巴納多醫生之家（Dr. Barnardo's Homes）為英國照顧無家孩童的社會福利機構，第一間巴納多醫生之家由湯瑪斯．約翰．巴納多醫生（Dr. Thomas John Barnardo）於一八七〇年創立。

拉，上星期我才在報紙看到，我們島西邊有一對夫婦領養了一個孤兒院的男孩，結果那男孩在夜裡放火燒了他們家——而且還是故意的——那對夫婦可是差點在睡夢中被燒成灰呀！我還聽過另一個案例，那個領養來的男孩有吸生雞蛋的壞習慣，改也改不掉。瑪莉拉，你們完全沒有跟我商量，要是你們有先問過我，我一定會要你們別打這種主意，就是這麼回事。」

面對瑞秋夾雜著指責的關切話語，瑪莉拉既沒有生氣，也沒有面露愁容，仍是靜靜地織著手上的東西。

「瑞秋，妳說的確實有幾分道理，我自己也有些不安，但我看得出馬修非常堅持，所以我選擇讓步。他很少下定決心要做什麼事，因此他拿定主意時，我總覺得我有義務要順著他。風險自然是不可避免，人生在世，不論做什麼事都一定有風險。就算是養育親生的孩子，也不能保證事事順利，不是每個孩子都能長成品行端正的人。再說，我們也不是大老遠從英國或美國領養孩子，新斯科細亞就在我們島旁邊，那孩子不會和我們差太多的。」

「好吧，但願不會有事。」瑞秋的語氣藏不住心中的種種疑慮。「要是哪天那個男孩燒了綠山牆之家，或是在你們的井水裡下毒，可別說我沒提醒過妳——我聽說新布藍茲維[7]有個孤兒院的小孩就在家裡的水井下毒，最後收養她的那家人都中了毒，死得痛苦萬分，不過那孩子是個女孩就是了。」

「這樣啊，但我們收養的不是女孩。」瑪莉拉說。她的回答彷彿是說只有女孩才會在井

7 新布藍茲維（New Brunswick）為加拿大東南部省分，鄰近愛德華王子島。

裡下毒，領養男孩就不必擔心這種事。「我從沒想過要領養一個女孩，也不明白史賓賽太太為何想這麼做。但她這個人只要心血來潮，要她領養整個孤兒院的孩子，我想她也願意。」

瑞秋原本想待到馬修帶那個孤兒回來，但她算了算等馬修回來至少要兩個鐘頭，因此決定接著去羅伯特．貝爾家，告訴他們這件大事。這個驚人的消息一定會引發一場大騷動，瑞秋平時最愛做的就是引起轟動了。瑞秋起身告辭，也讓瑪莉拉鬆了一口氣。她聽了瑞秋悲觀的言論後，先前好不容易放下的顧慮和恐懼又悄悄浮上心頭。

「天啊，真是不敢相信！」瑞秋走出綠山牆之家、踏上那條小徑時，忍不住大聲感嘆：「這整件事簡直像夢一樣。唉，我真心疼那可憐的孩子。馬修和瑪莉拉完全不懂怎麼養育孩子，還指望那個年紀的小孩會比他的爺爺更聰慧、更穩重——他有沒有見過自己的親生爺爺都是個問題呢。一想到有小孩要住在綠山牆之家，感覺也很不可思議。那裡從來沒有小孩，卡斯柏家這棟新房子建好時，馬修和瑪莉拉已經成年了。說實話，他們倆看起來太過老成，很難想像他們**曾經也是**孩子。那個孤兒以後的日子可不好過了，我一點也不想體會他的生活。我實在很同情他，就是這麼回事。」

瑞秋激動地對著路旁的野薔薇叢傾訴內心的想法。然而，她若是能看見此時此刻在明河車站耐心等待的那個孩子，她的憐憫之心必定會更加強烈。

第二章 馬修・卡斯柏驚訝不已

馬修・卡斯柏悠閒地駕著栗色馬兒拉的車，往明河的方向前進。這趟路程約有十三公里，沿途景色優美，道路兩旁佇立著溫馨舒適的農舍，偶爾會經過香氣四溢的冷杉林，以及窪地上野生李樹的朦朧花海。開闊的青草坡綿延至天邊，沒入地平線那透著紫色與銀白色的薄霧中。空氣裡洋溢蘋果園的芬芳氣息，鳥兒盡情歌唱，彷彿要把握稍縱即逝的夏日時光。

馬修看起來怡然自得，很是享受駕車的樂趣，只有向路過的婦女點頭致意時會感到不自在。在愛德華王子島，只要在路上遇見人，不論認識與否，都必須向對方點頭打招呼。

除了瑪莉拉和瑞秋以外的女人，馬修都避之唯恐不及。他不知道女人心裡都在想些什麼，總覺得她們背地裡都在嘲笑他，讓他非常不安。馬修的恐懼也不無道理，他的長相確實很古怪：駝背圓肩的身形不太好看，長長的鐵灰色頭髮垂至肩膀，還有一臉濃密蓬鬆的棕色絡腮鬍，從二十歲時一直留到現在。其實他二十歲時的樣貌就已經和六十歲相去不遠，只是那時沒有白髮罷了。

他抵達明河時，火車完全不見蹤影。他心想自己來早了，便將馬匹拴在小旅館的院子裡，徒步走向車站。長長的月臺一片冷清，只有一個女孩坐在月臺盡頭的木頭瓦片堆上。馬修一發現那人是個**女孩子**，就從她面前快步走過，沒再看她一眼。如果他仔細看，一定會注意到女孩正襟危坐、神色緊張，眼裡堆滿了期盼。她坐在那裡等待著某個人，因為除了等待之外無事可做，於是她便全心全意地等待。

站長已經鎖上售票亭，準備回家吃晚餐。馬修看見他，問他五點半的火車是不是快要進站了。

「五點半的火車半小時前就開走啦。」站長輕快地回答。「但有個乘客在等你，一個小女孩，就坐在外面那堆木頭瓦片上。我問她要不要去女士專用的候車室坐著，但她一臉認真地告訴我她想待在外頭，說什麼『外面的想像空間比較大』。真是個怪孩子。」

「可是我要接的人不是女孩子啊。」馬修一臉茫然。「我是來接一個男孩子的。他應該要在這兒的，史賓賽太太會從新斯科細亞帶他來找我。」

站長吹了一聲口哨。

「大概是搞錯了吧。」他說。「史賓賽太太帶下車的就是那女孩。她說你們兄妹倆從孤兒院領養了那孩子，你晚點就會來接她，所以請我先顧著她一會。我只知道這些，我可沒有藏別的孤兒在這兒啊。」

「怎麼會變成這樣呢？」馬修頓時感到不知所措。他多希望瑪莉拉也在這裡，她一定知道該怎麼做才好。

「你去問那女孩吧。」站長滿不在乎地回應：「她又不是啞巴，可以自己跟你解釋發生了什麼事。搞不好是孤兒院沒有你們要的那種男孩了。」

飢腸轆轆的站長開開心心地回家吃飯了，只留下可憐的馬修站在原地。他得過去問那個女孩（而且還是個孤零零的陌生小女孩）為什麼她不是個男孩子。這個任務對他來說，簡直比在老虎嘴上拔毛還困難。馬修心不甘情不願地轉過身，踩著沉重的步伐，朝女孩所在的月臺盡頭走去。

從馬修經過她身旁開始，女孩就一直注視著他。此時此刻，她的目光也直勾勾地落在馬修身上。馬修卻是瞧也不瞧女孩一眼；他現在心煩意亂，就算看著女孩，恐怕也沒有心思仔細端詳她。如果是在一般人眼裡，這名女孩應該是這副模樣：

一個年約十一歲的孩子，身上麻毛混紡的灰黃色洋裝不只難看，對她來說也太小了；不僅如此，就連她頭上的褐色淑女帽也已經褪色。女孩帽子底下的長髮梳成兩條粗辮子垂至背後，髮色是明亮的紅色。蒼白瘦削的小臉滿布雀斑，配上惹人注目的大嘴巴和大眼睛；眼睛的顏色會隨光線和情緒變換，有時看起來是綠色，有時則是灰色。

以上是一般人對這女孩的印象；換作是觀察力更敏銳一點的人，會發現女孩的尖下巴輪廓分明，雙脣線條優美，流露出豐沛的情感；一雙大眼靈動而有神，額頭寬闊且飽滿。簡而言之，儘管內向的馬修．卡斯柏怕她怕得離譜，但眼力好的人不難看出，這名無家少女其實散發出與眾不同的氣質。

馬修幸運地逃過一劫，省去主動和女孩搭話的工夫，因為那女孩一察覺馬修往她走來，立刻站起身，一隻細瘦黝黑的手拎著破舊的老式旅行袋，另一隻手則伸向馬修。

「你就是綠山牆之家的馬修．卡斯柏先生吧？」女孩的嗓音十分清脆甜美。她接著說：

「很高興見到你！我原本擔心你今天不會來接我了，還在想是發生了什麼事，讓你趕不過來呢。我剛剛已經想好，要是你今晚沒有來，我就要走去鐵軌拐彎的地方，爬到那棵巨大的野櫻桃樹上面過夜。沐浴在月光下、睡在櫻桃樹的白色花海裡，感覺一定很浪漫，你也這麼覺得吧？就像睡在大理石砌成的城堡裡，對不對？我一點也不害怕，我知道你就算今晚沒有過來，明天早上也一定會來的。」

馬修笨拙地握住女孩枯瘦的小手，就在那一刻，他下定了決心。看著這孩子閃閃發亮的眼神，他不忍心將真相說出口，於是他決定帶她回家，由瑪莉拉來告訴她。無論是先前的哪個環節出了錯，他都不能把女孩一個人留在明河，所有的疑問就等他們安全回到綠山牆之家，再一一釐清吧。

「抱歉，我來晚了。」他靦腆地說。「來，馬就在院子那兒。把妳的袋子給我吧。」

「沒關係，我拿就好。」女孩爽朗地回答。「袋子不會很重。雖然這裡面裝了我所有的家當，但一點也不重。提這個袋子需要一點技巧，它已經很舊了，一不小心把手就會掉下來，所以還是讓我自己來比較好，我知道要怎麼提。雖然睡在櫻桃樹上也很棒，但你來接我，我真的好高興呀。我們是不是要坐馬車坐好長一段路？史賓賽太太說有十三公里。我很喜歡坐馬車，所以很期待。噢，一想到之後有你們當我的家人，可以和你們住在一起，我就覺得好幸福。我一直以來都沒有真正的家人。孤兒院真是糟透了，我只在那裡待了四個月，就快受不了了。我想你應該沒待過孤兒院，不會知道那裡是什麼樣子。孤兒院是全世界最可怕的地方，你一定想不到那裡有多糟。史賓賽太太說我這樣講很傷人，但我沒有想傷害別人呀。看來人很容易在不知不覺間就傷到別人呢，對不對？孤兒院的人都很好，但那裡實在沒有什麼想像的空間，我只能幻想其他孤兒的身世。替他們編故事很有趣喔。比如說，我會想像坐在我旁邊的女孩其實是伯爵家的女兒，她在還是小嬰兒的時候，就被壞心的保姆偷偷拖走，但保姆還來不及說出真相就過世了。我晚上常常躺在床上幻想這些事，因為白天沒有時間想東想西。也許就是因為沒睡飽，我才會這麼瘦——我**真的**瘦得很可怕，對吧？瘦得皮包骨。我喜歡想像自己變得圓嘟嘟的漂亮模樣，手臂的肉還多到手肘旁會有淺淺的小凹洞呢。」

說到這裡，馬修的這位小旅伴終於停了下來，一部分是因為她得喘口氣，一部分則是因為他們已經來到馬車旁了。女孩一語不發地上了車，跟著馬修駕車離開村莊，沿著路開下陡峭的小山丘。這片山坡地土質鬆軟，因此道路有如一條深陷在坡地裡的溝渠，路旁的邊坡比他們的頭要高上一、二公尺，邊坡上生長著盛開的野櫻桃樹與纖細的白樺樹。

女孩伸出手，折下了一根拂過馬車側邊的野李子枝條。

「很美吧？看看那棵從路邊探出頭來的李樹，樹上滿滿的白花就像蕾絲一樣，你會聯想到什麼呢？」她再度開口。

「嗯……我不知道。」馬修說。

「哎呀，當然是新娘子囉！一位穿著雪白禮服的新娘，頭上還披著美麗又朦朧的白紗。我沒看過新娘，但我可以想像出她的樣子。我不覺得自己能當上新娘，我長得不好看，不會有人想和我結婚，除非那個人是派駐到國外的傳教士，他們對女孩的長相應該不會太挑剔。

不過，我還是希望有天能穿上白色婚紗，對我來說，這就是世界上最幸福的事了。我喜歡漂亮的衣服。雖然從我有記憶以來，從來沒穿過什麼好看的衣服，但這樣未來就有更多可以期待的事了，不是嗎？我也可以幻想自己打扮得漂漂亮亮的樣子。早上離開孤兒院時，我覺得很丟臉，因為我只能穿這件又舊又醜的麻毛裙子。孤兒院裡的小孩都得穿這種衣服，因為去年冬天有個荷普鎮的商人捐了三百碼的麻毛布料給孤兒院。有人說他是因為賣不掉才捐給我們，但我還是相信他這麼做是出於好意，你覺得呢？我們坐上火車時，我覺得每個人好像都盯著我看，覺得我很可憐。但我沒有理他們，而是開始想像我穿著最美麗的淡藍色絲綢裙子——既然要**幻想**，就要想像最厲害的東西嘛——我頭上還戴著插滿花朵和羽毛裝飾的大帽子，手上戴著羊皮手套和金手錶，腳上穿著羊皮靴子。這麼想以後，我的心情馬上就變好了，也好好把握了整趟旅程，玩得很盡興。我搭船來島上完全沒有暈船，史賓賽太太說她平常會暈船，但這次難得沒有，因為她得一直注意我有沒有掉到海裡，根本沒時間暈船。她還說她從來沒看過像我這麼愛到處亂跑的小孩。可是，她因為要顧著我而沒有暈船，那我到處亂逛也算是好事吧？我想把船上的風景都好好欣賞一遍，畢竟以後可能沒機會搭船了呢。哇，這裡也有好多盛開的櫻桃花！這座島一定是世界上花兒最多的地方。我已經愛上這裡了，能住在這裡真是開心！我從以前就聽說愛德華王子島是全世界最美的地方，也會幻想自己住在這座島上，但我沒想過有一天真的能來這裡生活。美夢成真的感覺真好，你說對不對？不過這裡的路好奇怪，居然是紅色的。我們在沙洛鎮上火車後，一路上一直看到窗外有紅色的馬路。我問史賓賽太太為什麼路會紅紅的，她說她不知道，要我別再拿問題煩她了。

她還說我絕對問超過一千個問題了。我想可能真的有那麼多，可是如果不問問題，我要怎麼知道答案呢？所以這裡的路到底為什麼是紅色的啊？[8]」

「嗯……我不知道。」馬修說。

「好吧，我們總有一天會知道答案。一想到世界上還有很多我們不知道的事，不覺得很興奮嗎？每次我想到這件事，就覺得活著真好——這世界真的好有趣！如果這世上沒有我們不知道的事，那有多無聊啊！那樣不就完全沒有想像的空間了？啊……我是不是說太多話了？大家總是嫌我太愛講話。你會希望我安靜一點嗎？如果會的話，我可以不講話。雖然這對我來說有點難，但只要下定決心，我也可以閉上嘴巴。」

馬修一點也不覺得女孩聒噪，反倒聽得津津有味，連他自己也十分驚訝。沉默寡言的人大多很樂意聽別人講話，只要自己不必回話就行，馬修也是這樣，但他從來沒想過，自己居然能和一個小女孩相處融洽。對馬修而言，女人已經夠可怕了，小女孩還比她們更恐怖。他很討厭她們看見他的反應：艾凡里那些「有教養」的小女孩每次遇到他，都會斜著眼偷瞄他，怯生生地從旁邊溜走，好像跟他說一句話，就會被一口吃下肚似的。不過這個滿臉雀斑的女孩和她們截然不同，格外討人喜歡。雖然馬修反應慢，跟不太上女孩敏捷的思緒，但他發現自己還挺喜歡聽她吱吱喳喳說個不停，於是他一如往常靦腆地回答：

「不會，妳儘管說，我不介意。」

---

8 愛德華王子島的土壤富含氧化鐵，因此道路呈現紅色。

「哇，太棒了，看來我們很合得來呢！可以想說什麼、就說什麼的感覺真好。以前我要是這麼做，就會被別人說『小孩子話別這麼多』，這句話我大概已經聽過一百萬次了吧。我講話喜歡用深奧的字眼，老是被大家取笑，可是厲害的想法就要用厲害的詞彙表達，不是嗎？」

「這個嘛，好像挺有道理的。」馬修說。

「史賓賽太太說，我的舌頭一定懸在嘴巴中間，才能一直講個沒完。才沒有呢，我的舌頭不是好端端地黏在嘴裡嗎？史賓賽太太說，你的房子叫做綠山牆之家。我問了她好多綠山牆之家的事，她說那裡長滿了樹，我聽了覺得好開心，因為我最喜歡樹了！孤兒院沒有什麼像樣的大樹，只有大門口幾株可憐的小樹苗，周圍還圍著白色柵欄，像是被關在小小的籠子裡一樣。那些小樹看起來真的跟孤兒沒兩樣。每次看著它們，我就有種想哭的感覺。我常常跟它們說：『噢，可憐的小東西，如果你們生活在美麗的大森林裡，樹根上長著小小的苔蘚和北極花，樹枝上有鳥兒歌唱，旁邊有其他的樹陪著你們，附近還有小河流過，你們一定能成長茁壯，對不對？但你們只能被困在這裡。我懂你們的感受，小樹。』今天早上離開孤兒院時，我很捨不得它們。有些東西真的會讓人依依不捨呢。對了，綠山牆之家附近有小河嗎？我忘記問史賓賽太太了。」

「有，就在房子下面。」

「好棒喔！住在小河旁邊一直是我的夢想呢，想不到夢想真的實現了。夢想很少實現，所以實現時才讓人特別開心，對不對？我現在覺得好幸福，幸福得接近完美……話是這麼說，但我永遠沒辦法獲得完美的幸福，因為——你看，你覺得這是什麼顏色？」

女孩從她單薄的肩膀後拉起一條光滑的長髮辮，舉到馬修眼前。馬修平時不太會注意婦女的頭髮顏色，即使如此，這女孩的髮色對他來說也很好辨認。

「是紅色，沒錯吧？」他說。

女孩放下辮子，嘆了好大一口氣，彷彿要把蓄積了好幾世紀的悲傷一口氣吐出來。

「對，就是紅色。」她無奈地回答。「所以我沒辦法獲得完美的幸福，所有紅頭髮的人都一樣。其他的缺點我其實沒那麼在意，比如臉上有雀斑、眼睛是綠色的、長得瘦巴巴，這些我都能靠想像力克服。我可以想像我有跟玫瑰花一樣紅潤美麗的臉頰，還有像星星一樣閃亮動人的紫藍色眼睛。但不管我怎麼想像，都**想像不出**自己不是紅頭髮的樣子。我會告訴自己：『現在妳的頭髮就像渡鴉的翅膀一樣烏黑亮麗。』但我一直都知道，我的頭髮還是一片紅通通。唉，我的心都碎了，這會是我心裡一輩子的痛。我以前讀過一本小說，書裡的女孩心裡也有一輩子的痛，雖然她難過的原因和我不一樣就是了。書上說，她波浪般的捲髮是純淨的金色，從她雪花石膏般的前額往後流瀉而下。『雪花石膏般的前額』是什麼呀？我一直搞不懂。你知道那是什麼嗎？」

「呃……我也不知道。」馬修一下接收了太多訊息，開始有些頭昏眼花。他年輕時有次去野餐，受另一個少年慫恿去坐了旋轉木馬，大概就是這種感覺。

「好吧，不管那到底是什麼，一定都很漂亮，畢竟那女孩就跟仙女一樣美麗。你有沒有想過，長得像仙女會是什麼感覺？」

「沒有，我沒想過。」馬修老實地承認了。

「我常常會想這件事。有如仙女的美麗容貌、無人能比的聰明才智，還有像天使一樣善良的心，如果給你選，你會選哪一個呢？」

「這個嘛，我……我不太清楚。」

「我也是，老是選不出來。但其實選哪一個都差不多，因為三個選項我都做不到。我永遠都不可能變得像天使一樣善良，史賓賽太太說——噢，卡斯柏先生！卡斯柏先生！卡斯柏先生！」

史賓賽太太當然沒有大叫馬修的名字，這孩子也沒有跌下馬車，馬修更沒有做什麼讓人大吃一驚的事。他們只不過是轉了一個彎，來到了「林蔭大道」。

新橋村民稱為「林蔭大道」的這條路長約四百公尺，多年前有個性情古怪的老農夫在這裡種了兩排蘋果樹，如今果樹已經成長茁壯，茂密的枝葉在道路上方交織成一條長長的拱廊。馬車經過大道時，抬頭可見拱廊上方那片雪白色的芬芳花海，樹枝下方的空氣瀰漫著傍晚時分的紫色微光；望向拱廊的另一端，隱約能瞥見遠方天空色彩濃豔的晚霞，宛如教堂走道盡頭的玫瑰窗，閃耀著燦爛的光芒。

看著眼前的美景，女孩深受震撼，似乎忘記了言語。她靠在馬車椅背上，纖細的小手交握在胸前，抬頭仰望絢麗的白花叢，臉上盡是陶醉的神情。他們穿過林蔭大道，順著緩坡往山下的新橋前進，途中女孩仍舊一聲不吭、一動也不動，只是一臉著迷地眺望夕陽下沉的西邊天空，在落日的映照下，各式各樣的迷人景色不斷從她眼前掠過。他們隨後來到新橋。這裡是個熱鬧的小村莊，沿路有狗兒朝他們吠叫，成群的小男孩嬉鬧叫喊，還有好奇的村民從窗戶探出頭來，目送他們經過。他們安靜地駛出村莊，之後又過了將近五公里，女孩還是沒有開口。顯然她不只能活力充沛地談天說地，同樣很擅長保持沉默。

「妳累了吧？是不是餓壞了？」最後馬修鼓起勇氣先開口了，除了這個原因，他想不出還有什麼能讓女孩安靜這麼久。「快到了，只剩不到兩公里。」

女孩深深嘆了口氣，從幻想中回到現實。她看向馬修，眼神有些心不在焉，彷彿她的靈魂剛剛還跟隨著星辰在遠方遨遊。

「噢，卡斯柏先生。」她輕聲說。「我們經過的那個地方——一片白茫茫的那個地方——是哪裡啊？」

馬修沉思了一會才回答：「這個嘛，妳說的應該是『林蔭大道』吧。那兒挺漂亮的。」

「漂亮？才不只漂亮而已，美麗也不足以形容那個地方。啊，是美不勝收才對——美不勝收。這是我第一次看到這麼完美的東西，不需要靠想像力來彌補，心裡覺得好滿足。」她將手放上胸口。「我的心有種怪怪的、痛痛的感覺，可能是一種快樂的心痛。你有過這種感覺嗎，卡斯柏先生？」

「呃，沒有，我實在想不起來。」

「我常有這種感覺呢。每次看到特別美麗的東西，我就覺得心痛。可是，大家不應該叫那麼美的地方『林蔭大道』，這名字一點意思也沒有。我想想——應該要叫『純白的喜悅之路』才對，這個名字不是更好、更有創意嗎？我要是不喜歡一個地方的名字，就會幫它取一個新的，還會在心裡這樣稱呼它，人的名字也是一樣。孤兒院裡有個女孩叫做荷琪芭．詹金斯，但我老是想像她叫做羅莎莉雅．德維爾。所以就算大家叫那條路林蔭大道，我還是要叫它純白的喜悅之路。我們真的剩不到兩公里就到家了嗎？我覺得好高興，但也有點難過，因為坐馬車真的很快樂。每當快樂的事情結束時，我就覺得難過。之後當然可能有更開心的事，但這誰也說不準，而且以我的經驗來說，通常不會再有更開心的事了。不過一想到要到家了，我真的好高興。你也知道，從我懂事以來，我一直沒有真正的家，現在我終於有一個真正的、屬於我的家了，光是想到這個，我的心又快樂得隱隱作痛呢！哇，那裡好漂亮！」

他們翻越了山丘，下方一片池塘映入眼簾。這片池塘像河流一般蜿蜒細長，正中央有座橋橫跨水面。池塘地勢較低的那端臨近蔚藍的海灣，中間只隔一條琥珀色的帶狀沙丘。從橋梁到沙丘之間的水面波光粼粼，色調變幻多端，有清新空靈的橘黃色、玫瑰色和優雅脫俗的綠色，還有更多難以辨認、無以名狀的色彩。橋梁另一邊的池水蔓延到冷杉和楓樹形成的樹林邊，在搖曳的樹影下，清透的池水染上了一層幽暗的陰影。岸邊有幾棵野李樹將枝條探到了水面上，宛如身穿白衣的少女正踮著腳欣賞水中的倒影。池塘上游的沼澤地傳來陣陣蛙鳴，聲音清亮悅耳，卻帶著一點淒涼的氛圍。對面山坡上開滿白花的蘋果園裡有棟灰色小屋，雖然天色尚未完全暗下來，其中一扇窗戶已經透出燈火。

「那是巴瑞池塘。」馬修說。

「喔，這名字我也不喜歡。我要叫它——我想想——『閃耀之湖』。沒錯，就是這個名字，我感受到那股顫抖了。我想到完美名字的那一瞬間，身體都會忍不住顫抖。你有體驗過這種感覺嗎？」
馬修思考了好一會。
「有，每次我在小黃瓜田裡挖到白色雞母蟲，身體都會抖一下。我討厭它們，它們長得很噁心。」
「嗯，我覺得這兩種顫抖應該不一樣，你覺得一樣嗎？雞母蟲和閃耀之湖應該是完全不同的兩回事吧。話說回來，為什麼這個水池叫巴瑞池塘呢？」
「我想是因為巴瑞先生住在那個山坡上，他的房子叫做『果園坡』。如果沒有房子後面那片樹林，從這裡就能看到綠山牆之家了。不過我們要先過橋、再繞一段路，所以大概還要走一公里。」
「巴瑞先生家有小女孩嗎？不是很小的那種，是年紀和我差不多的。」
「他有一個大約十一歲的女兒，叫黛安娜[9]。」
「哇！」女孩深吸了一口氣。「好美的名字喔！」
「呃，美不美我不清楚，我覺得聽起來很像異教徒。我還是比較喜歡珍、瑪莉這種樸實的名字。黛安娜出生時，正好有個老師借住他們家。巴瑞家的人請他替那個孩子取名，他就取了黛安娜這個名字。」
「真希望我出生的時候，也有一個老師幫我取名字。啊，我們要上橋了，我要趕快把眼

---

9 黛安娜（Diana）是羅馬神話中的月亮與狩獵女神。

睛緊緊閉起來。過橋好可怕，我總是會忍不住去想，我們走到橋中央的時候，橋可能會從中間斷掉，把我們夾住，所以我都會閉上眼睛。但每次快走到橋中央時，我還是會忍不住張開眼睛，因為要是橋真的斷掉了，我當然想親眼看看它是怎麼裂成兩半的。橋發出了快樂的隆隆聲呢！我一直很喜歡馬車過橋的震動聲唷。世界上有好多討人喜歡的東西，感覺真美好。終於下橋了，我想回頭看一下。晚安，親愛的閃耀之湖。我習慣跟我喜歡的東西說晚安，就像跟人說晚安一樣。我覺得它們也喜歡我這麼做，你看，閃耀之湖看起來就像是在對我微笑呢！」

馬車開上了池塘對面的山丘，繞過一個轉角時，馬修說：

「我們快到了，綠山牆之家就是那……」

「等等，請別告訴我！」女孩急忙打斷馬修，她抓住馬修舉到一半的手臂，閉起眼睛不去看他所指的方向。「讓我猜猜看，我一定猜得到。」

女孩睜開雙眼環顧四周。他們身在山丘的頂端，太陽已經沉入地平線，但在柔和的餘暉映照下，周遭景物仍清晰可辨。如金盞花一般橙黃的西邊天空裡，有一座教堂尖塔的深色剪影。山丘下有片小小的谷地，再過去則是平緩上升的長坡，坡地上頭散落著許多舒適溫馨的農舍。她逐一掃視那些農舍，眼裡滿是殷切的渴望。最後她的目光停在左邊一間離道路有好一段距離的房子，那間房子周圍有森林環繞，一片蒼茫的暮色中，依稀可見屋旁的樹上有滿滿的白花。屋子上方那片清朗的西南方天空裡，一顆明亮的星星散發晶瑩的白光，彷彿是指引迷途旅人的希望明燈。

「就是那裡吧？」女孩指向那棟屋子。

馬修愉快地用韁繩抽了一下馬兒的背。

「答對了！我想史賓賽太太有告訴妳綠山牆之家長什麼樣子，所以妳才認得出來。」

「才沒有呢，她真的沒有跟我說。她講得很籠統，所以我真的不知道綠山牆之家是什麼模樣，但我看到它的那一瞬間，就覺得那裡是我的家。噢，感覺好像在做夢。你知道嗎，我的手臂大概瘀青了，因為我今天掐了那裡好幾次。每過一會兒，我的腦袋裡就會閃過一個可怕又討厭的念頭，我好怕全部的事情都是一場夢，然後我就會捏自己一下，確定這一切是真的。後來我突然想到，如果這真的只是夢，我應該要留在夢裡越久越好，所以我就不捏了。幸好這一切**都是真的**，我們就要到家了！」

女孩發出滿心歡喜的嘆息，接著再度沉默不語。馬修挪動了一下身子，顯得心神不寧。這個孤苦無依的女孩終究無法獲得夢寐以求的家，他很慶幸要說出這個殘酷事實的人不是自己，而是瑪莉拉。他們經過林德家的谷地、爬上山丘，進入綠山牆之家那條長長的小徑。這時天已經暗了下來，但瑞秋要是有心，依舊能從窗戶捕捉到他們的身影。他們終於抵達綠山牆之家。此時的馬修非常不想面對真相大白的那一刻，他心裡抗拒的程度連他自己也感到訝異。他不是在意瑪莉拉或自己，也不是煩惱之後有什麼麻煩事要處理善後，他擔心的是這個孩子會有多麼失望。一想到她眼裡興奮的光彩就要熄滅，馬修感到良心不安，彷彿自己成了一場謀殺案的幫凶。當他必須宰小羊或小牛時，也會有同樣的感覺——一種扼殺無辜生命的罪惡感。

他們進入庭院時，四周已是一片漆黑，周圍的白楊樹葉發出輕柔的沙沙聲響。

「你聽，樹在說夢話呢。」馬修將女孩抱下車時，女孩輕聲地說：「它們一定做了好夢吧！」

接著，她緊抓著那個裝了「所有家當」的旅行袋，跟著馬修走進綠山牆之家。

第三章　瑪莉拉・卡斯柏驚訝不已

瑪莉拉聽見馬修開門，快步走出來迎接。接著，她看見這個古怪的小女孩，穿著硬邦邦的難看裙子，梳著長長的紅色辮子，閃閃發亮的眼裡充滿期盼。瑪莉拉一時之間太過震驚，呆立在原地。

「馬修・卡斯柏，她是誰？」瑪莉拉驚訝地大喊。「男孩在哪裡？」

「那裡沒有男孩，」馬修苦惱地回答。「只有**她**。」

他想起自己還沒問女孩叫什麼名字，只能朝她的方向抬了抬下巴。

「沒有男孩！怎麼可能。」瑪莉拉仍不敢相信。「我們明明跟史賓賽太太說要幫我們帶個男孩啊。」

「她沒有帶男孩來，她帶來的就是**這女孩**。我問過站長了。我一定得先帶她回來，不論是哪個地方出了差錯，也不能放她一個人在那裡啊。」

「天啊，這下可好了！」瑪莉拉忍不住大叫。

女孩靜靜地聽著兄妹倆的對話，視線在兩人之間游移，臉上興奮的神情早已消失無蹤。剎那間，她似乎明白了他們在說些什麼。她突然扔下她寶貝不已的旅行袋，往前邁了一步，雙手緊緊握在一起。

「你們不要我了！」她大喊。「就因為我不是男孩，你們就不要我了！我早該想到的。

根本沒有人想要我。美夢遲早都會結束，根本不會有人想收養我。噢，我該怎麼辦？我……我好想哭！」

她真的哭了。女孩跌坐在椅子上，雙手用力地放上桌面，臉埋進雙臂之間，開始放聲大哭。站在火爐兩邊的瑪莉拉和馬修你看我、我看你，完全不知如何是好。最後瑪莉拉勉強擠出一句生硬的安慰：

「好了、好了，不需要哭成這樣。」

「**當然**需要！」女孩冷不防抬起頭，她哭得滿臉淚痕，雙脣不停顫抖。「我以為我終於有了家，結果因為我不是男孩，就要被送走，換作是妳，妳也會哭的。噢，這是我這輩子遇過最悲慘的事！」

聽了這番話，瑪莉拉似乎露出無奈的微笑。她不常笑，因此笑容看起來有些僵硬，但她嚴肅的表情還是變得柔和了一點。

「好啦，別哭了。我們今晚不會把妳趕出門，在我們把事情弄清楚之前，會把妳留在這兒。妳叫什麼名字？」

女孩遲疑了一下。

「可以請你們叫我珂蒂莉亞嗎？」她懇切地問。

「叫妳珂蒂莉亞？妳叫這名字嗎？」

「不是，我的名字不是珂蒂莉亞，但我喜歡別人這樣叫我，因為這個名字很優雅。」

「我不知道妳到底在說什麼。妳的名字不是珂蒂莉亞，不然是什麼？」

「安．雪利。」女孩不情不願地吐出這幾個字：「拜託妳還是叫我珂蒂莉亞吧。反正我也不能在這裡待多久，那你們叫我什麼應該都差不多，對吧？安這個名字實在太普通了。」

「普通？妳到底在胡說些什麼？」瑪莉拉冷冷地回答。「安是個簡單樸實的好名字，妳不需要覺得丟臉。」

「我沒有覺得丟臉。」她連忙解釋：「我只是比較喜歡珂蒂莉亞。我常常會想像我的名字是珂蒂莉亞，起碼這幾年都是這樣。小時候我希望我的名字是潔拉汀，但現在我比較喜歡珂蒂莉亞。如果妳一定要叫我安，那拜託妳在後面加上『妮』字吧。」

「加不加很重要嗎？」瑪莉拉拿起茶壺，臉上再度浮現生硬的微笑。

「很重要啊！多一個『妮』好看多了。妳聽到一個名字的時候，難道不會在腦海裡看見那個名字嗎？就像是印在腦海裡一樣？我會喔。『安』看起來好醜，『安妮』高雅多了。如果妳叫我安妮，那我願意接受自己不叫珂蒂莉亞。」

「好，那妳可以告訴我們領養是哪裡出了錯嗎，『安妮』？我們明明請人轉告史賓賽太太幫我們找個男孩，難不成是孤兒院沒有男孩了？」

「不是的，那裡有很多男孩，但史賓賽太太清清楚楚地說了你們要一個大約十一歲的女孩，所以孤兒院的阿姨說我應該很適合。你們一定不知道我有多開心，我昨天整個晚上都開心到睡不著呢！」接著，她轉頭向馬修埋怨：「唉，你一開始為什麼不說你不是要收養我，然後把我留在車站裡就好？如果我沒有看到純白的喜悅之路和閃耀之湖，就不會這麼難過了。」

「她到底在說什麼？」瑪莉拉轉頭盯著馬修。

「那……那是我們在路上聊到的東西。」馬修慌忙解釋：「我先把馬牽進去，妳去弄晚餐吧，瑪莉拉，等我回來就吃飯。」

「除了妳之外，史賓賽太太還有帶別人過來嗎？」馬修出去後，瑪莉拉繼續追問。

「還有她領養的莉莉．瓊斯。莉莉只有五歲，她長得很美，頭髮是棕色的。如果我長得跟她一樣好看，還有棕色的頭髮，妳會讓我留在這裡嗎？」

「不會。我們需要一個男孩幫馬修做農場的活兒，女孩對我們沒有任何用處。把帽子脫下來給我，我把它和行李袋放到走廊的桌子上。」

安妮乖乖脫下帽子。這時馬修也回來了，三人便坐下來吃晚餐。安妮一點食欲也沒有，她慢吞吞地啃著盤子裡的奶油麵包，小口小口吃著一旁扇貝形玻璃碟子裡的小酸蘋果蜜餞，但食物完全沒有減少的跡象。

「妳根本什麼也沒吃。」瑪莉拉看著安妮，口氣嚴厲，彷彿不吃飯是個很嚴重的缺點。

安妮嘆了口氣。

「我吃不下，因為我現在陷入了絕望的深淵。要是妳陷入了絕望的深淵，難道還吃得下飯嗎？」

「我從來沒有陷入過絕望的深淵，所以沒辦法回答。」瑪莉拉回應。

「這樣嗎？好吧，那妳有想像過陷入絕望的深淵是什麼感覺嗎？」

「沒想像過。」

「那妳應該不知道這是什麼感覺，這真的很難受、很痛苦。就算想吃東西，喉嚨也像是被塞住一樣，什麼都吞不進去，連焦糖巧克力也吃不下。我兩年前吃過一塊焦糖巧克力，真的好好吃。從那之後，我常常夢到我有好多焦糖巧克力，但每次準備要吃的時候，我就醒了。我希望我沒有惹妳不開心，妳做的東西都很棒，只是我真的吃不下。」

「我想她已經累了。」馬修從馬廄回來後一直沉默不語，現在終於開口了。「帶她去睡覺吧，瑪莉拉。」

瑪莉拉早就在煩惱該讓安妮睡在哪裡。她原本為了要收養的男孩，在廚房旁的小房間準備了一張躺椅，雖然那個房間乾淨整潔，讓女孩子睡在那裡卻有點不妥。客房也不適合給一個無家可歸的孤兒借住，所以只剩東邊閣樓的房間。瑪莉拉點了根蠟燭，要安妮跟她上樓。安妮無精打采地跟在瑪莉拉後頭，經過走廊的時候，她順道拿了自己的帽子和旅行袋。走廊乾淨得有點可怕，但來到這小小的閣樓房間，她發現這裡甚至比走廊還要一塵不染。

瑪莉拉將蠟燭放在一張有三隻桌腳的三角形桌子上，替安妮鋪好床。

「妳有帶睡衣吧？」她問。

安妮點點頭。

「有，我有兩件，是孤兒院的阿姨替我做的，但是都太短了。孤兒院的物資永遠都不夠，所以東西都很寒酸，至少我待的這種貧窮的孤兒院是這樣。我討厭又短又緊的睡衣。不過，想到穿這種睡衣還是能做個好夢，心裡就會覺得好過一點，就算不能穿有長長的裙襬、領口還有波浪邊的漂亮睡衣也沒關係。」

「好了，趕快換上睡衣去睡覺吧，我過幾分鐘再來拿蠟燭。我不放心讓妳自己吹熄，妳說不定會把這裡給燒了。」

瑪莉拉出去後，安妮憂傷地環顧整個房間。空無一物的白色牆壁看起來十分刺眼，她不禁覺得牆壁也為了自己的赤裸感到悲傷。地板中央有塊安妮沒看過的圓形編織地毯，除此之外也是一片空蕩蕩。牆角擺著一張老式高腳床，床架的四個角落立著四根車工簡樸、顏色漆黑的床柱。另一邊的牆角則是剛才提過的三角桌，桌上唯一的擺飾是一個厚厚的紅絲絨針包，針包硬邦邦的，再怎麼勇猛鋒利的針都能折彎；桌子上方的牆壁掛著一面長二十公分、寬十五公分的小鏡子。床和桌子中間隔著窗戶，上頭掛著冷冰冰的白色波浪邊細棉布窗簾，窗戶對面則是盥洗臺。整間房間充斥著難以形容的僵硬死板，一股寒意深入安妮的骨子裡，讓她忍不住打了個冷顫。她一邊啜泣，匆匆脫下身上的裙子，穿上過小的睡衣，接著撲到床上，把臉埋進枕頭，再拉起被子蓋住頭。瑪莉拉上樓拿蠟燭時，安妮已經不見蹤影，只見窄小的衣服扔了滿地都是，床上的棉被一團凌亂，可見她躲在裡面。

瑪莉拉緩緩撿起安妮散落一地的衣服，整齊地放在一張外觀呆板的黃色椅子上，拿起蠟燭走到床邊。

「晚安。」她的語氣有點生硬，但還算和善。

安妮猛然從棉被裡探出蒼白的小臉，露出一雙大眼盯著她。

「妳明知道這是我有生以來最難過的夜晚，怎麼還說得出『晚安』這種話呢？」安妮哀怨地說。

話一說完，她又鑽進棉被底下。

瑪莉拉慢慢走下樓，到廚房清洗晚餐的碗盤。馬修正在抽菸，代表他現在心事重重。他平時很少抽菸，因為瑪莉拉認為這是骯髒的陋習，不准他抽菸。不過某些時候，馬修還是會忍不住想抽，這時瑪莉拉會選擇睜一隻眼、閉一隻眼。她明白人非聖賢，任誰都需要宣洩情緒的管道。

「現在好了，真是一團糟。」她怒氣沖沖地叨唸：「這就是不親自處理、只託人傳話的後果。理查・史賓賽家的人不知怎地曲解了我們的意思。總之，明天我們倆一定得有人去史賓賽太太那兒一趟。這女孩一定得送回孤兒院。」

「嗯，應該吧。」馬修聽起來不太情願。

「什麼叫『應該吧』？難道不是這樣？」

「瑪莉拉，她的確是個好孩子。她很想留在這裡，把她送回去實在有點可惜。」

「馬修・卡斯柏，你該不會想收養她吧？」

就算馬修說他喜歡倒立，瑪莉拉也不會比現在還震驚。

「呃，不，我也不是這個意思……不算是……」被瑪莉拉這樣一逼問，馬修頓時緊張了起來，說話也支支吾吾。「我想……我們不太可能收養她。」

「是絕對不可能。她對我們能有什麼幫助？」

「我們也許能對她有些幫助。」馬修突然給出了出人意表的回應。

「馬修・卡斯柏，你一定中了那孩子的咒！我看得清清楚楚，你就是想收養她。」

「這孩子真的很有趣。」馬修仍十分堅持。「妳真該聽聽她從車站回來的路上說了些什麼。」

「她很能言善道，我一眼就看出來了。但這不能算是優點，我可不喜歡這麼多話的孩子。我本來就不想領養女孩，就算我想，也不會選她這種的。我有點摸不清這女孩的脾氣。不行，她一定得馬上回孤兒院。」

「我可以聘個法國男孩來幫我，」馬修說。「她可以跟妳作伴。」

「我不缺人作伴，也不打算收養她。」瑪莉拉立刻否決馬修的提議。

「好吧，妳說的都對，瑪莉拉。」馬修站起身，將菸斗放回原位。「我要去睡了。」

馬修回房間去了。眉頭深鎖、心意已決的瑪莉拉收拾好碗盤後，也回到了自己的房間。而在樓上的東邊閣樓裡，那個孤單寂寞、舉目無親的小女孩不停哭泣，漸漸沉入夢鄉。

第四章 「綠山牆之家」的早晨

安妮醒來的時候，太陽已經高掛天空。她從床上坐起身，睡眼惺忪地盯著窗外。明亮的陽光灑進室內，窗外有白色羽毛似的物體輕輕隨風擺動，背後的藍天若隱若現。

她一時之間想不起自己身在何方，總覺得似乎發生過什麼好事，有種激昂的快樂情緒充滿全身，緊接著可怕的記憶全都恢復了。這裡是綠山牆之家，而卡斯柏兄妹因為她不是男孩，不打算收養她了。

但早晨已經來臨，窗外那些白色物體則是盛開的櫻桃花。她飛也似地跳下床、跑到窗前，試著打開窗戶。窗框卡得很緊，推動時嘎嘎作響，似乎已經很久不曾使用（事實上也是如此）。她費了好大的勁才成功把窗子往上推開，窗框牢牢固定在上面，完全不需要支撐。

安妮雙膝跪地，眼裡滿是喜悅的光彩，專注凝視著六月早晨的景色。啊，好漂亮，真是個美麗的地方！但她卻無法留在這裡！不過，在這裡她能充分發揮想像力，於是她開始幻想自己能繼續住在綠山牆之家。

有棵高大的櫻桃樹挨著屋子生長，枝頭能碰到屋子，樹上掛滿了花朵，幾乎看不見一片綠葉。屋子兩側寬廣的果園也同樣繁花盛放，一邊是蘋果樹，另一邊則是櫻桃樹，樹下的草地上還點綴著一株又一株的蒲公英。屋子下方的花園裡，紫丁香綻放紫色花朵，從這裡就能聞到早晨的微風捎來那醉人的甜美香氣。

花園再往下是長滿三葉草的青草坡，一路延伸至谷地。谷地裡有小河流過，茂密的白樺樹林生氣盎然地朝天空伸展，樹林底下似乎有許多蕨類和苔蘚類，為整個谷地增添了一股宜人的森林氣息。谷地再過去是一座山丘，生長著濃密的雲杉和冷杉，看上去一片鬱鬱蔥蔥。透過樹林的縫隙，她看見一個尖尖的灰色屋頂，正是她昨晚經過閃耀之湖時，坐落在對岸的那棟灰色小屋。

往左邊望去，幾座大穀倉矗立在稍遠處，再過去是坡度平緩的綠色原野，原野上方依稀可見波光粼粼的藍色海洋。

熱愛美景的安妮看得目不轉睛，想把所有景物盡可能烙印在眼底。這個可憐的孩子過去看過太多醜惡的景象，因此這幅風景對她來說，就像幻想的世界一樣美麗。

她跪在窗前，渾然忘我地沉浸在優美的景色中。突然間，有隻手搭上她的肩膀，嚇了她好大一跳。原來在安妮忙著做白日夢的時候，瑪莉拉已經悄悄走進房裡。

「妳該換衣服了。」她冷冷地說。

瑪莉拉實在不知道怎麼跟這孩子對話，心裡總覺得很尷尬，因此她的話總在無意間變得更加簡短，顯得有些冷漠。

安妮站起來，深深地吸了口氣。

「哇，真的好美呀！」她一邊感嘆，一邊向窗外美好的世界揮手致意。

「那棵樹是很大沒錯，」瑪莉拉說。「花也開得很多，但結不出多少果實。果實都很小，還有蟲咬過的痕跡。」

「噢，我說的不只有樹。樹當然也很漂亮，簡直美極了，它的花開得好茂盛，好像它自己也很想開花呢！我說的是全部，花園、果園、河流和森林，還有這廣大又美麗的世界裡的所有東西。在這樣的早晨，妳會不會覺得自己真的好喜歡這個世界？我從這裡就能聽見小河的笑聲喔。河流的心情總是很好，妳有發現嗎？它們老是在笑，就算冬天水面結冰，我也能聽見它們從冰層底下傳來的笑聲。綠山牆之家旁邊有小河真是太好了。妳可能認為這對我來說一點也不重要，畢竟我很快就要離開，但其實很重要喔。就算我以後再也看不到這條河，只要想起綠山牆之家有條小河，我還是會很開心。要是這裡沒有小河，我會因為覺得這裡應該要有，心裡一直感覺很不對勁、很不舒服呢。今天早上我沒有陷入絕望的深淵，我在早上是不會感到絕望的。早上真是一段美好的時光，妳說對不對？話是這麼說，但我其實很難過。我一直在幻想，也許你們會發現我就是你們要的孩子，那樣我就能永遠永遠住在這裡了。幻想能帶給人安慰，但所有幻想都有必須停止的時候，那一刻真的很痛苦。」

「別管什麼幻想了，趕快換好衣服到樓下來。」瑪莉拉好不容易在安妮停頓的空檔插上話。「去洗臉梳頭，讓窗戶開著通風，被子摺好放到床尾。動作快，早餐已經好了。」

顯然在有必要的時候，安妮做事也能很俐落。她十分鐘之內就下樓了，衣服穿得整整齊齊，頭髮不只梳理好，甚至編了辮子，臉也洗好了。她以為自己完成了瑪莉拉交代的所有事情，感到十分輕鬆愉快，但其實她忘記要摺被子了。

「我今天早上滿餓的。」安妮在瑪莉拉為她準備的椅子上坐了下來，並向在座的兩位這麼宣布：「現在不像昨天晚上，世界看起來不再是一片荒涼了。今天早上陽光普照，感覺真好。不過，下雨的早晨我也很喜歡。你們不覺得，不論是怎樣的早晨都很有意思嗎？你不知道接下來這一天會發生什麼事，有很大的想像空間。不過，我很高興今天沒有下雨，因為天氣晴朗的話，心情會比較好，也更有勇氣承受痛苦。我覺得我需要面對很多苦難。讀悲傷的故事時，想像自己英勇地度過難關是很棒沒錯，但真的碰到時，感覺就不再是那樣了，對吧？」

「拜託妳閉上嘴巴。」瑪莉拉說。「女孩子話別這麼多。」

被這麼一訓斥，安妮安分地閉上嘴巴，久久沒有吭聲，這反常的氣氛反而讓瑪莉拉坐立不安了起來。馬修也沒有說話（這倒是很正常），三個人一聲不響地吃著早餐。

安妮吃著吃著，看起來越來越心不在焉。她的嘴巴機械式地嚼著食物，圓滾滾的大眼直盯著窗外的天空發呆。安妮這副模樣實在讓瑪莉拉焦躁不已。她心裡很不舒服，總覺得這個怪孩子雖然身體坐在餐桌前，心卻已經乘著想像力的翅膀飛上天際，飄到九霄雲外去了。誰會希望自己家裡有這種小孩呢？

可是馬修卻想將安妮留下來，真是難以理解！瑪莉拉發現過了一夜，馬修的想法依然沒有改變，之後大概也不會改變。馬修就是這個脾氣：突發奇想也就算了，之後還會一直默默堅持那個想法，怎樣也不肯放棄。他那股沉默的執著，遠比直接說出口的明確主張還要難以撼動。

吃完飯後，安妮也終於回過神來，自告奮勇要幫忙洗碗。

「妳有辦法洗乾淨嗎？」瑪莉拉十分懷疑。

「沒問題，我很會洗碗。不過我更擅長照顧小孩，我有很多這方面的經驗。可惜這裡沒有小孩，不然我就能幫上忙了。」

「妳一個就夠了，我可不想照顧更多小孩。妳已經夠麻煩了，我還不知道要怎麼處理妳的事呢。馬修這個人實在太荒唐了。」

「我覺得他人很好。」安妮不滿地反駁：「卡斯柏先生很有同理心。他完全不介意我愛說話——應該說，他似乎挺喜歡聽我說話的。我一見到他，就覺得我們兩個心靈相通呢。」

「你們兩個都怪得可以，難怪心靈相通。」瑪莉拉嗤之以鼻地說。「好，妳就去洗碗吧。多用一點熱水，洗完後碗盤記得擦乾淨。我早上要忙的事可多了，因為下午我得去白沙鎮一趟，找史賓賽太太討論怎麼處理妳的事，妳也要一起來。洗好碗之後，妳去樓上把床鋪整理好。」

瑪莉拉盯著安妮洗碗，發現她做得又快又好。不過整理床鋪她就不是很擅長了，因為她從來沒摺過羽絨被，自然不知道怎麼做才好，但最後她還是憑著感覺順利將被子摺疊整齊。家事做完後，瑪莉拉想自己清靜清靜，便告訴安妮可以去外面玩耍，午餐前回來就好。

安妮一聽到可以出去玩，眼睛頓時亮了起來，興高采烈地往門口奔去。來到門口時，她卻突然停下腳步，轉身走回桌子旁坐下，眼神也變得黯淡無光，彷彿剛才有人熄滅了她眼裡的光彩。

「妳又怎麼了？」瑪莉拉問。

「我不敢出去。」安妮回答，悲壯的口氣有如拋棄所有世俗娛樂的烈士。「既然不能留在這裡，那我再怎麼深愛綠山牆之家的一切也沒有意義。我要是去了外面，和那些樹木、花兒、果園和小河變成朋友，一定會忍不住喜歡上它們。我現在已經夠難過了，我不想再讓自己更難過。我其實很想出去，那些花草樹木好像也都在呼喚我：『安妮，安妮，快出來找我們！安妮，安妮，我們想和妳一起玩！』但我還是別出去的好。如果總有一天得分開，喜歡一樣東西又有什麼用呢？但要不愛上任何東西**真的**好難啊。也是因為這樣，之前我以為可以在這裡住下來的時候，真的好高興。我以為我可以盡情喜歡這裡的人事物，不需要擔心以後會分開。但這場短暫的美夢已經結束了，我也認命了。我不會再到外面去，免得我又產生多餘的希望。對了，請問窗臺那株天竺葵叫什麼名字？」

「那是蘋果天竺葵。」

「我說的不是這種名字，是妳取的名字。如果妳沒有給它取名，那我可以幫它想個名字嗎？我想想，『波妮』還不錯，我在這裡的時候可以叫它波妮嗎？拜託妳！」

「哎呀，隨便妳。幫天竺葵取名字到底有什麼意義？」

「嗯，我喜歡替東西取名字，讓它們好像是人一樣，天竺葵也不例外。如果只用『天竺葵』稱呼它們，它們說不定會難過呢，妳也不會希望別人老是叫妳『女人』吧。就這麼決定了，我要叫它波妮。早上我也幫房間窗外的櫻桃樹取了名字，它開滿白色的花，所以我叫它『冰雪女王』。當然啦，它不可能永遠都開著花，但我們可以想像它開花的樣子，對吧？」

「我這輩子還沒見過像她這種孩子。」瑪莉拉躲到地窖拿馬鈴薯，一邊走一邊嘟噥著。

「馬修說得沒錯，她確實挺有趣的，連我都開始好奇她下一句話又要說些什麼了。再這樣下去，不只是馬修，恐怕連我也要被她迷住了。馬修出門前用那個眼神看我，表示他的想法還是和昨晚一樣，沒有改變。真希望他能像別的男人一樣，願意說出自己的意見、和別人商量，這樣我才能據理力爭，好好說服他。一個只會盯著你看的人，能拿他怎麼辦呢？」

瑪莉拉從地窖回來時，看到安妮雙手托著臉頰，兩眼望著天空，又陷入幻想的世界裡。於是她也不再理睬安妮，早早做午餐去了，直到午餐端上桌才去叫她。

「馬修，我下午可以用馬兒和馬車吧？」瑪莉拉問。

馬修點點頭，一臉憂傷地看著安妮。瑪莉拉嚴肅地打斷他的心思：

「我要去一趟白沙，把這件事解決掉。安妮也會一起去，史賓賽太太應該能馬上送她回新斯科細亞。你的下午茶我會先準備好，牛奶我回家再擠還來得及。」

馬修沒有任何回應，讓瑪莉拉不禁覺得剛才是在白費唇舌。撇除不會回嘴的女人，不會回嘴的男人大概是世界上最令人厭煩的生物了。

然而，馬修還是按時準備好馬車，瑪莉拉和安妮便按照計畫動身前往白沙。馬修為她們打開大門，車子緩緩經過他身邊時，他自言自語似地開口：

「小河村的小傑利．布特早上有來這裡，我跟他說我夏天可能會僱用他來農場幫忙。」

瑪莉拉沒有回答，只是狠狠地抽了倒楣的馬兒一鞭。這匹肥肥的小母馬從來沒受過這種待遇，一氣之下狂奔出去，以驚人的速度跑下小路。瑪莉拉從顛簸前行的馬車上回頭望去，只見馬修倚靠在門上，哀傷地目送她們離去，讓她更加心煩意亂。

第五章　安妮的身世

「妳知道嗎，」安妮一臉神祕，似乎要傾吐一個祕密：「我已經決定要好好享受這趟旅程。只要我下定決心，無論什麼事幾乎都能樂在其中，我的經驗是這樣告訴我的。當然啦，一定要**下很大的決心**才行。坐馬車的時候，我不會去想要回孤兒院的事，我要專心享受兜風的感覺。哇，妳看，那裡有一朵小小的野薔薇！很漂亮，對不對？當一朵薔薇一定很開心吧？要是薔薇會說話就好了，它們一定能告訴我們很美妙的事。粉紅色真的是最迷人的顏色。我很喜歡粉紅色，只可惜我不能穿粉紅色的衣服，紅頭髮和粉紅色不搭，就算是在想像的世界裡也一樣。妳有聽說過有人年輕時頭髮是紅色，長大後變成另一種顏色的嗎？」

「從沒聽說過。」瑪莉拉毫不留情地說。「我也不覺得妳的頭髮以後會變成別的顏色。」

聽了瑪莉拉的回答，安妮不禁嘆了口氣。

「好吧，又有一個希望破滅了。『我的人生是希望的墳場』，這句話是我在書上讀到的。每次遇到讓我失望的事，我就會唸這句話來安慰我自己。」

「我不懂這句話要怎麼安慰到妳。」瑪莉拉回答。

「因為這句話很浪漫呀，讓我覺得自己好像書裡的女主角。我喜歡浪漫的東西，『希望的墳場』聽起來浪漫得不得了，對不對？可以擁有這麼浪漫的東西，也算值得開心的事。對了，我們今天會經過閃耀之湖嗎？」

「如果妳是指巴瑞池塘的話，我們不會經過那裡。我們今天要走濱海公路。」

「濱海公路聽起來好棒喔。」安妮的語氣充滿嚮往。「那條路是不是和它的名字一樣美呢？妳說『濱海公路』的時候，我的腦袋裡馬上就浮現了那裡的樣子。白沙也是個很好聽的名字，但還是艾凡里比較好。艾凡里真的是個很優美的名字，唸起來非常悅耳動聽。白沙離這裡有多遠呢？」

「大約八公里。還有，妳如果這麼想講話，那不如講些實際一點的吧，和我說說妳自己的事如何？」

「唔，我的事沒什麼好提的。」安妮顯得有些著急。「請妳讓我說說我替自己**想像**的故事吧，那比真實的有趣多了。」

「不行，我一點也不想聽妳的幻想故事，我只想聽真實發生過的事，所以請妳實話實說。那就從頭開始吧，妳在哪裡出生？今年幾歲了？」

安妮輕輕嘆了口氣，無奈地說起自己的過去：「我出生在新斯科細亞的波林布洛克，今年三月滿十一歲了。我爸爸叫做華特．雪利，他是波林布洛克中學的老師。我媽媽叫做柏莎．雪利。華特和柏莎這兩個名字很棒，對不對？我很高興我爸媽的名字都很好聽。要是我爸的名字叫——嗯，像是耶底底亞之類的——我會覺得很丟臉。」

「我認為只要一個人行為端正，他叫什麼名字一點都不重要。」瑪莉拉覺得，自己有必要教導安妮正確實際的價值觀。

「唔……這個我不確定。」安妮看起來若有所思。「我以前在書上讀過，玫瑰不叫玫瑰，依然芳香如故[10]，但我一直沒辦法相信這個說法。要是玫瑰叫做薊或是臭菘[11]，我才不相信它的味道還能那麼好聞。如果我爸叫耶底底亞，我想他也可以是個好人，但這個名字一定會讓他很困擾。我媽媽也是那間中學的老師，但結婚後她就把工作辭了，畢竟照顧丈夫就夠忙的了。湯瑪斯太太說，我爸媽天真得像小孩，窮得連一毛錢也沒有。他們住在波林布洛克一棟很小很小的黃色房子裡。我沒有親眼看過那棟房子，但我想像過那裡的模樣好幾千、好幾萬次。在我的想像裡，房子客廳的窗戶爬滿了金銀花，前院種著紫丁香，大門邊還長著鈴蘭花，而且每扇窗戶都掛著細棉布窗簾。細棉布窗簾可以給房子一種特別的氛圍。我就是在那棟房子裡出生的。湯瑪斯太太說，我是她看過最醜的小寶寶，又瘦又小，最顯眼的就是這雙大眼睛，但我媽還是覺得我非常漂亮。我覺得孩子長得好不好看，應該是孩子的媽媽看得最準，而不是幫忙打掃的貧窮清潔工，妳認為呢？總之，我很高興媽媽喜歡我的長相，要是我讓她感到失望，我會覺得很難過——畢竟我們相處的時間不長，她後來很快就去世了。我三個月大的時候，媽媽就患了熱病去世了。我好希望她能活久一點，如果我有叫她『媽媽』的記憶就好了。可以叫一聲『媽媽』該有多幸福呀，妳說對不對？媽媽過世四天後，爸

---

10 這是一句英文諺語：A rose by any other name would smell as sweet，最早出自威廉．莎士比亞（William Shakespeare）的劇作《羅密歐與茱麗葉》（*Romeo and Juliet*）第二幕第二景。

11 臭菘（學名：*Symplocarpus foetidus*），分布於北美洲東部的多年生植物，一般生長在沼澤、溼地等潮溼地帶，會散發出難聞的氣味。

爸也同樣因為熱病走了，於是我變成了孤兒。湯瑪斯太太說，那時大家都不知道該拿我怎麼辦才好。妳看，就連那個時候，我也沒有人要，這可能就是我的命吧。我爸媽都來自很遠的地方，附近鄰居也知道他們的親人都不在了。雖然湯瑪斯太太自己也很窮，還有一個酗酒的丈夫，她後來還是收留了我，親手把我養大。我問妳喔，被親手養大的人應該會比別人更乖、更聽話嗎？因為每次我不乖的時候，湯瑪斯太太就會罵我說，明明是她親手把我養大，我怎麼可以這麼不聽話？」

「湯瑪斯一家後來從波林布洛克搬到瑪莉斯維爾。我八歲以前都跟他們住在一起，幫忙照顧他們家的小孩。他們家有四個年紀比我小的孩子，老實說，照顧他們真的非常辛苦。後來，湯瑪斯先生被火車撞死了，湯瑪斯太太的婆婆願意收留她和孩子，但不願意收留我。湯瑪斯太太那時說，現在她也不知道該拿我怎麼辦了。後來，住在河上游的哈蒙德太太看我很會帶小孩，就收留了我，所以我就去了她家。哈蒙德家的房子在森林裡的一塊小空地上，周圍還留著很多沒清理乾淨的樹墩。哈蒙德先生在那裡經營一間小小的鋸木工廠，那裡很荒涼，要不是有想像力支撐著我，我早就待不下去了。他們家總共有八個小孩，哈蒙德太太懷了三次雙胞胎。雖然我喜歡小孩子，但連續三對雙胞胎真的**太多了**。哈蒙德太太生下第三對雙胞胎時，我很明確地跟她這麼說了。整天抱著這麼多小寶寶到處跑，真的把我累壞了。」

「我在哈蒙德家住了兩年多。後來哈蒙德先生過世了，他太太沒辦法靠自己扶養所有小孩，於是把孩子分送給親戚收養，自己去美國了。只有我得去荷普鎮的孤兒院，因為沒有人想收留我。結果到了孤兒院，連他們也不要我，那裡的人說他們沒辦法再收更多人了。但我已經沒有地方去了，所以最後他們還是得收留我。史賓賽太太去孤兒院的時候，我已經在那裡待了四個月。」

安妮說完，再次嘆了口氣，只不過這次是如釋重負的嘆息。世界之大，卻沒有她的容身之處，因此她不喜歡談論自己的過往。

「妳有上過學嗎？」瑪莉拉駕著馬車轉進濱海公路。

「有，但沒有上很久。我在湯瑪斯太太家的最後一年念過一陣子的書。住在河上游的時候，學校離住的地方太遠，冬天下雪沒辦法走去學校，夏天學校又放暑假，所以我只有春天和秋天可以去上課。在孤兒院的時候有上學，這是當然的。我認得很多字，還會背好幾首詩——〈霍恩林登戰役〉、〈弗羅登戰役後的愛丁堡〉還有〈萊茵河畔的賓根〉，〈湖上美人〉和詹姆斯．湯姆森[12]的《季節》裡的大部分句子我也都記住了。有些好詩會讓人感動得渾身顫抖，真的很棒，對不對？五年級的課本裡有一首叫做〈波蘭陷落〉的詩，非常澎湃激昂喔。不過我不是五年級的學生就是了，我還在讀四年級，但五年級的大姊姊會借她們的課本給我看。」

「之前收留妳的那兩位——湯瑪斯太太和哈蒙德太太——她們對妳好不好？」瑪莉拉以眼角餘光看著安妮。

---

12 詹姆斯．湯姆森（James Thomson），蘇格蘭詩人，以四季為題材的組詩《季節》（*The Seasons*）為其代表作之一。

「呃……」安妮一時語塞，那張表情豐富的小臉蛋突然漲得通紅，眉頭也皺了起來。她面有難色地回答：「呃，她們心裡是想對我好的，我知道她們很努力想溫柔親切地對待我。如果知道別人想對妳好，那麼就算他們有時對妳不是那麼好，妳也不會太在意了，就是這樣。妳也知道，她們已經有夠多事要操心了。有一個愛喝酒的丈夫很辛苦，連續生了三對雙胞胎也很辛苦，對吧？不過，我感覺得出她們是想對我好的。」

瑪莉拉沒有再問下去。安妮也安靜了下來，開始欣賞濱海公路的景致，沉浸在無聲的喜悅中。瑪莉拉駕著馬車，陷入沉思，心中突然有一股憐憫之情油然而生。儘管安妮語帶保留，心思細膩的瑪莉拉還是能從她的話語了解她的遭遇。這孩子一直以來都處在困頓又欠缺關愛的環境裡，生活只有滿滿的勞動、貧困與冷落，也難怪她會如此期待擁有一個真正的家。但期待終究還是落空，她也必須回到孤兒院，實在令人同情。如果成全馬修突如其來的荒唐念頭，讓這個孩子留下來呢？馬修的態度相當堅定，而安妮似乎也是個值得栽培的好孩子。

瑪莉拉心想：「她的確太愛說話了，但只要好好教導，這個習慣是可以改掉的。她的談吐算是文雅，不會說什麼粗俗的話，看來她的父母應該是有教養的人。」

濱海公路「草木繁茂，荒涼寂寥」[13]。道路右邊的冷杉樹叢不畏海風長年吹襲，依舊堅

---

13 出自美國詩人約翰．葛林立夫．惠提爾（John Greenleaf Whittier）的詩作"Cobbler Keezar's Vision"。

忍不拔，長出濃密的枝葉。道路左邊是陡峭的紅色砂岩懸崖，有些路段緊鄰懸崖邊緣，如果馬匹性情不夠穩定，坐在馬車上的人可能一路上都會心驚膽戰。懸崖底部的岩石受盡海浪侵蝕，形成好幾個小海灣，海灣內的沙灘遍布鵝卵石，宛如鑲嵌了海洋寶石。懸崖之外，蔚藍的大海波光粼粼，海面上空成群的海鷗翱翔，翅膀在陽光下閃著銀色光輝。

「大海好漂亮呀，對不對？」原本一直張大眼睛欣賞風景的安妮終於打破沉默。「我住在瑪莉斯維爾時，有次湯瑪斯先生租了一輛馬車，帶我們去十五公里外的海邊玩。雖然我得時時刻刻顧著那些孩子，但那天我還是過得好開心，後來也常常夢到那次旅行。不過這裡的海岸比瑪莉斯維爾的還要美呢！那些海鷗看起來好自由自在呀！妳會想當一隻海鷗嗎？要是我不能當個人類小女孩，我會想變成海鷗。和太陽一起起床，從天空俯衝到海面，接著飛到遙遠的美麗大海上玩耍一整天，晚上再回到巢裡睡覺，這樣的生活真是太棒了，對吧？我完全可以想像自己過著海鷗的生活呢。請問前面那棟大房子是什麼呢？」

「那是白沙大飯店，飯店老闆是柯克先生。現在還不是旅遊旺季，到了夏天，會有很多美國人來這裡度假，他們很喜歡這裡的海邊。」

「我剛剛很害怕那是史賓賽太太的家。」安妮憂傷地說。「我希望永遠都不要到她家，總覺得到了那裡，一切就要結束了。」

第六章　瑪莉拉的決定

她們最後還是準時到了目的地。史賓賽太太住在白沙灣的一棟黃色大房子，她出來應門時，和藹的臉上充滿驚訝與歡迎。

「天哪！」她驚呼：「真想不到妳們今天會過來，歡迎妳們！需要把馬牽進來嗎？安妮，妳好嗎？」

「還好，謝謝妳的關心。」安妮回答。她的臉上毫無笑容，一副垂頭喪氣的模樣。

「我們應該會在這兒待一下，讓馬喘口氣，」瑪莉拉說。「不過不能太久，因為我答應馬修要早點回去。事情是這樣的，史賓賽太太，領養似乎有哪個地方出錯了，我今天就是來了解情況的。我和馬修是想請妳從孤兒院幫我們找個男孩。我們當初是請妳哥哥羅伯特轉告妳，我們要一個十到十一歲的男孩子。」

「瑪莉拉．卡斯柏，這是真的嗎？」史賓賽太太大驚失色。「我的天啊，羅伯特那時是叫他女兒南希過來傳話，南希明明說你們要女孩子呀！是不是，芙洛拉？」史賓賽太太轉身詢問站在門口階梯上的女兒。

「南希真的說你們要女孩子，卡斯柏女士。」芙洛拉信誓旦旦地保證。

「真的很抱歉，」史賓賽太太說。「這實在太糟糕了。不過，卡斯柏女士，希望妳能了解問題不是出在我這兒，我以為我有確實完成你們拜託的事。南希這孩子真是靠不住，做事粗心大意，我已經因為這個罵過她好多次了。」

「這是我們自己的問題，」瑪莉拉無奈地說。「這麼重要的事，我們不該請人傳話，應該當面告訴妳才對。既然事情已經發生了，那麼現在該做的就是好好解決這件事。我們能把這孩子送回孤兒院嗎？他們願意讓她回去吧？」

「應該可以。」史賓賽太太似乎在想些什麼，接著說：「不過安妮應該不用回孤兒院了。布魯耶特太太昨天來過我家，她希望我能替她找個小女孩去她家幫忙。布魯耶特太太有很多孩子，正愁找不到幫手呢。安妮剛好可以去她家，這一定就是天意吧！」

從瑪莉拉的反應看來，她似乎不覺得這件事能和天意扯上什麼關係。眼前突然有個可以擺脫安妮的絕佳機會，但她卻一點也高興不起來。

瑪莉拉看過布魯耶特太太幾次，只記得她是個臉色凶悍、個子矮小的婦人，瘦削的身軀絲毫不見任何贅肉。不過布魯耶特太太的事蹟她倒是略知一二，據說她「老是把傭人當成奴隸一樣使喚」，在布魯耶特家工作過的女傭都說，布魯耶特太太脾氣壞又吝嗇，她的孩子也毫無教養，成天打打鬧鬧。把安妮託付給這種人家，瑪莉拉說什麼也無法放心。

「這個嘛，不如我們進去屋子裡，好好商量一下吧。」她說。

「那不是布魯耶特太太嗎？好巧啊，真是說人人到！」史賓賽太太驚呼。接著，她連忙帶領三位客人穿過走廊到客廳坐著。一進到客廳，一股刺骨的寒意襲來，這裡的空氣彷彿被那緊閉的深綠色百葉窗過濾太久，流失了原有的每一點溫暖。「太好了，看來我們可以馬上解決這件事。這邊請坐，卡斯柏女士。安妮，這個凳子給妳，乖乖坐好，別動來動去。妳們的帽子給我就好。芙洛拉，妳去燒點水。午安，布魯耶特太太，我們才在說這個時候碰到妳真是太剛好了。我來介紹一下，這位是布魯耶特太太，這位是卡斯柏女士。噢，請稍等一下，我忘記跟芙洛拉說要把烤爐裡的餐包拿出來了。」

史賓賽太太拉起百葉窗後，匆匆走出客廳。安妮不發一語地坐在凳子上，放在大腿上的雙手緊緊握在一起，盯著布魯耶特太太發楞。眼前這位太太臉頰尖瘦、眼神銳利，長得一副尖酸刻薄的樣子，難道她真的要被送去這種人家裡嗎？想到這裡，安妮的眼睛一陣刺痛，漸漸泛出淚水。史賓賽太太不久便回到客廳，紅潤的臉上堆滿笑容。她處理事情面面俱到，不論什麼樣的困難都能立即發現並加以排除。看著史賓賽太太笑容滿面的模樣，安妮開始擔心自己會忍不住掉下眼淚。

「布魯耶特太太，這個小女孩的事出了點差錯。」史賓賽太太說。「我以為卡斯柏先生和卡斯柏女士是想領養一個小女孩，我家的人確實是這樣告訴我的，不過他們其實是想領養男孩。如果妳還需要幫手，我想這個女孩是很合適的人選。」

布魯耶特太太將安妮從頭到腳打量了一番。

「幾歲了？叫什麼名字？」她問。

「安妮．雪利，今年十一歲。」她怯生生地回應，也不敢告訴布魯耶特太太她的名字後面一定要加上「妮」字這件事。

「哼，妳看起來太瘦了，但長得挺結實的。別的我不曉得，但結實的女孩的確是最好的。妳聽好，如果我收留妳，妳要乖乖聽我的話、做事勤快一點，對人也要有禮貌，知道了吧？好好工作才有地方住、有東西吃，就是這樣。好，我就接手這女孩吧，卡斯柏女士。我家剛出生的孩子哭鬧個沒完，我已經快累垮了，如果妳願意，我現在就能帶她回我家。」

瑪莉拉看向安妮，只見她慘白的臉上流露出無聲的痛苦，宛如一隻無助的小動物好不容易掙脫陷阱，卻再次身陷其中。瑪莉拉的心不禁揪了一下，同時有種不安的預感浮上心頭：要是她無視安妮眼神裡的懇求，那眼神將會糾纏她一輩子。更何況，她自己也不喜歡布魯耶特太太。一個如此纖細敏感的孩子，怎麼能交給這種人呢？不行，這種事她絕對做不出來！

「這個嘛，我還沒拿定主意。」她慢條斯理地回答。「我和馬修也不是一定要把她送走，其實馬修是有意留下她的，我來這裡只是要確認究竟是哪個地方出錯了而已。我想我最好先帶她回去，和馬修好好討論。在問過他的意見之前，我不能擅自做任何決定。如果我們最後決定不收養她，明天晚上我們會自己或請人帶她到妳家。如果到時孩子沒有過來，那就表示我們要收養她了。不知道這樣行不行，布魯耶特太太？」

「也只能照妳說的做了。」布魯耶特太太不客氣地回應。

瑪莉拉說話的同時，安妮的表情宛如破曉時分的天空，經歷了巨大的變化。原本絕望的神情漸漸消失，臉頰泛起一抹滿懷希望的淡淡紅暈，雙眼浮現閃亮的光芒，耀眼如晨星，與剛才判若兩人。過了一會，史賓賽太太帶布魯耶特太太去拿她要借的食譜，等她們倆一走出客廳，安妮立刻從凳子上跳了起來，飛奔到瑪莉拉面前。

「卡斯柏女士，妳剛剛是不是說妳可能會讓我留在綠山牆之家？」安妮努力壓低聲音，好像說得太大聲，這個美夢就會化成泡影。「妳真的這麼說了嗎？還是那只是我的幻想？」

「安妮，要是妳連現實跟幻想都分不清楚，我看妳還是別幻想了吧。」瑪莉拉沒好氣地回答。「對，我是這麼說了，但我還沒確定真的要收留妳，也許最後我們還是會讓妳去布魯耶特太太家，畢竟她比我們更需要妳。」

「要我去她家，我還寧願回孤兒院！」安妮激動地說。「她長得好像……好像一根錐子。」

安妮這番巧妙的比喻讓瑪莉拉差點笑出來，但她還是強忍笑意，板起臉訓斥安妮。

「小孩子怎麼能這樣說一個不認識的女士呢？」她嚴肅地說。「妳回去坐好，閉上嘴巴，拿出一個好女孩該有的樣子。」

「只要妳願意收留我，不管什麼事，我都願意做。」安妮說完便乖乖回到凳子上坐下。

瑪莉拉和安妮傍晚回到綠山牆之家的時候，馬修等在前面的小路上迎接她們。瑪莉拉遠遠地就注意到馬修在小路上來回踱步，也猜到他在擔心些什麼、看到她們倆又會有什麼反應。馬修看到瑪莉拉至少有先帶安妮回來，顯然鬆了一口氣。不過瑪莉拉卻沒有任何回應，一直等到他們去牛舍後面的院子擠牛奶時，才和馬修談起這件事，也簡單交代了安妮的身世，以及和史賓賽太太討論的結果。

「就算只是一條狗，我也不想給布魯耶特家的那個女人。」馬修和平時不同，果斷地表達了他的不滿。

「我也不太喜歡她那種人。」瑪莉拉坦承：「但如果不把安妮交給她，那就是我們得自己收養她了。馬修，我看你好像很想收養她，那我就同意吧——應該說，我也不得不同意。

我一直有這樣的想法，這好像已經成了一種習慣，甚至是義務了。不過，我從來沒帶過孩子，撫養女孩又特別困難，我想一定會弄得一團糟，但我還是會盡我最大的努力。好吧，馬修，就讓安妮留下來吧。」

聽到瑪莉拉這麼說，馬修靦腆的臉上不禁流露喜悅的光彩。

「我就知道妳會想通的，瑪莉拉。」他說。「她真的是個有趣的小孩。」

「有用比有趣實際多了。」瑪莉拉忍不住反駁：「我一定會好好教育她，讓她成為一個有用的孩子。馬修，你聽好，這孩子由我來管教，你可不能干涉我的做法。雖然我這種沒結過婚的女人可能不清楚怎麼帶小孩，但總比你這個老單身漢好吧。你就讓我來管教她，我失敗了你再插手也不遲。」

「好，好，瑪莉拉，一切由妳作主。」馬修安撫她。「不過盡量對她好一點，別寵壞她就好。依我看，妳只要能讓這孩子喜歡妳，她就會乖乖聽妳的話。」

瑪莉拉總認為馬修不懂女人家的事，因此不以為然地「哼」了一聲，提著牛奶往乳品間走去。

瑪莉拉一邊將牛奶過濾進奶油分離器，一邊在心裡盤算：「今晚最好別跟安妮說她可以留在這兒，不然她一定會高興得整晚睡不著覺。瑪莉拉．卡斯柏，這下妳有得忙了。真想不到妳居然會收養一個孤兒院來的女孩。這已經夠神奇的了，但這整件事還是馬修出的主意，更叫人不敢相信。他平常不是怕小女孩怕得要命嗎？總之，既然已經決定要做，也沒有人知道接下來會如何，就走一步算一步吧。」

第七章　安妮第一次禱告

當天晚上，瑪莉拉帶安妮回房間睡覺時，板起臉對安妮說：

「聽著，安妮，我昨晚發現妳把脫掉的衣服亂丟在地上，這個習慣很糟糕，我絕對不准妳這樣亂七八糟的。妳一把衣服脫掉，就要立刻摺整齊，放在椅子上。我可不需要邋遢的小女孩。」

「昨天晚上我太難過了，所以完全沒想到我的衣服。」安妮說。「我今天會記得摺的。孤兒院也規定我們要摺衣服，但我大概有一半的時間會忘記，因為我都急著要爬到床上安安靜靜躺好，趕快開始幻想。」

「如果妳要留在這裡，就不能這樣忘東忘西。」瑪莉拉這麼告誡安妮：「很好，摺得還不錯。那麼禱告完就去睡覺吧。」

「我從來沒有禱告的習慣。」安妮說。

瑪莉拉看起來驚恐萬分。

「什麼？這是什麼意思，安妮？難道沒有人教妳禱告嗎？神規定小女孩一定要禱告，妳該不會不認識神吧，安妮？」

「神是靈：祂的本性、智慧、權能、聖潔、公義、恩慈、誠實，都是無限無量、無始無終、永無改變的。」[14]安妮迅速流暢地回答了瑪莉拉的問題。

瑪莉拉看起來鬆了一口氣。

「謝天謝地，幸好妳稍微有些概念，還不算是個異教徒。妳在哪裡學到這些的？」

「孤兒院的主日學校，我們會把教義問答全部背起來。我很喜歡教義問答，問答裡面有一些很棒的字，像是『無限無量、無始無終、永無改變』，聽起來好有氣勢，而且有一種轟轟作響的感覺，像大管風琴在演奏一樣。我覺得這不能算是詩，但聽起來滿像的，對吧？」

「安妮，我們現在不是在講詩，我們在講禱告。沒有每天禱告是一件很糟糕的事，妳不知道嗎？我不想這樣說，但妳不禱告的話就是壞小孩。」

「紅頭髮的人就是比較容易變壞。」安妮忿忿不平地說。「沒有紅髮的人是不會懂這種困擾的。湯瑪斯太太說，上帝是**故意**把我的頭髮變成紅色的，從那之後我就不想理上帝了。而且每天晚上我都累得要命，根本沒力氣禱告。要照顧好幾對雙胞胎的人是不可能有心思禱告的，妳真的覺得他們有那個閒工夫嗎？」

這時瑪莉拉已經拿定主意，安妮的信仰教育必須立刻進行，一刻也不能等。

「安妮，只要妳住在我家，就必須禱告。」

「好呀，如果妳想叫我禱告，那當然沒問題。」安妮爽快地答應了。「妳要我做什麼我

---

14 安妮的回答援引自西敏大會（Westminster Assembly）制定的《西敏小要理問答》（*Shorter Catechism*），此處譯文參考趙中輝譯本。

都願意，但妳得先教我怎麼禱告，一次就好，等我躺到床上，我可以自己想一段很棒的禱告詞。現在想想，禱告應該滿有趣的。」

「妳要先跪下來。」瑪莉拉有些尷尬地說。

安妮跪下來後，一臉嚴肅地抬頭望著瑪莉拉。

「為什麼禱告一定要跪著？如果是我，就不會這麼做。要是我真的想祈禱，我會一個人走進遼闊的原野或是森林最深、最深的地方，然後我會抬頭望著天空，一直、一直、一直望著那無限延伸的美麗藍天，什麼也不說。那個時候，我就能『**感受**』到我的禱告。我準備好了，我該說些什麼呢？」

瑪莉拉從沒陷入過這樣的窘境，不知所措極了。她原本打算教安妮〈現在我要睡了〉[15]這篇經典的兒童禱告文，不過就如先前提過的，瑪莉拉算是有一點幽默感，有幽默感的人自然有分辨一件事合不合適的能力。在一般的情況下，年幼的孩子穿著白色睡袍，在母親懷裡牙牙學語禱告時，理所當然都是唸這篇簡單的禱告文，但她猛然發現，這完全不適用於眼前這個滿臉雀斑的小女孩。在安妮過往坎坷的人生中，從來沒有機會透過別人的關愛來感受上帝的愛，又要如何去了解和在乎上帝的愛呢？

「安妮，妳已經長大了，可以自己禱告。」最後瑪莉拉這麼說：

15 〈現在我要睡了〉（"Now I Lay Me Down to Sleep"）最早收錄在十七世紀晚期的《新英格蘭啟蒙讀本》（*The New England Primer*），該書為當時新英格蘭殖民地孩童的課本。

「只要感謝神賜給妳的恩典，然後謙卑地向祂請求妳想要的東西就行了。」

「好，我會努力的。」安妮承諾，接著她將臉朝下、靠在瑪莉拉的大腿上。「慈愛的天父啊——牧師在教堂禱告時都這樣說，我想自己禱告時應該也可以吧？」她突然停下來，抬起頭詢問瑪莉拉，才繼續禱告：「慈愛的天父啊，感謝祢創造了純白的喜悅之路、閃耀之湖、波妮和冰雪女王，真的非常感謝祢賜給我這些東西。我現在想到可以感謝祢的只有這些。至於我想要的東西嘛，因為實在太多了，全部講完要花好多時間，所以我先講兩個最重要的：請祢讓我留在綠山牆之家，還有請祢讓我長大後可以變漂亮。**安妮．雪利，敬上**。」

「好了，這樣還可以嗎？」安妮站起來，急切地問瑪莉拉：「如果有多一點時間思考，我還可以想出更華麗的內容。」

可憐的瑪莉拉聽到安妮如此荒唐的禱告，差點暈過去。她告訴自己，安妮只是單純對信仰一無所知，不是有意對上帝無禮，才勉強保持住鎮定。瑪莉拉一邊替安妮蓋上被子，一邊在心裡暗暗發誓，明天一定要教安妮怎麼禱告。就在她拿著蠟燭準備離開房間時，安妮叫住了她。

「我現在才想到，我剛剛不應該說『敬上』，要說『阿門』，對不對？因為牧師都是說『阿門』。我剛剛突然想不起來，但總覺得禱告應該要有個結尾，所以就說了『敬上』，這樣有關係嗎？」

「我……我覺得應該沒關係。」瑪莉拉回答。「乖，趕快睡覺吧，晚安。」

「我今天總算能開開心心地說晚安了。」安妮說完，心滿意足地窩進枕頭堆中。

瑪莉拉回到廚房，將蠟燭穩穩放在桌子上，接著瞪了馬修一眼。

「馬修．卡斯柏，早該有人領養那孩子，好好教導她了。她簡直和異教徒沒兩樣，今天居然是她第一次禱告，你相信嗎？我明天要去牧師那兒借《曙光初現》[16]系列，就這麼辦。還有，等我替安妮做好合適的衣服，就要馬上送她去主日學校上課。哎呀，之後有得忙了。人活在這世上，碰到麻煩事只是早晚的事。從以前到現在，我都過得挺輕鬆的，不過風水輪流轉，終究是輪到我了。現在我也只能盡力而為了。」

16《曙光初現》（*Peep of Day*）是英國兒童宗教讀物作家法薇爾．李．莫蒂默（Favell Lee Mortimer）為兒童寫作的一系列宗教教育短文。

第八章　安妮的教育正式開始

不知是出於什麼考量，瑪莉拉一直到隔天下午才告訴安妮，她可以留在綠山牆之家。上午她給安妮派了各式各樣的家事，並在一旁仔細觀察安妮的表現。到了中午，瑪莉拉得出了結論：安妮是個聰慧乖巧的孩子，不僅做事勤奮，學習速度也快。然而，她最大的缺點，就是常常在工作時做起白日夢，然後就把工作完全拋到腦後；非得要被別人斥責，或是因為恍神搞砸了工作，她才會從夢裡驚醒過來。

安妮洗完午餐的碗盤後，突然跑到瑪莉拉面前。從她的表情看來，她似乎不計一切想知道瑪莉拉的決定，就算是最糟糕的消息，她也已經準備好要面對。安妮瘦削嬌小的身體止不住地顫抖，雙頰發紅，甚至連瞳孔也因為過於激動而放大，幾乎轉成了黑色。她緊緊握著雙手，哀求瑪莉拉：

「噢，卡斯柏女士！拜託妳告訴我，我到底能不能留下來？我已經忍耐了一整個早上，但我再也忍不下去了，這種感覺真的好可怕。請妳告訴我，拜託！」

「我剛剛叫妳用乾淨的熱水燙洗碗布，妳還沒有做呢。」儘管安妮苦苦哀求，瑪莉拉卻不為所動。「先把該做的事做完再問問題，安妮。」

安妮照著吩咐洗完洗碗布後，又回到瑪莉拉面前，以懇求的眼神緊緊盯著她。

眼看已經沒有理由繼續拖延公布結果的時間，瑪莉拉只好讓步。「好吧，我還是現在告訴妳好了。馬修和我已經決定要收養妳了，不過有個前提，妳必須當個懂得感恩的好女孩——天啊！孩子，妳怎麼啦？」

「我好想哭，」安妮不知所措地說。「我也不知道為什麼我會這樣，我明明就開心得不得了。唔，說是開心好像不太對。看到純白的喜悅之路和櫻桃花的時候，我是很開心沒錯，但現在這個心情用開心形容是不夠的……我現在真的好幸福！我會努力當個很棒、很棒的乖孩子，雖然這對我來說應該很困難，畢竟湯瑪斯太太老是說我非常糟糕，但我會盡我最大的努力的！不過，為什麼我會哭呢？」

「我想妳是太激動了。」瑪莉拉以不讚許的語氣說。「去坐在那張椅子上，好好冷靜一會。妳的情緒起伏實在太大了。沒錯，妳可以在這裡住下來，我們會盡可能好好照顧妳，也會送妳去上學。不過，再兩個星期學校就要放暑假了，所以不必急著現在去，等九月開學再去比較合適。」

「我要怎麼稱呼妳呢？」安妮問：「我該繼續叫妳卡斯柏女士嗎？還是我可以叫妳瑪莉拉阿姨？」

「不用，叫我瑪莉拉就好。我不習慣別人叫我卡斯柏女士，我會覺得很不自在。」

「可是這樣聽起來好沒禮貌。」安妮抗議。

「我想只要妳保持禮貌的態度，就不會有這個問題了。艾凡里的人，不管男女老少，大家都叫我瑪莉拉，只有牧師偶爾會叫我卡斯柏女士。」

「我比較想叫妳瑪莉拉阿姨。」安妮的語氣充滿了嚮往。「我沒有阿姨或任何親戚，連奶奶也沒有。如果能叫妳阿姨，感覺我們就像真正的家人了。真的不能叫妳瑪莉拉阿姨嗎？」

「不行。我不是妳阿姨，妳不能用不符合事實的稱呼來叫別人。」

「我們可以想像妳是我的阿姨呀。」

「我辦不到。」瑪莉拉嚴肅地說。

「難道妳從沒想像過事情和真實世界不同的樣子嗎？」安妮驚訝地睜大雙眼。

「沒有。」

「天哪！」安妮倒抽了一口氣。「噢，卡斯柏女……瑪莉拉，這樣真是太可惜了！」

「幻想事情和真實情況不同是不對的。」瑪莉拉不以為然地反駁：「生命中發生的每件事都是上帝的旨意，祂不是為了讓我們幻想不同的人生才這麼安排的，所以我不做幻想這種事。好了，安妮，妳去起居室拿壁爐臺上的圖卡過來。進去的時候，注意妳的腳乾不乾淨，還有別讓蒼蠅飛進去了。那張圖卡上面有〈主禱文〉[17]，妳今天下午要把它背起來。我不要再聽到昨晚那種禱告了。」

「我也覺得我昨晚的禱告講得不好。」安妮不好意思地說。「但妳也知道，我之前從來沒練習過。第一次禱告很難做得十全十美，對吧？不過我有跟妳保證，我上床後會想出一段

17〈主禱文〉（The Lord's Prayer）記載於《馬太福音》和《路加福音》中，為基督宗教最廣為人知的禱文。

很棒的禱告詞，我也真的做到了。我的禱告詞幾乎和牧師的一樣長，而且非常地優美喔！可是早上起床後，我居然連一個字也想不起來了，妳相信嗎？我怕我之後再也想不到跟那篇一樣棒的禱告詞了。不知道為什麼，第二次想出來的東西總是沒有第一次那麼好，妳有注意過這個奇怪的現象嗎？」

「我倒是得請妳注意一件事，安妮。我叫妳做事的時候，妳要馬上去做，不要杵在這兒高談闊論。請妳照我說的，趕快去拿。」

安妮立刻前往走廊另一側的起居室，結果一去不復返。過了十分鐘，瑪莉拉終於等不下去了，她放下手上的針線活，神情嚴肅地快步走出廚房，進到起居室。只見安妮一動也不動地站在一幅畫前，兩手背在背後，仰著臉凝視牆上的畫，雙眼因為綺麗的幻想而閃閃發亮。陽光透過兩側窗戶外的蘋果樹和交纏的藤蔓灑進室內，形成綠色和白色的光，落在這個神情專注的小女孩身上，為她增添了一道不屬於塵世的光芒。

「安妮，妳到底在想些什麼？」瑪莉拉嚴厲地問。

安妮被瑪莉拉嚇了一跳，總算從幻想中回到現實。

「我在看那個。」安妮指著牆上的畫。那是一幅色彩鮮豔的彩色平板畫，名叫〈基督祝福兒童〉。「我在想像我是畫裡面的孩子——那個穿藍色裙子的小女孩。她一個人站在角落，好像沒有家人，就跟我一模一樣。妳不覺得她看起來既孤單又難過嗎？我猜她可能沒有爸爸媽媽，但她也想得到耶穌的祝福，所以她害羞地悄悄溜到旁邊，希望除了耶穌之外，沒有人發現她。我懂她的感受，她的心一定在怦怦跳，她的手一定很冰，就像我問妳我能不能留下來的時候一樣。她很害怕耶穌沒有注意到她，但祂好像注意到了，對不對？我剛剛在想像這整個過程：那個女孩一直慢慢往耶穌靠近，最後終於來到祂身旁，然後耶穌會轉頭看著她，把手放在她的頭髮上，就在這個瞬間──噢！她感受到一股喜悅充滿全身。不過，我覺得這個畫家不應該把耶穌畫得這麼悲傷。如果妳仔細看，就會發現所有耶穌的畫都是這樣。但是祂不可能看起來這麼悲傷，不然小孩子一定會怕祂。」

「安妮，」瑪莉拉說，心裡一邊納悶自己為何沒有早點打斷她。「妳不能說這種話，這樣是對神不敬，非常不敬。」

聽到瑪莉拉的話，安妮驚訝地瞪大眼睛。

「為什麼？我覺得我很尊敬耶穌呀。我保證，我真的沒有對祂不敬的意思。」

「嗯，我也相信妳沒有這個意思，但用這種隨意的語氣討論有關神的事不太好。還有一件事，安妮，我叫妳拿東西，妳要馬上拿過來，不要站在畫前面胡思亂想，請妳記住這點。好了，拿著那張圖卡，馬上跟我回廚房。妳去坐在角落，把禱告文好好背起來。」

安妮把卡片放在插滿蘋果花的罐子邊，雙手托著臉頰，開始認真研讀禱告文。罐子裡的蘋果花是她摘來裝飾餐桌的，瑪莉拉看到花時有點不高興，但沒有說什麼。

「這篇禱告文很優美，我喜歡。」不過安靜了幾分鐘，安妮便再次開口：「我以前聽過這篇禱告文，孤兒院主日學校的牧師有唸過一次，但那個時候我不是很喜歡。牧師的聲音很沙啞，禱告的語氣又很悲傷，我覺得他一定不喜歡禱告，只是不得不做。這禱告文雖然不是詩，卻很有詩的感覺。比如這句『我們在天上的父：願人都尊祢的名為聖』[18]，唸起來就跟音樂一樣悅耳動聽呢。卡斯柏……瑪莉拉，背這篇禱告文真是個好點子！」

「好，那妳就好好背，別說話。」瑪莉拉冷淡地回應。

安妮將花瓶挪向自己，輕輕地吻了一下粉色的花蕾，又認真讀了一會。

「瑪莉拉，」過了不久，安妮突然一臉認真地發問：「妳覺得我可以在艾凡里找到知心密友嗎？」

「妳說知什……什麼友？」

「知心密友——就是很要好的朋友——一個和我心靈相通、可以把心裡最深處的祕密都告訴她的朋友。我一直夢想著能找到這樣的朋友，但我從不覺得自己真的能找到。可是，最近我的好多夢想突然都一一實現了，讓我覺得這個夢想可能也有機會實現。妳覺得呢？」

「果園坡的黛安娜．巴瑞年紀和妳差不多。她是個很不錯的女孩，也許能成為妳的玩伴，但她去卡莫地拜訪她的阿姨了，現在不在家。不過，想跟黛安娜做朋友，妳可得好好表現才行。巴瑞太太這個人很挑剔，她不會讓黛安娜跟沒有規矩的孩子一起玩的。」

安妮隔著那束蘋果花，興致盎然地看著瑪莉拉。

「黛安娜長什麼樣子？她的頭髮應該不是紅色的吧？噢，拜託不是。自己的頭髮是紅的已經夠糟了，要是知心密友的頭髮也是紅的，我真的會受不了。」

---

18 安妮朗讀的這句話為〈主禱文〉的開頭，此處譯文參考《和合本》的《馬太福音》。

「黛安娜長得很漂亮，有著一頭黑髮和一雙黑眼睛，還有一張紅潤的臉蛋。而且她既乖巧又聰明，這比長得漂亮重要多了。」

瑪莉拉很愛說教，不論和孩子談什麼話題，都要趁機灌輸一個道德觀念。她堅信，教育孩子時，一定要把握每個道德教育的機會。

然而，她的大道理完全被安妮當作耳邊風，安妮的注意力全都放在黛安娜的美貌上。

「太好了！幸好她很漂亮。自己長得漂亮當然是最理想的，但有個美麗的知心密友也很棒，畢竟我是沒機會變漂亮了。我住在湯瑪斯太太家時，她的起居室擺了一個玻璃門書櫃。那個書櫃裡沒有書，裡頭放的是湯瑪斯太太最寶貝的瓷器。如果她有蜜餞的話，也會放在那裡。書櫃的玻璃門有一扇破掉了，湯瑪斯先生有天晚上喝了點酒，結果把那扇門給砸碎了。另一邊的門還是完整的，我以前會假裝我在門上的倒影是另一個住在書櫃裡的女孩。她的名字是凱蒂．莫里斯，我們非常要好，我常常跑去和她說話，特別是在星期天的時候，總是聊個沒完。凱蒂是我人生中最大的心靈寄託，不論是什麼事我都會和她分享。我們會想像那個書櫃被施了魔法，如果我知道正確的咒語，門後面就不會是湯瑪斯太太的書櫃，而是會通往凱蒂住的房間。只要我到了她的房間，凱蒂就會牽起我的手，帶我去一個美麗的仙境。那裡陽光普照，盛開著美麗的花朵，還有小仙子在空中飛翔，我們可以在那裡一起生活，從此幸福快樂。後來我搬去哈蒙德太太家，所以不得不和凱蒂分開。那時我真的好難過，我知道凱蒂也和我一樣傷心，因為我們隔著玻璃門道別的時候，她一邊哭，一邊親了我一下。哈蒙德太太家沒有書櫃，但離他們家不遠的河流上游有座狹長的綠色小山谷。那座山谷產生的回音清晰悅耳，就算說話聲音沒有很大，每個字的回音也能聽得清清楚楚。我把回音想像成一個名叫薇爾莉塔的女孩，我們是很要好的朋友，她在我心中的地位幾乎跟凱蒂一樣重要，雖然還是差了凱蒂一點點。出發去孤兒院的前一天晚上，我去了山谷和薇爾莉塔道別，她也和我說了再見，唉，那時她的聲音真的非常悲傷。在孤兒院的時候，我因為太想念薇爾莉塔，所以就沒有心思再幻想一個知心密友了。但就算我願意幻想，孤兒院也沒什麼能想像的空間就是了。」

「沒有想像空間也好。」瑪莉拉淡淡地回應：「妳好像有點分不清幻想和現實了，我希望妳別再做這些奇怪的事了。妳還是快去結交幾個真實世界的朋友，才不會繼續幻想一些有的沒的。不過，妳最好別在巴瑞太太面前提起凱蒂．莫里斯和薇爾莉塔什麼的，不然她會覺得妳在胡說八道。」

「噢，妳放心，我不會的。我很珍惜我和凱蒂還有薇爾莉塔的回憶，我平常不會隨便和別人說起這些事，但我希望可以讓妳認識她們。哇，妳看，有一隻好大的蜜蜂從蘋果花裡爬出來了。有蘋果花當房子一定很棒，花朵在風中擺動的時候，睡在裡面該有多舒服呀？如果我不是個人類小女孩，我會想變成一隻蜜蜂，這樣就能住在花叢裡了。」

「昨天妳才說想變成海鷗呢，還真是沒定性。」瑪莉拉挖苦似地說。「我叫妳認真背那篇禱告文，不要說話，但看來只要有人聽妳說話，妳的嘴巴就停不下來，所以請妳去樓上的房間背。」

「噢，我快背完了，剩最後一句而已。」

「那還是一樣，照我說的做就對了。去妳的房間把禱告文好好背完，等我叫妳下來幫忙準備下午茶，妳再下樓。」

「我可以帶蘋果花到樓上嗎？我想讓它們陪著我。」安妮請求。

「不行，這樣花會掉得到處都是。再說，妳本來就應該讓它們留在樹上。」

「妳說的也沒錯。」安妮說。「我也覺得不應該摘下這些花，縮短它們美麗的生命。如果我是一朵蘋果花，也不希望被人摘下來。可是這些花真的太美了，我實在抵擋不了它們的誘惑。要是妳遇到無法抵擋的誘惑，妳會怎麼做呢？」

「安妮，我叫妳去房間，妳有聽到嗎？」

安妮嘆了口氣，走回東邊閣樓，在窗戶旁的椅子上坐了下來。

「好了，我背完禱告文了，爬樓梯的時候就把最後一句也記起來了。現在，我要來想像這個房間裡有什麼東西，以後這些想像出來的東西就會一直留在這裡。這房間的地板鋪了白天鵝絨地毯，地毯上有滿滿的粉紅玫瑰花圖案；窗戶掛著粉紅絲綢窗簾；牆壁吊著金線和銀線編織而成的錦緞掛毯。這裡的家具則是用高級的桃花心木做的，我從沒親眼看過桃花心木家具，但光是用聽的就感覺好豪華呀。這張椅子其實是一張沙發，上面堆滿華麗的絲綢靠墊，粉色、藍色、緋紅色和金色的靠墊都有，而我就優雅地斜靠在沙發上。牆上那面閃亮的大鏡子映照出我的美貌，我身材高䠷，氣質高雅，身穿飄逸的白色蕾絲長禮服，胸前戴著鑲滿珍珠的十字架，頭髮上也別了好多珍珠。我的秀髮像午夜的天空一樣烏黑，雪白的肌膚晶瑩剔透。我是珂蒂莉亞．費茲傑羅公主。不對，我不是，我沒辦法假裝這是真的。」

她踩著輕盈的步伐來到那面小鏡子前，注視著鏡中的自己，鏡子裡的女孩有張布滿雀斑的尖瘦臉蛋，一雙灰色眼睛正嚴肅地回望著她。

「妳是**綠山牆之家**的安妮。」她鄭重地對自己說。「每次我試著想像自己是珂蒂莉亞公主，我看到的永遠都是妳，妳的臉也永遠都是現在這副模樣。不過，『綠山牆之家的安妮』總比無家可歸的安妮好上一百萬倍，對吧？」

她彎下身來，深情地親吻鏡中的自己，接著走到敞開的窗戶旁。

「親愛的冰雪女王，午安。午安，溪谷裡的白樺樹。午安，山丘上的灰色房子。不知道黛安娜會不會成為我的知心密友，我希望會，我也會非常愛她的。但就算交了新朋友，我也不會忘記凱蒂和薇爾莉塔。要是我忘了她們，她們一定會很受傷，我最討厭讓別人傷心難過了，就算她們只是住在書櫃裡的女孩和回音變成的女孩也一樣。我一定要努力記住她們，每天送給她們一個飛吻。」

安妮以指尖送出兩個飛吻，讓飛吻越過窗前的櫻桃花，飄向遠方。隨後，她雙手托著臉頰，任憑自己優游在幻想的海洋中。

第九章　瑞秋・林德太太嚇壞了

安妮在綠山牆之家住了兩個星期後，瑞秋終於來探望她了。平心而論，瑞秋不是刻意這麼晚才登門拜訪。她上一次來綠山牆之家後，就得了夏天少見的流行性感冒，因為病況嚴重，所以不得不待在家休養。瑞秋很少生病，因此總是看不起那些體弱多病的人，但她堅持，流行性感冒的威力不能和其他疾病相提並論，要是真的不幸得了流感，只能說是上天的旨意了。瑞秋臥病在家的這段期間，各種有關安妮的傳聞與猜測已經在艾凡里鬧得沸沸揚揚，因此醫生一准許瑞秋出門，她再也按捺不住好奇心，連忙趕往綠山牆之家，準備親眼瞧瞧馬修和瑪莉拉收養的這名孤兒。

兩個星期以來，安妮的日子過得非常充實，對屋子周遭的一草一木都已經瞭若指掌。她發現蘋果園下方有條小徑，一路通往上坡的林地。這條小徑她也已經探勘完畢，沿途有小溪、橋梁、冷杉矮林、野櫻桃樹交織而成的拱廊、蕨類叢生的偏僻角落，以及楓樹與花楸樹林立的岔路。欣賞小徑變化多端的景致，帶給安妮極大的樂趣。

安妮和谷地裡的泉水成為了朋友。這股冰涼清澈的泉水從光滑的紅砂岩之間湧出，形成了一個深潭，四周圍繞著好幾叢有如棕櫚樹的水生植物。稍遠處則有一座圓木橋，橫跨泉水流淌而成的小溪。

安妮越過橋梁，踩著輕快的步伐往小溪對面的山丘奔去。山丘上挺立著冷杉和雲杉，陽光照不進這片濃密的樹林，讓這裡的時間彷彿永遠凍結在薄暮時分。樹林裡的花卉種類不多，只有嬌嫩的北極花遍地而生。這種花兒總是隱身在林間，看起來既羞怯又甜美。偶爾也會發現幾株七瓣蓮，那白淨幽雅的身影彷彿是去年的花兒凋零後化成的幽魂。樹上銀絲一般的蜘蛛網泛著微光，冷杉的枝葉隨風擺盪，發出沙沙聲響，似乎在歡迎安妮的到來。

安妮偶爾會有半個小時的時間可以玩耍，她的探險之旅都是在這些零碎的空檔完成的。安妮回來之後，往往會興高采烈地和馬修及瑪莉拉報告她的新發現，喋喋不休到他們的耳朵都要長繭了。馬修總是不厭其煩地靜靜聆聽，臉上帶著笑意，似乎十分樂在其中。瑪莉拉也會允許安妮「閒聊」一會，但她一旦發現自己聽得太過投入，就會立刻命令安妮閉上嘴巴。

這天瑞秋來訪的時候，安妮正好在果園裡。夕陽將果園濃密的草坪染上一片紅光，而安妮就在這片輕輕擺動的青草中恣意穿梭。安妮不在等於給了瑞秋一個吐苦水的大好機會，她鉅細靡遺地向瑪莉拉說起生病的歷程，她的身體有哪裡痛、脈搏又如何變化，全都描述得一清二楚。看著瑞秋如此樂在其中，瑪莉拉不禁覺得，得流感恐怕也有一番獨特的樂趣。等到她一五一十交代完自己的病況，瑞秋終於說明自己真正的來意。

「我聽說了一些驚人的消息，是有關妳和馬修的。」

「我想我自己應該比妳還驚訝。」瑪莉拉說。「但我已經慢慢接受現況了。」

「居然出了這麼大的差錯，真是太糟糕了。」瑞秋同情地說。「難道不能把那孩子送回去嗎？」

「是可以送回去，但後來我們決定不這麼做。馬修很喜歡那孩子，老實說，我自己也對她挺有好感的。她的確有些缺點，但卻是個非常活潑開朗的孩子，自從她來了之後，這間房子似乎已經變得不一樣了。」

瑪莉拉原本沒打算說這麼多，但她從瑞秋的臉上讀出不以為然的表情，因此為了說服她，又多說了幾句。

「妳給自己攬了一個相當重大的責任啊。」瑞秋憂心忡忡地說。「而且妳以前也沒有照顧小孩的經驗。我覺得妳還不了解這個孩子，也不知道她真正的性格如何，這種無父無母的孩子以後會變什麼樣，也沒有人能預料。我說這些話可不是要潑妳冷水喔，瑪莉拉。」

「妳放心，我好得很。」瑪莉拉淡淡地回答。「我一旦打定主意要做一件事，就不會輕易改變。我猜妳應該會想見見安妮，我這就叫她進來。」

安妮正巧在這時跑進屋子。她剛結束愉快的果園漫步之旅，顯得神采奕奕，沒想到一進門就看到一個陌生人，讓她頓時尷尬不已，只能不知所措地呆站在門邊。安妮身上穿的是從孤兒院帶來的那件過小的裙子，因為裙擺太短，讓她細瘦的雙腿看上去長得不合比例，整個人怪模怪樣的。她的臉剛才在外頭受了陽光曝晒，滿臉的雀斑比之前更加顯眼。加上沒有戴帽子，她的紅髮被風吹得亂七八糟，在光線的照射下格外醒目。

「唉唷，看來他們不是看妳漂亮才收養妳的，這點倒是可以確定。」瑞秋．林德太太直接了當地給出評語。她這個人「好相處又受人愛戴」，向來以有話直說、說話公道的作風自豪。「瑪莉拉，這女孩長得真難看啊，而且還瘦成這副德性。孩子，過來，讓我好好瞧瞧。天啊，妳看過有人的雀斑比她還多的嗎？還有這頭紅髮，簡直跟紅蘿蔔沒兩樣。孩子，我叫妳過來，聽到了沒有？」

安妮確實「過來」了，但和瑞秋想要的有點不一樣。她一個箭步，衝到廚房另一端的瑞秋面前。她氣得面紅耳赤，嘴脣不停顫抖，纖瘦的身軀也渾身發抖。

「我恨妳！」她用力跺著腳，氣憤地大叫。「我恨妳，我恨妳，我恨妳！」她每喊一次，跺腳的力道也更大。「妳怎麼能說我又醜又瘦？妳怎麼能說我一頭紅髮又滿臉雀斑？妳這個沒禮貌、沒教養、沒血沒淚的女人！」

「安妮！」瑪莉拉驚慌失措地想制止失控的安妮。

但是安妮無視瑪莉拉的勸阻，依舊昂著頭站在瑞秋面前，絲毫沒有退縮。她緊握著拳頭，眼裡升起熊熊怒火，渾身散發強烈的怒氣。

「妳怎麼能對我說這種話？」憤恨難平的安妮激動得不斷大喊。「妳喜歡別人這樣講妳嗎？如果有人說妳又胖又蠢，看起來一點想像力也沒有，妳會很開心嗎？就算說這些會讓妳傷心難過，我也無所謂！我就是要看妳難過，因為妳傷害了我，喝醉酒的湯瑪斯先生講話都沒有妳惡毒，我**永遠不會**原諒妳，永遠不會！」

砰、砰！安妮用力跺著腳。

「怎麼有脾氣這麼差的小孩啊？」驚恐的瑞秋忍不住大叫。

「安妮，回妳的房間去，不准出來。我等等上去找妳。」瑪莉拉勉強回復鎮定，好不容易擠出了這句話。

安妮眼中的淚水終於潰堤，她奔向通往走廊的門，重重地甩門離去，力道之大，連掛在房子外牆上的錫製容器都跟著乒乓作響，似乎也在心疼安妮的遭遇。她像旋風一般穿過走廊，跑上樓梯，接著樓上也傳來「砰」的一聲，只比剛才的小聲一點，想必她以同樣的狠勁關上了東邊閣樓的門。

「照顧**那種小鬼頭**真是辛苦妳了，瑪莉拉，這種苦差事我可一點都不羨慕。」瑞秋說，語氣流露一種難以言喻的嚴肅。

瑪莉拉原本想開口向瑞秋賠罪，或是好好數落安妮一頓，但她接下來脫口而出的這句話，不論是在當時，或是日後回想起來，連她自己都訝異不已。

「瑞秋，妳不應該嘲笑她的長相的。」

「瑪莉拉．卡斯柏！妳剛剛也看到了，她的脾氣那麼暴躁，妳居然還想護著她？」瑞秋忿忿不平地質問。

「我不是這個意思。」瑪莉拉緩緩地說。「我沒有要袒護她。她的確很沒規矩，我會好好教訓她一頓的。可是瑞秋，那孩子從來沒有人教她是非對錯，我們應該要對她寬容一點才是。再說，妳剛剛說的那番話**真的**太過分了。」

瑪莉拉忍不住補上最後一句話，隨即又被自己的反常舉動給嚇了一跳。瑞秋站了起來，看起來深受冒犯。

「這樣啊，看來我以後說話得小心點了，畢竟我們得體諒那些不知道打哪兒來的孤兒，要是傷到他們脆弱的心，那可就糟糕了。沒事，妳用不著擔心，我沒生氣。那小孩以後就夠妳受的了，我太同情妳了，所以沒辦法感到生氣。妳剛剛說要『教訓』她，是吧？我告訴妳，最好的教訓方式就是找一根粗一點的棍子。對付那種小孩，用**打的**最有效。這是我給妳的忠告，我把十個孩子拉拔長大，送走兩個夭折的孩子，經驗比妳豐富多了，但我猜妳大概也聽不進去就是了。我看那孩子的頭髮會那麼紅，一定是因為她的脾氣太暴躁。我就先走了，瑪莉拉。我希望妳還是能常來我家坐坐，但我最近是不會過來妳家了，我可不想再被人那樣臭罵、羞辱。這種事我還是頭一次領教啊。」

瑞秋說完，便用最快的速度走出綠山牆之家——只不過她體型肥胖，走起路來總是搖搖晃晃，所以再快也快不到哪兒去。瑞秋離開後，瑪莉拉一臉嚴肅地往東邊閣樓走去。

上樓的時候，心煩意亂的瑪莉拉不停思索著自己該做些什麼。剛才那齣驚心動魄的戲碼，著實讓她吃驚不已。她心想，安妮偏偏是在瑞秋．林德太太面前發那麼大的脾氣，真是太倒楣了！

那一瞬間，瑪莉拉驚覺，自己因為安妮的無禮所產生的羞愧，竟然多過發現安妮的性格有嚴重缺點所產生的懊悔。這一點讓她覺得不太舒服，又暗暗責備自己怎麼會有這樣的反應。話說回來，她又該怎麼處罰安妮才好？瑞秋的孩子個個彬彬有禮，儼然是「不打不成器」的最佳寫照。體罰或許真的快又有效，是個令人心動的提議，但瑪莉拉不想採納。打小孩這種事，她不認為自己下得了手。不行，她一定得想出更好的懲罰方式，讓安妮清楚體認到她犯下的過錯有多麼嚴重。

瑪莉拉一踏入閣樓房間，就看見安妮趴在床上痛哭。她連靴子都忘了脫，靴上的泥土把乾淨的床罩弄髒了，她也完全沒發現。

「安妮。」瑪莉拉出聲呼喚，語氣相當平和。

安妮沒有回答。

「安妮。」瑪莉拉的語氣變得有些嚴厲。「馬上從床上起來，認真聽我說。」

安妮慢慢從床上爬起來，坐到床邊的椅子上。她緊繃著身子，臉上滿是淚痕，一雙哭腫的眼睛固執地盯著地板，不願看向瑪莉拉。

「安妮，妳實在太不像話了！做出這種事，妳都不覺得不好意思嗎？」

「她沒資格批評我的長相和頭髮。」面對瑪莉拉的責問，安妮不但沒有正面回答，反倒倔強地回嘴。

「妳也沒資格衝著她亂發脾氣、口出惡言啊。安妮，我真的對妳很失望、非常失望。我本來希望妳可以在林德太太面前好好表現，結果妳把我的臉都丟光了。而且我不明白，林德太太說妳頭髮很紅、長得不好看，妳為什麼需要發這麼大的脾氣？這些話妳自己都說過多少次了？」

「可是，自己說和聽到別人這麼說感覺完全不一樣啊。」安妮哭著回答。「就算知道自己長得不好看，我還是會希望別人其實不這麼想呀。妳一定覺得我脾氣很差，但我那時真的忍不下去了。她說那些話的時候，我身體裡好像有什麼東西突然衝了上來，讓我喘不過氣，所以我非得說出那些話不可。」

「唉，不管怎樣，妳已經鬧出一個大笑話啦。現在林德太太可以到處宣傳妳做的好事了，她絕對不會放過這個機會的。這樣亂發脾氣是很差勁的行為，安妮。」

「可是妳想想，如果有人當著妳的面說妳又瘦又醜，妳會有什麼感覺呢？」安妮眼裡噙著淚水，哀怨地說。

一段久遠的記憶突然浮上瑪莉拉的心頭。在她年紀還很小的時候，有次她聽見一個伯母和另一個伯母這樣評論她的長相：「這孩子怎麼長得這樣，皮膚黑又難看，真是可惜了。」一直到她五十歲以前，每次想起這件事，她心裡還是會隱隱作痛。

「我不是說林德太太對妳說那些話就完全沒有錯。」瑪莉拉的語氣軟化了一些。「瑞秋這個人總是想到什麼就說什麼，一點顧忌也沒有，但這也不代表妳能做那種事啊。妳們兩個第一次見面，她是妳的長輩，還是我的客人，就憑這三個理由，妳應該要對她有禮貌才對，結果妳卻那樣失禮，一點也不尊重人。」就在這時，瑪莉拉靈光一閃，終於想到合適的處罰。「所以，妳要去跟林德太太道歉，說妳不應該亂發脾氣，請她原諒妳。」

「我做不到。」安妮恨恨地說，態度十分堅決。「瑪莉拉，妳要怎麼懲罰我都行。妳可以把我關進陰暗潮溼的地牢，讓我跟蛇和癩蝦蟆住在一起，每天只餵我麵包和水，我也不會有一句怨言。但要我跟林德太太道歉，我絕對做不到。」

「我們這裡沒有把人關進地牢的習慣，」瑪莉拉面不改色地回答。「何況艾凡里大概也找不到地牢。妳一定要向林德太太道歉，這是妳應該做的。妳如果不願意道歉，就待在房間裡不准出來。」

「那我得一輩子待在這裡了。」安妮幽怨地說。「我沒辦法為了我說的話跟她道歉。我怎麼可能辦得到呢？我根本不覺得有什麼好道歉的啊。我是覺得很對不起妳，因為我給妳添了麻煩，但跟林德太太說了那些話，我只覺得**非常高興**，真是太痛快了！如果我根本不覺得對不起她，又要怎麼開口道歉？我甚至連**想像**自己對不起她也做不到。」

「也許到了明天早上，妳的想像力就會恢復正常了。」瑪莉拉起身準備離開。「今天晚上妳就好好反省自己的所作所為，平復一下心情。妳之前明明說過，只要我們讓妳留在綠山牆之家，妳就會努力做個好孩子，但我必須說，妳今天傍晚的表現恐怕不是這麼回事。」

瑪莉拉拋下這句話便轉身離開，她的話讓安妮原本就紛亂不已的心又揪了一下，久久不能平靜。瑪莉拉下樓來到廚房，一副憂心如焚的苦惱模樣。其實，她氣的不只有安妮，還有自己。每當她想起瑞秋被安妮嚇得目瞪口呆的表情，心裡就有一股大笑的衝動，讓她的嘴角也忍不住跟著抽動。她不禁深深覺得，自己實在太不應該了。

第十章 安妮的道歉

當天晚上，瑪莉拉沒有將傍晚發生的事告訴馬修。然而，到了隔天早上，安妮還是不肯退讓，所以沒有下來吃早餐。這時，瑪莉拉不得不和馬修解釋事情的來龍去脈。她向馬修再三強調，確保他了解安妮的不當行為有多麼嚴重。

「有人來挫挫瑞秋．林德的銳氣也不錯，她這個老長舌婦就是太愛管閒事了。」馬修試著緩頰。

「馬修．卡斯柏，這是什麼話呀？你明知道安妮的行為有多糟糕，居然還站在她那一邊！你接下來該不會要說你覺得不用處罰她吧？」

「呃，沒有……也不是這樣。」馬修一被瑪莉拉這樣質疑，頓時有些慌張。「我也覺得要給她一點懲罰，但別對她太嚴格了，瑪莉拉。妳要知道，以前沒有人好好教導過她。妳……妳應該會讓她吃東西吧？」

「你什麼時候看過我用食物來逼別人乖乖聽話？」瑪莉拉忿忿不平地說。「我三餐都會按時端上去給她。在她願意跟林德太太道歉之前，不能離開房間半步。這事就這麼決定了，馬修。」

由於安妮依舊抵死不從，這一天的早餐、午餐和晚餐時間都是在一片寂靜中度過。吃完飯後，瑪莉拉就會拿著裝滿食物的托盤到閣樓，稍晚再上去收拾，但每次盤中的食物幾乎都原封不動被端下樓。這一切馬修都看在眼裡，他不禁擔心，安妮該不會什麼也沒吃吧？

傍晚，瑪莉拉去屋子後頭的牧場把牛群趕回牛舍，一直在牛舍附近徘徊的馬修便趁這個機會溜進屋子，像個小偷一樣，偷偷摸摸地走上二樓。馬修平常只會在廚房和走廊邊他睡覺的小臥室活動，只有牧師來家裡喝下午茶時，他才會勉為其難進到客廳或起居室。踏入這些不熟悉的空間，往往讓他很不自在。然而，他上樓的次數比去客廳和起居室的更少，他上次來到二樓是幫忙瑪莉拉貼客房的壁紙，那已經是四年前的春天的事了。

他躡手躡腳走過二樓走廊，來到閣樓房間門口。他在那裡站了好幾分鐘，好不容易鼓起勇氣敲了門，將房門打開一道小縫，往裡頭偷看。

安妮坐在窗邊的黃色椅子上，感傷地望著花園。看著她嬌小落寞的身影，馬修的心不禁揪了一下。他輕輕關上門，悄悄走到安妮身旁。

「安妮，」馬修低聲說，似乎害怕被人聽到。「妳還好嗎，安妮？」

安妮露出有氣無力的微笑。

「我很好。我一直在幻想各式各樣的東西打發時間。待在這裡是很孤單沒錯，但我想我最好還是趕快習慣。」

安妮苦笑了一下，似乎已經準備好勇敢面對未來漫長且孤獨的禁足生活。

馬修赫然想起，他得快點把想說的話告訴安妮，免得瑪莉拉提早回來。

「那個……安妮啊，妳覺不覺得把該做的事趕緊做一做比較好？」他輕聲說。「妳也知道，這件事早晚都要做的，畢竟瑪莉拉這個人很固執——真的非常固執。我說安妮，趕快解決這件事吧。」

「你是說向林德太太道歉的事嗎？」

「對，『道歉』，我要說的就是這個。」馬修急忙接著說下去：「或是說把事情講開，我的意思就是這樣。」

「如果是為了你，我想我應該辦得到。」安妮若有所思地說。「我應該可以說對不起了，因為我現在**真的**覺得有點對不起林德太太，雖然昨天晚上我完全不這麼想。我昨天非常生氣，氣了整個晚上，我會知道是因為我半夜醒來三次，每次醒來我都還是氣得要命。可是到了早上，我的氣就消了，只覺得好疲倦，全身都沒有力氣。我對自己的行為感到慚愧，但我真的不想去跟林德太太道歉，那實在太丟臉了，所以我決定，我寧願永遠待在這裡，也絕對不道歉。但是，如果是為了你，什麼事我都願意做，要是你真的希望我……」

「這個嘛，我當然希望妳去道歉啦。沒有妳在，樓下多無聊啊。妳就去林德家把事情講開吧，這樣才是個乖孩子。」

「好吧，」安妮順從地說。「等瑪莉拉回來，我就跟她說我知道自己錯了。」

「很好，這麼做就對了，安妮。不過，妳千萬別跟瑪莉拉說我有跟妳談過這件事。我跟她保證過不會插手管妳的事，要是被她知道了，她會覺得我在自作主張。」

「你放心，我死也不會說出這個祕密。」安妮鄭重地承諾：「但人死了，本來就不可能說出祕密呀，那大家為什麼要這樣發誓呢？」

但馬修還來不及聽到安妮的問題，就一溜煙地消失了。成功說服安妮反而讓他緊張了起來，他慌慌張張地逃到牧場最遠的角落，以免瑪莉拉懷疑他是不是偷偷幹了什麼壞事。瑪莉拉回到屋子裡時，聽見安妮從二樓以憂鬱的口吻喚了一聲「瑪莉拉」，令她十分驚訝，同時也鬆了一口氣。

「什麼事？」她走到走廊詢問安妮。

「對不起，昨天我不應該亂發脾氣，對林德太太說這麼不禮貌的話。我想去跟林德太太道歉。」

「很好。」瑪莉拉冷靜又簡短地回應，絲毫看不出她心裡的一塊大石終於放下。她原本還在擔心，假如安妮一直不肯屈服，她到底該怎麼辦才好。「等我擠完牛奶，就帶妳去找林德太太。」

瑪莉拉擠完牛奶後，便依約帶安妮前往林德家。兩人沿著小路往下走，瑪莉拉昂首闊步，看起來意氣風發，相較之下，安妮垂頭喪氣，整個人悶悶不樂。但過了不久，安妮的憂鬱神情便像是被施了魔法一樣一掃而空。她抬頭仰望夕陽西下的天空，腳步更加輕快，渾身散發快活的氣息。安妮的轉變全被瑪莉拉看在眼裡，她因此有些不快。安妮去跟林德太太道歉，應該要表現得既歉疚又順從，怎麼會是現在這副模樣呢？

「安妮，妳在想些什麼啊？」瑪莉拉嚴肅地問。

「我在想像等等要和林德太太說什麼。」安妮漫不經心地回答。

這確實是瑪莉拉想聽到的答案，但她卻一點也開心不起來。她總覺得有點不對勁，自己精心構想的懲罰計畫恐怕有哪裡出了差錯，否則安妮不可能這麼精神抖擻、幹勁十足。

一路上，安妮都雀躍不已。她們抵達林德家時，瑞秋正坐在廚房窗邊忙著編織。一看到她，安妮臉上的光彩瞬間消失無蹤，取而代之的是憂鬱又愧疚的表情。安妮搶在有人開口之前，「撲通」一聲跪倒在瑞秋面前，懇切地伸出雙手，突如其來的舉動嚇了瑞秋好大一跳。

「噢，林德太太，真的很對不起！」安妮用顫抖的聲音說。「就算用掉字典裡所有的字，也沒辦法表達我有多抱歉，請妳一定要想像一下。我昨天對妳很沒禮貌，也害親愛的馬修和瑪莉拉丟臉。就算我不是男孩，他們還是願意讓我住在綠山牆之家，結果我卻做出這麼糟糕的事。像我這種不知感恩的壞小孩，應該要被狠狠處罰一頓後趕出家門，永遠不准回來才對。我昨天真的非常不應該，妳只不過是說出事實，我就發了那麼大的脾氣。妳昨天說的**都是事實**，每一句話都是。我的頭髮很紅，臉上都是雀斑，而且長得瘦巴巴又難看。我對妳說的話也是事實，但這不代表我就可以說出來。噢，林德太太，求求妳，請妳原諒我吧。要是妳不肯原諒我，我會痛苦一輩子的。我只是個可憐的孤兒，妳忍心讓一個孤兒痛苦一輩子嗎？就算我脾氣很差，妳也不會這樣對待我吧？噢，我相信妳不會的。拜託妳，林德太太，請妳原諒我。」

安妮雙手交握，低下了頭，彷彿等待審判的犯人，靜靜等待林德太太的答覆。

安妮說的毫無疑問都是真心話，她的語氣流露出十足的誠意，瑪莉拉和林德太太都確實感受到了。然而，心思細膩的瑪莉拉發現，安妮其實是在享受這份屈辱。她把自己貶低得一無是處，反倒非常樂在其中。瑪莉拉原本因為想出富有教育意義的處罰而沾沾自喜，想不到安妮卻把處罰當成另類的樂趣，讓她沮喪極了。

林德太太不像瑪莉拉那樣敏銳，自然沒有注意到這件事。在她看來，安妮已經誠心誠意地道歉了，她心中的憤怒也跟著一起煙消雲散，畢竟她雖然愛管閒事了點，卻是個心胸寬大的人。

「好了，妳別這樣。快起來吧，孩子。」她真誠地說。「我當然願意原諒妳，我想我昨天說得也有點過分了。我這個人一向有話直說，所以我說的話妳千萬別往心裡去，就是這麼回事。但我不得不說，妳的頭髮實在紅得可以。不過，我以前認識一個女孩——她是我的同學——那女孩年輕時，頭髮就跟妳的一樣紅，但她長大以後，髮色也跟著變深了，從紅色轉成漂亮的紅棕色，所以妳的頭髮也很有可能變成紅棕色。」

「噢，林德太太！」安妮起身時，聽到林德太太這麼說，深深吸了一口氣。「妳給了我好大的希望，妳一輩子都會是我的恩人。一想到我的頭髮以後會變成美麗的紅棕色，再辛苦的事我都有辦法忍耐了。如果我的頭髮是紅棕色，當個乖孩子應該會更容易吧。林德太太，等等妳和瑪莉拉聊天的時候，我可以去妳的花園裡，坐在蘋果樹下的那張長椅上嗎？外面的想像空間比這裡大多了。」

「哎呀，當然好。快去吧，孩子。還有，花園的角落有種白色的水仙花，妳喜歡的話可以摘一些回家。」

安妮出去後，林德太太接著起身點亮煤油燈。

「真是個奇特的孩子。過來坐這張椅子吧，瑪莉拉，這張比較舒適，妳坐的那張是給來這兒幹活的男孩坐的。沒錯，這孩子是很古怪，但也挺有意思的。我現在能理解妳和馬修為什麼會領養她了，也不會同情妳了，我想她會是個不錯的孩子，不至於會走偏。當然啦，她的說話方式有點奇怪，有點——該怎麼說呢——讓人無法招架。但和你們住在一起，她這個習慣應該可以慢慢改掉。還有，她的脾氣挺大的，不過容易生氣的小孩有個優點，他們脾氣來得快、去得也快，絕對不會做一些偷雞摸狗、欺騙人的事情。賊頭賊腦的小孩最要不得，就是這麼回事。總之，我覺得這孩子還不錯，瑪莉拉。」

瑪莉拉準備離開時，暮色已經籠罩大地。這時，安妮從飄散著芬芳氣息的果園裡走了出來，手上拿著一束白水仙。

「我道歉得很棒，對吧？」她驕傲地說，跟隨瑪莉拉沿著小路往回走。「我想說反正都要道歉，那不如做得澈底一點。」

「妳確實做得夠澈底了。」瑪莉拉給出了這樣的評論。她對自己感到懊惱，因為她想起剛才安妮道歉的場景，就忍不住想笑。除此之外，她覺得安妮道歉得太流利了，似乎應該好好訓斥她一頓。但話又說回來，因為這個理由罵人也未免太荒謬了！最後瑪莉拉決定放安妮一馬，只嚴肅地告誡她：

「安妮，我希望妳以後能好好控制自己的脾氣，不會再因為亂發脾氣需要向別人道歉了。」

「我其實不太會發脾氣，除非有人嘲笑我的長相。」安妮嘆了口氣。「我很少因為別的事生氣，但我**真的**很受不了別人嘲笑我的頭髮，所以才會馬上發飆。對了，妳覺得我的頭髮以後真的會變成漂亮的紅棕色嗎？」

「安妮，不要這麼在意妳的長相，妳這孩子的虛榮心也太重了。」

「我知道自己長得很醜，怎麼可能會有虛榮心呢？」安妮抗議：「我喜歡漂亮的東西，所以我不喜歡我的長相。照鏡子的時候，看到自己長得不漂亮，我會覺得很傷心。我看到其他不好看的東西也會覺得傷心，因為我覺得它們長這樣真的太可憐了。」

「一個人的行為比他的長相更重要。」瑪莉拉說。

「我以前有聽過這句話，但我不是很相信。」安妮表示懷疑，隨後嗅了嗅手中的水仙。「哇，這些花好香呀！林德太太人真好，願意讓我摘花回家。我現在已經不生她的氣了。道歉後可以順利被原諒，心裡舒服多了，妳說對吧？今天的星星好亮喔！如果可以住在星星上，妳會想選哪一顆呢？我會選那顆又大又亮的星星，就在那座黑黑的山丘上面。」

「安妮，拜託妳閉上嘴巴。」瑪莉拉說。她跟不上安妮轉個不停的思緒，只覺得聽得頭昏腦脹。

安妮乖乖安靜下來，在轉進綠山牆之家的小路之前，都沒有再開口。一陣微風從山坡上流竄而下，捎來露水沾溼的鮮嫩蕨類的清香。山坡上的幢幢樹影間透出一道明亮的燈光，那裡正是綠山牆之家的廚房。安妮忽然靠向瑪莉拉，悄悄握住她粗糙的手。

「回家的感覺真好。」安妮說。「我已經愛上綠山牆之家了，我以前從來沒有真心喜歡過一個地方，也沒有一個地方給過我家的感覺。噢，瑪莉拉，我覺得好幸福。要我現在祈禱的話一點也不困難，我有很多話想說。」

瑪莉拉握著安妮纖細的小手，內心湧現一股溫暖愉悅的感覺——也許是她沉睡已久的母性甦醒了。隨之而來的喜悅與異樣感令她無所適從，因此她連忙向安妮講起大道理，藉以回復平常的冷靜。

「安妮，如果妳做個好孩子，自然就能過得幸福，也不會覺得禱告有什麼難的了。」

「禱告和祈禱應該不太一樣。」安妮若有所思地說。「但先不管這些，我要來想像我是吹動樹梢的那陣風。如果我在樹林裡玩膩了，我會輕輕降落到蕨類叢裡，再飛到林德太太家的花園，讓那裡的花朵跟著我一起跳舞。接著，我會俯衝到長滿三葉草的田野，然後去閃耀之湖，在水面上颳起一陣一陣閃閃發亮的漣漪。天啊，風有好大的想像空間呀！好了，我說完了，瑪莉拉。」

「那真是謝天謝地。」聽安妮這麼說，瑪莉拉鬆了好大一口氣。

第十一章　安妮對主日學校的印象

「怎麼樣？喜歡嗎？」瑪莉拉問。

安妮站在閣樓房間裡，一臉嚴肅地打量放在床上的三件新洋裝。第一件是褐色的格子裙，布料是瑪莉拉去年夏天跟一個小販買的，質料看起來堅固耐穿；第二件是黑白相間的棉緞格子裙，布料是她冬天在一間商店的特價區買到的；第三件是質地硬挺、色調差強人意的藍色印染布裙，布料則是她這星期去卡莫地的商店買的。

這些洋裝都是瑪莉拉親手縫製，版型如出一轍：直筒裙擺和腰身沒有任何裝飾，袖子的設計也是一樣樸素，而且窄得不能再窄了。

「我會想像自己很喜歡。」安妮淡淡地回答。

「我不要想像出來的答案。」瑪莉拉不高興地說。「看來妳不喜歡啊！這些洋裝有什麼問題嗎？這些都是全新的，看起來也乾淨整齊，不是嗎？」

「是沒錯。」

「那有什麼好不喜歡的？」

「因為……它們不……好看。」安妮吞吞吐吐地回答。

「好看！」瑪莉拉嗤之以鼻地說。「我本來就不打算給妳做好看的衣服。我把醜話說在前頭，我是不會縱容妳的虛榮心的，安妮。這幾件洋裝很不錯，好穿又實用，沒有多餘的裝飾。今年夏天的新衣服就是這三件了，褐色格子裙和藍色裙子是上學時穿的，棉緞裙子是上教堂和主日學校穿的。好好愛惜它們，維持乾淨整齊，別弄壞了。妳以前穿的都是一些不合身的混紡衣服，我還以為妳拿到新衣服會懂得感恩惜福呢。」

「我當然很謝謝妳呀，」安妮反駁：「只是如果妳可以幫其中一件洋裝加上泡泡袖[19]，我會更加感謝妳的。泡泡袖現在非常流行，要是能穿上有泡泡袖的衣服，我會很開心的，瑪莉拉。」

「妳穿這些樸素的衣服覺得不開心，那是妳得自己克服的問題。我沒有多餘的布料可以浪費在泡泡袖上。再說，那種袖子看起來可笑極了，還是簡單實用的衣服好。」

「如果大家都穿這樣，那我寧願跟大家一樣可笑，也不想一個人穿簡單實用的衣服。」安妮哀怨地說，依舊不放棄說服瑪莉拉。

「哼，這我倒不意外。好了，快把衣服掛好，放進衣櫃裡，然後去預習主日學校的課程。我從貝爾先生那裡幫妳借了課本，明天妳就要去主日學校了。」瑪莉拉說完，氣沖沖地下樓了。

安妮緊握著雙手，盯著那些衣服。

「我本來好希望有一件白色泡泡袖洋裝的。」她低聲自言自語，看起來無比失望。「我

---

19 泡泡袖（puffed sleeve）是1890年代流行的女裝造型，基本形式為上部袖管寬鬆膨大，並在袖管底部收緊。泡泡袖有多種變體，例如多段式泡泡袖及羊腿袖（gigot sleeve，上臂巨大的袖管在手肘處收緊、下臂袖管伏貼的袖子，因狀似羊腿而得名）。

祈禱的時候有向上帝許願，但我沒有抱太大的希望，因為我不覺得上帝有那個閒工夫替一個孤兒煩惱她的衣服，我知道我只能靠瑪莉拉了。唉，幸好我還有我的想像力，我可以幻想其中一件是雪白的細棉布洋裝，上面滾了漂亮的蕾絲花邊，而且衣服兩邊的袖子各有三段泡泡袖。」

隔天早上，瑪莉拉因為頭疼得厲害，沒辦法陪安妮去主日學校。

「安妮，妳等會兒過去林德家，請林德太太幫忙。」瑪莉拉說。「她會帶妳去妳的班級。去到那裡，要守規矩、有禮貌一點。下課之後要去聽牧師講道，記得請林德太太帶妳去我們家的位子。這一分錢是我們要奉獻的。還有，聽牧師講道時，妳要乖乖坐好，不要東張西望。等妳回來，要跟我說今天牧師講了什麼。」

聽完瑪莉拉的吩咐，穿戴整齊的安妮就出發了。她穿著那件硬挺的黑白格子洋裝，雖然洋裝長度適中，沒有太小的問題，卻讓她顯得格外消瘦。她戴著一頂又小又扁的亮面淑女帽，這頂帽子雖然是新的，但極為單調的設計卻讓安妮大失所望。她原本還暗暗期待著，新帽子會有緞帶和花朵呢。話雖如此，她在走到村裡的主要道路前，就設法為帽子加上了花朵裝飾。她在小路上看到隨風搖曳的金色毛茛花以及鮮豔嬌美的野薔薇，立刻摘下這些花兒，編織出一個厚實的大花環，放在她的帽子上。不論別人怎麼想，安妮非常滿意自己的巧手之作。她驕傲地頂著紅髮上粉色、黃色交織的花環，神采飛揚地踏上主要道路。

安妮來到林德太太家，卻發現她出門了，不過安妮沒有因此退縮，而是獨自前往教堂。她抵達教堂時，在門口遇到一群小女孩，她們身穿白色、藍色或粉色的衣服，每個人都打扮得漂漂亮亮，好奇地打量這位頭戴奇怪裝飾的陌生女孩。艾凡里的女孩對安妮的古怪事蹟已略有耳聞：林德太太說她脾氣暴躁，在綠山牆之家工作的傑利．布特則說她常常自言自語，還會跟花草樹木說話，簡直和瘋子沒兩樣。這群女孩看著安妮，用課本掩著嘴彼此悄聲交談，沒有一個人主動向前和她搭話。禱告儀式結束後，安妮得知自己被分配到羅傑森女士的班上。

羅傑森女士是一位中年婦女，已經在主日學校教了二十年的書。她的教學方法就是唸出課本上條列的問題，接著抬起頭，從課本上方以嚴厲的目光鎖定班上一位學生，要她回答問題。羅傑森女士很常看向安妮，多虧瑪莉拉事前陪著安妮反覆練習，每個問題安妮都能應答如流，但她是否真的了解這些問題及對應答案，就不得而知了。

安妮不太喜歡羅傑森女士，心情也跌到了谷底，因為除了她以外，班上每個女孩的衣服都有泡泡袖。她不禁覺得，少了泡泡袖衣服，自己的人生也沒有意義了。

「今天在主日學校都還好嗎？」安妮回家後，瑪莉拉關心起她的狀況。因為花環的花已經枯萎，所以安妮在半路就把它扔了，瑪莉拉自然也不知道她做了什麼好事。

「糟透了，我一點也不喜歡。」

「安妮．雪利！」瑪莉拉生氣地喝止她。

安妮在搖椅上坐下來，深深嘆了口氣。接著，她親了親波妮的葉子，又向盛開的吊鐘花揮了揮手。

「我不在家的時候，它們可能覺得很孤單。」她接著說，解釋自己的行為。「我要講主日學校的事了。我有聽妳的話，表現得很有禮貌。我到林德太太家時，她已經出門了，所以我就自己過去了。我和一群女孩子一起進到教堂。禱告儀式進行的時候，我坐在靠窗的角落。貝爾先生的禱告又臭又長，幸好我坐在窗戶旁邊，不然我可能聽到一半就睡著了。那扇窗戶正對著閃耀之湖，所以我就看著窗外的湖水，想像各種有趣的東西。」

「妳應該要專心聽貝爾先生禱告，怎麼可以做這種事呢？」

「可是他不是在跟我說話呀。」安妮反駁：「貝爾先生是在跟神說話，但他禱告起來也是興致缺缺的。我想他可能覺得，反正神離我們那麼遠，所以認真禱告也沒什麼用。不過我有自己禱告喔。閃耀之湖旁邊站著一整排白樺樹，陽光穿過樹葉，一路照進清澈的湖底，看起來很夢幻呢，瑪莉拉！那時我心情非常激動，所以就說了兩、三次『神啊，謝謝您。』」

「妳沒有講得很大聲吧？」瑪莉拉聽了有些擔心。

「沒有，我說得很小聲。後來貝爾先生終於講完了，有人叫我跟著羅傑森女士的班級去教室。那個班上除了我，還有另外九個女孩，而且她們的衣服都有泡泡袖。我努力想像我的衣服也有泡泡袖，卻完全想像不出來。為什麼會這樣呢？自己在房間裡想像明明就很簡單，可是看到別人穿著真的泡泡袖衣服，就變得好難啊。」

「妳去主日學校不是去想袖子的事，是去上課的，妳知道嗎？」

「當然知道，我有認真上課，還回答了很多問題。羅傑森女士問了好多問題，可是只有她可以問問題，讓我覺得好不公平。我也有很多問題想問，但我覺得我們兩個合不來，就沒有問出口了。羅傑森女士問完問題後，就叫大家一人背一首讚美詩。她問我有沒有背過哪一首，我說我都沒背過，但我會背〈守在主人墳前的忠犬〉，因為三年級的課本裡有這首詩。雖然這首詩不算宗教詩，但是非常憂傷，所以我想說不定能派上用場。結果羅傑森女士說這首不行，她叫我把第十九首讚美詩背起來，下星期天會驗收。我已經在教堂把那首讚美詩讀過一遍了，我覺得寫得很棒，裡面有兩句話特別打動我：**正如米甸遭遇禍患的日子裡，慘遭屠殺的中隊倒下那般迅速**。

「我其實不知道『中隊』和『米甸』[20]是什麼意思，但這兩句話讀起來非常地悲壯。我好希望下星期天趕快來，就可以在班上朗讀這首詩了，接下來這星期我都會努力練習的。下課後，我請羅傑森女士帶我去我們家聽牧師講道的座位——因為林德太太離我太遠了，我沒有去問她。我有乖乖坐著聽講，沒有動來動去。今天牧師講的是《啟示錄》第三章的第二和第三節。如果是我，才不會選這麼長的段落呢，我會挑更短、更有趣的。牧師講道也是又臭又長，可能是為了配合他選的內容吧，而且他說話好無聊，我想他這個人應該沒什麼想像力。我沒有認真聽他說話，就默默地自己幻想，想到了很多非常好玩的事喔。」

瑪莉拉很想好好責備安妮一頓，卻不知道該不該這麼做，因為她不能否認，安妮的話確實有幾分道理。她自己其實也很受不了牧師的布道和貝爾先生的禱告，只是一直沒有說出口罷了。如今，她隱藏在心裡多年的不滿卻突然被這個直言不諱的小孤女說了出來，化作實際的批評。

20米甸（Midian）為《聖經》裡的地名，米甸人的聚居地，約莫在阿拉伯半島西部。

第十二章　真摯的誓言

瑪莉拉一直到隔週的星期五，才得知花環的事。她從林德家回來後，便去找安妮問話。

「安妮，瑞秋·林德太太說妳上星期天去教堂的時候，帽子上全是薔薇和毛茛花，看起來一副蠢樣，是嗎？妳到底都在想什麼，才會搞出這種花樣？妳還真是會打扮啊！」

「我知道粉紅色和黃色跟我的頭髮不搭。」安妮說。

「問題不是這個！妳不該把花插在帽子上，不管是什麼顏色的花都一樣。妳這孩子怎麼這麼讓人頭痛啊？」

「為什麼把花別在衣服上就可以，戴在帽子上就不行？」安妮不服氣地說。「很多女孩的衣服上都別著胸花呀，這有什麼不一樣？」

瑪莉拉堅守著現實世界黑白分明的慣例，沒有被安妮那虛無縹緲的理論牽著鼻子走。

「不准跟我頂嘴，安妮。做這種事就是告訴別人妳沒有常識，以後不准再給我玩這種把戲。林德太太說，她看到妳頂著那些花走進教堂的時候，她恨不得找個地洞鑽進去。她本來想叫妳把花拿掉，但因為離妳太遠了，來不及過去告訴妳。她說，有人看到妳這樣打扮，傳了一些難聽的話。他們一定是認為我不知道怎麼教孩子，才會放任妳戴著那種稀奇古怪的裝飾去教堂。」

「真的很對不起。」安妮的眼裡泛起淚光。「我沒有想到妳會介意。那些花開得好漂亮，我想放在帽子上應該會很美，而且很多女孩的帽子都有假花裝飾，所以我以為可以這麼做。我怕我以後還會給妳添更多麻煩，妳還是把我送回孤兒院好了。待在孤兒院是很痛苦沒錯，我也不覺得我能撐得下去，我這樣瘦巴巴的，說不定會越變越虛弱，最後病死在那裡，但那樣也比一直給妳添麻煩好多了。」

「別胡說八道啦。」瑪莉拉心裡暗暗自責，怎麼不小心把安妮惹哭了。「我不會送妳回孤兒院，我只希望妳和其他女孩子一樣，守規矩一點，不要再給妳自己鬧笑話了。別哭啦，我還有一件事要告訴妳：黛安娜．巴瑞今天下午回到家了。我要去跟巴瑞太太借做裙子的紙樣，妳可以跟我一起去，順便和黛安娜認識一下。」

臉上還掛著淚痕的安妮一聽，猛然站了起來，緊緊握住雙手。她原本拿在手裡縫褶邊的洗碗布在起身時掉到地上，她也完全沒發覺。

「噢，瑪莉拉，我好害怕。這一刻終於來了，想不到我居然會這麼害怕。要是黛安娜不喜歡我怎麼辦？那會是我人生中最慘烈的悲劇啊！」

「好了，妳別緊張。還有，講話不要這麼文謅謅，這種話從一個小孩嘴裡講出來很怪。我想黛安娜會喜歡妳的，妳要煩惱的是她媽媽。要是她不喜歡妳，黛安娜再怎麼喜歡妳也沒用。如果她已經聽說妳對林德太太亂發脾氣、還有戴著一堆花上教堂的事，真不知道她會怎麼想。妳等等一定要有禮貌、守規矩，不要講一些奇怪的話，知道了嗎？天哪，妳該不會在發抖吧？」

安妮**真的**在發抖。她那張小臉緊繃著，看上去面無血色。

「瑪莉拉，如果妳要去見一個妳希望可以和她變成知心密友的女孩，但是她的媽媽可能不喜歡妳，我想妳一定也會這麼緊張的。」安妮說完後，慌慌張張地跑去拿她的帽子。

瑪莉拉和安妮抄了捷徑，越過小溪、穿過山丘上的冷杉林，來到了果園坡。瑪莉拉敲了敲廚房門，巴瑞太太隨後出來迎接她們。巴瑞太太是位高個子的女士，有著一頭黑髮和一雙黑眼睛，緊抿的嘴脣給人個性堅毅的印象。此外，她的教育方式也是出了名的嚴格。

「妳好呀，瑪莉拉。」巴瑞太太友善地招呼她們。「請進。這位是妳收養的女孩，對嗎？」

「沒錯，她叫安妮．雪利。」瑪莉拉說。

「是安妮而不是安喔。」安妮說。雖然她緊張得渾身發抖，還是堅持要清楚說明該如何稱呼自己。

巴瑞太太沒有回應，不知道是沒有聽到還是沒有聽懂她的話。她和安妮握了握手，親切地問候她：

「妳好嗎？」

「託妳的福，雖然我心裡很緊張，但我身體很好。」安妮正經八百地回應，接著偷偷問瑪莉拉：「我剛剛沒有說什麼奇怪的話吧？」不料這句「悄悄話」卻被巴瑞太太聽見了。

黛安娜正坐在沙發上看書，一看到客人進來，便放下了書本。她是個十足的美人胚子，有著和母親一樣的黑頭髮和黑眼睛，粉嫩紅潤的臉頰宛如玫瑰，直爽開朗的神情則遺傳自她的父親。

「這是我的女兒黛安娜。」巴瑞太太說。「黛安娜，妳帶安妮去花園看妳種的花吧。去外面走走也好，一直看書眼睛會壞掉的。這孩子就是太愛看書了。」兩個女孩出去後，巴瑞太太接著又對瑪莉拉說：「她整天都抱著書坐在那裡，她爸爸又老是替她撐腰，害我管不動她。還好現在有了安妮，她們倆要是能變成朋友，黛安娜應該會更願意出門吧。」

柔和的夕陽穿過西邊幽暗古老的冷杉，灑滿整座花園。園子裡，安妮和黛安娜隔著豔麗的卷丹花叢，羞澀地對望。

要不是安妮正面臨決定命運的關鍵時刻，巴瑞家的花園一定會讓她眼睛為之一亮。這裡林蔭濃密，群花恣意生長，花園四周環繞著高大的老柳樹與挺拔的冷杉，樹蔭下滿是喜歡陰涼處的花卉。溼潤的紅土步道工整筆直，像是為花園繫上了縱橫交錯的紅色緞帶。步道邊緣整齊地鋪了兩排貝殼，將路面與花圃區隔開來。花圃中，各種傳統的庭園花卉爭奇鬥豔：粉紅色的荷包牡丹、鮮豔奪目的深紅色荷蘭芍藥；散發清新香氣的白水仙、芳香四溢的密刺薔薇；開著粉色、藍色和白色花朵的耬斗菜和綴滿淡紫色小花的肥皂草；一叢一叢的鹼蒿、鷸草和綠薄荷，還有紫蘭花及黃水仙。大片的三葉草綻放如羽毛般細緻的芬芳白花；緺葉剪夏羅修長的莖上頂著一球火紅色的花朵，彷彿一枝枝著火的長矛，穿插在潔白淡雅的麝香葵之間。這樣一座令人目不暇給的絕美庭園，不只有蜜蜂嗡嗡穿梭其間，就連陽光和風似乎也抗拒不了這裡的美而捨不得離去。陣陣清風低聲呢喃，園中的花草樹木也隨聲唱和，發出輕柔的沙沙聲響。

「黛安娜。」最後安妮先開口了。她忐忑不安地握著雙手，小聲地問：「妳覺得……

唔，妳覺得妳喜歡我嗎？妳能成為我的知心密友嗎？」

黛安娜笑了。她說話前總是會先笑一下。

「嗯，應該吧。」她率直地回答。「我很開心妳搬來綠山牆之家，有人一起玩真是太好了。這附近都沒有其他女孩子，我妹妹年紀又太小了。」

「那妳可以起誓，說妳永遠都會是我的朋友嗎？」安妮急忙追問。

黛安娜一聽，錯愕極了。

「妳怎麼可以叫別人去死[21]？太糟糕了！」她語帶責備地說。

「噢，不對，我不是說『去死』，我是說『起誓』，這是另一個詞。」

「可是我只聽過『去死』啊。」黛安娜似乎有些懷疑。

「真的有『起誓』這個詞，是承諾、鄭重發誓的意思，一點也不糟糕。」

「嗯……如果是那樣，我倒不介意。」黛安娜看起來終於放心了。「那我該怎麼做才好呢？」

「我們要手牽著手，像這樣。」安妮一本正經地解釋：「照理來說應該要在流水上發誓，不然我們就想像這條步道是一條河吧。那我先宣誓。我鄭重起誓，我會忠於我的知心密友，黛安娜・巴瑞，直到世界終結的那一天，也絕不改變。好，換妳了，把妳的名字換成我

21在原文中，兩人的誤會來自於英文詞彙swear的一字多義。安妮問黛安娜能否起誓（swear），但swear除了有「起誓」的意思，也有「咒罵」、「罵髒話」的意思。

的名字就可以了。」

黛安娜輕聲笑了一下，唸出誓言。唸完後，她笑著對安妮說：

「雖然我之前就聽說了，但妳真的很不可思議呢，安妮。不過，我覺得我一定會很喜歡妳的。」

瑪莉拉和安妮回家時，黛安娜一路送她們到圓木橋邊。兩個小女孩一路上勾肩搭背地走著，到了溪邊，她們約好明天下午見面，才依依不捨地道別。

走進綠山牆之家的花園後，瑪莉拉問：「怎麼樣，黛安娜和妳有心靈相通嗎？」

「有。」安妮沉浸在喜悅中，絲毫沒有聽出瑪莉拉話裡的調侃。「噢，瑪莉拉，我現在一定是愛德華王子島上最幸福的女孩了。我保證，今天晚上我一定會誠心誠意地禱告的。明天我跟黛安娜要去威廉．貝爾先生家的樺樹林裡蓋我們的扮家家酒小屋，我可以拿柴房裡那些瓷器碎片去嗎？黛安娜的生日在二月，我的在三月，真的很巧，對不對？黛安娜要借我一本書，她說那本書寫得很棒，故事非常有趣。她還要帶我去森林裡看舞鶴草唷。對了，黛安娜的眼睛好有靈氣，妳也這麼覺得吧？真希望我的眼睛也像她一樣。黛安娜要教我一首叫〈榛樹山谷裡的奈莉〉[22]的歌，還要送我一幅畫，讓我掛在房間裡。她說那幅畫很漂亮，上面畫著一個穿淡藍色絲綢裙子的美女，是一個縫紉機推銷員給她的。如果我也可以送什麼給

22〈榛樹山谷裡的奈莉〉（*Nelly in the Hazel Dell*）又名〈榛樹山谷〉（*The Hazel Dell*），是美國作曲家喬治．弗雷德里克．魯特（George Frederick Root）的成名作，一八五三年推出後廣為傳唱。

黛安娜就好了。我比黛安娜高三公分左右，但她比我胖多了。她說她也想要瘦一點，因為這樣看起來比較優雅，不過我覺得她可能只是在安慰我。還有啊，我們約好以後要一起去海灘撿貝殼。對了，我們決定要把橋底下的泉水取名叫『樹精泡泡』，聽起來很優美吧？我以前讀過一篇故事，故事裡的泉水就叫這個名字。我猜樹精應該是長大之後的小仙女吧。」

「妳話這麼多，希望黛安娜不會被妳煩死。」瑪莉拉說。「安妮，要出門玩不是不行，但妳要記得，不能只顧著玩耍。妳還有工作得做，要先把事情做完才能去玩，知不知道？」

安妮原本就因為黛安娜而雀躍不已，一看到馬修，更是興奮得手舞足蹈。馬修剛從卡莫地的商店回來，他怯怯地從口袋裡掏出一小包東西交給安妮，同時一臉良心不安地觀察瑪莉拉的臉色。

「妳說妳喜歡吃巧克力，所以我幫妳買了一些。」馬修說。

「哼，」瑪莉拉不以為然地說。「你會搞壞她的牙齒和腸胃的。好啦，安妮，別擺著一張苦瓜臉了。既然馬修都買了，妳就吃吧。他應該買薄荷糖給妳的，那比巧克力健康多了。別一口氣吃光啦，免得等等反胃。」

「妳放心，我不會一次吃光的。」安妮連忙說。「我今天晚上只會吃一塊。我可以分一半給黛安娜嗎？如果能和她一起分享，巧克力一定會更好吃。我好開心呀，有東西可以送給黛安娜真是太好了！」

「這孩子挺大方的，這點很不錯。」安妮回房後，瑪莉拉對馬修說：

「我最討厭小氣的孩子了。天啊，安妮也才來不過三個星期，但我總覺得她好像很久以前就和我們住在一塊了。我甚至想像不出，這裡沒有她會是什麼樣子。夠了，馬修，別用那種『我早就告訴妳了』的臉看我。看到女人擺這種臉就夠煩的了，男人擺這種臉更叫人受不了。我承認，我很慶幸當初同意你收養安妮，我也越來越喜歡這孩子了，所以馬修．卡斯柏，你最好別囉嗦了。」

第十三章　期盼的喜悅滋味

「安妮應該要進來做針線活了吧。」瑪莉拉瞥了時鐘一眼，接著往窗外望去。時值八月，大地沐浴在午後金黃色的陽光下，籠罩在蒸騰暑氣裡的萬物看起來昏昏欲睡。「她已經和黛安娜多玩了超過半小時，現在還坐在柴堆上，和馬修嘰哩呱啦說個沒完。她明明知道自己該進來做事了。馬修這人也真是的，像個傻子一樣聽得那麼出神。安妮講越多稀奇古怪的事，他越開心。安妮．雪利！馬上給我進來，聽到了沒有？」

瑪莉拉敲了敲西側的窗戶，喊安妮進屋。安妮聽到她的呼喚，從院子裡跑了進來。她雙眼閃閃發亮，臉頰微微泛紅，披散在身後的紅色長髮宛如一道亮麗的瀑布奔流而下。

「瑪莉拉！」安妮氣喘吁吁地喊著：「下星期主日學校要辦野餐，地點在哈蒙．安德魯斯先生家的農場，就在閃耀之湖附近，而且貝爾校長的太太和林德太太會幫大家做冰淇淋——瑪莉拉，是**冰淇淋**耶！噢，瑪莉拉，我可以去嗎？」

「安妮，可以請妳看一下現在幾點了嗎？我剛剛叫妳幾點回來？」

「兩點。可是瑪莉拉，野餐的事真的太讓我興奮了！我可以去嗎？拜託！我從來沒有去野餐過，我一直好想去一次看看，可是我……」

「對，我叫妳兩點回來，可是現在已經兩點四十五分了。妳為什麼沒有聽我的話，安妮？」

「瑪莉拉，我很想準時回來，是真的，我沒有騙妳。只是待在『悠閒野居』實在太開心了，我就不小心多玩了一會。而且，馬修總是那麼願意聽我說話，我一定得告訴他野餐的事才行。我可以去野餐嗎？拜託妳！」

「我不管妳在那個『悠閒』什麼的有多開心，妳都要記得我說的話。我叫妳什麼時候回家，就是要妳那時回家，不是半小時以後。還有，妳在路上遇到願意聽妳說話的人，也不代表妳就得停下來和他們說話不可。妳當然可以去野餐，既然是主日學校辦的活動，其他女孩子也都會參加，我沒理由不讓妳去。」

「可……可是，」安妮支支吾吾地說。「黛安娜說，每個人都要準備一籃食物，但妳也知道，我什麼都不會做。不能穿有泡泡袖的衣服去野餐，我倒不是很在意，但要我兩手空空去，我真的會丟臉死的。黛安娜剛剛跟我說了之後，我就一直很煩惱。」

「好啦，妳不用煩惱，我會幫妳準備的。」

「哇！瑪莉拉，妳人真好！噢，妳對我好好，真是太謝謝妳了！」

安妮發出一連串驚呼，接著撲進瑪莉拉懷裡，欣喜若狂地親吻她氣色欠佳的臉頰。這是第一次有孩子親吻她的臉頰，瑪莉拉感覺到先前那種陌生的甜蜜感受瞬間竄過全身。也許是為了隱藏心底的喜悅之情，她立刻板起臉來說：

「好了、好了，妳別胡鬧。妳要是能乖乖照我的吩咐做事，那還比較實際一點。烹飪的事，我是打算這陣子開始教妳，但妳實在太迷糊了，安妮。我還在看妳什麼時候會更穩重、有定性一點。煮飯的時候，妳的腦袋要保持清醒，不能煮到一半開始想東想西，這樣很危險的。把妳的拼布拿出來吧，要在喝下午茶之前縫好啊。」

「我不喜歡縫拼布。」安妮噘著嘴說。她翻出她的針線盒，深深嘆了口氣，在紅色和白色菱形布料堆成的小山前坐了下來。「也許有別種針線活做起來很好玩，但縫拼布真的一點想像空間也沒有，就是一塊縫過一塊，感覺就像在原地踏步。不過，就算住在綠山牆之家得縫拼布，我還是想住在這裡，這比可以整天玩耍，卻得住在別的地方好多了。真希望縫拼布的時候，時間可以過得像和黛安娜玩的時候那麼快。瑪莉拉，和黛安娜待在一起真的好開心喔。雖然她不太會幻想，所以大部分時間都是我負責想像，不過我本來就很擅長這個，所以沒關係，而且黛安娜在其他方面都非常完美。小溪對面不是有一小塊地是威廉·貝爾先生的嗎？就夾在我們的農場和巴瑞先生的農場之間。那塊地的邊緣有一小座白樺樹林，是個非常浪漫的地方唷，瑪莉拉。我和黛安娜的扮家家酒小屋就蓋在那裡。我們把小屋取名叫『悠閒野居』，很有意境，對不對？我跟妳說，我花了好多時間才想到這個名字。為了想個好名字，我幾乎整個晚上都沒睡，就在我累得快要睡著的時候，我的腦袋裡突然蹦出了這個名字。我把這個點子告訴黛安娜，她聽了之後簡直**欣喜若狂**呢！瑪莉拉，我們的小屋布置得非常講究喔，妳改天一定要來參觀一下。我們搬了幾塊長了青苔的大石頭當椅子，還在樹幹之間架了木板做置物架，我們的盤子都擺在架子上。雖然盤子都是破掉的，不過只要想像一下，它們就會變成完整的了，這完全不成問題。有一個特別漂亮的盤子，上面有紅色和黃色的常春藤圖案，我們把它擺在客廳，跟『仙女琉璃』放在一起。仙女琉璃是黛安娜在她家的雞舍後面的樹林找到的，它會透出像彩虹一樣的七彩光芒，雖然只是還沒長大的小彩虹，但真的漂亮極了。黛安娜的媽媽說，仙女琉璃是他們家以前一盞吊燈的碎片。但是，如果我們想像這個碎片其實仙女的寶物，她們有天晚上開完舞會，忘了把它帶走，這樣不是更夢幻嗎？所以我們就叫它仙女琉璃。馬修答應之後會幫我們做一張桌子，讓我們擺在那裡。還有啊，我們幫巴瑞先生田裡那座小小的圓形池塘取了名字，叫做『柳潭』，是我看完黛安娜借我的那本書後想到的。那本書的故事真的很精彩呢，瑪莉拉。女主角有五個情人耶，我覺得有一個情人我就很滿足了，妳覺得呢？女主角是個命運坎坷的美女，而且她三不五時就會昏倒。真希望我也會昏倒，那感覺好浪漫呀，妳會想昏倒看看嗎，瑪莉拉？可惜我應該是沒辦法昏倒，別看我這麼瘦小，我其實挺健康的。不過我最近好像有慢慢長胖了，對不對？我每天早上起床都會檢查我的手肘，看是不是有小凹洞出現了。說到手肘，黛安娜的媽媽要幫她做一件五分袖的連身裙，她下星期會穿去野餐。噢，希望下星期三會是好天氣。要是不能去野餐，我真的會非常絕望。雖然我應該不會因為受到這個打擊就死掉，但這一定會變成我一輩子的遺憾。萬一錯過這次野餐，就算以後去了一百次野餐，也沒辦法彌補這個遺憾。他們為了這次野餐準備了船，到時我們可以在閃耀之湖划船，而且還有冰淇淋——我知道我剛剛說過這個了。我從來沒吃過冰淇淋，雖然黛安娜很努力地跟我解釋冰淇淋嚐起來是什麼味道，但我還是想像不出來，我猜冰淇淋大概是超乎想像的人間美味吧！」

「安妮，妳已經講了整整十分鐘啦。」瑪莉拉說。「我倒是很好奇妳有沒有辦法安靜十分鐘呢，不如妳試試看吧。」

安妮乖乖地安靜了下來。然而，這星期接下來的每一天，她的話題和思緒都離不開野餐，甚至連晚上做夢時也不例外。星期六時天氣陰雨，安妮害怕這場雨會一直持續到下星期三，陷入了極度的恐慌。瑪莉拉為了讓她冷靜下來，還叫她多縫了一塊拼布。

星期天從教堂回家的路上，安妮告訴瑪莉拉，剛才牧師在講道壇上宣布野餐的事時，她因為太過興奮，全身爬滿了雞皮疙瘩。

「瑪莉拉，剛剛我打了個顫，整個背都起了雞皮疙瘩呢！在牧師宣布野餐的事之前，我好像沒辦法打從心底相信有這回事，因為我總是會忍不住擔心，其實一切都是我想像出來的。但牧師在講道壇上說的話一定是真的，所以我現在相信我們真的要辦野餐了。」

「安妮，妳對事情有太多的期待了。」瑪莉拉嘆了口氣。「要是一直保持這種心態，妳這輩子不知道要失望多少次。」

「瑪莉拉，期待本身就是一件開心的事呀！」安妮大聲說。「雖然期待的事不一定能實現，但就算這樣，在期待的過程中我還是很快樂。林德太太跟我說：『不期不待，不受傷害。』但我覺得比起失望，對未來沒有任何期待還比較可怕呢。」

這天瑪莉拉也戴著她的紫水晶胸針上教堂，這是她多年來的習慣，對她來說，甚至已經成為一種神聖而不可侵犯的傳統。要是上教堂沒有戴這個胸針，那可是極為不敬的疏失，就像忘了帶聖經或奉獻的十分錢一樣。這個紫水晶胸針是瑪莉拉最珍惜的寶貝，是她一個當水手的舅舅送她母親的，她的母親逝世後，胸針就傳給了瑪莉拉。這個胸針呈橢圓形、樣式古典，中間裝著瑪莉拉母親的一束頭髮，邊緣則鑲有精美的紫水晶。瑪莉拉對寶石一無所知，自然也不清楚這是不是上好的紫水晶，但在她的心目中，這個紫水晶胸針是如此美麗動人，儘管她看不到戴在自己領口的胸針，每當別上胸針時，光是意識到自己的褐色綢緞衣服上閃著淡淡的紫色光輝，她的心情就十分愉快。

安妮第一次看到這個水晶胸針時，彷彿一見鍾情，深深著迷於它的美，連眼睛都捨不得眨一下。

「哇，好高雅的胸針喔，瑪莉拉！妳戴著這麼美的胸針，居然還能專心聽牧師講道、做禮拜，真是太厲害了，如果是我，一定會一直分心想胸針的事。紫水晶真的好漂亮，我以前還以為鑽石就是長這個樣子呢。很久以前，我在書裡讀到了鑽石這種東西，試著自己想像了鑽石是什麼模樣。那時我還沒有看過真的鑽石，在我的想像裡，它是一種閃閃發亮的紫色寶石。後來，我終於在一枚戒指上看到了真正的鑽石，那時我因為太失望，所以就哭了。我不是說鑽石不漂亮，但就是和我原本想的不一樣。瑪莉拉，可以把胸針借我看一下嗎？紫水晶會不會是紫羅蘭的靈魂變成的呀，妳覺得呢？」

第十四章　安妮認錯了

野餐前的星期一傍晚，瑪莉拉帶著焦慮的神情，從她的房間走下樓來。

這時的安妮正坐在一塵不染的桌子旁，一邊剝著豌豆莢，一邊唱著〈榛樹山谷裡的奈莉〉。她的歌聲流露出十足的感情，可見黛安娜指導有方。瑪莉拉一看到她，便開口問：「安妮，妳有看到我的紫水晶胸針嗎？我記得昨天傍晚從教堂回來後，我把它插在針包上面，但我現在怎麼找都找不到。」

「呃，有……」安妮似乎欲言又止。「妳下午去援助協會的時候，我剛好經過妳的房間，看到胸針在針包上，所以就進去看了一下。」

「妳有動它嗎？」瑪莉拉的語氣突然變得嚴厲。

「唔……有。」安妮承認：「我想看看我戴起來好不好看，所以有試戴一下。」

「妳怎麼可以做這種事呢？小孩子不能這樣亂動別人的東西。妳本來就不應該擅自進入我的房間，何況那枚胸針不是妳的，妳不能隨便亂碰。妳把胸針放去哪了？」

「啊，我放回書桌上了，我只戴了一下下而已。瑪莉拉，我真的不是故意要亂碰妳的東西。我沒有想過進去妳的房間試戴胸針是不對的，但我現在知道了，所以我不會再這麼做了。同樣的錯我絕對不會犯第二次，這算是我的優點吧。」

「妳沒有放回去啊。」瑪莉拉說。「我找過書桌了，胸針根本不在那裡。安妮，妳把它戴出去了，對不對？」

「我放回去了，真的！」安妮立刻否認，但她的回答聽在瑪莉拉的耳裡卻像在頂嘴。「我忘了我是把胸針插在針包上，還是放在陶瓷托盤上，但我很確定我有放回去。」

瑪莉拉不想錯怪安妮，於是說：「好，那我再上去看一遍。如果妳有把胸針放回去，那它一定還在那裡。如果它不在那裡，就代表妳沒有放回去，就是這麼簡單！」

瑪莉拉到房間澈底搜尋了第二次。不只是書桌上，胸針可能會在的每個角落，她都仔細檢查了一次，但胸針還是不見蹤影。一無所獲的瑪莉拉於是又回到廚房。

「安妮，胸針真的不見了。妳是最後一個拿胸針的人，這是妳自己說的，那妳到底把它拿去哪兒了？妳老實告訴我，妳是把胸針戴出去，結果不小心弄丟了嗎？」

「我沒有。」安妮堅定地迎上瑪莉拉憤怒的目光，語氣嚴肅。「我真的沒有把胸針拿出房間。就算把我送上斷頭臺，我也沒有別的答案可以告訴妳——雖然我不是很確定斷頭臺是什麼。就是這樣，瑪莉拉。」

安妮最後那句「就是這樣」只是想強調自己所言屬實，但瑪莉拉卻覺得安妮是存心和她作對。

「妳在說謊，安妮。我知道妳在說謊。」她嚴厲地說。「夠了，在妳願意說實話之前，不要再跟我多說一句話。回妳的房間去，等妳願意承認自己做了什麼，再給我出來。」

「那我要拿豌豆上去剝嗎？」安妮沮喪地問。

「不用，剩下的我自己剝。妳趕快上去就對了。」

安妮回房後，瑪莉拉忙起晚上的例行工作，心裡卻一直亂糟糟的，十分擔心那個寶貴的胸針。要是安妮真的把胸針弄丟了，那該怎麼辦才好？更讓人生氣的是，任誰都看得出胸針是她拿走的，她居然還臉不紅、氣不喘地狡辯，未免太可惡了！

「我也不知道我想從安妮那裡聽到什麼答案。」瑪莉拉心慌意亂地剝著豌豆莢，心裡一邊思考著：「我相信安妮不是想偷走胸針，她大概是想拿去玩，或是幫助自己幻想吧。不過可以確定的是，她一定把胸針給拿走了。照她的說法，在我傍晚進去房間之前，最後一個碰胸針的人就是她了，然後胸針就這樣不見了，所以答案只有一個。我看她八成是把胸針弄丟了，因為怕被處罰，所以不敢告訴我。安妮居然會撒謊，真令人心寒，這比亂發脾氣糟糕多了。家裡住著一個不能信任的小孩是很可怕的事，她剛才的所作所為只有『狡猾』和『虛偽』可以形容，跟弄丟胸針比起來，我更氣這點。如果她實話實說，我還不會這麼在意。」

這個晚上，瑪莉拉又進去房間找了好幾次，還是沒有看到水晶胸針。睡前她去了一次安妮的房間，結果無功而返。安妮堅稱她不知道胸針在哪裡，卻讓瑪莉拉更加確信她一定知道些什麼。

隔天早上，瑪莉拉向馬修提起了這件事。馬修聽了，臉上寫滿了驚訝與困惑。他不相信安妮真的會做出這種事，卻又不得不承認目前確實是她的嫌疑最大。

「妳確定胸針沒有掉到書桌後面嗎？」馬修問。他現在能提出的建議只有這個了。

瑪莉拉篤定地回答：「我把書桌移開找過了，每個抽屜、每個縫隙也都翻遍了，胸針真的不在我房裡。那孩子一定把它拿走了，卻不願意承認。馬修．卡斯柏，醜陋的事實已經擺在眼前了，我們還是快點認清現實吧。」

「唉，那妳打算怎麼做？」馬修無可奈何地說。眼前的情況相當棘手，馬修不禁暗暗慶幸是瑪莉拉得處理這個問題，這次他可不想再插手了。

「在她說實話之前，我不准她出房間。」瑪莉拉憂心地說。上次這個方法成功了，因此她決定再試一次。「之後的事再看著辦吧。如果她願意說她把胸針拿去哪兒了，也許我們還能把胸針找回來。但是馬修，不管怎樣，這次一定得好好處罰她。」

「這個嘛，那也是妳要處罰她。」馬修伸手拿起帽子。「妳應該記得吧，這不關我的事。是妳叫我不要多管閒事的。」

馬修不願意蹚渾水，這種事也不方便找林德太太商量，瑪莉拉頓時覺得自己陷入了孤立無援的處境。無計可施的她一臉嚴肅地走上閣樓，又帶著更嚴肅的表情離開，因為安妮依舊不願意坦承，還是堅持自己沒有拿走胸針。安妮的臉上滿是淚痕，顯然一直在哭泣，看她這麼難過，瑪莉拉其實也於心不忍，卻還是強行壓抑住心中的憐憫之情。折騰到了晚上，雙方依舊僵持不下，瑪莉拉也不得不承認，自己真的拿安妮沒轍了。

「安妮，我再說一次，只要妳不說實話，就別想走出這個房間。妳要是再這麼頑固，那就隨妳的便吧！」瑪莉拉的態度十分堅決。

「可是明天就要野餐了，瑪莉拉。」安妮哭著哀求：「妳不會不讓我去吧？妳明天下午放我出去一會就好，野餐結束後，妳要我關在房間裡多久，我都願意，但我**絕對不能**錯過野餐啊。」

「安妮，在妳認錯之前，妳哪都別想去，野餐也一樣。」

「天啊，瑪莉拉！」錯愕的安妮倒抽了一口氣。

但瑪莉拉已經走出房間，關上了門。

星期三一早陽光普照，簡直是為了野餐量身打造的好日子。鳥兒的歌聲在綠山牆之家迴盪；聖母百合吐露的香氣乘著透明的清風從花園飄進敞開的門窗，像是賜福的精靈穿梭在屋內每條走道和每個房間；溪谷裡的白樺樹在風中愉快地揮著手，彷彿是在等待安妮從閣樓探出頭來，向它們道早安。但安妮今天卻一反常態，沒有出現在窗前。瑪莉拉端早餐來給安妮時，發現她直挺挺地坐在床沿，雖然臉色蒼白，表情卻像下定了決心一般，雙脣緊抿，眼睛閃爍著某種光芒。

「瑪莉拉，我願意認錯了。」

瑪莉拉「哈」了一聲，放下手中的托盤。這個方法再次奏效，但她卻一點也不開心，只覺心裡充滿苦澀。「那我就來聽聽看妳有什麼話好說，安妮。」

「紫水晶胸針是我拿走的。」安妮像在背課文一樣描述起事件的經過：「妳說的沒錯，胸針就是我拿走的。我進去妳房裡的時候，本來沒有想拿走它的。但我把胸針別在胸口時，它看起來真的太漂亮了，我就忍不住戴出來了。我想說，戴著胸針去悠閒野居扮演珂蒂莉亞．費茲傑羅公主，感覺一定很棒。如果戴著真的紫水晶胸針，就能輕輕鬆鬆想像我是珂蒂莉亞公主了。雖然黛安娜和我會把薔薇果實串成項鍊，但野果子怎麼比得上紫水晶呢？所以我就戴著胸針出門了。我想我來得及在妳回來前把胸針放回去，所以還特地繞了遠路。走到閃耀之湖的橋上時，我把胸針拔了下來，放在手裡欣賞。紫水晶在陽光下閃閃發亮，看起來真的好美呀！那時候我靠在橋的欄杆上，就在那個瞬間，胸針從我的手上滑了出去，就這樣掉進了湖裡，那道紫色光芒一直、一直往下沉，永遠沉睡在閃耀之湖裡了。我能說的就是這些了，瑪莉拉。」

瑪莉拉聽了，不禁怒火中燒。這孩子擅自拿走自己那麼重視的胸針，結果把它弄丟了，現在居然還這麼冷靜地坐在這裡說故事，臉上完全沒有一絲愧疚或懊悔的表情。

「這真是太誇張了，安妮。」瑪莉拉顯然在奮力壓抑自己的情緒。「我真的沒看過像妳這樣不知羞恥的小孩。」

「對，我想也是。」安妮平靜地回答。「我知道我應該要受處罰。處罰我是妳的責任，瑪莉拉。那可以請妳馬上處罰我，讓我下午去野餐的時候可以不用煩惱這件事嗎？」

「野餐？妳還敢跟我提野餐？安妮．雪利，妳今天別想去野餐了，這就是妳的處罰。妳犯了這麼大的錯，只是不讓妳去野餐已經很便宜妳了！」

「不能去野餐？」安妮從床上跳了起來，緊緊抓住瑪莉拉的手。「妳明明說我可以去，這是妳答應我的！瑪莉拉，我一定要去野餐，不然我為什麼要認錯？妳想怎麼處罰我都好，但妳不能不讓我去野餐啊。瑪莉拉，拜託，我求求妳，讓我去野餐好不好？想想冰淇淋呀！妳明知道我可能再也沒有機會吃到冰淇淋了啊！」

瑪莉拉冷酷地甩開安妮的手。

「不用白費力氣求我了，安妮。我不會讓妳去的，就是這樣。好了，別再說了。」

安妮明白瑪莉拉說什麼也不會改變主意，她緊握住雙手，發出淒厲的尖叫，接著撲倒在床上號啕大哭，不斷扭動身體，完全陷入希望幻滅的痛苦之中。

「我的天啊！」瑪莉拉忍不住驚叫，快步離開閣樓。「這孩子一定是瘋了，腦袋正常的小孩才不可能做出這種事。要是她的腦袋其實很清楚，那就表示她的品性已經惡劣到無藥可救了。唉，也許瑞秋當初說的是對的。但領養她是我自己的選擇，我一定會負責到底。」

這天早上充滿鬱悶沉重的氣氛。瑪莉拉拚了命地工作，以轉移自己的注意力。家事都忙完之後，她又去刷了門廊的地板和乳品間的架子。這些地方其實都很乾淨，根本不需要清理，但瑪莉拉還是這麼做了，接著又出去打掃庭院。

午餐準備好後，瑪莉拉走到樓梯口，叫安妮下來吃飯。安妮滿布淚痕的臉從欄杆上方探了出來，以悲傷的眼神望著她。

「安妮，下來吃午餐了。」

「我不想吃，瑪莉拉。」安妮一邊啜泣、一邊說。「我什麼也吃不下，因為我的心碎了。瑪莉拉，總有一天，妳會後悔自己傷了我的心，但我原諒妳。等到那個時候，請記得我會原諒妳。但現在請不要叫我吃東西，尤其是燉豬肉加青菜，叫一個心裡這麼煎熬的人吃那種東西真的很煞風景。」

瑪莉拉氣急敗壞地回到廚房，和馬修大吐苦水。馬修深知安妮犯了大錯，卻又忍不住為她感到心疼，內心因此苦惱不已。

「我說，安妮確實不該拿走胸針，也不該說謊。」馬修說。他憂鬱地盯著盤子裡的豬肉和蔬菜，彷彿他也跟安妮一樣，覺得心情鬱悶的時候吃這種食物實在太煞風景了。「但她的年紀還小，又是一個這麼有趣的孩子。她這麼期待野餐，結果妳不讓她去，會不會有點太殘忍啦？」

「馬修・卡斯柏，你說的這是什麼話呀？我還覺得自己太輕易放過她了呢。她看起來根本不曉得自己的行為有多糟糕，這才是我最擔心的。要是她還會覺得內疚，我也不認為問題有這麼嚴重。還有你，我看你也不曉得這件事的嚴重性，你還一直在替安妮找藉口，別以為你瞞得過我。」

「唉，可是她年紀還小啊。」無能為力的馬修只能重申這個論點。「我們應該要對她寬容一點，瑪莉拉。妳也知道，以前從來沒有人好好教導過她呀。」

「對，但現在我在教導她了。」瑪莉拉反駁。

瑪莉拉的話就算沒有讓馬修心服口服，也足以讓他啞口無言了。這頓飯吃得相當沉悶，心情唯一不受影響的大概只有他們僱用的農工傑利・布特，但瑪莉拉覺得他愉快的神情看了非常不順眼，簡直像在羞辱她一樣。

瑪莉拉洗好午餐的碗盤、揉好麵糰、又餵完母雞後，思考著自己接下來該做些什麼。她想起星期一下午從援助協會回來時，看到自己最好的黑色蕾絲披肩有個小破洞，因此決定去縫補披肩。

瑪莉拉的披肩放在一個收納箱裡面的小盒子中。她從盒子裡拿出披肩時，陽光從覆蓋著層層藤蔓的窗戶透了進來、灑在披肩上，照亮了纏在披肩裡的一塊東西，反射出一點一點的紫色光芒。瑪莉拉驚訝得倒抽一口氣，伸手抓住那個東西。她遺失的紫水晶胸針居然在這裡！只見胸針的鉤子扯住了蕾絲的絲線，掛在披肩上頭。

「怪了！」瑪莉拉頓時呆住了。「這是怎麼回事？我以為我的胸針已經沉進巴瑞池塘了，結果它卻好端端地在這裡。那安妮說她把胸針弄丟了，又是什麼意思？真是見鬼了！啊，我想起來了，我星期一下午回來，脫下披巾之後，確實有把它放在書桌上一下子，應該就是那時鉤到胸針的。我的天啊！」

瑪莉拉立刻拿著胸針到閣樓房間，這時安妮已經哭累了，正無精打采地坐在窗邊。

「安妮．雪利，」瑪莉拉嚴肅地說。「我剛剛發現我的胸針卡在黑色蕾絲披肩上，那妳早上那堆長篇大論是怎麼回事？」

「唉，因為妳說只要我不認錯，就得一直關在這裡呀。」安妮有氣無力地回答。「可是我一定要去野餐才行，所以我就決定要認錯了。昨天晚上睡覺前，我躺在床上思考我該說什麼才好，還盡量把情節編得有趣一點。我怕我說到一半忘詞，甚至練習了好幾次。結果妳還是不讓我去野餐，所以我的努力都白費了。」

瑪莉拉聽了，不由得想大笑，但因為感到內疚，最後還是忍住了。

「安妮，我真是被妳給打敗了！但這說起來其實是我的錯，我現在已經明白了。妳明明沒有說謊欺騙過我，我不應該懷疑妳說的話。話又說回來，妳也不應該為了妳根本沒做的事認錯呀，這種行為是不對的，不過我知道，是我逼妳做出這種事的。所以，如果妳肯原諒我，那我也會原諒妳，這件事就一筆勾銷，我們重新開始，好嗎？好啦，趕快收拾一下，準備去野餐吧。」

安妮倏地從椅子上跳了起來。

「現在還來得及嗎，瑪莉拉？」

「當然來得及，現在才兩點，他們最快也才剛集合完畢而已，離下午茶開始還有一小時。快去洗臉、梳頭髮，換上妳的格子裙。我先去幫妳準備妳要帶去的茶點，家裡有很多已經烤好的點心。我會叫傑利準備好馬車，等等就載妳過去野餐的地方。」

「哇，瑪莉拉！」安妮驚呼一聲，飛也似的跑到盥洗檯前。「五分鐘前，我覺得我的人生好悲慘，還想著乾脆不要出生在這個世界上算了，但現在我好開心呀！就算有住在天堂的天使要和我交換身分，我也不會答應祂的！」

這天晚上，玩得筋疲力盡的安妮回到綠山牆之家，臉上洋溢著連言語都難以形容的幸福光彩。

「妳聽我說，瑪莉拉，我今天玩得好過癮啊！『過癮』是我今天學到的詞，是從瑪莉．艾莉絲．貝爾那裡聽來的，妳不覺得這個詞很生動嗎？總之一切都非常美好。我們喝了一頓豐盛的下午茶，下午茶後，安德魯斯先生輪流帶我們到閃耀之湖划船，他的船一次可以載六個人。珍．安德魯斯顧著摘睡蓮，身體探得太出去，差點從船上掉到水裡；要是安德魯斯先生沒有馬上抓住她的腰帶，她早就摔下去了，說不定還會溺水呢。話是這麼說，但我真希望掉進湖裡的是我。差點溺水一定是非常浪漫的體驗，而且事後跟別人說起這個經驗，大家一定會覺得很刺激。我們還吃了冰淇淋喔。冰淇淋的口感好神奇，完全不知道該怎麼形容才好，但我可以跟妳保證，冰淇淋真的是我吃過最好吃的東西！」

瑪莉拉晚上縫補襪子時，將整件事一五一十地告訴了馬修。

「我承認我這次真的做錯了，但我也學到了一課。」瑪莉拉坦率地做出結論：「一想到安妮『認錯』的事，我就忍不住想笑，但我不應該笑的，畢竟那嚴格來說也是謊話。不過，同樣是說謊，我卻覺得這種謊話好像沒那麼糟糕。再說，安妮會說謊也是逼不得已，這是我造成的。有時我真搞不懂這孩子在想些什麼，但我相信她一定會成為品行優良的人。還有一點我也能確定，有她在的地方，日子絕對不會無聊。」

第十五章　校園風波

「真是美好的一天！」安妮深吸了一口氣後說：「在這種日子裡，光是活在世界上，就讓人覺得好開心呀。那些還沒出生的人沒有機會經歷這一天，真是太可惜了。雖然他們出生後，一定也會有其他快樂的日子，但他們還是永遠錯過今天了。而且，上學路上的風景居然這麼漂亮，又讓我更開心了！」

黛安娜的回應倒是很實際：「這條路比村裡的大路好多了，那裡很熱，沙塵又很多。」她一邊瞄著自己午餐籃子裡那三塊甜美多汁的覆盆子塔，心裡一邊計算著這三塊塔要是分給十個女孩，每個女孩能吃到幾口。

和所有人分享自己的午餐是艾凡里學校的小女孩之間的傳統。要是獨占三塊覆盆子塔，或只和自己最要好的朋友分享，那個女孩就會被烙上「小氣鬼」的標記，一輩子也別想洗刷這個汙名了。可是，將三塊覆盆子塔分給十個人吃，一個人分到的連塞牙縫都不夠呢。

安妮和黛安娜上學走的這條路的確很漂亮。對安妮來說，和黛安娜一起上下學是無與倫比的快樂，就算動用想像力來填補，也沒辦法讓一切變得更美好了。這時要是走村裡的主要道路，實在太不浪漫了，但如果走「戀人小徑」，經過「柳潭」、「紫羅蘭谷」和「樺樹小路」的話，絕對稱得上是一流的浪漫體驗。

戀人小徑的起點位於綠山牆之家的果園下方，一路延伸到卡斯柏農場盡頭的森林。平時趕牛群到後面的牧場吃草，以及冬天時運送木柴回綠山牆之家，都是走這條路。安妮剛來這裡不到一個月時，就將這條路取名為戀人小徑。

「我和黛安娜會叫那條路『戀人小徑』，不是因為情侶真的會去那裡散步。」安妮向瑪莉拉這麼解釋：「我們最近在讀一個非常精彩的故事，故事裡有條路就叫戀人小徑，所以我們也想要有自己的戀人小徑。很好聽的名字，對不對？簡直浪漫得不得了呢！就算那條路沒有真的戀人，我們也可以自己想像。我很喜歡戀人小徑，因為在那裡我可以自言自語，不會有任何人聽到，就不會被別人說我腦袋有問題了。」

一早安妮便獨自出門，順著戀人小徑走到溪邊，和黛安娜會合。兩人繼續沿著小徑前進，穿越一條林蔭遮天的楓樹拱廊。「楓樹都很熱情呢！」安妮說。「楓葉總是會沙沙作響，像是在跟我們說悄悄話一樣。」拱廊的盡頭是一座古樸的橋梁，過橋後，兩人從戀人小徑轉進巴瑞先生房子後的田地，接著經過柳潭。過了一會，她們來到紫羅蘭谷，這塊綠意盎然的小窪地緊鄰著安德魯．貝爾先生家廣闊的森林。「那裡現在當然沒有紫羅蘭。」安妮告訴瑪莉拉：「不過黛安娜說，到了春天，那裡就會有好大一片紫羅蘭花海。瑪莉拉，妳試著想像看看嘛！我光是用想的，就覺得那幅景象美得讓人忘記呼吸呢。我給那個窪地取了名字，叫『紫羅蘭谷』。黛安娜說，每次我想出來的地名都很有創意，不管是什麼地方都難不倒我。有個專長感覺挺不賴的。『樺樹小路』是黛安娜的點子，因為她也想試試看，所以那個地方就讓她取名了。不過『樺樹小路』聽起來有點沒特色，總覺得大家都想得到這種名字。如果讓我來，我一定可以想出更有詩意的名字。話是這麼說，但樺樹小路真的是世界上數一數二漂亮的地方呢，瑪莉拉！」

安妮說的沒錯，任何偶然發現這條小路的人都會有一樣的想法。樺樹小路狹窄而曲折，從平緩的山坡上迂迴而下，正好穿越貝爾先生的森林。森林裡，陽光透過層層翠綠的樹葉流瀉進來，彷彿濾掉了一切雜質，變得像鑽石一樣純淨無瑕。小路兩側皆是有著纖細白色樹幹和柔韌枝條的小樺樹，地上則遍布蕨類、七瓣蓮、舞鶴草，以及野胭脂一串串的鮮紅色果實。空氣中總是瀰漫著一股宜人的芳香，上方的樹蔭傳來鳥兒婉轉的歌聲，以及林間清風的低語和笑聲。如果保持安靜，偶爾能看到野兔蹦蹦跳跳地穿越這條小路，不過安妮和黛安娜總是有講不完的話，所以很少有這種情況。樺樹小路在底下的山谷和主要道路相接，接著只要爬上眼前覆蓋著雲杉的山丘，就來到學校了。

艾凡里的學校是一棟屋簷低矮、有著大面窗戶的白色建築。教室裡的可掀式老式課桌既舒適又寬敞，桌面刻滿了姓名縮寫和各種難以辨認的符號，是三個世代以來的學童留下的痕跡。校舍和前方的道路有一段距離，後方則有一座幽暗的冷杉樹林和一條小溪。孩子早上來學校時，都會把牛奶瓶放進冰涼的溪水中保鮮，等到午餐時間再享用。

九月一號早上，瑪莉拉目送安妮出門去上學，心裡擔憂不已。安妮是個與眾不同的怪孩子，她有辦法和其他孩子好好相處嗎？上課的時候她會不會管不住自己的嘴巴？

好在事情的發展比瑪莉拉想的還要順利，安妮傍晚放學回家時，看起來一副興高采烈的模樣。

「我覺得學校挺不錯的，我應該會喜歡。」安妮發表了她的感想。「但我不太喜歡老師。他一直在捻自己的八字鬍，對著普莉希．安德魯斯擠眉弄眼。妳也知道，普莉希已經成年了，她今年十六歲，正在準備沙洛鎮女王學院明年的入學考試。緹莉．柏爾特說老師迷上普莉希了。普莉希的膚色很漂亮，一頭棕色捲髮盤成一個很優雅的髮型。她坐在教室最後面的長椅上，老師幾乎也都坐在那裡。他說他在幫普莉希上課，但是露比．吉利斯說，她看到老師在普莉希的寫字板上寫了幾個字，普莉希看完之後臉都紅了，還咯咯笑了起來。露比說，她才不相信老師寫的東西跟上課內容有關。」

「安妮．雪利，不准再讓我聽到妳這樣講老師。」瑪莉拉嚴厲地說。「妳去上學不是去批評老師的。我想他一定有什麼可以教妳，妳要做的就是好好學會那些東西。請妳搞清楚，妳不能這樣說老師的閒話，我不認同這種行為。妳在學校有守規矩嗎？」

「當然有啊，」安妮自信滿滿地回答。「要我守規矩沒有妳想的那麼難。我和黛安娜坐在一起，我們的位子在窗戶旁邊，可以看到山坡下的閃耀之湖。學校裡有好多女孩子，大家都很友善，午餐時間我和她們玩得好過癮，有這麼多玩伴真好。當然啦，就算有了別的朋友，我還是最喜歡黛安娜。我**最愛**黛安娜了，這點永遠不會改變。我的學習進度落後別人好多，同年齡的女孩都在上五年級的課了，只有我還在學四年級的東西，讓我覺得有點沒面子。不過，我很快就發現沒有人的想像力跟我一樣豐富。我們今天上的課有閱讀、地理、加拿大歷史和聽寫。菲利浦老師說我的拼寫能力很糟，一大堆單字都拼錯了。他把我的寫字板舉得老高，給全班同學看我寫錯多少，害我覺得好丟臉喔，瑪莉拉。我才第一天去上學，我覺得他應該對新同學友善一點。露比送了我一顆蘋果，蘇菲亞．史隆借了我一張漂亮的粉紅色卡片，卡片上面寫著『我可以送妳回家嗎』，我明天會拿去還給她。緹莉把她的串珠戒指借我戴了整個下午。我也想做一個戒指，我可以拿小閣樓那個舊針包旁邊的珍珠當材料嗎？對了，瑪莉拉，珍・安德魯斯說，米妮・麥弗森告訴她，她聽到普莉希跟薩拉・吉利斯說我的鼻子很漂亮耶。瑪莉拉，這是我這輩子第一次被別人稱讚，總覺得好不習慣啊，這種感覺妳一定沒辦法體會。我問妳喔，瑪莉拉，我的鼻子真的很好看嗎？我知道妳一定會告訴我實話的。」

「還可以。」瑪莉拉淡淡地回應。她心裡其實覺得安妮的鼻子十分精緻，卻不打算告訴她實話。

轉眼間三個星期過去了，目前一切都非常順利。時間來到九月下旬，清晨的空氣已有些微涼意，安妮和黛安娜踩著輕快的步伐，在樺樹小路上前進，一副無憂無慮的快活模樣。這時的她們可說是艾凡里最快樂的兩個小女孩了。

「吉爾伯特・布萊斯今天應該會來學校。」黛安娜說。「他整個夏天都待在新布藍茲維的親戚家，上星期六晚上才回來。我跟妳說，安妮，吉爾伯特長得好帥，但他很喜歡捉弄女孩子，我們都被他整得慘兮兮。」

黛安娜嘴巴上是這麼說，但聽她的語氣，她似乎也挺樂在其中。

「吉爾伯特・布萊斯？」安妮說。「他的名字是不是和茱莉亞・貝爾一起被寫在門口的牆壁上？上面還有大大的『注意』兩個字。」

「就是他，」黛安娜說完，搖了搖頭。「但我不覺得他喜歡茱莉亞。我上次才聽到吉爾伯特說，他用茱莉亞臉上的雀斑來背九九乘法表。」

「唉唷，別跟我提雀斑的事嘛。」安妮懇求：「我長了這麼多雀斑，妳說這個我會難過的。話說回來，把男生和女生的名字寫在牆上起鬨有夠蠢的，我倒想看看誰敢把我的名字和男生的名字寫在一起。」她隨後又連忙補上一句：「當然，這種事不可能會發生的。」

安妮說完，不禁嘆了口氣。她不想看到自己的名字出現在牆上，但一想到自己是在杞人憂天，她不免覺得有些沒面子。

相較之下，黛安娜的名字出現在牆上好幾次。她烏黑的眼眸和亮麗的秀髮不知偷走了學校裡多少男孩的心。黛安娜聽了安妮自暴自棄的話，忍不住反駁：「怎麼會呢？那都只是在開玩笑罷了。還有，別這麼確定妳的名字永遠不會被寫上去。查理．史隆迷上妳了，他跟他媽媽說——聽好，是**他媽媽**喔——妳是全校最聰明的女生。在我看來，比起長得好看，腦袋聰明更好。」

「才沒有呢。」愛漂亮的安妮依舊堅持自己的論點。「我寧願腦袋不好，也想長得好看一點。而且我討厭查理，他的眼睛太凸了，我不喜歡。黛安娜．巴瑞，要是有人把我和查理的名字寫在一起，這個創傷會跟著我**一輩子**的。不過，可以在班上拿第一名的確還不賴。」

「吉爾伯特和妳同班。」黛安娜說。「我跟妳說，之前他都是第一名。雖然他快滿十四歲了，但他還在讀四年級。四年前他爸爸生病了，必須去亞伯達省養病，吉爾伯特也跟著一起去了。他們在那裡住了三年，那段期間吉爾伯特幾乎沒有去上學，一直到他們搬回這裡，他才開始回學校上課。他回來之後，妳要守住第一名的位子就不是這麼簡單了，安妮。」

「正合我意。」安妮立刻不甘示弱地說。「我的同學都是些九歲、十歲的小孩子，表現得比他們好也算不上多麼值得自豪的事。昨天我站起來拼寫『沸騰』這個詞。喬西．派伊拼字小考第一名，但她竟然偷看課本找答案。菲利浦老師沒有發現，因為他在看普莉希，但我看到了。我不屑地瞪了喬西一眼，她注意到我在瞪她，臉紅得跟蘋果一樣，結果她最後還是答錯了。」

她們倆翻過主要道路的圍籬，黛安娜忿忿不平地說：

「派伊家的女孩都很狡猾。昨天葛蒂．派伊居然霸占小溪裡我平常放牛奶瓶的位子，真是太過分了！我再也不跟她說話了。」

菲利浦老師在教室後面聽普莉希唸拉丁文時，黛安娜悄聲對安妮說：「安妮，坐在走道另一邊的那個男孩就是吉爾伯特。妳看，他長得很帥吧？」

安妮看向黛安娜所說的那個男孩。吉爾伯特正鬼鬼祟祟地將坐在前一排的露比那長長的金色辮子用別針釘在椅背上。因為他全心投入在惡作劇之中，安妮因此得以仔細觀察他一番：他的個子很高，一頭棕色捲髮，綠褐色的雙眼帶著頑皮的氣息，嘴角勾起了嘲弄人的微笑。過了一會，露比準備起身回答算術題，卻猛然被釘住的頭髮拉得跌坐回椅子上。她嚇得尖叫一聲，以為自己的頭髮要被連根拔起了。教室裡的大家都轉頭看向露比，菲利浦老師則狠狠瞪了她一眼，害露比哭了起來。至於吉爾伯特，他早已把別針藏得無影無蹤，還一臉正經八百地讀著自己的歷史課本。騷動平息之後，他往安妮這裡看了過來，用一種難以形容的滑稽表情對她眨了眨眼。

「妳的吉爾伯特．布萊斯是很帥沒錯，」安妮轉頭在黛安娜耳邊說。「但我覺得他太厚臉皮了。對不認識的女孩眨眼可不是什麼有禮貌的行為。」

然而，這場騷動和下午的軒然大波相比，只是小事一樁。

菲利浦老師下午又回到教室後方角落，向普莉希解釋一道代數問題，放任其他學生隨心所欲地做自己的事：有人在吃青蘋果，有人在說悄悄話，有人在自己的寫字板上畫圖，有人給蟋蟀繫上細繩，放牠們在走道上賽跑。吉爾伯特則努力想吸引安妮的注意，安妮卻一直無動於衷，因為此時此刻，她根本沒有意識到吉爾伯特的存在，就連其他同學，甚至是這所學校，也忘得一乾二淨。她雙手托著臉頰，望向西側窗戶，直盯著閃耀之湖那依稀可見的天藍色湖水。她的心思徜徉在遠方的幻想樂園中，除了自己想像出來的美好景象之外，周遭的人事物她一概視而不見，聽而不聞。

吉爾伯特使出渾身解數，還是無法吸引眼前這名紅髮女孩的注意，這說不定是他生平頭一遭。這個有著小巧尖下巴和與眾不同的大眼睛的女孩應該要看向他的。

吉爾伯特於是跨過走道，抓住安妮紅色髮辮的尾端，把髮辮拉得老長，然後以刺耳的聲音小聲說：

「紅蘿蔔！紅蘿蔔！」

安妮終於看了過來，她的雙眼閃著憎恨的火光！

然而，她不只是看向吉爾伯特而已。安妮美好的幻想全被吉爾伯特砸個粉碎，她猛然站起來，恨恨地瞪著吉爾伯特，眼裡湧出憤怒的淚水，瞬間澆熄剛才的怒火。

她悲憤地大吼：「可惡的卑鄙小人！你居然敢嘲笑我！」

啪！安妮舉起她的寫字板，從吉爾伯特的頭上砸了下去，寫字板應聲裂成兩半——幸好吉爾伯特的頭沒有跟著裂開。

艾凡里學校的學生最喜歡看熱鬧了，這次的衝突還特別精彩，教室裡的所有學生瞬間「哇」了一聲，發出幸災樂禍的驚嘆。黛安娜震驚得倒抽了口氣；生性膽小的露比因為驚嚇過度，哇哇大哭了起來；湯米．史隆被眼前的火爆場面嚇得目瞪口呆，忘了抓好他的蟋蟀，結果蟋蟀全趁機溜走了。

菲利浦老師氣急敗壞地走過來，用力按住安妮的肩膀。

「安妮．雪利，妳這是在搞什麼？」他生氣地質問。

安妮沒有回答，因為要她當著全校師生的面，講出她被取了「紅蘿蔔」這個綽號，她說什麼也做不到。就在這個當下，吉爾伯特勇敢挺身而出。

「菲利浦老師，這是我的錯，我剛剛在捉弄她。」

可惜老師完全沒把他的話聽進去。

「我的學生居然有人脾氣這麼惡劣，一不高興就對同學動手，我真的覺得很失望。」菲利浦老師義正詞嚴地說。聽他的口氣，彷彿只要是身為他的學生，連不懂事的小孩都能消除心裡所有的負面情緒，自動變成一個聖人。「安妮，去黑板前面的講臺上罰站，站到放學為止。」

對安妮來說，被鞭子痛打一頓也比這個懲罰好過千萬倍。在眾目睽睽之下罰站，她敏感的心靈就像被鞭子毒打一樣，痛苦地不停顫抖，但她最後還是鐵著一張蒼白的臉，乖乖站了上去。菲利浦老師拿起一枝粉筆，在安妮頭頂後方的黑板寫下：

「安．雪利的脾氣很差。安．雪利要學會怎麼控制自己的脾氣。」寫完之後，老師甚至大聲地唸出這兩句話，好讓還不會認字的低年級學生知道他寫了什麼。

接下來的整個下午，安妮都一直站在臺上，頭上還掛著斗大的說明文字。然而，儘管遭受這樣的奇恥大辱，她連一滴眼淚也沒有掉，也沒有因為羞愧而低下頭。安妮那滿腔的怒火支撐著她痛苦的內心，她高高抬起因為激動而漲紅的臉，以憤恨的雙眼直視前方，不論是對她投以同情目光的黛安娜、點著頭替她打抱不平的查理．史隆，或是幸災樂禍地嘲笑她的喬西．派伊，她一律抬頭挺胸和他們對視。至於吉爾伯特，她連看都不想看一眼。她**再也不會**看向吉爾伯特了！再也不會和他說話了！

放學後，安妮頂著她那頭紅髮，大步走出教室。來到門口時，吉爾伯特試著想叫住她。

「安妮，對不起，我不該嘲笑妳的頭髮。」吉爾伯特低聲說，語氣聽起來歉疚不已。「真的很抱歉，拜託妳別生氣了。」

安妮對吉爾伯特的道歉充耳不聞，頭也不回地從他身旁快速走過。和吉爾伯特擦身而過後，黛安娜低聲問安妮：「安妮，妳怎麼做得出這種事啊？」黛安娜的話裡一半是責備，一半是欽佩，她覺得換作是她，看到吉爾伯特那樣懇求自己，絕對會忍不住心軟的。

「我永遠不會原諒吉爾伯特．布萊斯。」安妮堅決地說。「而且菲利浦老師居然寫錯我的名字，少寫了一個『妮』，這一切對我的傷害簡直是椎心之痛啊，黛安娜。」

黛安娜完全聽不懂安妮在說什麼，但她感覺得出這是一件很可怕的事。

「妳其實不用這麼在意吉爾伯特取笑妳的頭髮。」她試著安撫安妮：「每個女生都被他嘲笑過。他老是笑我的頭髮太黑，還叫我『烏鴉』好幾次。而且這是我第一次聽到他跟別人道歉。」

「被叫做烏鴉和被叫做紅蘿蔔根本是兩回事。」安妮嚴正地反駁：「吉爾伯特·布萊斯那樣取笑我，真的讓我**生不如死**，黛安娜。」

如果沒有發生其他意外，這次的風波也許能就此平息，不再對任何人造成進一步傷害。然而，一件事情發生後，往往會有更多災難接踵而來。

艾凡里學校的學生常利用午休時間，到貝爾先生的雲杉林裡採集凝固的樹脂[23]當零嘴。這片樹林從山丘上一路延伸至貝爾先生寬闊的牧場，學生可以在這裡一邊嬉戲，一邊眺望菲利浦老師寄宿的伊本·萊特先生家有什麼動靜。菲利浦老師一從房子裡走出來，他們就得立刻跑回學校，只是這裡和學校的距離是萊特先生家的三倍，因此他們氣喘吁吁地回到學校時，往往會比老師晚上幾分鐘。

「紅蘿蔔事件」的隔天，菲利浦老師突然奮發圖強，起了想整頓紀律的念頭。回家吃午飯前，他向大家宣布，回教室時要看到所有學生都坐在座位上，晚進教室的人一律要受罰。

23 雲杉的樹脂凝固後，有嚼勁的口感像口香糖和軟糖，早期北美洲居民將其做為零食食用。

儘管受了老師警告，全部的男孩和一些女孩還是照常去了貝爾先生的林子。他們原本打算只蒐集一點樹脂就回來，卻抵擋不了雲杉森林和黃色樹脂塊的誘惑，大夥兒挖著挖著，過了一會便開始閒逛，四散到各處玩耍去了。最後，依舊是吉米．葛洛佛在一棵老樹上大喊「老師來了」，大家才發現原來時間已經這麼晚了。

留在地上嬉戲的那群女孩率先出發，好不容易搶在老師之前趕回教室，男孩們還得從樹上匆忙爬下來，所以比女孩慢了一些，在森林盡頭閒逛的安妮則是最後一個。安妮不是來這裡蒐集樹脂的。她頭上戴著舞鶴草花環，愉快地穿梭在高度及腰的大型蕨類叢中，輕聲哼著歌，彷彿是名住在幽深森林裡的仙女。雖然落在隊伍最後面，但安妮一旦認真起來，就如小鹿一般輕盈飛快。只見她頂著花環拔腿狂奔，不一會兒就在校舍門口追上了前面那群男孩，跟著他們一起衝進教室。這時菲利浦老師已經進來了，正把脫下的帽子掛到牆上。

看到眼前一票遲到的學生，菲利浦老師整肅紀律的短暫衝勁頓時消失殆盡。他懶得一一處罰這麼多學生，但又必須說到做到，於是他環顧教室，決定找個人來殺雞儆猴。氣喘吁吁的安妮一屁股跌坐回椅子上，忘了拿下來的花環還歪歪斜斜地卡在耳朵上面，邋遢的樣子看起來格外顯眼。最後，菲利浦老師的視線落到了她身上。

「安妮．雪利，妳好像很喜歡和男孩子一起混嘛，那我今天下午就成全妳吧。」他嘲諷地說。「把妳頭上的花拔掉，去跟吉爾伯特．布萊斯坐在一起。」

其他男孩發出一陣竊笑聲。黛安娜臉色發白，幫安妮把花環拿了下來，同情地用力握了握安妮的手。安妮像是變成了一尊石像，一動也不動，只是直直瞪著老師。

「妳聽到了沒有，安妮？」菲利浦老師板著臉質問。

「有。」安妮吞吞吐吐地回答。「但我想說你不是認真的。」

「不用懷疑，我非常認真，妳趕快照做就對了。」老師又以同樣的諷刺語調說。這裡的孩子都討厭他那種語氣，安妮更是恨得牙癢癢，她覺得老師根本是在落井下石。

有那麼一瞬間，安妮似乎打算反抗老師的命令，但她意識到自己別無選擇，於是她高傲地站起身，越過走道，在吉爾伯特旁邊坐下，接著趴到桌上，把臉埋進自己的手臂之間。露比在安妮趴下之前瞄到了她的臉一眼，放學回家時，她這麼告訴其他同學：「我從來沒看過有人的臉是那個樣子：她的臉一片慘白，上面還有好多好多紅色斑點。」

對安妮來說，這簡直是世界末日。有那麼多人遲到，卻只有她一個人受罰，這就夠倒楣了，而且處罰居然是和男孩子坐在一起；最令人難以忍受的是，那個男孩還是吉爾伯特．布萊斯！這個天大的羞辱等於是在她的傷口上灑鹽，讓她忍無可忍。安妮覺得自己**再也受不了**了，再勉強自己忍耐也不會有任何用處。羞恥、憤怒和屈辱填滿了她的整個靈魂。

其他同學一開始還想看安妮的笑話，他們交頭接耳，朝著她指指點點，竊笑聲此起彼落，但安妮始終沒有抬起頭，旁邊的吉爾伯特也專心一意地寫著他的數學習題，一副眼裡只有數學的樣子。過了一會，大家自覺沒趣，就開始忙起自己的事，把安妮拋到腦後了。菲利浦老師帶同學去上歷史課時，安妮也應該要去，但她卻完全沒有反應。老師叫大家出去上課之前，正忙著寫要送給普莉希的情詩，他的腦子裡還在煩惱著押韻的問題，所以也沒發現安妮沒有跟上。吉爾伯特趁著沒有人注意的時候，從他的書桌拿出一顆印著「妳很美」金色字樣的粉色心型糖果，悄悄塞進安妮的手臂底下。安妮抬起頭，小心翼翼地用指尖捏起那顆糖果，把它扔到地上，用腳踩個粉碎，接著又趴回桌上，連看都不看吉爾伯特一眼。

放學後，安妮快步走回她的座位，從抽屜清出書本、筆記本、筆、墨水、《聖經》和算術課本等所有家當，並將所有的東西整齊疊放在她破掉的寫字板上，反常的舉動十分引人注目。

黛安娜想知道安妮為什麼要這麼做，卻不敢問出口。一直到她們走出校門，踏上主要道路後，她才開口問：「妳把這些東西全帶回家做什麼呀，安妮？」

「我不會再來學校了。」安妮回答。

黛安娜倒抽了一口氣，驚訝地看著安妮，想知道她是不是認真的。

「瑪莉拉會同意嗎？」她問。

「她不同意也不行。」安妮說。「我**再也不會**來上那個男人的課了。」

「安妮！」黛安娜看起來快哭了。「妳怎麼可以這樣？那我要怎麼辦呀？妳要是不來學校，菲利浦老師會叫我跟討人厭的葛蒂·派伊一起坐的。葛蒂現在自己一個人坐，所以老師一定會叫我坐過去。安妮，拜託妳還是來上課吧。」

「黛安娜，為了妳，這世界上的所有事我幾乎都做得到。」安妮悲傷地說。「只要可以幫助妳，就算要我被五馬分屍，我也心甘情願。但我真的沒辦法回去學校了，所以請妳別叫我這麼做，我會很為難的。」

「這樣妳會錯過很多好玩的事。」黛安娜難過地說。「我們要去溪邊蓋一間漂亮的扮家家酒小屋，下星期還要打球，妳不是沒有打過球嗎，安妮？那真的很刺激。我們還要學一首新歌，珍・安德魯斯已經在練習了。下星期艾莉絲・安德魯斯還會帶一本潘希[24]的新書來，我們會聚在溪邊朗讀每個章節。妳不是最喜歡朗讀了嗎，安妮？」

儘管黛安娜苦苦相勸，安妮還是不為所動。她心意已決，絕對不會再去菲利浦老師在的學校。回到家後，安妮也和瑪莉拉說了自己的決定。

「妳別胡鬧了。」瑪莉拉聽完，只說了這句話。

「我沒有胡鬧。」安妮嚴肅地看著瑪莉拉，眼神像是在譴責她一般。「瑪莉拉，妳還不明白嗎？我被羞辱了。」

「沒有人羞辱妳，妳明天給我照常去學校。」

安妮輕輕搖了搖頭。「不，我不會去的，瑪莉拉。我會在家裡用功讀書，也會努力當個好孩子，盡可能不要說話，但我可以告訴妳，學校我是絕對不會再去了。」

瑪莉拉從安妮那張小臉蛋上看出絕不退讓的決心，頓時明白自己恐怕沒辦法說動安妮，因此她當機立斷，決定先別跟安妮繼續爭論。

「還是傍晚去瑞秋家一趟，和她討論看看吧。」瑪莉拉心想：「安妮現在正在氣頭上，有理也說不清。我知道她一旦打定主意，就很難再改變心意了。從安妮的說辭來看，菲利浦

24 潘希（Pansy，即三色堇）是美國作家伊莎貝拉・麥克唐納・奧爾登（Isabella Macdonald Alden）的筆名，她主編的主日學雜誌也以此為名。此外，奧爾登也創作了逾百本基督教兒童文學。

老師的做法是有些不講理，但這種話也不適合對安妮說。我看還是先去找瑞秋商量吧。她畢竟送過十個孩子去學校，應該知道怎麼應付這種狀況。而且她的消息那麼靈通，八成也聽說安妮發生什麼事了。」

瑪莉拉到林德家時，瑞秋和平時一樣，正勤快地編織著棉紗床罩，心情似乎十分愉快。

「妳應該知道我為什麼會過來。」瑪莉拉有些不好意思地說。

瑞秋點了點頭。

「是安妮在學校發生的事吧？」她說。「柏爾特家的緹莉放學時經過我這兒，把事情都告訴我了。」

「我真不知道要拿安妮怎麼辦才好。」瑪莉拉說。「她說她不要去學校上課了，我還是第一次看過有小孩子氣成這樣。前陣子她還沒惹出什麼麻煩來，但我一直覺得這種好日子持續不了多久，這孩子的個性太敏感了，早晚會出事的。妳有什麼建議嗎，瑞秋？」

瑞秋最喜歡別人請教她的建議了，於是和顏悅色地說：「這個嘛，既然妳都叫我出主意了，那我就說說我的看法吧。如果是我，我會先順著安妮的意。我認為這次是菲利浦老師理虧，但妳也知道，我們不能跟孩子這麼說。安妮昨天在班上發脾氣，老師處罰她是對的，但今天就不一樣了，他應該要處罰所有遲到的學生，不能只針對安妮一個人，就是這麼回事。再說，叫一個女孩子去和男孩子坐在一起，這種處罰成何體統？緹莉跟我說這件事時非常氣憤，她替安妮打抱不平，還說大家都站在安妮那一邊。安妮在學校好像挺受歡迎的，我有點意外，想不到她這麼快就和他們打成一片了。」

「所以妳的意思是，我應該要讓安妮留在家？」瑪莉拉訝異極了。

「沒錯，我不會再跟她提學校的事，我會等她自己開口。瑪莉拉，我跟妳保證，只要一個星期左右，她就會消氣，主動說要回學校上課了，就是這麼回事。妳要是硬逼她馬上回去，天曉得她一氣之下，會不會闖出更大的禍來。在我看來，麻煩還是越少越好。反正，照菲利浦老師那個樣子，安妮一段時間不去學校，也不會跟不上進度。菲利浦老師實在不是個好老師，他的班級亂糟糟的，一點秩序也沒有，就是這麼回事，而且他只顧著輔導在準備女王學院入學考的學生，年紀小的學生他根本懶得管。要不是他叔叔在學校的理事會，他根本不可能繼續留在這間學校。他叔叔根本霸占了整個理事會，另外兩個理事都是被他牽著鼻子走而已，就是這麼回事。依我看啊，再這樣下去，這個島上的教育遲早會完蛋！」

瑞秋搖搖頭，彷彿在說如果換她來掌管愛德華王子島的教育事業，她一定能把一切打理得井然有序。

瑪莉拉採納了瑞秋的建議，沒有再向安妮提起回學校的事。從那之後，安妮每天在家自學、做家事，並在傍晚秋風瑟瑟的紫色天空下，和黛安娜一起玩耍。她有時會在路上或主日學校碰到吉爾伯特，儘管吉爾伯特費盡心思地想討好她，但她依舊對吉爾伯特不屑一顧，每次都冷冰冰地從他身邊走過。就連黛安娜想居中調解，安妮也不領情。她顯然已經下定決心要討厭吉爾伯特．布萊斯一輩子了。

不過，安妮有多恨吉爾伯特，就有多愛黛安娜。她那顆情感豐沛、愛恨分明的小心靈，將滿滿的愛都給了黛安娜。一天傍晚，瑪莉拉提著一籃蘋果從果園回到屋子裡，發現安妮獨自坐在暮色蒼茫的東側窗戶旁，哭得一把鼻涕、一把眼淚。

「安妮，發生什麼事了？」瑪莉拉問。

「是黛安娜。」安妮沉浸在無盡的悲傷之中，一邊抽泣、一邊回答。「瑪莉拉，我真的好愛黛安娜，沒有她，我就要活不下去了。可是我知道，等我們長大之後，黛安娜就會結婚、搬去新家，從此離開我了，那我……我要怎麼辦啊？我好討厭她的丈夫，我恨死他了。我剛剛在想像黛安娜的婚禮和其他的一切：黛安娜那天會穿著一襲雪白的禮服，頭上披著白紗，看起來就像女王一樣高雅又迷人；而我會是她的伴娘，我也穿著有泡泡袖的美麗裙子。我的臉上雖然掛著笑容，但我的心早就碎了。婚禮結束後，我就得和黛安娜說再……再見……」安妮說到這裡，再也支撐不住，放聲痛哭了起來。

瑪莉拉已經控制不住自己的表情，她連忙別過頭，想藏住臉上的笑意，卻還是失敗了。她跌坐到旁邊的椅子上，哈哈大笑了起來。因為瑪莉拉實在太少笑了，馬修這時正好經過外面的庭院，聽到她響亮的笑聲，還錯愕地停下腳步。馬修不禁心想，瑪莉拉有笑得這麼誇張過嗎？

「噢，安妮．雪利。」瑪莉拉好不容易稍微冷靜後，說道：

「就算要胡思亂想，妳也不用想這麼遠吧！妳的想像力真是太豐富了。」

第十六章　悲劇收場的下午茶

綠山牆之家十月的景色絕佳。溪谷裡的白樺樹轉為陽光一般的金黃，果園後方的楓樹染上一片高貴的緋紅，小路旁的野櫻桃樹換上深紅和青銅綠交織的美麗新裝，秋收後的田野沐浴在溫煦的陽光下。

看著眼前五彩繽紛的世界，安妮不由得深深陶醉其中。

「噢，瑪莉拉！」一個星期六早上，安妮蹦蹦跳跳地跑了進來，手裡抱著一大束色彩濃豔的枝條，喊著：「我好高興這個世界上有十月喔！要是我們過完九月，時間就直接跳到十一月，那就太糟糕了，對吧？妳看看這些楓樹枝，很美——應該說是美極了，對不對？我要拿它們裝飾我的房間。」

「一堆髒兮兮的東西。」瑪莉拉說，她的審美眼光實在不算好。「安妮，妳在房間裡塞太多外面的東西了，房間是用來睡覺的。」

「哎，房間也是用來做夢的地方呀，瑪莉拉。房間裡有漂亮的東西，才容易做好夢嘛。我要把這些樹枝插進那個藍色的舊罐子裡，擺到我的桌子上。」

「葉子不要掉得整個樓梯都是了。安妮，我下午要去卡莫地參加援助協會的聚會，天黑之前趕不回來，所以妳要幫馬修和傑利準備晚餐。記得，這次早點泡茶，不要像上次那樣，都要開動了才發現沒泡茶。」

「我上次真是太粗心了。」安妮不好意思地說。「那天下午我在煩惱要幫紫羅蘭谷取什麼名字，就把其他事情給忘了。不過馬修很溫柔，完全沒有罵我。他自己去泡了茶，說馬上喝或是等茶葉浸久一點再喝都行。後來我們決定等一下再喝，我就講了一個有趣的童話故事給馬修聽，他說聽我說故事，時間一下就過了。那是個很優美的故事喔，瑪莉拉。但我忘了故事原本的結局，所以就自己編了一個。馬修說，他完全沒發現結局是我自己編的耶。」

「就算妳半夜爬起來說要吃午餐，馬修大概也會說好，但妳今天別再那樣糊里糊塗的了。還有——唉，我實在不知道這樣做對不對，妳搞不好會更心不在焉——妳下午可以邀黛安娜過來家裡，和妳一起喝下午茶。」

「哇，瑪莉拉！」安妮交握住雙手，說道：「那真是太棒了！我就知道妳也是有想像力的，不然妳怎麼會知道，我一直好想邀黛安娜來喝下午茶呢。邀朋友一起喝下午茶感覺好成熟喔！如果有人跟我作伴的話，就不用擔心我會忘記泡茶了。噢，瑪莉拉，我可以用有玫瑰花蕾圖案的茶具組嗎？」

「不可以！居然要用那組茶具，妳還打算搬什麼出來呀？除非牧師或援助協會的人來家裡，不然我是不會用到那組茶具的，這妳也知道。用舊的棕色茶具就好。妳可以拿黃色小陶罐裡的櫻桃蜜餞出來，那罐蜜餞應該醃得差不多了，是時候拿來吃了。或是切一些水果蛋糕，餅乾和點心也都可以吃。」

「我可以想像我坐在主位倒茶的樣子，」安妮閉著眼睛，飄飄然地說。「然後問黛安娜她的茶要不要加糖！我知道她習慣不加糖，但我當然要假裝不知道，再問她一次。我會叫她不用客氣，再來一塊水果蛋糕和一些蜜餞。噢，瑪莉拉，光用想的我就覺得好興奮呀！黛安娜來的時候，我可以帶她去客房放帽子，再帶她去客廳嗎？」

「不行，妳和妳的客人去起居室就好。對了，起居室的櫃子有半瓶覆盆子果汁[25]，就在第二層架子上，是前幾天晚上教堂聚會沒有喝完的。下午妳和黛安娜想喝的話，可以拿出來配餅乾。馬修今天會比較晚回來吃晚餐，他要運馬鈴薯去港口的船上。」

安妮飛快地跑下溪谷，經過樹精泡泡，沿著雲杉森林裡的小路爬上山丘，到果園坡邀請黛安娜共進下午茶。於是，下午瑪莉拉驅車前往卡莫地後不久，黛安娜就過來了。她穿著她第二好的洋裝，完全就是受邀參加下午茶應有的打扮。如果是平常，黛安娜往往不敲門就直接跑進綠山牆之家的廚房，但她這次卻鄭重其事地走到前門敲門。安妮也換上她第二好的洋裝，鄭重其事地為黛安娜開門。兩個小女孩正經八百地握了握彼此的手，彷彿今天是她們第一次見面。安妮領著黛安娜到東側閣樓放她的帽子，隨後來到起居室，優雅地坐下來寒暄，之後又過了十分鐘，兩人才終於打破這種不自然的莊重氣氛。

「妳的母親還好嗎？」安妮禮貌地問起巴瑞太太的近況，但其實她早上才看到精神飽滿的巴瑞太太在採收蘋果呢。

「託妳的福，我母親最近非常好。卡斯柏先生下午應該正忙著運馬鈴薯到港口吧？」黛

---

25 覆盆子果汁（raspberry cordial）是一種無酒精果汁飲品，由新鮮覆盆子、砂糖和水調製而成，有時也會加入檸檬汁。由於這種飲料在《紅髮安妮》著名的下午茶意外中登場，具有一定的文化意義與知名度。

安娜說，其實她早上才搭了馬修的便車去哈蒙．安德魯斯先生家。

「是的，今年我們的馬鈴薯大豐收。希望妳父親的馬鈴薯收成也很好。」

「我們的收成很不錯，謝謝妳的關心。你們家採收蘋果了嗎？」

「對，採了好多好多呢！」安妮頓時忘了要保持端莊的儀態，從椅子上跳了起來。「黛安娜，我們去果園摘甜蘋果吧！瑪莉拉說，還留在樹上的蘋果都給我們。瑪莉拉真的很大方，她說我們等等喝茶時，可以配水果蛋糕和櫻桃蜜餞。但是，跟客人說自己準備了什麼是沒禮貌的行為，所以我現在不會公布瑪莉拉說我們可以喝什麼飲料，只先給妳一點提示：它是鮮紅色的。我很喜歡鮮紅色的飲料，妳喜歡嗎？和其他顏色的飲料比起來，鮮紅色的飲料特別好喝呢！」

果園裡的蘋果樹結實纍纍，粗大的樹枝因為果實的重量沉甸甸地彎向地面，十分賞心悅目。兩個小女孩幾乎整個下午都待在果園裡。她們坐在一處青草地上，草地沐浴在秋日暖陽下，沒有受到霜害，兩人一邊吃著蘋果，一邊天南地北地聊個沒完。黛安娜和安妮分享了許多學校發生的事。她現在和葛蒂．派伊坐在一起，這簡直糟透了，葛蒂寫字時，鉛筆會不停發出尖銳的吱吱聲，害黛安娜的耳朵痛得要命。露比．吉利斯用魔法消除了身上所有的疣。小河村的老瑪莉．喬給了露比一顆魔法石，據說只要用魔法石摩擦身上的疣，接著在新月的晚上將魔法石從左邊肩膀往後丟，疣就會全部消失；聽起來雖然離奇，卻是千真萬確。艾瑪．懷特和查理．史隆的名字一起被寫在門口的牆壁上，艾瑪看到之後氣炸了。山姆．柏爾特因為跟菲利浦老師頂嘴，挨了一頓鞭子，結果山姆的爸爸衝到學校來，警告老師要是再對柏爾特家的孩子動手，就讓他吃不完兜著走。麥蒂・安德魯斯有一頂新的紅色帽子和一件藍色流蘇披肩，她披著披肩時的得意模樣讓人看了想吐。梅米・威爾森的姊姊搶了莉茲・萊特的姊姊的男朋友，所以現在莉茲不跟梅米說話了。大家都很想念安妮，希望她再回來學校。還有，吉爾伯特……

然而，安妮不想聽吉爾伯特的事，於是她連忙站起來，問黛安娜要不要進屋子裡喝覆盆子果汁。

安妮看了看起居室食品櫃的第二層架子，卻沒有覆盆子果汁的蹤影。她找了一會，才發現果汁在最上層的架子深處。安妮用托盤裝著那瓶果汁，連同一個杯子一起放到桌上。

「請用，黛安娜。」安妮禮貌地說。「我就先不喝了，我剛剛吃了那麼多蘋果，現在有點喝不下。」

黛安娜給自己添了一杯，欣賞杯子裡明亮的紅色液體，輕輕啜飲了一口。

「這好好喝喔，安妮。」黛安娜說。「我都不知道覆盆子果汁可以這麼好喝。」

「妳喜歡真是太好了，妳盡量倒，想喝多少都行。我先去外面添一下柴火，負責打理家事的人有好多事要操心，妳說對吧？」

安妮從廚房回來時，黛安娜正在喝第二杯。安妮又勸黛安娜不必客氣，於是她又喝了第三杯。每一杯黛安娜都盛得滿滿的，可見覆盆子果汁真的美味極了。

「這真是我喝過最棒的覆盆子果汁。」黛安娜說。「林德太太老是說她做的果汁有多好喝，但你們的比她的好喝多了，味道完全不一樣。」

「我也覺得瑪莉拉的果汁會比林德太太的好喝很多。」安妮忠誠地說。「大家都知道瑪莉拉的廚藝很棒。她正在教我做菜，但我告訴妳，這對我來說真的是很大的挑戰。烹飪幾乎沒有想像空間，只能照著規則一步一步來。我上次做蛋糕忘了加麵粉，因為我正忙著替我們兩個編故事。黛安娜，那個故事真的好感人，在故事裡，妳得了嚴重的天花，所有人都拋棄了妳，只有我勇敢留下來照顧妳。在我的細心照顧之下，妳慢慢恢復健康，而我卻被傳染了天花，最後不幸過世了。我死後被葬在墓園裡的白楊樹下，妳在我的墳邊種了一叢薔薇，用妳的眼淚灌溉它。妳永遠、永遠都不會忘記，在妳年輕的時候，有個朋友為了妳犧牲自己的生命。噢，黛安娜，那真是個淒美的故事。那時，我正在混合蛋糕材料，我一邊想像，眼淚一邊掉個不停，就忘了放麵粉進去，結果蛋糕被我搞得一塌糊塗，畢竟做蛋糕絕對不能少了麵粉嘛。那次瑪莉拉非常生氣，我一點也不意外。我真的給她添了很多麻煩。上星期的布丁醬就害她在客人面前出了好大的糗。我們上星期二的午餐吃葡萄乾布丁，剩了半個布丁和一罐布丁醬沒吃完。瑪莉拉說剩下的還夠吃一餐，所以她叫我把布丁醬蓋上蓋子，放在儲藏室的架子上。黛安娜，我真的打算把布丁醬蓋好的，但我端著罐子走進儲藏室的時候，我在幻想我是一個修女——我知道我是新教徒，我只是把自己想像成天主教徒——我帶著一顆傷痕累累的心進了修道院，過著與世隔絕的隱居生活，好把我的悲傷通通忘掉。想著想著，我就忘記把布丁醬蓋好了。我到隔天早上才想起來，就急急忙忙地跑去檢查，結果看到一隻老鼠掉進布丁醬裡淹死了！妳能想像嗎，黛安娜？我那時真的嚇壞了。我用勺子把老鼠撈出來扔到院子，然後洗了那枝勺子三次。瑪莉拉那時在外面擠牛奶，我原本打算等她回來，就問她要不要把布丁醬拿去餵豬，但她回來的時候，我卻把這件事忘得一乾二淨。我在想像自己是一個冰霜仙子，我在森林裡飛翔，問每一棵樹喜歡紅色還是黃色，然後把它們變成喜歡的顏色。過了一會，瑪莉拉就叫我出去摘蘋果。那天早上，史賓賽谷的查斯特·羅斯先生和他的太太正好來我們家拜訪。他們兩位是很時髦體面的人，尤其是羅斯太太。瑪莉拉叫我進屋子裡的時候，午餐已經端上桌，所有人也都坐在餐桌旁了。雖然我長得不漂亮，但我還是希望羅斯太太覺得我是個有教養的女孩，所以我很努力表現出禮貌端莊的樣子。目前為止一切都很順利，直到瑪莉拉端著布丁和布丁醬過來，布丁醬甚至已經熱好了。黛安娜，那個瞬間太可怕了，我突然想起所有的事，馬上站起來大喊：『瑪莉拉，那個布丁醬不能吃了。我忘了跟妳說有老鼠掉進裡面。』噢，黛安娜，就算活到一百歲，我也永遠忘不了那可怕的一瞬間。羅斯太太張大眼睛看著我，我覺得尷尬死了，好想找個地洞鑽進去。羅斯太太是個很能幹的主婦，真不知道她會怎麼想。瑪莉拉的臉紅得像著火一樣，但她那時什麼話也沒說，只是默默地把布丁和布丁醬拿出去，改拿草莓蜜餞過來。她甚至還問我要不要吃蜜餞，但我覺得好慚愧，所以完全沒有胃口。羅斯太太回去之後，瑪莉拉狠狠地罵了我一頓。咦，黛安娜，妳怎麼了？」

黛安娜搖搖晃晃地站起來，又跌坐回椅子上，雙手扶著自己的頭。

「我……很不舒服。」她的聲音有些含混不清。「我……我得先……回去了。」

「妳不能現在回去呀，妳還沒喝下午茶呢。」安妮驚慌地叫道：「我馬上去準備，我現在就去泡茶。」

「我得回家了。」黛安娜又說了一次。雖然她的語氣聽起來迷迷糊糊，卻非常堅定。

「不然我幫妳弄一些點心吧。」安妮哀求：「我幫妳準備一點水果蛋糕和櫻桃蜜餞。妳先去沙發上躺一下，等等就會好一點了。妳哪裡不舒服？」

「我得回家了。」不論安妮怎麼苦苦哀求，黛安娜還是不斷重複這句話。

「我從來沒聽過讓客人沒喝茶就回家這種事呀。」安妮難過地說。「黛安娜，難道妳真的得天花了嗎？如果是這樣，我一定會去照顧妳的。相信我，我絕對不會拋棄妳。但我真的很希望妳能喝完茶再走。妳哪裡不舒服？」

「我的頭很暈。」黛安娜說。

她果真連路都走不好了。安妮只好強忍著失望的淚水，幫黛安娜拿帽子下樓，陪她走到巴瑞家庭院的圍籬邊，然後一路哭著回到綠山牆之家。她悲傷地將剩下的覆盆子果汁放回食品櫃，無精打采地為馬修和傑利準備晚餐，滿腔的熱情早已消失殆盡。

隔天是星期天，滂沱大雨從清晨一直下到黃昏，因此安妮整天都沒有出門。星期一下午，瑪莉拉託她到林德家跑腿，但才過一下子，安妮便匆匆跑回來，眼淚不斷從她的臉頰滑落。她衝進廚房，撲倒在沙發上，看起來悲痛萬分。

「出了什麼事，安妮？」瑪莉拉既疑惑又憂心。「妳不會又對林德太太沒禮貌了吧？」

安妮沒有回話，眼淚卻掉個不停，抽泣得更厲害了。

「安妮·雪利，我問問題就是要聽到妳的回答，馬上坐起來，告訴我妳在哭什麼。」

安妮坐起身，悽慘的神態宛如悲劇的化身。

「林德太太今天去找巴瑞太太的時候，巴瑞太太氣壞了。」安妮哭著說。「巴瑞太太說，我上星期六把黛安娜灌醉了，黛安娜回家的時候簡直不成人樣。她還說，我這個小孩一定是壞到骨子裡了，她絕對、絕對不會再讓黛安娜跟我玩了。噢，瑪莉拉，我真的傷心到要活不下去了。」

瑪莉拉睜大眼睛看著安妮，驚訝得說不出話。

「把黛安娜灌醉了？」她好不容易擠出聲音說。「安妮，現在是妳的腦袋有問題，還是巴瑞太太的腦袋有問題？妳到底給黛安娜喝了什麼？」

「我只有給她喝覆盆子果汁而已呀。」安妮啜泣著說。「瑪莉拉，我根本沒想過覆盆子果汁可以把人灌醉，就算黛安娜喝了三大杯，也不可能會喝醉呀。啊……這聽起來好……好像湯瑪斯先生會做的事。可是，我真的不是故意要把黛安娜灌醉的。」

「到底在說些什麼？喝果汁怎麼可能會喝醉？」瑪莉拉一邊說，一邊走到起居室的食品櫃前確認。她一眼就認出架子上那個瓶子裝的不是果汁，而是三年前她自己釀的醋栗酒。瑪莉拉釀的醋栗酒在艾凡里頗負盛名，不過有些抱持禁酒立場的村民非常反對她釀酒[26]，巴瑞太太就是其中之一。瑪莉拉這時才想起來，她以為自己把覆盆子果汁放在食品櫃，但其實是收到地窖去了。

---

26 十九、二十世紀，許多國家曾盛行禁酒運動，當時加拿大許多地區也曾頒布過禁酒令，主張節制飲酒，甚至完全禁止酒精飲料。愛德華王子島在一九〇一年頒布禁酒令，一直到一九四八年才廢除。

瑪莉拉忍著臉上的笑意，拿著酒瓶回到廚房。

「安妮，妳真的有惹麻煩的天分。妳給黛安娜喝的不是覆盆子果汁，是醋栗酒呀！妳自己難道分不出來嗎？」

「我沒有喝。」安妮說。「我以為那個就是果汁，我只是想好好……好好招待黛安娜而已，但她喝完之後突然很不舒服，就回家去了。巴瑞太太跟林德太太說，黛安娜被灌得爛醉，就算問她話，她也只會像傻子一樣呵呵笑。後來她去睡覺，一連睡了好幾個小時都沒醒過來，她媽媽聞到酒味，才知道她喝醉了。昨天一整天黛安娜頭痛得很厲害。巴瑞太太非常氣憤，她覺得我一定是故意害黛安娜喝醉的。」

「我倒覺得她應該處罰黛安娜，黛安娜也太貪心了，居然喝了三杯。」瑪莉拉不客氣地說。「真是的，就算那只是覆盆子果汁，一口氣喝三大杯也會不舒服的。現在好了，要是被那些反對我釀酒的人知道這件事，他們一定會拿這件事來說嘴。打從我發現牧師也不贊成我釀酒之後，這三年來我都沒釀過新的了，我留的那瓶只是生病不舒服時喝的。好啦，孩子，妳別哭了。巴瑞太太錯怪妳，我也替妳感到難過，但這不是妳的錯。」

「我怎麼能不哭呢？」安妮說。「我的心好痛。瑪莉拉，命運在跟我作對，黛安娜和我被永遠拆散了。噢，瑪莉拉，我們明明發誓過會當一輩子的朋友，我做夢也想不到會發生這種事。」

「別說傻話了，安妮。巴瑞太太如果知道這不是妳的錯，她就不會這麼生氣了。她應該是以為，妳把黛安娜灌醉是想惡作劇之類的。妳今天傍晚去跟巴瑞太太解釋一下吧。」

「可是黛安娜的媽媽那麼生氣，一想到要跟她說話，我就好害怕。」安妮嘆了口氣。

「瑪莉拉，妳可以代替我去解釋嗎？妳比我有威嚴多了，她應該比較聽得進去。」

「好，就這麼辦吧。」瑪莉拉想了想，也認為這是比較明智的做法。「好啦，妳別哭了，安妮。不會有事的。」

瑪莉拉從果園坡打道回府後，也一改先前樂觀的態度。在窗邊等待的安妮看到瑪莉拉的身影，便匆匆跑到門口迎接。

「噢，瑪莉拉，我看妳的表情就知道了。」安妮傷心地說。「巴瑞太太還是不原諒我嗎？」

「巴瑞太太也真是的！」瑪莉拉氣沖沖地說。「我這輩子從來沒看過這麼不講理的女人。我跟她說，這件事不是妳的錯，純粹是誤會一場，她打死也不相信。她甚至把我釀酒的事也牽扯進來，還質疑我之前說醋栗酒不可能喝醉都是騙人的。我也跟她擺明地說，醋栗酒本來就不能一口氣喝三大杯，要是我家有這種貪心的小孩，我一定會狠狠地打她的屁股，讓她清醒一下。」

氣憤又心煩的瑪莉拉快步走進廚房，留下憂心如焚的安妮呆立在門口。安妮顧不得自己沒有戴帽子，立刻轉身踏入寒冷的秋日暮光之中。小小的月亮低懸在西方森林上空，蒼白的月光照亮了安妮的身影。她踩著堅定沉著的步伐，走下三葉草已然枯萎的山坡，越過圓木橋，通過雲杉樹林。巴瑞太太聽到微弱的敲門聲，前來應門，發現門前的臺階上站著前來求情的安妮，雙脣發白，眼神充滿殷切的懇求。

巴瑞太太臉色一沉。她這個人一旦對別人產生了成見或厭惡感，就很難再改變想法。她生氣起來不吵不鬧，但這種冷酷陰沉的憤怒反而最難化解。但我們得為她說句公道話，巴瑞太太真的認為安妮是存心要把黛安娜灌醉。她非常擔心自己的寶貝女兒被帶壞，因此決心要防止她繼續和這個壞孩子來往。

「妳來做什麼？」她板著臉說。

安妮緊緊握住雙手。

「噢，巴瑞太太，請妳原諒我吧，我不是故意要把黛安娜灌得酩……酩酊大醉的。我怎麼會做出這種事呢？請妳想像一下，如果妳是個被好心人收養的可憐孤兒，在這個世界上只有一個知心好友，妳難道會故意灌醉她嗎？我以為我給黛安娜喝的是覆盆子果汁，我那時真的是這麼想的。噢，求求妳，請妳不要禁止黛安娜跟我玩，要是妳這麼做，我的人生會陷入愁雲慘霧之中的。」

換作是心胸寬大的林德太太，安妮這段演說不用一眨眼的工夫就能打動她。然而，巴瑞太太不僅不為所動，反而更加惱火。看在巴瑞太太眼裡，安妮文謅謅的詞彙和誇張的肢體動作只讓她覺得可疑，她不禁認為這個孩子是在戲弄她，於是冷酷無情地說：

「妳不適合當黛安娜的朋友。妳最好趕快回家，學著怎麼守規矩。」

安妮的嘴脣開始顫抖。

「那妳可以讓我跟黛安娜說再見嗎？」她哀求。

「黛安娜跟她爸爸去卡莫地了。」巴瑞太太扔下這句話，就關上門走進屋裡了。

陷入絕望的安妮心灰意冷地回到綠山牆之家。

「我的最後一點希望也破滅了。」她告訴瑪莉拉：「我剛剛自己去見了巴瑞太太，她居然羞辱了我一頓。瑪莉拉，我不覺得她是個有修養的人。現在除了禱告，我什麼事也做不了了，但我也不覺得禱告會有用。像巴瑞太太這麼頑固的人，恐怕連上帝都拿她沒轍了，瑪莉拉。」

「安妮，不可以說這種話。」瑪莉拉一面訓斥安妮，一面努力壓抑著想笑的衝動。她發現自己越來越常在不該笑的時候想笑，因此感到十分懊惱。這天晚上，她和馬修講起事情的來龍去脈以及安妮遭遇的苦難，終於忍不住放聲大笑了起來。

睡前，瑪莉拉悄悄走進閣樓房間，發現安妮哭著睡著了，她的臉上浮現一抹少見的柔和神情。

「可憐的孩子。」瑪莉拉喃喃自語，從安妮淚痕斑斑的臉蛋旁撩起一縷散落的髮絲，接著彎下腰，輕輕吻了枕頭上她泛紅的臉頰。

第十七章　生活中的新樂趣

隔天下午，安妮在廚房窗邊埋首縫製拼布，偶然瞥了窗外一眼，卻意外看到黛安娜站在樹精泡泡所在的溪谷，朝綠山牆之家的方向招手，不知道想對她說些什麼。安妮一個箭步衝出屋子，往溪谷飛奔而去，眼裡滿溢著驚訝與希望。但她看到黛安娜沮喪的表情後，希望便瞬間消逝了。

「妳媽媽的氣還沒消嗎？」安妮驚呼。

黛安娜悲傷地搖了搖頭。

「對。唉，安妮，我媽媽還說我以後再也不能跟妳玩了。我一直哭，告訴她那不是妳的錯，但是一點用也沒有。我花了好大的力氣，才說服她讓我來這裡和妳說再見。她只給我十分鐘，現在已經在計時了。」

「如果是永別的話，十分鐘真的太短了。」安妮說，眼裡含著淚。「噢，黛安娜，妳可以鄭重發誓，就算以後結交了更親近的朋友，妳也永遠不會忘記我這個年少時期的好朋友嗎？」

「我絕對不會忘記妳的。」黛安娜啜泣著說。「我不會再有第二個知心密友了——我不想再有第二個。我沒辦法像愛妳一樣，這麼愛第二個人。」

「噢，黛安娜。」安妮緊緊握住雙手，哭著問：「妳愛我？」

「我當然愛妳呀，難道妳不知道嗎？」

「不知道。」安妮深深吸了口氣。「我當然知道妳喜歡我，但我從來不敢奢望妳愛我。黛安娜，我一直不覺得有人會愛我，因為從我有記憶以來，從來沒有人愛過我。噢，我好幸福！就算以後我的人生再也沒有妳，妳的愛也會化作一道光，永遠照亮我黑暗的人生道路。噢，黛安娜，請妳再說一次吧。」

「安妮，我全心全意愛著妳，」黛安娜堅定地說。「我的心意永遠不會改變，妳可以相信我。」

「我也永遠愛妳，黛安娜。」安妮一邊說，一邊鄭重地伸出手：「在未來的歲月裡，和妳在一起的回憶會像一顆星星，點亮我孤獨的人生，就像我們一起讀的最後一篇故事說的那樣。黛安娜，既然我們要道別了，妳願意給我一縷妳那烏黑的秀髮，讓我珍藏一輩子嗎？」

聽了安妮這番感人的話，黛安娜又忍不住落淚，但她擦了擦眼淚，問了相當實際的問題：「妳身上有可以剪頭髮的工具嗎？」

「有，我的裁縫剪刀剛好放在圍裙口袋裡。」安妮說完，慎重地剪下黛安娜的一縷捲髮。「永別了，我心愛的朋友，請妳保重。從今以後，儘管我們比鄰而居，也將形同陌路，但我的心會永遠忠誠於妳。」

安妮站在原地，目送黛安娜離開。黛安娜在回去的路上頻頻回頭，總能看到安妮哀傷地向她揮手。直到黛安娜完全消失在視野中，安妮才走回綠山牆之家。和黛安娜浪漫的道別給了安妮極大的安慰，讓她不至於太過悲傷，至少現在是如此。

「一切都結束了。」她對瑪莉拉說。「我不會再有第二個朋友了。我現在比以前的任何時候都還來得悲慘，因為凱蒂・莫里斯和薇爾莉塔也不在我身邊了。就算她們在這裡，我也回不去以前的生活了。不知道為什麼，交到真的朋友後，和幻想朋友在一起就不像從前那麼開心。黛安娜和我在泉水邊做了非常感人的道別，我會永遠珍惜這段回憶。我用我想得到最動人的話和她告別，也盡可能選了最浪漫的詞彙。黛安娜把一小束頭髮送給我，我要把她的頭髮放進一個小袋子裡縫起來，一輩子掛在脖子上。我大概活不久了，我死掉的時候，請把她的頭髮和我一起埋葬。也許巴瑞太太看到我變成一具冰冷的屍體，就會後悔自己拆散我們，同意黛安娜來參加我的葬禮了。」

「妳還可以這樣侃侃而談，就不會因為悲傷過度而死。」瑪莉拉毫不留情地說。

隔週的星期一，安妮從房間走下來時，手裡拎著裝有書本的籃子，雙唇緊閉著，看上去充滿決心。瑪莉拉看到她這副模樣，大感意外。

「我要回學校上課。」安妮宣布：「我和我的朋友活生生地被拆散，這是唯一能見到她的方法了。在學校，我可以遠遠望著她，懷念過去的美好時光。」

「妳還是專心上課吧。」瑪莉拉說，看到情勢這樣發展，她心裡暗自慶幸。「這次回學校，妳可別再闖禍啦，我不想再聽到妳用寫字板打同學的頭了。守規矩一點，老師叫妳做什麼，就乖乖照做。」

「我會努力當個好學生。」安妮鬱悶地答應了。「當個好學生大概不是什麼有趣的事。菲利浦老師說米妮・安德魯斯是好學生，但米妮一點想像力和活力也沒有。她的個性很無趣，一副死氣沉沉的樣子，好像一直都不太開心。不過我現在這麼沮喪，說不定可以輕輕鬆鬆地變成好學生。我今天會走村裡的大路去上學，我沒辦法一個人走樺樹小路，因為我一定會忍不住哭出來。」

學校裡的同學們熱烈歡迎安妮歸來。玩遊戲時少了安妮的想像力，唱歌時少了安妮的歌聲，午休朗讀書籍時少了安妮充滿渲染力的表演，全都變得乏味無比，因此大家非常想念她。露比・吉利斯在聖經課偷偷塞給安妮三顆李子。艾拉梅・麥弗森送她一張大大的黃色三色堇圖卡，是從一本花卉圖鑑的封面剪下來的，這在艾凡里學校可是相當受歡迎的書桌裝飾。蘇菲亞・史隆要教安妮新的蕾絲織法，這種雅緻的蕾絲圖案非常適合做圍裙的花邊。凱蒂・柏爾特送給她一個香水瓶，可以用來裝擦拭寫字板的水。茱莉亞・貝爾在一張有波浪花邊的淡粉紅色紙卡上，仔細謄寫了送給安妮的詩，傾訴她的思念之情：

致安妮：

黃昏夜幕漸垂，
星辰點綴其上；
記得妳有位朋友，
縱使她身在遠方。

「大家這麼重視我，感覺好棒呀。」晚上回家後，安妮興高采烈地對瑪莉拉說。

「重視」安妮的同學不只有這群女孩。午休結束，安妮回到座位——菲利浦老師把她的座位安排在模範學生米妮．安德魯斯旁邊——發現桌上放著一顆碩大香甜的「草莓蘋果」。安妮拿起蘋果、準備咬下去的那一刻，赫然想起全艾凡里只有一個地方種草莓蘋果，就是閃耀之湖另一端布萊斯家的老果園。她立刻將蘋果扔回桌上，彷彿那是一塊燒紅的煤炭，甚至誇張地拿手帕擦了擦自己的手指。隔天早上，小提摩西．安德魯斯來學校打掃、生火時，看到被安妮原封不動留在桌上的那顆蘋果，就自動納為己有，當做是值日生的福利。相較之下，查理．史隆的寫字板粉筆就受到更友善的對待。查理的粉筆裹著紅黃條紋的紙，裝飾得相當華麗，一枝普通的粉筆只要一分錢，這枝卻要價兩分。午休過後，查理將禮物遞給安妮，安妮欣然收下，並回報查理一個親切的微笑。這個痴情的小伙子頓時樂不可支，幾乎要飛上天了，結果他的聽寫考試錯得一塌糊塗，放學後被菲利浦老師留下來重寫。

然而，就像「凱撒的慶典獨缺布魯圖的半身像，只讓羅馬愈發思念她最傑出的子嗣」，和葛蒂．派伊坐在一起的黛安娜，沒有送來半點禮物，也沒有任何表示，這對安妮來說是不可忽視的缺憾，她得意的心情也因此被沖淡許多。

「黛安娜至少對我笑一下也好啊。」安妮向瑪莉拉埋怨。不過，就在隔天早上，一張摺得極其精美的紙條和一包小巧的東西傳到安妮的座位。那張紙條上寫著：

親愛的安妮，媽媽說就算在學校，我也不能跟妳玩，也不能和妳說話，所以請不要生我的氣，我不是故意這麼做的，我還是深愛著妳。我一點都不喜歡葛蒂，我好想妳，想跟妳分享我所有的祕密。我用紅色薄紙幫妳做了一張新書籤。這種書籤現在非常流行，學校裡只有三個女孩知道做法。希望妳看著書籤的時候會想起我。

妳真心的朋友
黛安娜・巴瑞

安妮讀完紙條，吻了吻那張書籤，接著立刻回信給教室另一頭的黛安娜。

我親愛的黛安娜：

我當然不會生妳的氣，我知道妳得聽妳媽媽的話。沒關係，我們的心靈相通。我會永遠珍惜妳送我的可愛禮物。米妮・安德魯斯雖然沒有想像力，卻是個好女孩，但我既然是黛安娜的之心密友，就不可能成為米妮的之心密友了。如果我有寫錯字，請妳見諒，我還不太會寫字，但最近已經近步很多了。[27]

妳永遠的朋友
安妮或珂蒂莉亞・雪利

註：我今天晚上睡覺時，會把妳的信放在枕頭下。

---

27 原文為呈現安妮的拼字能力而特別拼寫錯誤的地方，在此以同音的錯字來表現。

自從安妮回學校上課後，瑪莉拉悲觀地認為她會惹出更多麻煩。然而，什麼事也沒發生。也許安妮是受了米妮．安德魯斯的「好學生」精神所感化，至少回學校後，她和菲利浦老師一直相安無事。她全心全意認真學習，決心不要在任何一門課被吉爾伯特．布萊斯比下去。兩人之間的暗中較勁很快地浮上檯面。吉爾伯特完全是出於良性的競爭心態，但安妮的動機恐怕就不值得稱讚了。她對先前的不愉快依舊耿耿於懷，堅持不肯放下心中的怨恨。安妮這個人的恨意與愛意同樣濃烈，她一直想忽略吉爾伯特的存在，因此也不願承認自己想在學業上和他分個高下，因為要是承認這件事，就等於承認了他的存在。儘管如此，兩人的競爭關係已是不爭的事實。第一名的頭銜不斷在他們之間流轉：吉爾伯特在這次的拼寫課拿下第一，下次上課安妮就會扳回一城，得意地抬起頭，甩動長長的紅色辮子。有天早上，吉爾伯特答對了所有數學題，名字登上黑板的榮譽榜，那天晚上安妮徹夜苦讀，奮力摸索小數的概念，順利在隔天早上拔得頭籌。有天他們打成平手，名字雙雙被寫上榮譽榜，看起來簡直像門口瞎起鬨的「注意」一樣，安妮覺得丟臉極了，但吉爾伯特卻顯得非常滿意。每逢月底舉行的月考，兩人的拉鋸戰更是驚心動魄。第一個月，吉爾伯特以三分之差勝出，第二個月，安妮就以五分之差擊敗了他。然而，吉爾伯特居然當著全校的面真誠地恭喜她，讓她的勝利蒙上一層陰影。如果吉爾伯特輸得不甘心，對安妮來說，勝利的滋味才會更加甜美。

菲利浦老師可能不是個好老師，但像安妮這種一心一意勤奮學習的學生，不管遇到哪種老師，都能逐漸成長茁壯。學期結束時，表現優異的安妮和吉爾伯特順利升到五年級，開始學習拉丁文、幾何、法文和代數等「進階科目」的基礎知識，而安妮卻在幾何學碰壁。

「幾何真的好難喔，瑪莉拉。」安妮抱怨道。「我覺得我永遠都搞不懂，而且幾何好無聊，一點想像空間也沒有。菲利浦老師說，我是他看過最笨的學生，可是吉爾……我是說，有些同學就很擅長幾何。我快丟臉死了，瑪莉拉。就連黛安娜也表現得比我好，但輸給黛安娜我不在意就是了。現在我和黛安娜只能裝作不認識，但我依然愛著她，我對她的愛是**不可磨滅**的。有時想起黛安娜，會讓我覺得很難過。不過說真的，這個世界這麼有趣，人是不可能難過太久的，妳說對吧，瑪莉拉？」

第十八章　安妮前來救援

所有的大事往往會因為一件小事而了結。乍看之下，一位加拿大總理將愛德華王子島納入他的巡訪行程，和綠山牆之家的小安妮．雪利的命運沒有太多關聯，但事實卻不是如此。

一月，總理在沙洛鎮舉行的大型集會發表演說。出席這場集會的不只有總理的忠實支持者，也有一些不支持總理卻前來與會的民眾。艾凡里的居民大都支持總理所屬的政黨，因此舉行集會的這天晚上，村裡幾乎所有的男人和大部分的婦女都趕往五十公里外的沙洛鎮。熱衷於政治的瑞秋．林德太太也不例外。雖然她不支持總理，還是堅信這場政治集會絕對不能少了自己，便帶著丈夫湯瑪斯和瑪莉拉．卡斯柏一起進城了。有湯瑪斯隨行，就有人手可以照顧馬匹，至於瑪莉拉，她對政治也有點興趣，而且她認為這可能是見到總理本人的唯一機會，一定要好好把握，就留安妮和馬修看家，預定集會隔天才會回來。

就在瑪莉拉和瑞秋盡情參與群眾集會的同時，安妮和馬修也得以獨享綠山牆之家溫馨的廚房。老式的火爐透出明亮的火光，窗玻璃上藍白色的冰霜結晶閃閃發亮。馬修手裡拿著一本農業雜誌、坐在沙發上打瞌睡，安妮則一臉嚴肅地坐在桌子前認真溫習功課。然而，她時不時以渴望的眼神望向擺放時鐘的架子，因為珍．安德魯斯今天借她的新書就在那裡。珍告訴安妮，那本書精彩極了，她讀了一定會激動不已（雖然這不是珍的原話，但她的意思差不多就是這樣）。安妮忍不住想伸手拿起那本書，但現在開始看書，就代表明天會贏不過吉爾伯特．布萊斯，因此她轉過身來、背對架子，努力想像那本書不在架子上。

「馬修，你以前讀書的時候，有學過幾何嗎？」

「呃，沒有，沒學過。」馬修從瞌睡中驚醒過來。

「如果你有學過就好了。」安妮嘆了口氣。「這樣你就會懂我的感受了。幾何給我的人生蒙上了一片烏雲，沒有學過的人是不會懂的。馬修，我真的是個幾何笨蛋。」

「這個嘛，我是不太清楚。」馬修安慰她：「我覺得不管是什麼事，妳都可以做得很好。上星期我去卡莫地，在布雷爾的店遇到菲利浦老師，他說妳是全校最聰明的學生，進步得很快。老師真的這麼說喔，妳『進步得很快』。雖然有人說泰迪．菲利浦不是好老師，但我覺得他這個人還不錯。」

只要是稱讚安妮的人，馬修都認為他們「還不錯」。

「要是老師不會改題目裡的字母，我一定可以把幾何學得更好。」安妮抱怨：「我都把課本裡的題目記起來了，可是老師把題目寫在黑板上時，會把字母換成新的，我就又搞混了。老師怎麼可以這樣耍詐呢，對不對？我們現在在上農學課，我終於知道為什麼馬路是紅色的了。解開了這個謎團，感覺真舒暢。不知道瑪莉拉和林德太太玩得開不開心。林德太太說，照現在加拿大政府的做事方式，這個國家總有一天會完蛋，這對選民來說是很大的警訊。她還說，要是女人可以投票，國家的情況很快就會好轉。你都投給哪個黨呢，馬修？」

「保守黨。」馬修毫不遲疑地回答。票投保守黨是他一貫的信念。

「那我也支持保守黨。」安妮果決地說。「真是太好了，因為吉爾——因為學校裡有些男孩支持自由黨。我猜菲利浦老師也是自由黨，因為普莉希．安德魯斯的爸爸支持自由黨。露比．吉利斯說，如果男人想和一個女孩談戀愛，他一定要和女孩的媽媽有一樣的信仰，和女孩的爸爸支持同個政黨。這是真的嗎，馬修？」

「這個嘛，我不知道。」馬修說。

「你談過戀愛嗎，馬修？」

「呃，沒有，我不記得我談過。」馬修說。他有生以來從來沒思考過這種事。

安妮雙手托著臉頰，陷入沉思。

「談戀愛一定很有趣，你覺得呢，馬修？露比說，她長大後要交好多男朋友，把他們迷得團團轉，讓他們為她瘋狂，可是我覺得那樣太刺激了，我只要有一個腦袋清楚的男朋友就夠了。露比很了解這些事，因為她有好幾個姊姊。林德太太說，吉利斯家的女孩很受歡迎，每個都像香噴噴的薄煎餅一樣搶手。菲利浦老師幾乎每天晚上都會去普莉希家。老師說自己是去課後輔導，但是米蘭達．史隆明明也在準備女王學院的考試，而且她的程度比普莉希差多了，我覺得她更需要幫忙，但老師從來沒有在晚上去她家幫她補習。這世界上有好多我不懂的事喔，馬修。」

「這個嘛，我也不懂。」馬修承認。

「唉，我一定得把功課做完才行。我規定自己要先完成功課，才能打開珍借我的新書。可是馬修，書的誘惑真的好可怕喔。就算我努力不去看它，還是可以清清楚楚感受到它的存在。珍說她看這本書的時候哭得稀里嘩啦，我最喜歡會讓我掉眼淚的書了，但我想先把那本書鎖進起居室的果醬櫃子裡，把鑰匙交給你保管。馬修，在我做完功課前，你絕對不可以給我鑰匙，就算我跪下來求你也不可以。『抵擋誘惑』這句話是沒什麼不對，但如果拿不到鑰匙，就能更輕鬆地抵擋誘惑了。馬修，你想吃褐蘋果嗎？要不要我去地窖拿一些上來？」

「呃，我不知道，都可以。」馬修說。雖然馬修不吃褐蘋果，但他知道安妮非常喜歡。

安妮端著一整盤褐蘋果，滿心歡喜地從地窖走上來。就在這時，屋外結冰的木板走道響起急促的腳步聲，下一秒廚房門猛地打開，黛安娜衝了進來。她頭上隨意裹著一條披巾，臉色蒼白，跑得上氣不接下氣。安妮太過驚訝，手上的蠟燭和盤子頓時掉到地上，連同盤子裡的蘋果全部乒乒乓乓地滾下地窖樓梯。隔天瑪莉拉下來地窖，發現安妮灑落的東西四散在流了一地的蠟油裡。她一邊收拾，一邊慶幸還好上帝保佑，沒讓房子被燒掉。

「發生什麼事了，黛安娜？」安妮驚呼：「妳媽媽終於原諒我了嗎？」

「噢，安妮，快點過來。」黛安娜焦急地乞求：「米妮梅病得很嚴重——小瑪莉．喬說她得了喉炎。爸爸媽媽都去沙洛鎮了，沒有人可以去找醫生。米妮梅的狀況很糟，小瑪莉．喬也不知道該怎麼辦。安妮，我好害怕啊！」

馬修不發一語地拿起帽子和外套，從黛安娜身旁走過，踏入庭院的黑夜中。

「馬修去準備馬車了，他會去卡莫地請醫生。」安妮一邊說，一邊迅速戴上帽子、套上夾克。「我很清楚他要做什麼。馬修和我心靈相通，就算他不說，我也知道他在想什麼。」

「我不覺得他能在卡莫地找到醫生。」黛安娜哭著說。「我知道布雷爾醫生去城裡了，史賓賽醫生應該也一樣。小瑪莉．喬沒有照顧過得喉炎的人，林德太太又不在這裡。唉，安妮！」

「妳別哭，黛安娜。」安妮輕快地說。「我知道怎麼處理喉炎。妳忘了哈蒙德太太生了三對雙胞胎嗎？如果妳照顧過三對雙胞胎，當然會有很多經驗。哈蒙德家的孩子常常得喉炎。等我一下，我去拿吐根糖漿，妳家裡可能沒有。好了，走吧。」

兩個小女孩手牽手快步走出屋子，匆匆穿過戀人小徑。森林捷徑的積雪太深，因此她們只能改道，橫越結冰的原野。雖然安妮由衷擔心米妮梅的病情，但她依舊能清晰感受到這個情況下的浪漫氛圍，以及再次和心靈相通的好友共享浪漫的甜蜜滋味。

這天夜晚清朗嚴寒，放眼望去皆是漆黑的暗影和銀白的雪坡。夜空中斗大的星辰光芒閃耀，照亮寂靜的原野。四周矗立著尖頂的冷杉樹，白雪裝點幽黑的樹影，寒風呼嘯著穿林而過。安妮覺得，和分離許久的知心密友一起欣賞這片神祕優美的景色，再美好不過了。

三歲的米妮梅確實病得厲害。她躺在廚房的沙發上，發著高燒，因為痛苦而躁動不已，整間房子都聽得到她粗啞的呼吸聲。有著一張大臉、體態豐腴的小瑪莉．喬是從小河村來的法國女孩，巴瑞太太不在家的這段期間僱用她來照料孩子。面對病重的米妮梅，驚慌失措的小瑪莉．喬完全不知道自己該做什麼，就算知道，恐怕也會因為太過慌亂而做不好。

安妮二話不說開始治療，動作嫻熟俐落。

「米妮梅的症狀的確是喉炎。她的狀況很糟，但我看過更糟的。首先，我們需要很多熱水。天啊，黛安娜，水壺裡的水怎麼只剩一杯的量呢！好了，我把水壺裝滿了，瑪莉．喬，妳加一些柴火到爐子裡。我不想害妳難過，但我覺得，要是妳有一點點想像力，早就會想到該這麼做了。現在我要幫米妮梅脫掉衣服，把她抱到床上。黛安娜，妳去找找看有沒有軟毛巾，我先餵米妮梅吐根糖漿。」

米妮梅不肯乖乖吞下糖漿，但安妮照顧三對雙胞胎的經驗可不是蓋的，她成功餵米妮梅吃下糖漿，而且不只一次，是好幾次。在這個人人心急如焚的漫漫長夜裡，安妮和黛安娜努力不懈地照顧受病魔折磨的米妮梅；小瑪莉．喬也拚了命地想盡一分力，她不停往爐裡添柴，維持爐火旺盛，燒了一壺又一壺的熱水，多到供給一間醫院裡所有得喉炎的小孩也綽綽有餘。

凌晨三點，馬修終於帶著醫生出現。他一路奔波到了史賓賽谷，才好不容易找到一位醫生。然而，最危急的時刻已經過去了。米妮梅的狀況好轉許多，已經安穩入睡。

「我本來真的絕望到快放棄了。」安妮向醫生說明稍早的情形：「米妮梅的病情一直惡化，甚至比哈蒙德家第三對雙胞胎還嚴重。我那時真的覺得她會窒息而死。我把瓶子裡的吐根糖漿全餵給她了，一滴都不剩。她把最後一點糖漿吃下去時，我告訴我自己：『這是最後一絲希望了，我好怕藥沒有效。』我沒有跟黛安娜和小瑪莉．喬說，她們已經夠擔心了，我不想讓她們更擔心，但我一定得跟自己說這句話來紓解我的壓力。不過，三分鐘之後，米妮梅把痰咳了出來，狀況就馬上變好了。醫生，我那時真的鬆了好大一口氣，那種心情好難形容，你一定要想像一下。你應該知道，有些事是沒辦法用言語表達的。」

「是，我知道。」醫生點點頭。他注視安妮的眼神，彷彿在說他對安妮的看法也無法用言語表達。不過，他後來確實向巴瑞夫婦表達了自己的看法。

「卡斯柏家那個紅髮女孩非常機靈。是她救了你們的孩子，要是等我過來搶救，就來不及了。以那女孩的年紀來說，她的能力和沉著的性格都非常出色。她和我說明孩子的病況時，眼神流露出與眾不同的氣質，我從來沒看過那種眼神。」

冬日清晨的世界白霜遍布，安妮和馬修在這片迷人的景色中踏上歸途。安妮整夜沒睡，睏得眼皮都快闔上了，但一路上她仍然滔滔不絕地說著話。兩人穿越遼闊的白色原野，進入戀人小徑，小徑上方的楓樹拱廊閃耀著晶瑩的光芒，宛如仙境。

「哇，今天早上好美呀，你說是不是，馬修？整個世界就像上帝想像出來讓自己欣賞的，對吧？我好像只要吹一口氣，就能把那些樹吹走呢——呼！住在一個有冰霜的世界，真是太開心了。現在，我也覺得哈蒙德太太有三對雙胞胎是值得開心的事了。如果沒有那三對雙胞胎，我可能會不知道怎麼幫助米妮梅。我以前還很氣哈蒙德太太生雙胞胎，現在想想真是不好意思。馬修，我好睏喔。我今天不能去學校了，我去上課一定會打瞌睡，反應也會很遲鈍。可是我也不想留在家，這樣吉爾——其他同學就會超越我，之後我會很難再追上他們——雖然目標越困難，達成時就越有成就感，對吧？」

「這個嘛，我想妳一定沒問題的。」馬修說，看著安妮蒼白的小臉和她眼睛下方的黑眼圈。「妳趕快回床上好好睡一覺，家事交給我就行了。」

於是安妮便回房休息。她睡得又香又甜，直到午後玫瑰色的陽光照耀銀白大地時才醒。安妮走下樓，發現瑪莉拉已經在她熟睡時回來了，正坐在廚房忙針線活。

「妳有看到總理嗎？」安妮一看到她，便大聲問：「他長什麼樣子，瑪莉拉？」

「這個嘛，他絕對不是因為長得好看才當上總理[28]的。他的鼻子真的好大！」瑪莉拉說。「不過他的口才很好，聽了他的演講，讓我以支持保守黨為榮。瑞秋・林德畢竟是自由黨，所以看總理很不順眼。安妮，妳的午餐在烤爐裡，妳可以拿儲藏室的李子蜜餞出來吃，我想妳應該餓了。馬修有跟我說昨晚的事，還好妳知道怎麼處理喉炎，換作是我也不知道該怎麼辦，因為我從來沒遇過這種狀況。好啦，妳先吃飯再說話。看妳的表情，就知道妳有一肚子話想講，但妳等等再說吧。」

瑪莉拉有話要告訴安妮，但沒有馬上說出口。她知道，要是現在說，安妮一定會太過激動，把吃午餐這類現實面的事全拋到九霄雲外。於是瑪莉拉等到安妮吃完一碟李子蜜餞後，才開口說：

「安妮，巴瑞太太下午來過我們家。她想見妳一面，但我沒有把妳叫醒。她說妳救了米妮梅一命，還說之前因為醋栗酒的意外誤會妳、對妳那麼苛刻，覺得很對不起妳。她現在知道妳不是故意害黛安娜喝醉，希望妳願意原諒她，繼續和黛安娜做朋友。如果妳想的話，今天晚上可以去他們家一趟，因為黛安娜昨晚得了重感冒，只能待在家裡。安妮・雪利，拜託妳別興奮過頭了。」

瑪莉拉的提醒不是多此一舉。安妮立刻從椅子上跳了起來，整個人精神一振，樂得輕飄

28 從瑪莉拉對總理長相的描述、總理所屬黨派，以及故事設定年代來看，作者筆下的總理確實有真人原型，即加拿大首任總理約翰・麥克唐納爵士（Sir John Macdonald）。麥克唐納爵士參與推動加拿大自治領的誕生，並兩度擔任總理（1867-1873年、1878-1891年）。

飄，臉上綻放熱烈的光芒。

「噢，瑪莉拉，我可以先不洗碗，現在馬上過去嗎？我回家會乖乖洗碗的，但我現在太興奮了，沒辦法做洗碗這種不浪漫的事啊！」

「可以、可以，快去吧。」瑪莉拉寬容地說。「安妮．雪利，妳瘋了嗎？馬上回來多穿一點！她把我的話完全當耳邊風呀，居然沒戴帽子也沒繫披肩就出去了。看看她，披頭散髮地穿過果園，跑得真快。她沒因為穿太少得重感冒，我就謝天謝地啦。」

冬日傍晚，紫色的暮靄籠罩，安妮穿越白雪皚皚的大地，蹦蹦跳跳地回到家。西南方的天空遍染淡雅的金色和夢幻的玫瑰色，一顆星星懸掛在遙遠的天邊，閃爍著珍珠般的醒目光芒。在餘暉映照下，潔白的雪地熠熠生輝，雲杉生長的幽谷則一片漆黑。白雪覆蓋的山丘之間，雪橇的鈴鐺叮叮作響，聲音在冷冽的空氣中飄揚，宛如小精靈演奏的鈴聲。不過，就算是這樣清脆悅耳的音樂，也沒有安妮心中響起的和她嘴裡哼唱的歌曲來得甜美。

「瑪莉拉，現在站在妳面前的人得到了最完美的幸福。」安妮說。「沒錯，雖然我的頭髮還是紅色的，但我現在幸福得非常完美，紅頭髮也沒辦法影響我的心情。巴瑞太太親了我，哭著跟我道歉，還說她不管做什麼，都永遠無法報答我的恩情，害我覺得好尷尬唷，瑪莉拉。不過，我盡可能用了最禮貌的方式回答她：『巴瑞太太，我沒有生妳的氣。我鄭重地向妳保證，上次我不是故意害黛安娜喝醉的。從今以後，我會用遺忘掩蓋過去的一切。』這個說法聽起來很莊嚴吧，瑪莉拉？我想巴瑞太太聽了應該覺得很慚愧。我和黛安娜度過了一個美好的下午。黛安娜教我一種新的鉤針編織針法，織出來的圖案很華麗，是她住在卡莫地的阿姨教她的。全艾凡里只有我們兩個知道這種針法，我們發誓絕對不會告訴其他人。黛安娜還送我一張漂亮的卡片，卡片上有玫瑰花圈的圖案和一句詩詞：

倘若你愛我一如我愛你，
唯有死亡能將我倆分離。

「這話說得沒錯，瑪莉拉。我們要拜託菲利浦老師讓我們在學校再坐在一起，葛蒂．派伊可以和米妮．安德魯斯一起坐。我們喝了精緻的下午茶。巴瑞太太拿出最高級的瓷器茶具，好像我是真正的客人呢，瑪莉拉。從來沒有人用他們最好的茶具招待我，我沒辦法形容我那時有多激動。瑪莉拉，我們吃了水果蛋糕、磅蛋糕、甜甜圈和兩種蜜餞喔。巴瑞太太問我要不要喝茶，還跟巴瑞先生說：『孩子的爸，把餅乾拿給安妮好嗎？』被當成大人看待的感覺真好，變成大人一定很棒吧，瑪莉拉。」

「這我就不知道了。」瑪莉拉輕輕嘆了口氣。

「好吧，但不管怎樣，等我長大以後，我一定會像對待大人一樣認真對待小女孩，也不會因為她們講話文謅謅就取笑她們。」安妮堅定地說。「我以前常常因為這樣被取笑，我知道這有多令人難過。喝完下午茶，我和黛安娜一起做了太妃糖。我們的成品不太好吃，可能是因為我和黛安娜都是第一次做吧。黛安娜給盤子塗奶油時，我負責攪拌食材，可是我不小心忘了，結果食材就燒焦了。後來我們把半成品鋪在平臺上冷卻，有隻貓從其中一個盤子上踩過去，我們只好把那盤扔掉了。雖然成果不算理想，但過程真的好好玩。我要回家時，巴瑞太太說他們家隨時歡迎我去拜訪，黛安娜站在窗前送飛吻給我，一直到我走到戀人小徑。我跟妳說，瑪莉拉，我晚上想好好祈禱一番，我打算想一段全新的禱告詞，紀念這特別的一天。」

第十九章　音樂會、大災難與自白

「瑪莉拉，我可以去找黛安娜一下嗎？」二月的某天晚上，安妮從東邊閣樓飛奔下來，氣喘吁吁地問。

「天都黑了，跑出去閒晃做什麼？」瑪莉拉冷淡地回應：「妳和黛安娜一起從學校走回來，還站在雪地裡嘰哩呱啦講了超過半小時，嘴巴都沒停過，我不覺得妳有那麼急著需要找她。」

「可是黛安娜找我呀。」安妮懇求：「她有很重要的事要跟我說。」

「妳怎麼知道？」

「因為她剛剛在窗前打了信號給我。我們發明了一種用蠟燭和紙板打信號的方式。我們把蠟燭擺在窗臺，用紙板來來回回遮住蠟燭，燭光看起來就會一閃一閃的，燭光閃爍的次數不同代表不同的意思。這是我的點子喔，瑪莉拉。」

「我一點都不意外。」瑪莉拉斷然地回答。「我敢說，妳再這樣胡搞，一定會把窗簾給燒了。」

「哎，我們很小心的，瑪莉拉。這真的很好玩喔。燭光閃兩次是『妳在嗎？』，三次是『是』，四次是『不是』，五次是『快點過來，我有重要的事要告訴妳。』黛安娜剛剛閃了五次燭光，我好想知道她要說什麼，覺得好煎熬啊。」

「這樣啊，那妳可以從煎熬中解脫了。」瑪莉拉挖苦地說。「去吧，但妳要在十分鐘之內回家，不要忘記啦。」

安妮沒有忘記和瑪莉拉的約定，乖乖在十分鐘後回來了。沒有人知道她究竟動用了多大的意志力，才趕在十分鐘內結束和黛安娜的重要談話，但至少有一點是確定的：她將這十分鐘運用得淋漓盡致。

「噢，瑪莉拉，妳猜是什麼事？妳應該知道，明天是黛安娜的生日。她媽媽跟她說，明天放學她可以邀請我去他們家住一個晚上。還有啊，明天晚上，黛安娜住在新橋的表哥表姊會坐雪橇過來，參加在大禮堂舉行的辯論社音樂會，我和黛安娜也可以一起去——不過當然要先經過妳同意。瑪莉拉，妳會讓我去，對不對？哇，我覺得好興奮呀！」

「妳可以冷靜下來了，因為我不會讓妳去。妳還是留在家睡自己的床比較實在。參加音樂會這種荒唐事就更不用提了，小女孩根本不該去那種地方。」

「我很確定辯論社是規規矩矩的社團。」安妮懇切地說。

「我沒有說辯論社不規矩，只是妳不應該跑去音樂會，大半夜待在外頭不回家。小孩子不能做這種事。巴瑞太太居然同意黛安娜去，真讓我驚訝。」

「可是明天是個大日子啊。」安妮悲傷地說，眼眶泛淚。「黛安娜的生日一年只有一次，生日不是天天都有的，瑪莉拉。普莉希．安德魯斯會在音樂會朗誦〈今宵鐘聲勿響〉，瑪莉拉，如果可以聽普莉希朗讀那首充滿高尚情操的詩，一定對我很有幫助。合唱團會唱四首優美動人的歌，那些歌幾乎就跟聖歌一樣神聖。啊，牧師也會去音樂會喔，瑪莉拉。對，沒錯，牧師會去，他還會在音樂會致詞，就跟布道一樣。拜託，讓我去好不好，瑪莉拉？」

「妳沒聽到我說的話嗎，安妮？快脫掉妳的靴子，上床睡覺，已經八點多了。」

「還有一件事，瑪莉拉。」安妮決定使出最後一招。「巴瑞太太跟黛安娜說，我們可以睡在客房。妳想想，妳的小安妮可以睡在別人家的客房，這是多麼光榮啊。」

「就算沒有這份光榮，妳的日子還是得過下去。去睡覺，安妮，別跟我囉嗦了。」

安妮眼淚撲簌簌地掉，神色哀戚地走上樓。馬修看起來早已在沙發上睡著，沒有聽到兩人的對話，這時他卻突然張開眼睛，以堅定的語氣說：

「瑪莉拉，我覺得妳應該讓安妮去。」

「我不會讓她去。」瑪莉拉回嘴：「是誰在管教那孩子，馬修？你還是我？」

「呃，妳。」馬修不得不承認。

「那你就別插手。」

「我沒有插手啊，有自己的看法不算是插手。依我看，妳應該讓安妮去。」

「我跟你保證，就算安妮想飛去月亮上，你也會覺得我該讓她去。」瑪莉拉「親切」地回應：「如果只是和黛安娜住一個晚上，我應該會同意，但去音樂會我就不贊成了。安妮去那裡很可能著涼感冒，還會興奮得整個星期都靜不下心，腦袋裡成天想些有的沒的。馬修，我比你了解那孩子的脾氣，我知道怎麼做對她比較好。」

「我覺得妳應該讓安妮去。」馬修沒有因此動搖，而是重申了他的看法。他不擅長與人爭論，卻很能堅守自己的立場。瑪莉拉無可奈何地嘆了口氣，放棄和馬修理論。隔天早上，安妮在儲藏室洗早餐的碗盤時，馬修正準備出門去穀倉。離開家之前，他又對瑪莉拉說了一次：

「我覺得妳應該讓安妮去，瑪莉拉。」

有一瞬間，瑪莉拉似乎想破口大罵，但無計可施的她最後只能妥協，沒好氣地說：

「好啊，我就讓她去。我不這麼做，你永遠不會滿意。」

安妮聽到這句話，從儲藏室衝了出來，手上的洗碗布還滴著水。

「噢，瑪莉拉、瑪莉拉，再說一次那句美妙的話。」

「同樣的話講一次就夠了。這是馬修的主意，我不想管了。妳要是因為睡別人家的床，或是半夜從溫暖的禮堂出來著涼得了肺炎，不要怪我，去怪馬修。安妮．雪利，妳把髒水滴得滿地都是了，我從來沒看過像妳這麼粗心大意的小孩。」

「唔，我知道我讓妳很頭痛，瑪莉拉。」安妮愧疚地說。「我三不五時就犯錯。但妳想想，我原本可能會犯更多的錯，但我已經避免掉一些了。我去學校前，會用沙子把地板的油汙刷乾淨的。噢，瑪莉拉，我真的很想參加這場音樂會。我這輩子從來沒去過音樂會，其他女孩在學校聊起音樂會的話題，我都沒辦法加入，讓我覺得好難過。妳不知道那是什麼感覺，但馬修知道。馬修很了解我，被人了解是很快樂的事呢，瑪莉拉。」

安妮太過興奮，以致在早上的課程中頻頻失常。吉爾伯特．布萊斯在拼寫課打敗了安妮，算術課的表現也贏了她一大截。假如是平常的安妮，一定會因為落敗感到無比羞辱，但今天的她滿心期待音樂會和黛安娜家的客房，羞辱的感受也因此減輕許多。她和黛安娜整天都在討論晚上的活動，要不是菲利浦老師不太在意課堂的秩序，她們倆早就被狠狠處罰一頓了。

這天，學校的同學開口閉口都是音樂會。安妮覺得自己要是不能參加，一定會承受不住這個打擊。冬季固定每兩星期聚會一次的艾凡里辯論社舉辦過幾場免費的小型表演，但今天這場盛大演出是為了籌措圖書館的資金，因此會收十分錢的入場費。艾凡里的年輕人已經為了晚上的表演苦練好幾星期。參與演出的人大多是學生們的哥哥姊姊，因此學校裡的大家非常關注這場表演。九歲以上的學生幾乎都會出席，只有凱莉．史隆例外，因為凱莉的爸爸和瑪莉拉抱持同樣的想法，認為小女孩不該在晚上外出參加音樂會。眼看只有自己不能去音樂會，凱莉不禁覺得自己的人生已經失去了意義，她哭了整個下午，眼淚把文法課本滴得溼答答。

對安妮來說，放學後這場盛事才正式揭開序幕。熱烈的情緒隨著時間推移漸漸升高，在音樂會達到高潮，迸發狂喜的火光。她和黛安娜喝了「最優雅的下午茶」，隨後來到黛安娜位於二樓的小房間梳妝打扮。黛安娜幫安妮將前額的頭髮往上捲成新潮的龐巴度髮型[29]，安妮則運用她獨特的手藝，替黛安娜繫上別緻的蝴蝶結。至於怎麼打理背後的長髮，她們嘗試了好幾種不同的造型。經過一番樂趣無窮的打扮，她們終於準備完畢，臉頰透著緋紅的色

29 龐巴度髮型（pompadour）為一種將前額頭髮往上梳高的蓬鬆髮型，在一八九〇年代曾經風行一時。最早採用該髮型的是法國國王路易十五的情婦龐巴度夫人（Madame de Pompadour），因此以她的名字命名。

澤，明亮的雙眼難掩欣喜之情。

然而，安妮樸素的黑色圓帽和不起眼的手工直筒袖灰色大衣，與黛安娜亮麗的毛帽和時髦的短夾克相比，簡直是天壤之別，看得安妮心裡不免一陣酸楚。然而，她及時想起，自己可以運用想像力來彌補這美中不足之處。

過了一會，黛安娜的表親莫瑞一家從新橋來了，一行人擠進鋪著乾麥稈和毛毯的箱型大雪橇。乘著雪橇到大禮堂的路上，安妮雀躍極了。雪橇在綢緞般光滑的道路上滑行，底部的滑板在雪地上拉出一道軌跡。白雪籠罩的山丘與聖羅倫斯灣蔚藍的海水烘托天邊光芒萬丈的壯麗落日，彷彿一只珍珠與藍寶石鑲嵌的大碗盛裝著美酒與火焰。雪橇鈴鐺的樂音此起彼落，遠處人們依稀的笑聲宛如森林精靈的笑語。

「噢，黛安娜。」安妮輕聲說，隔著毛毯捏了捏黛安娜戴著手套的手。「這一切美得好像一場夢啊，對不對？我看起來跟平常有沒有不一樣？我現在有種好奇妙的感覺，我覺得我的心情一定會反映在外表上。」

「妳看起來漂亮極了。」黛安娜回答。她的表姊剛才讚美了她，於是她決定將這份好心情傳遞下去。「妳的氣色非常完美。」

這天晚上的表演「感動」連連，至少對安妮來說是如此。而且，正如她對黛安娜說的，她覺得每個節目都比上一個還要感動人心。普莉希穿著嶄新的粉紅絲綢衣裳，光滑白皙的脖子掛著珍珠項鍊，頭上別著康乃馨鮮花——據說這花兒是菲利浦老師特別去鎮上買來給她的——朗誦出「登上那滿是泥濘、黯淡無光的階梯」時，安妮深受詩中澎湃的情感打動，忍不住一陣顫抖。合唱團演唱〈遠在溫柔的雛菊之上〉時，安妮沉醉地凝視禮堂的天花板，彷彿上面有天使壁畫。山姆．史隆表演了〈薩克利讓母雞孵蛋〉的故事；就算在艾凡里這種鄉下地方，這個老掉牙的故事對觀眾來說也有些乏味，但安妮卻被逗得哈哈大笑。她的情緒感染了周圍的人，最後連她旁邊的觀眾也笑了起來。菲利浦老師則朗誦馬克．安東尼[30]在凱撒的遺體前發表的演說。雖然老師每唸一句，眼神就飄向普莉希一次，但他慷慨激昂的語調還是讓安妮熱血沸騰，彷彿只要現場有個羅馬公民帶頭，她就會立刻投入叛變行列。

整場音樂會只有一個節目安妮不感興趣。吉爾伯特朗讀〈萊茵河畔的賓根〉時，安妮拿起羅妲．莫瑞從圖書館借的書讀了起來，完全不想看他一眼。吉爾伯特的表演結束後，黛安娜熱情地鼓掌，雙手拍到都麻了，安妮卻全身僵硬地坐在位子上，一點表示也沒有。

安妮和黛安娜回到巴瑞家時，已是深夜十一點。她們盡情狂歡了大半個晚上，還是等不及要仔細回味稍早的所有樂趣。大家似乎已經入睡，屋子裡一片漆黑寂靜。安妮和黛安娜悄悄走進客廳。巴瑞家的客廳格局狹長，其中一端和客房相連。客廳的溫度舒適宜人，壁爐中的餘燼還微微發亮。

「我們在這裡換衣服吧。」黛安娜說。「這裡很溫暖。」

「今天晚上真是太開心了。」安妮發出愉悅的嘆息。「要是可以上臺朗讀，感覺一定很

---

30 馬克．安東尼（Mark Antony）為古羅馬政治家，也是凱撒的忠實擁護者。凱撒遇刺後，安東尼在凱撒葬禮上發表了哀悼演說，強力譴責刺殺凱撒的敵對勢力，羅馬百姓因此群起響應，襲擊謀殺凱撒的元老院成員。

棒。我們有機會上臺嗎，黛安娜？」

「嗯，以後一定有機會。年紀比較大的學生都會表演。吉爾伯特只大我們兩歲，他就常常上臺朗讀。安妮啊，妳怎麼可以不聽吉爾伯特朗讀呢？他唸到『還有另一位姑娘，她並非我的姊妹』[31]的時候，就盯著妳看呢！」

「黛安娜，」安妮嚴肅地說。「妳是我的知心密友，但就算是妳，也不能在我面前提到那個人。妳準備好要睡覺了嗎？我們來賽跑，看誰比較快到床上吧。」

黛安娜欣然接受這個提議。只見兩個身穿白色睡袍的小女孩飛也似地跑過狹長的客廳，進到客房，同時跳到床上。就在這個瞬間，床上有什麼東西動了，伴隨著驚恐的呼吸聲和叫喊，接著棉被裡有人喊了：

「我的老天啊！」

安妮和黛安娜完全想不起她們是怎麼跳下床、離開房間的。一陣驚慌逃竄後，等到回過神來，她們正躡手躡腳地走上樓，身體還不停發抖。

「天啊，那是誰？那到底是**什麼**？」安妮壓低聲音說。她的牙齒因為寒冷和剛才的驚嚇顫得咯咯作響。

「是約瑟芬姑婆。」黛安娜一邊喘氣、一邊笑著說。「天啊，安妮，我不知道她怎麼會

31此句出自〈萊茵河畔的賓根〉（Bingen on the Rhine）第五節。〈萊茵河畔的賓根〉是英國詩人卡洛琳．諾頓（Caroline Norton）的作品，敘述一位士兵在臨終前請求同袍將遺言轉告家鄉親友，第五節則是士兵講述自己對戀人的思念。

在這裡，但那是約瑟芬姑婆沒錯。噢，她一定會氣個半死。剛剛好可怕，真的太可怕了——可是安妮，妳有碰過這麼好笑的事嗎？」

「約瑟芬姑婆是誰？」

「她是我爸爸的姑姑，住在沙洛鎮。她的年紀很大了，一定有七十歲吧，我不相信她以前有當過小女孩。她最近確實要來我們家，但本來沒這麼快。姑婆這個人非常古板，她絕對會因為這件事把我們痛罵一頓。好吧，看來我們得跟米妮梅一起睡了，妳一定想不到她睡覺時有多會踢人。」

隔天清早，約瑟芬．巴瑞女士沒有從房裡出來用早餐。巴瑞太太對兩個小女孩親切地微笑說道：

「昨晚玩得開心嗎？我本來想等妳們回來再睡的。我要告訴妳們約瑟芬姑婆來了，所以妳們得去樓上睡覺，但我實在太累，結果就睡著了。希望妳沒有打擾姑婆休息，黛安娜。」

黛安娜小心翼翼地保持沉默，和餐桌對面的安妮偷偷相視而笑。她們雖然作賊心虛，還是覺得昨晚的意外好笑極了。吃完早餐後，安妮就趕回家了，因此她對不久後在巴瑞家掀起的騷動一無所知。直到黃昏時分，她替瑪莉拉到林德家跑腿，才得知這件事。

「聽說昨晚妳和黛安娜差點把可憐的巴瑞女士活活嚇死，是嗎？」林德太太雖然語氣嚴肅，眼裡卻閃著光芒。「巴瑞太太幾分鐘前剛離開，她要去卡莫地辦事。她非常煩惱這件事，巴瑞女士今天早上起來時一肚子火。我告訴妳，約瑟芬．巴瑞的脾氣可不是鬧著玩的，她已經不跟黛安娜說話啦。」

「這件事不是黛安娜的錯。」安妮懊悔地說。「這都是我的問題，是我提議比賽誰先爬上床的。」

「我就知道！」林德太太發現自己猜的沒錯，得意極了。「我就知道這點子是妳想的。唉，妳惹出一堆麻煩啦，就是這麼回事。巴瑞女士原本要來住一個月，但她說她一天也待不下去了，也不管明天是星期天，打算明天就回城裡。要不是今天走不成，她馬上就要走了。巴瑞女士本來答應要幫黛安娜付三個月的音樂課學費，但她現在連一毛錢也不想替那個野丫頭出了。哎，我猜巴瑞家早上八成鬧得雞飛狗跳。他們現在應該很頭疼吧，巴瑞女士那麼有錢，他們絕對不想得罪她。當然啦，巴瑞太太沒有告訴我這些，但我可是很了解人性的，就是這麼回事。」

「我怎麼這麼倒楣呢。」安妮哀嘆：「我老是闖禍，還把我最愛的朋友們也拖下水——明明為了他們，我連自己的性命也願意犧牲。為什麼會這樣呢，林德太太？」

「孩子，因為妳太粗心、太衝動了，就是這麼回事。妳做事不經大腦，想說什麼就說什麼，想做什麼就做什麼，完全不先考慮一下。」

「可是就是這樣才有趣呀。」安妮反駁：「腦袋閃過一個刺激的想法，就要馬上行動，如果停下來思考，那就不好玩了。難道妳沒有過這種感覺嗎，林德太太？」

不，林德太太沒有。她睿智地搖了搖頭，一副智者的架式。

「要學著多想一點，安妮，就是這麼回事。俗話說『跳之前先看清楚』，妳要牢牢記住這句話——尤其是妳要跳上床的時候。」

林德太太很滿意自己的小玩笑，開懷大笑了起來。安妮卻一臉心事重重，在她眼裡，這是非常嚴肅的問題，她不知道有什麼好笑的。離開林德家後，她穿越結冰的原野，來到果園坡。黛安娜為她打開廚房的門。

「妳姑婆很生氣，對不對？」安妮悄聲說。

「是呀。」黛安娜回答。她努力壓抑想笑的心情，神色緊張地回頭瞄了一眼起居室關著的門。「姑婆氣得暴跳如雷呢，安妮。哎，妳不知道她把我們罵得多慘，她說我是她看過最沒規矩的女孩，我爸媽把我教成這樣，應該要覺得羞愧。她說她不想待在這裡了，我是一點都不在乎，不過爸爸媽媽很煩惱。」

「妳為什麼不跟他們說是我的錯？」安妮問。

「妳覺得我會做這種事嗎？」黛安娜正氣凜然地說。「安妮．雪利，我可不是會打小報告的人，再說，這件事我也有分。」

「那我自己去告訴她。」安妮堅定地說。

黛安娜不可置信地瞪大眼睛。

「安妮．雪利，妳不能這麼做！我的天，她會活活把妳吞下肚的！」

「我已經很害怕了，妳別再嚇我啦。」安妮哀求：「要我去跟妳姑婆認錯，我寧可站在大砲口。但我一定得這麼做，黛安娜。這件事是我的錯，我一定得說出真相。幸好我有很多認錯的經驗。」

「好吧，她在起居室。」黛安娜說。「我不敢進去，妳想要的話就進去吧，但我不覺得妳這麼做會有效。」

被黛安娜這麼「鼓勵」之後，安妮還是決定深入虎穴。她邁出堅定的步伐往起居室走去，輕輕敲了門。房間裡傳出一聲嚴厲的「進來」。

約瑟芬．巴瑞女士身形瘦削，儀態莊重拘謹。她坐在爐火旁做針線活，一副心浮氣躁的樣子，顯然怒氣未消。她轉頭往門邊掃視，凌厲的視線從金框眼鏡後投射而出，卻發現進來的人不是黛安娜，而是一名臉色蒼白的陌生女孩。女孩的一雙大眼滿溢著豁出去的決心，卻又混雜想逃跑的恐懼。

「妳是誰？」巴瑞女士劈頭就是一句毫不客氣的質問。

「我是綠山牆之家的安妮。」這名小訪客擺出她的招牌動作，雙手交握，以顫抖的聲音說。「我是來向妳認錯的，如果妳願意聽我說的話。」

「認什麼錯？」

「昨晚是我向黛安娜提議跳到床上的，所以妳會嚇到，都是我的責任。我可以保證，黛安娜絕對不會想到要做這種事。巴瑞女士，黛安娜是個很端莊的女孩，妳一定要了解，因為這件事而責怪她非常不公平。」

「哦？我一定要了解啊？就算那不是黛安娜的主意，她還是跟著妳跳了。我們這種規規矩矩的人家，居然有人做出這種沒家教的事！」

「可是我們只是鬧著玩的。」安妮堅持：「巴瑞女士，既然我們已經道歉了，我覺得妳應該要原諒我們，最起碼也請妳原諒黛安娜，讓她上音樂課吧。巴瑞女士，黛安娜真的很想上音樂課。得不到想要的東西有多難過，我太了解了。如果妳一定要生氣，那請把氣出在我身上吧。小時候常常有人對我發火，我已經很習慣了，所以比黛安娜更能忍耐。」

這時，這名老太太似乎被逗樂了，眼裡的怒火消褪大半，取而代之的是興致盎然的光芒。但她仍舊嚴厲地說：

「『只是鬧著玩』不是理由，在我年輕時，小女孩可不會這樣找樂子。我舟車勞頓了一整天，好不容易可以休息，結果睡得正熟的時候，兩個頑皮的野丫頭跳到我身上把我嚇醒，妳不會知道這是什麼感覺。」

「我的確不**知道**，但我可以**想像**。」安妮懇切地說。「被我們這樣打擾，妳的心情一定糟透了，但我們也一樣。妳有想像力嗎，巴瑞女士？如果有，請站在我們的角度想想。我們兩個一開始不知道床上有人，發現妳在床上時，我們差點被嚇死，所以我們也覺得糟透了。再說，巴瑞太太本來答應讓我們睡客房，結果我們卻不能睡在那裡。妳可能習慣住客房了，但請妳想像一下，如果妳和我一樣是個孤兒，第一次被人招待在客房過夜，最後期待卻落了空，這會是什麼感覺？」

安妮說到這裡，巴瑞女士的怒火已經完全消失，甚至還笑出聲來。靜靜在廚房等待的黛安娜原本焦急不已，聽到巴瑞女士的笑聲，不由得鬆了好大一口氣。

「我很久沒有運用我的想像力，恐怕有點荒廢了。」她說。「我可以確定，妳們的遭遇就和我的一樣值得同情，全看我們從哪個角度看這件事。妳坐下來，和我聊聊妳自己吧。」

「很抱歉，但我得先離開了。」安妮堅定地說。「我很想留下來，因為妳似乎是一位有趣的女士，雖然從外表看不出來，但妳可能和我很合得來。但是我得回家找瑪莉拉．卡斯柏女士了。卡斯柏女士非常善良，她不但收養了我，也很用心地教育我。雖然她已經盡了最大的努力，但我還是讓她很頭痛，請妳千萬別因為我跳上妳的床而責怪她。在我離開之前，希望妳可以跟我說，妳願不願意原諒黛安娜，還有按照本來的計畫留在艾凡里？」

「如果妳偶爾過來這裡和我聊天，我會考慮看看。」巴瑞女士說。

這天晚上，巴瑞女士送給黛安娜一只銀手鐲，也告訴巴瑞夫婦她不急著明天回城裡了。

「我之所以決定留下來，純粹是為了認識那個叫安妮的女孩。」她直言不諱地說。「她可把我逗樂了。活到這把年紀，要遇到有趣的人可不容易。」

瑪莉拉得知了這件事，只對馬修說了一句「我早就告訴過你了」。

巴瑞女士按照原定行程在艾凡里待滿一個月，甚至多留了幾天。這段期間，多虧安妮的陪伴，巴瑞女士一直保持著好心情，也因此比之前來訪時更加平易近人。她們兩人也建立了深厚的友誼。

巴瑞女士準備離開時，對安妮說：

「安妮，妳要是來城裡，別忘了來我家坐坐，我一定會把最氣派的客房留給妳。」

「結果巴瑞女士居然和我心靈相通呢。」安妮向瑪莉拉傾訴自己的看法：「雖然從她的外表看不出來，但真的是這樣。馬修也一樣，一開始我沒發現他們跟我這麼合得來，但過一段時間我就看出來了。知音原來沒有我以前想的那麼少。知道世界上有這麼多人和自己心靈相通，真是太棒了。」

第二十章　都是想像惹的禍

春天再度降臨綠山牆之家。加拿大的春天來得晚，落在四到五月，且天氣捉摸不定、乍暖還寒。在這個有著粉紅落日的美麗季節，萬物逐漸復甦，大地朝氣蓬勃，宛如神降下的奇蹟。戀人小徑的楓樹綴滿紅色花蕾，樹精泡泡周圍冒出蕨類卷曲的小嫩芽。西拉・史隆先生家後方的荒地開滿了五月花，粉色、白色的星形花朵隱身在褐色的葉子下吐露芬芳。陽光燦爛的某天下午，全校的學生一起來荒地採五月花，大夥兒的籃子和懷裡都是滿滿的花朵，在晴朗的暮色中滿載而歸。

「住在沒有五月花的國家的人好可憐，我好同情他們。」安妮說。「黛安娜說，那些人搞不好有更好的東西，可是瑪莉拉，世界上不可能有比五月花更好的東西吧？黛安娜還說，如果他們不知道五月花是什麼，就不會覺得有任何損失，但在我看來，那樣才最讓人難過。不知道五月花是什麼樣子，也不會因為少了它們而感到遺憾的話，那真是太悲哀了，瑪莉拉。對了，妳知道我覺得五月花是什麼嗎，瑪莉拉？它們是去年夏天凋謝的花的靈魂，而這裡就是花的天堂。我們今天玩得很開心喔，瑪莉拉。我們在一個長滿青苔的窪地吃午餐，坐在一口古老的井旁邊——那個地方真的好浪漫啊。查理・史隆向亞提・吉利斯挑戰，問他敢不敢從那口井上面跳過去，然後亞提就真的跳了，因為他一定會接受別人的挑戰。學校裡的每個人都會接受挑戰。最近很流行這種挑戰遊戲。菲利浦老師把他找到的五月花都送給了普莉希．安德魯斯。我聽到老師說『美麗的花兒獻給美麗的人兒』[32]，我知道這句話是他從書裡看來的，但這代表他算是有一點想像力。也有人想送我花，但那個人的花我不屑收，我不能跟妳說他是誰，因為我發誓這輩子絕對不會說出他的名字。我們用五月花編的花環裝飾帽子，回家的時候，我們戴著花環、抱著花束，兩人一列排隊走回來，一路上還唱著〈我家在山丘上〉，真的好刺激喔，瑪莉拉。西拉．史隆先生家的人都跑出來看我們在做什麼，路上遇到的每個人也都停下來盯著我們。我們引起了大轟動呢。」

「做這種蠢事，不轟動才怪！」瑪莉拉這麼回答。

五月花的花季結束，接著是紫羅蘭綻放的時節，紫羅蘭谷也換上紫色春裝。上學途中，安妮懷著崇敬的心穿越紫羅蘭谷，以雙眼禮讚這片花海，彷彿這裡是一處聖地。

「不知道為什麼，」她對黛安娜說。「每當我經過這裡，就不那麼在意吉爾——班上的其他人會不會超越我。可是到了學校，我的想法就不一樣了，又變得跟平常一樣在意。我的心裡住了好幾個安妮，我有時覺得就是因為這樣，我才會惹出這麼多麻煩。如果只有一個安妮，事情就簡單多了，不過那樣也不有趣了。」

時序進入六月，果園的粉色花朵再次盛開，閃耀之湖上游的沼澤響起清亮悅耳的蛙鳴，空氣中飄散著三葉草與冷杉樹脂的香氣。一天傍晚，安妮坐在閣樓窗戶邊。她本來在溫習功

---

32 此句出自莎士比亞的劇作《哈姆雷特》（*Hamlet*）第五幕第一景，為王后葛楚（Gertrude）在談論獻給死去的歐菲莉亞（Ophelia）的花朵。

課，但天色已經暗到看不清書上的字，於是她張大眼睛望向窗外的冰雪女王和更遙遠的地方，陷入幻想之中。這時的冰雪女王也是白花朵朵，宛如點點繁星懸掛枝頭。

這間閣樓小房間沒有什麼本質上的改變。蒼白的牆壁、硬邦邦的針包、線條直挺僵硬的黃色椅子，都和以往相同，但房間的氛圍卻不一樣了。這裡現在洋溢著蓬勃的生命力，看起來煥然一新。然而，這似乎不是因為房裡多了小女孩的書本、衣服和絲帶，也不是因為桌上破舊的藍色罐子插滿了蘋果花。房間主人生動的美夢與幻想彷彿無形的魔法，為空蕩樸素的房間披上一層絢麗薄紗，讓這裡散發出彩虹與月光般的夢幻光彩。就在這時，瑪莉拉快步走進房間，手裡拿著幾件剛燙好的圍裙，是安妮在學校穿的。她將圍裙掛在椅背上，接著坐下來，輕輕嘆了口氣。下午她又頭痛了，雖然現在疼痛已經消失，但她全身無力，整個人「累慘了」。安妮看著她，清澈的眼眸中滿是同情。

「我好希望我能代替妳頭痛，瑪莉拉。為了妳，我會心甘情願地忍耐。」

「妳有分擔家事，讓我可以喘口氣，這樣就夠了。」瑪莉拉說。「妳今天表現不錯，犯的錯也比平常少。話是這麼說，但馬修的手帕根本不需要上漿啊！還有，一般人把午餐要吃的派拿進烤爐回烤，等派熱好了就會拿出來吃掉，不會放任它在爐子裡燒焦，但顯然這不是妳的作風嘛。」

瑪莉拉頭痛的老毛病發作時，說話總是帶著點嘲諷的味道。

「唔，真的很對不起。」安妮歉疚地說。「我把派拿進烤爐後就忘記它的存在了，妳沒有說我都沒發現，雖然吃午餐的時候，我的直覺告訴我餐桌上好像少了什麼。今天早上妳把家事都交代給我，我就下定決心不要幻想，專心把現實世界的事做好。一開始我保持得不錯，但把派放進烤爐後，我就忍不住開始想像我是中了魔咒的公主，被關在偏遠荒涼的高塔上，有一位帥氣的騎士騎著黑色駿馬來解救我，想著想著，我就把派給忘了。我沒發現我不小心幫手帕上漿了。我在燙衣服時，一直在思考要替我和黛安娜在小溪上游發現的小島取什麼名字。那座島上有兩棵楓樹，溪水從小島兩邊流過，美得像仙境一樣呢，瑪莉拉。後來我終於想到『維多利亞島』這個好名字，因為我們是在女王生日那天發現那座島的，而且我和黛安娜都效忠女王。我把派和手帕給搞砸了，真的很抱歉。我本來想拿出最好的表現，因為今天是個特別的日子。瑪莉拉，妳記不記得去年的今天發生什麼事？」

「不記得了，我沒想到什麼特別的事。」

「瑪莉拉，我就是在去年的今天來到綠山牆之家的呀。我永遠不會忘記這天，這對妳來說當然沒有那麼重要，卻是我人生的轉捩點。我已經在這裡住一年了，這一年我過得好開心。當然啦，我也遇到了一些困難，但這些困難總有一天都會過去。妳會後悔收養我嗎，瑪莉拉？」

「沒有，我不覺得後悔。」瑪莉拉說。她有時會納悶，安妮還沒來綠山牆之家前，自己怎麼有辦法過日子。「嗯，我一點也不後悔。安妮，妳的作業要是寫完了，就替我跑一趟巴瑞家，問巴瑞太太能不能借我黛安娜的圍裙紙樣。」

「啊！可是外……外面太黑了。」安妮大聲說。

「太黑？哪裡，才傍晚而已。而且妳不是常常在天黑之後去他們家嗎？」

「我明天一大早過去。」安妮連忙說。「瑪莉拉，天一亮我就馬上過去。」

「安妮．雪利，妳又怎麼了？我今天晚上就要用紙樣幫妳裁新圍裙了。馬上過去，動作快一點。」

「好吧，那我只能繞大路過去了。」安妮不情不願地拿起帽子。

「走大路要浪費半小時耶！妳到底在想什麼？」

「我不敢從幽靈森林過去啊，瑪莉拉！」安妮哀號。

瑪莉拉錯愕地盯著她。

「幽靈森林！妳腦袋不正常了嗎？幽靈森林又是什麼玩意？」

「小溪對面的雲杉林。」安妮小聲地說。

「胡說八道！天底下沒有幽靈森林這種東西。這些話是誰告訴妳的？」

「不是別人告訴我的。」安妮坦承：「雲杉林鬧鬼是我和黛安娜想像出來的。這附近的每個地方都太……太普通了，所以我們決定用想像力把這裡變得有趣一點。幽靈森林的故事是我們四月時編的，鬧鬼的森林聽起來好浪漫啊，瑪莉拉。我們把雲杉林當成幽靈森林，因為那裡總是陰森森的。噢，我們想像出好多好可怕的東西。大約在晚上的這個時候，會有一個白衣女人沿著小溪行走，她會緊緊握著雙手，發出淒慘的哭聲。如果她出現，就表示附近有人要過世了。有個被謀殺的小孩化成的鬼魂會在悠閒野居旁的偏僻角落出沒，他會神不知鬼不覺地從背後出現，用冰冷的小手握住妳的手——像這樣。噢，瑪莉拉，一想到這個，我就忍不住發抖。還有一個沒有頭的男人會在森林小路上徘徊，樹上會有骷髏惡狠狠地瞪著妳。噢，瑪莉拉，我說什麼也不想在天黑後經過幽靈森林，一定會有鬼從樹林裡冒出來把我抓住。」

瑪莉拉聽得目瞪口呆，回過神後忍不住驚叫。「這也太誇張了！安妮．雪利，妳該不會想說，妳覺得那些亂七八糟的幻想是真的吧？」

「我不是這個意思，不太算。」安妮支支吾吾地說。「起碼白天我不覺得是真的，但晚上就是另一回事了，瑪莉拉。鬼就是在晚上出現的啊。」

「這世界上沒有鬼，安妮。」

「真的有啦，瑪莉拉。」安妮急切地大喊。「我知道有人看過鬼，他們都是很正派的人。查理．史隆說，他的奶奶有天晚上看到他過世的爺爺趕牛回家，但那時他已經下葬一年了。妳也知道，查理的奶奶是虔誠的基督徒，她不可能說謊。湯瑪斯太太的爸爸有天晚上被一隻全身著火的羊追著逃回家。那隻羊的脖子斷了，又沒有完全斷掉，羊頭就靠一條細細的羊皮掛在身上。他知道那隻羊是他哥哥的靈魂變成的，來警告他九天之內就會死，後來他真的在兩年後死了，所以這件事絕對是真的。還有，露比．吉利斯說……」

「安妮．雪利，」瑪莉拉斬釘截鐵地打斷她：「我不想再聽到妳這樣講話。妳愛幻想這點我一直有點擔心，如果妳幻想到變得疑神疑鬼，那我不會再縱容這個行為。我要妳現在就去巴瑞家，而且要從雲杉森林過去，就當做是給妳的提醒，讓妳記住這次教訓。以後不准再提起幽靈森林這種蠢話。」

安妮拚命哭泣哀求，因為她心裡的恐懼無比真實。她的幻想已經脫離掌控，因此她極度害怕天黑之後的雲杉森林。但不論她怎麼求情，瑪莉拉始終不受動搖。她拉著畏縮的安妮來到山坡下的泉水邊，命令她立刻過橋，深入慟哭女子和無頭鬼魂遊盪的幽暗森林。

「噢，瑪莉拉，妳怎麼可以這麼狠心？」安妮啜泣著說。「要是真的有鬼把我抓走，妳不會難過嗎？」

「那我們也只能賭一把了。」瑪莉拉冷酷地說。「妳很清楚，我這個人一向說到做到。我會幫妳把亂編鬼故事的壞習慣改掉。快出發吧。」

安妮出發了。更確切地說，她跌跌撞撞地過了橋，一邊發抖、一邊沿著令人毛骨悚然的昏暗小路前進。安妮永遠忘不了這趟路程。太過放縱自己的想像力，讓她懊悔不已。她用想像力召喚出來的妖怪潛伏在暗處，隨時可能伸出冰冷乾瘦的爪子，抓住害怕的她。走著走著，她瞥見褐色的土地上有個白色物體，嚇得心跳差點停止，定睛一看，原來是溪谷的白樺樹皮被風吹到這裡來了。老樹枝相互摩擦的聲音有如悠長的哀號，讓她不寒而慄，額頭冒出豆大的汗珠。蝙蝠從漆黑的半空中俯衝而下，簡直像是怪物的翅膀從她頭頂掃過。好不容易到了威廉・貝爾先生的田野，安妮逃命似地拔腿狂奔，好像後面有一支幽靈大軍在追殺她。抵達巴瑞家的廚房門口時，她喘得上氣不接下氣，連要借圍裙紙樣都說不清楚。黛安娜正好不在家，所以她也沒有藉口可以多待一會，只能硬著頭皮立刻踏上回家的路。回去的路上，安妮一直閉著眼睛，哪怕撞到樹可能會頭破血流，也不想撞見幽靈。她搖搖晃晃地走下圓木橋時，如釋重負地吐了好長的一口氣，身體還不停顫抖。

「喔，看來妳沒被抓走啊？」瑪莉拉毫不同情地說。

「唔，瑪……瑪莉拉，」安妮的牙齒不停打顫，斷斷續續地說。「我以……以後不會再……嫌棄普……普通的地方了。」

第二十一章　新奇的調味配方

「唉，林德太太說得沒錯，人生就是不斷的相遇和別離。」六月的最後一天，安妮將寫字板和書本放到廚房桌子上，一邊用溼答答的手帕擦著哭得泛紅的雙眼，一邊感傷地說。「還好我今天多帶了一條手帕去學校，瑪莉拉，我有預感會用到它。」

「菲利浦老師只不過是要離開這裡，妳居然哭到需要兩條手帕來擦眼淚。我都不知道妳這麼喜歡他。」瑪莉拉說。

「我不覺得我是因為喜歡菲利浦老師才哭。」安妮想了想，說道：「我是因為其他人哭才跟著哭。露比．吉利斯是第一個哭的。她老是說她有多討厭菲利浦老師，但老師一走到講臺發表告別演說，她馬上就哭了，然後其他女孩也一個接著一個哭了起來。我本來想忍住不哭的，瑪莉拉。我努力回想老師做過所有討人厭的事：逼我跟吉爾——跟男同學一起坐、在黑板上把我的名字寫成安、罵我是幾何最爛的學生、笑我把單字拼錯、說難聽話挖苦別人，可是不知道為什麼，我還是忍不住哭了，瑪莉拉。珍．安德魯斯從一個月前就開始說，老師走的時候她一定會高興得不得了，連一滴眼淚也不會掉，結果她哭得最慘，還得跟她弟弟借手帕，因為她本來覺得自己不會哭，所以根本沒帶手帕。至於男生，他們當然沒有人哭。

噢，瑪莉拉，這真叫人心碎。菲利浦老師的告別演說很精彩，他的第一句話是『離別的時刻已經來臨』，真的好感人，老師自己也紅了眼眶呢，瑪莉拉。唉，想到我以前上課時偷偷講話、在寫字板上把老師畫得很醜、還取笑他和普莉希，就覺得好後悔、好對不起他。真希望我是米妮．安德魯斯那樣的好學生，她就不會因為做過虧心事覺得良心不安。放學回家的路上，我們還是哭個不停，因為凱莉．史隆每隔幾分鐘就會說一次『離別的時刻已經來臨』，我們好不容易心情好一點，聽了又馬上開始哭。瑪莉拉，我真的好難過啊。可是一想到有兩個月的暑假在等著我，再怎麼難過也不至於陷入絕望的深淵，對不對？我們在路上遇到新來的牧師和他的太太，他們剛從車站過來。雖然菲利浦老師要走了我很傷心，但新來的牧師還是讓人挺感興趣的，對吧？牧師太太長得很漂亮，但沒有像貴婦那樣美豔動人，畢竟牧師娶一位美豔的太太應該不太好，可能會敗壞社會風氣。林德太太說，新橋的牧師太太就是穿著太時髦，才會敗壞他們村子的風氣。新來的牧師太太穿著可愛的泡泡袖藍色細棉布裙，帽子還有玫瑰花裝飾。珍．安德魯斯說，牧師太太穿有泡泡袖的衣服顯得愛慕虛榮，但我沒有說這麼苛刻的話，瑪莉拉，因為我了解想穿泡泡袖衣服的心情。而且她才剛成為牧師太太，我們不能對她這麼嚴格，妳說是吧？牧師夫婦會先借住在林德太太家，等牧師館整理好了再搬過去。」

這天傍晚，瑪莉拉說要還去年冬天借的被子刺繡架，便去了林德太太家。如果說她前去拜訪還有別的動機，那就是大多數艾凡里居民都有的無傷大雅的缺點。林德太太借給鄉親的東西常常有去無回，沒想到今天晚上通通被親自送回來了，因為許多村民都和瑪莉拉一樣，想一睹牧師夫婦的風采。這個僻靜的小村莊鮮少有轟動的大事，新來的牧師一定會是鄉里議論的話題，何況這位新牧師還帶著太太，更成為眾所矚目的焦點。

班利老先生——也就是安妮認為缺乏想像力的前任牧師——在艾凡里服務長達十八年。他來艾凡里之前妻子就已經過世，雖然這些年來村民總愛替他亂配對，但他始終沒有再婚。今年二月，班利先生卸下艾凡里的牧師職務。雖然他的演講枯燥乏味，但村民經年累月和這位和善的老牧師相處，也累積了深厚的情誼，因此他離開時，大家都依依不捨。從那之後，每個星期天都有牧師候選人或代理牧師來艾凡里教會參加甄選。聆聽風格各異的講道，宛如享用豐盛的宗教饗宴，所有村民都樂在其中。甄選結果固然是由教會長老決定，但那個靜靜坐在卡斯柏家長椅一角的紅髮小女孩也有自己的看法。她和馬修充分討論了對每位人選的評價。瑪莉拉堅持不該對牧師做任何形式的批評，因此從來不加入討論。

「馬修，我覺得史密斯先生不適合。」安妮給出她的結論。「林德太太說他的口條不好，但我認為他最大的缺點跟班利先生一樣——他沒有想像力。泰瑞先生的想像力反倒太豐富了，他沒辦法控制自己的想像力，就像我上次把幽靈森林的故事當真那樣。除了這點之外，林德太太說泰瑞先生的神學知識也不夠完整。葛瑞山先生是個好人，也很虔誠，但是他太愛搞笑了，居然讓大家在教堂裡哈哈大笑，這樣顯得不夠穩重。牧師應該要穩重一點才行，對吧，馬修？我覺得馬歇爾先生很有魅力，但林德太太特別打聽了他的婚姻狀況，馬歇爾先生還沒結婚、也沒有婚約，林德太太說，不可以找未婚的年輕牧師來艾凡里，因為牧師要是和信徒結婚，可能會惹出麻煩。林德太太考慮得真周到，對不對，馬修？我很高興他們最後選了艾倫先生。我喜歡艾倫先生，他講道很有趣，禱告也誠心誠意，不像是敷衍了事。林德太太說，艾倫先生雖然有缺點，但一年七百五十元的薪水也不可能找到完美的人選，而且她仔細問了艾倫先生很多教義問題，可以確定他的神學知識很紮實。林德太太也認識艾倫太太娘家的人，他們是正派的家族，家族裡的女人都很會做家事。林德太太說，丈夫精通教義，妻子擅長家務，就是最理想的牧師家庭。」

新來的牧師夫婦是一對還在度蜜月的年輕夫妻，總是笑臉迎人，也對自己所選的人生志業充滿熱忱。艾凡里的居民立刻敞開心胸歡迎他們。不分男女老少，大家都喜歡這位真誠正直、充滿朝氣的青年，以及牧師館嬌小玲瓏、溫柔開朗的女主人。安妮很快就全心全意地愛上了艾倫太太。她發現艾倫太太也是和她心靈相通的人。

「艾倫太太真的好親切。」某個星期天下午，安妮發表了她的看法：「我們主日學的老師換成艾倫太太了。她是個很棒的老師，第一節課剛開始，她就說只有老師可以問問題是不公平的。瑪莉拉，我一直都是這麼想的。她說我們想問什麼都可以，所以我問了好多問題。我很擅長問問題喔，瑪莉拉。」

「這我相信。」瑪莉拉篤定地回答。

「除了我之外，只有露比．吉利斯問問題。她問今年夏天主日學校會不會辦野餐。我覺得這個問題不太好，因為這和上課內容一點關係也沒有——我們今天上的是但以理被扔進獅子坑的故事——不過艾倫太太還是微笑著說應該會有野餐。艾倫太太笑起來很迷人，臉頰上還有甜美的酒窩。瑪莉拉，我也好想要有酒窩喔。我已經比剛來這裡的時候胖多了，但還是沒有酒窩。如果我有酒窩，也許就能帶給周圍的人正面影響。艾倫太太說，我們永遠都要努力散播正面影響。不論什麼事，從她口中說出來，都變得很美好。我以前都不知道，原來宗教是這麼令人快樂的事。我一直覺得宗教給人一種憂鬱的感覺，但艾倫太太完全不是那樣。如果可以變得像她一樣，那我就會想當基督徒，我才不想變成貝爾校長那種基督徒。」

「妳怎麼這樣說貝爾先生？真是不像話！」瑪莉拉嚴厲地說。「貝爾先生是個好人。」

「噢，他當然是個好人。」安妮表示同意。「但他好像沒有因為這樣變開心。如果我是個好人，那我會整天唱歌跳舞，因為我覺得當好人很開心。我想艾倫太太已經不是小女孩，不適合唱歌跳舞，而且身為牧師的妻子，做這種事也不端莊，但我感覺得出她覺得當基督徒很快樂，就算不用當基督徒就能上天堂，她還是會選擇當基督徒。」

「我看我們得快點邀艾倫夫婦來喝下午茶了。」瑪莉拉思考了一會後，說道：「除了我們，幾乎所有人都邀請過他們了。我看看，下星期三是個不錯的日子，但絕對不能跟馬修提起這件事，他要是知道他們要來，一定會找藉口溜走。馬修已經很習慣班利先生，如果是班利先生要來，他不會介意。但要他認識新牧師可就難了，何況還有牧師太太，他一定會嚇個半死。」

「妳放心，我一定保密到家。」安妮保證：「噢，對了，瑪莉拉，我可以負責做那天下午茶的蛋糕嗎？我也想盡一份心力來招待艾倫太太，妳也知道，我現在可以烤出很不錯的蛋糕了。」

「妳可以做夾心蛋糕。」瑪莉拉答應了安妮的請求。

星期一和星期二，下午茶的籌備工作在綠山牆之家如火如荼地進行。招待牧師夫妻喝茶是必須嚴陣以待的大事，瑪莉拉下定決心，一定要贏過艾凡里的所有主婦。安妮更是亢奮不已。星期二晚上，她興高采烈地和黛安娜分享下午茶的準備工作。暮色籠罩大地，她們坐在樹精泡泡旁的紅色大石頭上，用沾了冷杉香脂的小樹枝在水面畫出一道道彩虹。

「我們差不多都準備好了，黛安娜，只剩我明天早上要做的蛋糕，還有瑪莉拉下午茶前才會做的比司吉。我跟妳說，黛安娜，瑪莉拉和我整整忙了兩天。招待牧師一家喝茶是很重要的任務，我以前從來沒有這種經驗。妳真該來看看我們的儲藏室，真的很壯觀。我們準備了雞肉凍和牛舌冷盤、紅色和黃色的兩種果凍、打發鮮奶油、檸檬派、櫻桃派、三種餅乾、水果蛋糕。瑪莉拉也會拿出她有名的黃李子蜜餞，那是專門用來招待牧師的，再加上磅蛋糕和剛剛提過的夾心蛋糕跟比司吉。麵包除了現烤的，也有前幾天烤的，免得牧師腸胃不好，不能吃剛出爐的麵包。林德太太說，很多牧師都有消化不良的毛病，但艾倫先生才剛成為牧師，我想他應該還沒有這個問題。一想到我的夾心蛋糕，我就好緊張。噢，黛安娜，要是我搞砸了怎麼辦？我昨晚做了惡夢，夢裡有隻可怕的妖怪在追殺我，牠的頭就是一塊好大的夾心蛋糕。」

「沒事，一定不會有問題的。」擅長安慰人的黛安娜鼓勵安妮：「上上禮拜我們在悠閒野居吃的那塊蛋糕妳就做得很棒呀。」

「是這樣沒錯，可是每次我特別希望烤出好蛋糕時，它們偏偏就會出錯。」安妮一邊感嘆，一邊將一枝沾滿香脂的樹枝放到水面上。「但我能做的只有不要忘記加麵粉，剩下的只能聽天由命了。哇，黛安娜，妳看，好漂亮的彩虹啊！妳覺得我們回家之後，樹精會不會跑出來拿這道彩虹當圍巾？」

「妳知道的，這個世界上沒有樹精。」黛安娜說。她媽媽知道了幽靈森林的故事後非常生氣，因此她不再附和安妮的異想天開，甚至連幻想無害的樹精存在，她也認為不妥當。

「但只要稍微想像一下，就會覺得真的有樹精呀。」安妮說。「每天晚上睡覺前，我都會看向窗外，想著樹精是不是真的坐在這裡，把泉水當鏡子梳頭髮；早上的時候，我有時也會在露水中尋找她的腳印。噢，黛安娜，別放棄相信樹精的存在呀！」

星期三早晨終於到來。安妮因為太過興奮睡不著，所以日出就起床了。她前一天傍晚在泉水邊玩水，結果得了重感冒，鼻塞得很嚴重，但這天早上，除非得了肺炎，什麼都無法澆熄她對烹飪的熱情。吃完早餐後，她就開始全心全力地製作蛋糕，直到把蛋糕送進烤爐、關上烤爐門的那一刻，才終於可以喘口氣。

「我確定我這次沒有忘記任何東西了，瑪莉拉。妳覺得蛋糕發得起來嗎？發粉會不會有問題？我是用新的那一罐發粉，但林德太太說，現在商人賣的東西品質都不實在，我們永遠不知道自己買到的發粉是不是好的。她說政府應該要有點作為，但只要這個國家是保守黨執政，我們就永遠等不到那一天。瑪莉拉，要是蛋糕真的沒發成功，那該怎麼辦？」

「就算蛋糕失敗，其他的菜也夠吃了。」瑪莉拉冷靜地回答。

儘管安妮擔心不已，蛋糕還是順利膨脹了。看到出爐的蛋糕像金色泡沫般輕盈蓬鬆，安妮的雙頰泛起喜悅的紅暈。她一邊替蛋糕片塗抹紅寶石般的果醬，將蛋糕片一層一層疊起來，一邊想像艾倫太太享用蛋糕的情景，說不定她還會想再來一塊呢！

「這次妳一定會用最高級的茶具組了，瑪莉拉。」安妮說。「我可以用蕨類和野薔薇布置餐桌嗎？」

「那都是不實用的花樣。」瑪莉拉嗤之以鼻地否決：「在我看來，比起那些沒有意義的裝飾，食物才是最重要的。」

「巴瑞太太就有裝飾**她的**餐桌。」安妮耍了點小聰明，試圖激起瑪莉拉的好勝心。「牧師大力讚美了她，他說美麗的裝飾讓料理看起來色香味俱全。」

「好吧，那裝飾交給妳全權處理。」瑪莉拉決心不讓巴瑞太太或任何人專美於前。「但妳要記得給盤子和食物留些位子。」

安妮使出渾身解數，將餐桌布置得賞心悅目，不論是手法或風格，都完全把巴瑞太太給比了下去。她用了大量的薔薇和蕨類，輔以獨到的品味，將餐桌打造成精美絕倫的藝術品。牧師夫妻就座時，異口同聲地讚嘆餐桌的美。

「這是安妮布置的。」公正的瑪莉拉嚴肅地將功勞歸給安妮。艾倫太太對她露出讚許的微笑時，安妮快樂得幾乎要飛上天了。

馬修也出席了這場午茶派對。天底下只有安妮知道他是怎麼被哄來的。怕生的馬修本來緊張得要命，絕望的瑪莉拉已經澈底放棄他了，但經過安妮一番勸說，馬修穿著他最講究的衣服、繫上白衣領，坐在餐桌前和牧師聊天，兩人甚至說得上是相談甚歡。至於艾倫太太，馬修完全沒和她說上任何一句話，但也沒有人指望他做到這個程度。

一切都進行得十分順利，有如婚禮的鐘聲一樣美好歡樂，直到安妮的夾心蛋糕被端上桌。艾倫太太已經品嚐了各種山珍海味，因此婉拒了夾心蛋糕。瑪莉拉注意到安妮失望的表情，微笑著說：

「艾倫太太，請妳一定要試試這個蛋糕，這是安妮特地為妳做的。」

「這樣的話我一定要嚐嚐看了。」艾倫太太笑著回答，並切了一大塊蛋糕。牧師和瑪莉拉也各拿了一塊。

艾倫太太咬了一口，臉上閃過怪異的神情，但她什麼也沒說，只是鎮定地吃著蛋糕。瑪莉拉看到她的反應，也連忙嚐了一口蛋糕。

「安妮．雪利！」她驚叫。「妳到底在蛋糕裡加了什麼？」

「我只加了食譜寫的材料而已呀，瑪莉拉。」安妮大聲說，臉瞬間垮了下來。「怎麼了，味道怪怪的嗎？」

「何止怪怪的，簡直糟透了！艾倫太太，別勉強自己吃下去。安妮，妳自己吃吃看，妳用了什麼香料？」

「香草精。」安妮嚐了一口蛋糕，羞愧得滿臉通紅。「只有香草精而已。噢，瑪莉拉，一定是發粉出問題了，我本來就懷疑那罐……」

「不可能是發粉的問題！把妳用的那瓶香草精拿來給我。」

安妮慌張地跑去儲藏室，回來的時候，手裡拿著一只小瓶子，瓶子裡裝著一些棕色液體，瓶身的黃色標籤寫著「頂級香草精」。

瑪莉拉接過瓶子，打開瓶塞聞了聞。

「我的天啊，安妮，妳在蛋糕裡加的是止痛藥啊。我上星期打破止痛藥的瓶子，把剩下的藥水倒進空的香草精瓶子了。這件事說起來我也有錯，我應該要提醒妳的，但妳難道聞不出差別嗎？」

安妮覺得丟臉至極，忍不住哭了出來。

「我聞不出來啊，我感冒鼻塞嘛！」她扔下這句話，便飛快地逃回閣樓，趴在床上號啕大哭。她現在悲痛到了極點，不管是誰，都不可能安慰得了她。

過了一會，樓梯響起輕輕的腳步聲，接著有人走進閣樓房間。

「噢，瑪莉拉，」安妮哭著說，連頭也沒抬。「我永遠抬不起頭了，這件蠢事會跟著我一輩子。村裡的人都會知道我做的好事，在艾凡里，不論什麼事都會傳遍全村。黛安娜會問起我的蛋糕，我只能老實告訴她我搞砸了。以後大家會對我指指點點，說我是在蛋糕裡加止痛藥的女孩，吉爾——學校的男同學也會因為這件事嘲笑我一輩子。噢，瑪莉拉，如果妳還有一點基督徒的同情心，請不要叫我馬上下去洗碗。等牧師和牧師太太走了，我會乖乖去洗，但我真的沒臉見艾倫太太了。她說不定以為我想毒死她，林德太太就聽說過，有個孤女想毒死領養她的恩人。可是止痛藥沒有毒，那本來就是口服藥——雖然沒有人會把它加進蛋糕裡就是了。瑪莉拉，妳可以幫我跟艾倫太太解釋嗎？」

「妳起來自己告訴她怎麼樣？」一個輕快的聲音說。

安妮猛然坐了起來，只見艾倫太太站在床邊，以一雙堆滿笑意的眼睛打量著她。

「我親愛的小女孩，妳別哭得這麼傷心。」看到安妮哭成了淚人兒，她打從心底感到心疼。「哎呀，這種好笑的錯大家都可能會犯啊。」

「不對，只有我會犯這種錯。」安妮以悲涼的語氣說。「我本來想做出最好吃的蛋糕給妳的，艾倫太太。」

「親愛的，我知道。我向妳保證，就算蛋糕沒有想像中那麼完美，妳的好意和體貼我都感受到了。乖，妳別哭了，跟我一起下樓，帶我去看妳的花園，好嗎？卡斯柏女士說妳有一座自己的小花園，我對花卉很有興趣，很想參觀看看呢。」

安妮接受了艾倫太太的安慰，跟著她一起下樓。她心想，還好艾倫太太和她心靈相通，真是太幸運了。沒有人再提起止痛藥蛋糕的事。送客人離開後，安妮發現，儘管稍早惹出了那樣的風波，這個晚上卻沒有如她所想的難熬，但她還是忍不住深深嘆了口氣。

「瑪莉拉，想到明天又是新的一天，我還沒有犯任何錯，感覺是不是很棒？」

「我敢說，妳明天也會犯一堆錯誤。」瑪莉拉說。「安妮，我還沒看過比妳更會犯錯的人呢。」

「對，我知道。」安妮沮喪地承認：「可是瑪莉拉，妳有沒有注意到我有一個優點？同樣的錯我絕對不會犯第二次。」

「但妳永遠都在犯新的錯，我實在看不出這優點有什麼幫助。」

「噢，妳還不明白嗎，瑪莉拉？一個人能犯的錯一定有上限，等我把可以犯的錯都犯過一遍，我就不會再犯錯了。想到這個，我的心情就好多了。」

「唉，妳還是把那塊蛋糕拿去餵豬吧。」瑪莉拉說。「那玩意不是給人吃的，就連給傑利・布特也不行。」

第二十二章　安妮參加下午茶會

「妳眼睛睜這麼大做什麼？」瑪莉拉看到剛從郵局回來的安妮，開口問：「又發現和妳心靈相通的人了？」

安妮眉飛色舞，渾身散發興奮的氣息。她穿過八月黃昏溫煦的陽光和慵懶的樹影，蹦蹦跳跳地沿著小路走回家，宛如隨風起舞的水仙子。

「沒有，但妳猜猜是什麼事，瑪莉拉？我明天下午被邀請到牧師館喝下午茶！艾倫太太把邀請函寄在郵局。瑪莉拉，妳看，信上寫了『安妮．雪利小姐，綠山牆之家』，這是第一次有人叫我『小姐』，我覺得好感動啊！我要把這封信收進我的藏寶盒，珍藏一輩子。」

「艾倫太太跟我說，她打算輪流招待她在主日學校的所有學生喝下午茶。」聽到這天大的好消息，瑪莉拉卻顯得非常平靜。「妳不需要這麼興奮。妳要學著冷靜一點看待事情啊，孩子。」

要安妮冷靜一點看事情，等於要她改變自己的本性。她「靈氣十足，如火焰般熱情鮮明，如露水般清新純潔」[33]，對於生命的苦與樂，感受也比常人強烈好幾倍。瑪莉拉察覺到

---

33 出自羅伯特．白朗寧的詩作"Evelyn Hope"。原文只引用"spirit and fire and dew"，此處為使文句通順自然，融合了原詩和蒙哥馬利另一本著作（*The Pursuit of the Ideal*）注釋本中針對同一句詩的詮釋。

這點，因此有些擔心，對衝動易感的安妮來說，生命的潮起潮落可能變成難以承受的重擔；但她卻不了解，安妮對快樂的感知能力也同樣強大，足以成為支撐她的力量。瑪莉拉出於擔憂，認為自己有責任幫助安妮養成沉靜穩定的性格。然而，這等於是叫安妮成為完全相反的人，就像強迫在小溪淺灘舞動的陽光停止跳躍一樣，根本是不可能的任務。瑪莉拉承認她的努力沒有什麼效果，令她感到挫敗。如果殷切的期望或計畫破滅，安妮就會墮入「痛苦的深淵」；要是如願以償，她就會飛上狂喜的天堂。瑪莉拉幾乎放棄將這個孤兒打造成她心目中端莊嫻靜的模範女孩了。然而，雖然她自己不會相信，但她其實更喜歡安妮現在的樣子。

這天晚上，馬修說外頭吹起了東北風，明天恐怕會下雨，因此安妮回房睡覺時沉默不語，看起來愁眉苦臉。屋子周圍的白楊樹沙沙作響，聽起來簡直像滴滴答答的雨聲，令她焦慮不已。遙遠的海灣傳來低沉的海潮聲，這奇特雄渾、縈繞不散的節奏平常聽起來令人心曠神怡，現在聽起來卻像風暴的前兆，彷彿在警告這名滿心期盼好天氣的小女孩，災難就要降臨。安妮不禁覺得，早晨似乎永遠不會到來。

不過凡事都有盡頭，受邀去牧師館參加茶會的前一個夜晚也終究會過去。馬修的預測沒有成真，隔天早上天氣晴朗，安妮亢奮的情緒也升到了最高點。

「噢，瑪莉拉，今天的我不管遇到誰，都能用愛包容他們。」她一邊洗著早餐碗盤，一邊大聲說。「妳一定想不到我現在有多開心！如果這一切能持續下去，那該有多好呀？要是每天都有人邀我去喝茶，我一定能變成最乖的小孩。可是，瑪莉拉，茶會也是嚴肅的場合呢。我好緊張，要是我做出沒禮貌的行為怎麼辦？妳也知道，我從來沒有去牧師館參加過茶會。雖然我來到這裡後，一直有讀《家庭先驅報》的禮儀專欄，但我也不確定自己是不是學會所有禮節了。我好怕我會做出蠢事，或是忘記應該做的事。如果我**真的**很想再吃某樣點心，可以拿第二份嗎？」

「安妮，妳太在意妳自己了，這就是妳的問題。妳只需要考慮艾倫太太的感受，想想妳做什麼最能讓她開心就行了。」瑪莉拉難得提出明智又精闢的建言，讓安妮茅塞頓開。

「妳說得對，瑪莉拉，我會努力不去在意我自己。」

安妮顯然順利完成了午茶聚會，沒有做出任何嚴重違反禮儀的舉動。薄暮時分，橘黃與粉紅的燦爛雲彩劃過天際，在這片晴朗開闊的天空下，安妮懷著幸福的心情回到家。疲倦的她和瑪莉拉坐在廚房門口那塊紅砂岩大石板上，將頭枕在瑪莉拉覆蓋著格子裙襬的大腿，雀躍地分享茶會的經過。

涼爽的風越過西邊的冷杉山丘，掠過收成季節的遼闊田野，接著颼過白楊樹林，風聲颯颯。一顆明亮的星星懸掛在果園上空，戀人小徑上螢火蟲翩翩飛舞，在隨風搖曳的枝葉間和蕨類叢中穿梭。安妮一邊說話，一邊注視著這一切，涼風、星辰和螢火蟲似乎交織成一種難以言說卻甜蜜醉人的感受。

「噢，瑪莉拉，我度過了一個最**美妙**的下午。我覺得我的人生沒有白活了，就算我以後再也沒有機會被邀請到牧師館喝茶，我現在的心情也不會改變。我到牧師館的時候，艾倫太太就在門口迎接我。她穿著淡粉紅紗質五分袖連身裙，裙子上滾了好多波浪褶邊，看起來就像美麗的天使。我長大後真的想當牧師太太，瑪莉拉。牧師大概不會在意我的紅髮，畢竟他們不會計較外表這種俗氣的事。不過，想成為牧師太太，一定要有善良的本性，所以我應該是不用想了。妳知道，有些人天生就很善良，有些人不是，像我就不是，林德太太說我充滿原罪。不管我再怎麼努力變善良，也不可能變得和那些天生善良的人一樣，我想這跟學幾何滿像的。可是妳不覺得，努力本身也應該受到稱讚嗎？艾倫太太就是天生善良的人，我真的好愛她。妳知道，有些人很容易讓人馬上愛上他們，馬修和艾倫太太就是這種人；有些人妳必須很努力才能愛著他們，林德太太就是這種人。妳知道妳應該要愛他們，因為他們懂的很多，又盡心盡力為教會奉獻，但妳必須時時提醒自己，不然就會忘記。去牧師館喝茶的還有另一個小女孩，她是白沙主日學校的學生，名字叫羅芮塔・布萊德利。羅芮塔人很好，雖然不算和我心靈相通，但還是很可愛。我們喝了優雅的下午茶，我想我有好好遵守所有的禮節。喝完茶，艾倫太太表演彈鋼琴和唱歌，也邀請我和羅芮塔一起唱。艾倫太太說我的歌聲很美，之後一定要加入主日學校的唱詩班。光是想像那個情景，我就覺得好激動。我一直想加入主日學校的唱詩班，就像黛安娜那樣，但我怕這是我永遠得不到的榮耀。羅芮塔後來提早回家了，因為今天晚上白沙大飯店要舉辦盛大的音樂會，她姊姊要表演朗讀。她說，住在那間飯店的美國人為了替沙洛鎮的醫院募款，每兩星期就舉辦一次音樂會，邀請很多白沙鎮的居民朗讀，她以後應該也會上臺表演。我聽羅芮塔說這些的時候，一直用崇拜的眼神看著她。羅芮塔回家後，我和艾倫太太聊了很多。我把所有的事都告訴她了：湯瑪斯太太、雙胞胎、凱蒂・莫里斯和薇爾莉塔來到綠山牆之家，還有我老是學不會幾何。妳相信嗎，瑪莉拉？艾倫太太告訴我，她的幾何也很爛。她的話給了我好大的信心。我準備離開時，林德太太剛好來牧師館，妳知道她說了什麼嗎，瑪莉拉？學校理事會聘了一位新老師，而且是個女老師。她的名字是茉莉爾・史黛西，這名字是不是很浪漫？林德太太說，艾凡里的學校從來沒聘過女老師，她認為這個創舉太冒險，我倒覺得女老師挺棒的。真不知道我要怎麼撐過開學前的這兩星期，我已經等不及想見新老師了。」

第二十三章　愛面子的教訓

因為出了點意外，最後安妮等了超過兩星期才見到新老師。止痛藥蛋糕事件已經過了快一個月，這陣子安妮異常安分，沒有再惹出新麻煩，只犯了一些不值一提的小錯誤，像是一時恍神，把要倒進餵水桶餵豬的脫脂牛奶整鍋倒進儲藏室裝紗球的籃子，以及走路時顧著做白日夢，從圓木橋上跌進溪裡。可想而知，下一個大難臨頭的時刻已經不遠了。

去牧師館做客的一星期後，黛安娜舉辦了派對。

「參加的人都是經過挑選的，」安妮告訴瑪莉拉：「只有我們班的女孩子可以參加。」大家在派對上玩得很盡興，一切都非常順利。喝完茶後，她們移動到屋外的花園，因為玩膩了遊戲，一行人蠢蠢欲動，想來點更刺激的。最後，她們決定來玩「挑戰遊戲」。

艾凡里的孩子最近很流行挑戰遊戲。一開始只有男孩子會玩，但女孩子也很快搭上這股風潮。這年夏天，村裡的小孩因為挑戰遊戲做的蠢事多到能寫成一本書了。

凱莉．史隆率先向露比．吉利斯挑戰，賭她不敢爬上巴瑞家前門那棵高大的老柳樹。露比雖然很怕樹上又大又肥的綠毛毛蟲，也擔心萬一弄破新裙子，媽媽一定會大發雷霆，但她還是心一橫，敏捷地爬到了凱莉指定的高度，讓凱莉很沒面子。

喬西．派伊接著向珍．安德魯斯下戰帖，要她用左腳單腳跳繞花園一圈，既不能停下來，也不能讓右腳落地。珍毫不畏懼地接下挑戰，可惜她在第三個轉角就腿軟了，只能承認自己落敗。

安妮看不慣獲勝的喬西一副得意忘形的嘴臉，叫她踩上花園東側的木板柵欄一路走過去。要知道，「走」木板柵欄其實需要高超的技巧和出色的平衡感，比沒有嘗試過的人想像的還要困難。喬西雖然因為個性上的缺點而不受歡迎，但她至少有走柵欄的天分，加上後天反覆練習，磨練出絕佳才能。她一派輕鬆地沿著巴瑞家的柵欄行走，臉上傲慢的神情彷彿在說，這種簡單的小事根本不能算挑戰。其他女孩以前試著走上柵欄都嘗過不少苦頭，看到喬西完成這個壯舉，雖然百般不願意，也只能表示佩服。喬西跳下柵欄，神氣地對安妮投以輕蔑的眼神。

安妮不服氣地昂起頭。

「走這麼一小段柵欄也不是多厲害的事，柵欄根本沒多高。」她說。「我在瑪莉斯維爾認識一個女孩，她可以走在屋脊的橫梁上。」

「騙人。」喬西斷然回答。「我才不信有人可以走在屋脊上，就算真的有人可以，妳也不行。」

「妳又知道我不行？」安妮急躁地大喊。

「妳有膽的話就試試看啊。」喬西挑釁：「我要妳爬到巴瑞先生的廚房屋頂，從屋脊上走過去。」

安妮臉色一白，但她知道自己只有一條路可走。有一把梯子靠在廚房的外牆，可以通往屋頂，所有五年級的女孩看著安妮走向梯子，既興奮又害怕，發出「噢」的一聲驚嘆。

「安妮，不可以。」黛安娜苦勸：「從屋頂摔下來會死的。妳不要管喬西．派伊，叫別人做這麼危險的事根本沒道理。」

「我一定得做，否則我的名譽就不保了。」安妮嚴肅地說。「黛安娜，我不是成功走過屋脊，就是跌下來摔死，沒有拒絕挑戰的選項。如果我死了，我的珍珠戒指就留給妳。」

在眾人屏氣凝神的注視之下，安妮攀上梯子、爬到屋脊，在危險的立足點上取得平衡、挺直身子，然後開始往前走。安妮清楚意識到自己身在高得嚇人的地方，不禁一陣暈眩，更發現走屋脊的時候，連想像力也無法幫助她克服恐懼。儘管如此，她還是成功往前邁了幾步。緊接著災難發生了。安妮晃了一下、失去平衡，即使她踉踉蹌蹌地想站穩腳步，還是跌倒了。底下那群慌張的女孩還來不及發出驚恐的尖叫，她已經一路滾過被太陽晒得發燙的屋頂，滑過交錯糾纏的五葉紅葡萄藤，摔了下去。

安妮如果是從她爬上屋頂的這一側摔下來，黛安娜大概可以當場繼承她的珍珠戒指了。還好她是從另一側掉下來，那一側的屋頂延伸到門廊上方，屋簷比較低，大大減輕了撞擊力道。黛安娜和其他女孩狂奔到房子另一邊，只有露比像被釘在原地一樣動也不動，歇斯底里地大哭起來。她們趕到安妮身邊時，只見她全身癱軟，倒臥在屋瓦碎片和藤蔓殘骸中，臉上不見一絲血色。

「安妮，妳死了嗎？」黛安娜放聲尖叫，跪倒在她的朋友身邊：「噢，安妮，親愛的安妮，拜託妳出個聲也好，妳還活著嗎？」

安妮昏昏沉沉地坐起身，緊張的女孩們終於鬆了一口氣，喬西更是感到如釋重負。就算是沒什麼想像力的她，腦海剛才也浮現了可怕的景象：要是安妮．雪利死了，自己以後就得背負害她在小小年紀慘死的罵名。

「黛安娜，我沒死，我只是昏過去了。」安妮遲疑地回答。

「哪裡？」凱莉哭著問：「噢，妳撞到哪裡，安妮？」

安妮還來不及回答，巴瑞太太就趕到事發現場。安妮看到她，連忙想站起來，卻跌坐回地上，痛苦得大聲呻吟。

「發生什麼事？妳哪裡受傷了？」巴瑞太太問。

「我的腳踝。」安妮喘著氣說。「噢，黛安娜，請妳去找妳爸爸，拜託他帶我回家，我知道我沒辦法自己走路回去。珍都不能用單腳跳繞花園一圈了，我更不可能用一隻腳跳著回家。」

瑪莉拉在果園裡摘夏季蘋果時，看到巴瑞先生和巴瑞太太越過圓木橋往山坡上走來，兩人身後跟著一群小女孩。安妮被巴瑞先生抱在懷裡，她的頭無力地靠在巴瑞先生的肩上。

這一瞬間，瑪莉拉突然明白了什麼。恐懼像一把利刃猛然刺進她的內心深處，她才知道安妮對她而言有多重要。瑪莉拉之前承認自己喜歡安妮——不，是非常喜歡安妮——但直到這時她發狂似地跑下山坡，她才發現，安妮是這個世界上她最珍惜的人。

「巴瑞先生，安妮怎麼了？」瑪莉拉喘著氣問。一向冷靜自持的她此時臉色發白，無比驚慌。

安妮冷不防地抬起頭，自己回答了她。

「妳不要怕，瑪莉拉，我只是走在屋脊上不小心摔下來。我好像扭到腳踝了，可是瑪莉拉，要是運氣差一點，我搞不好已經摔斷脖子了，所以是不幸中的大幸。」

「我就知道讓妳參加派對，妳會做出這種蠢事。」鬆了一口氣的瑪莉拉忍不住痛罵。「巴瑞先生，麻煩帶她進屋子裡，把她抱到沙發上。我的天啊，這孩子居然暈倒了！」

沒錯，安妮因為受傷，又實現了一個願望。她痛到昏過去了。

在田裡收割農作物的馬修被緊急叫回來，立刻出門請醫生去了。醫生很快就趕來，經過診斷後，發現安妮的傷勢比大家想的更嚴重。安妮的腳踝骨折了。

這天晚上，瑪莉拉上樓來到東邊閣樓。臉色蒼白的安妮躺在房間床上，以憂傷的聲音對她說：

「妳不覺得我很可憐嗎，瑪莉拉？」

「妳是自作自受。」瑪莉拉一邊回答，一邊拉下百葉窗、點亮燈火。

「就是因為這樣，妳才該覺得我可憐呀。」安妮說。「我知道這都是我自作自受，所以才會這麼難過。要是我能把受傷的事怪到別人頭上，心情就不會這麼糟了。可是，瑪莉拉，要是有人挑釁妳，叫妳走屋脊，妳會怎麼做呢？」

「我會站在地上，他們想怎麼挑釁隨他們去。真是太可笑了！」瑪莉拉說。

安妮嘆了口氣。

「那是因為妳意志堅定啊，瑪莉拉，我就沒辦法像妳那樣。被喬西．派伊看不起，我真的很受不了，我要是不接受挑戰，她一定會恥笑我一輩子。瑪莉拉，我已經吃了很多苦頭，所以我希望妳不要生我的氣。昏倒的感覺一點都不好。醫生幫我接骨的時候，弄得我快痛死了。我有六、七個星期不能走路，所以也不能第一時間看到新老師。等我可以去上學的時候，她就不算新老師了，而且我的學習進度也會落後吉爾——落後全班很多。唉，我真的好命苦。但是，如果妳答應不生我的氣，我會試著勇敢面對這一切，瑪莉拉。」

「好啦、好啦，我沒生氣。」瑪莉拉說。「妳的確很倒楣，但就像妳說的，還有很多苦頭等著妳。來，吃點晚餐吧。」

「還好我的想像力很豐富。」安妮說。「我可以靠想像力順利度過這段無聊的日子。不知道沒有想像力的人如果骨折了，養傷的時候會做什麼打發時間。妳覺得呢，瑪莉拉？」

接下來的七個星期，安妮的確時常慶幸自己擁有出色的想像力，因為這段時間真的乏味極了。不過，幫助安妮排遣無聊的不只有想像力。許多村民都有來探望她，而且每天都至少有一位女同學帶著鮮花和書籍來探病，和她分享艾凡里的少年少女最近發生的大小事。

「大家人都好好喔，瑪莉拉。」這天，安妮終於可以稍微下床走動，她欣喜地感嘆：「只能待在床上雖然不是值得高興的事，但還是有好的一面呢，瑪莉拉。這樣一來，妳就會知道自己有多少朋友。居然連貝爾校長都來看我了，他真的是很棒的人。當然啦，我們倆沒有心靈相通，但我還是喜歡他。想到我之前批評他的禱告，就覺得很抱歉。我現在相信他其實有認真禱告，只是他習慣擺出一副無精打采的樣子，只要他肯下點工夫，就能克服這個缺點。我給了貝爾校長很明顯的暗示，我告訴他，我花了好多心思想出有趣的禱告詞。他也跟我說了他小時候摔斷腳踝的經過。想到貝爾校長以前也當過小孩，感覺好奇怪喔。就算是我，想像力也是有極限的，因為我就想像不出他是小孩的樣子。不管我怎麼努力想像，腦袋裡看到的還是他戴著眼鏡、留著灰色鬍子的模樣，就和他在主日學校的打扮一樣，只是個子變矮而已。比起貝爾校長，想像艾倫太太是小女孩的樣子就簡單多了。艾倫太太來探望我十四次耶，瑪莉拉，這很值得驕傲吧？牧師太太可是很忙的呢！艾倫太太來看我的時候，我都很開心。她從來不會說我骨折是自作自受，希望我記取教訓，當個乖小孩。林德太太每次來看我都會這麼說，但她的語氣總讓我覺得，雖然她希望我變成乖小孩，卻不認為我做得到。連喬西．派伊也有來看我。我盡可能客氣地招呼她，因為我想她很後悔當初叫我走屋脊。要是我真的死了，她會一輩子受良心譴責。黛安娜是個忠誠的朋友，她每天都有來陪我說話，讓我不那麼寂寞。話是這麼說，但等我回學校時，我一定會高興得不得了，因為我聽說新老師是個很有意思的人。所有女孩子都說老師是個大美人。黛安娜說，老師有一頭漂亮的金色捲髮和一雙迷人的眼睛，穿著打扮也很有品味，衣服的泡泡袖更是全艾凡里最大的。隔週的星期五下午，她會上朗讀課，要大家朗誦詩歌或表演話劇，光是想像就覺得好好玩喔！喬西．派伊說她討厭朗讀課，但那只是因為她缺乏想像力罷了。黛安娜、露比和珍正在準備下星期五的話劇表演，她們表演的劇本叫〈晨間訪客〉。沒有朗讀課的星期五，史黛西老師會帶同學去森林裡認識植物和鳥類。另外，每天早上和傍晚他們都會做體操。林德太太說，她從來沒看過哪個老師上這種奇怪的課，只有女老師會搞這些花樣。但我覺得這些活動聽起來棒極了，我相信史黛西老師一定能和我心靈相通。」

「有一點是確定的，安妮，」聽完安妮的分享，瑪莉拉回應：「妳從巴瑞家的屋頂摔下來，完全沒有傷到舌頭。」

第二十四章　籌備音樂會

安妮終於可以回學校上課了。時值十月，大地染上嫣紅與金黃，放眼望去盡是一片燦爛。秋高氣爽的早晨，山谷瀰漫淡淡的霧氣，紫水晶、珍珠、白銀、玫瑰、藍灰，色彩變幻多端，彷彿是秋天的精靈將薄霧注入山谷，等待陽光來驅散。田野上掛滿閃閃發亮的露珠，宛如一匹銀線織成的布。林木茂密的山谷堆積了厚厚的落葉，行經山谷時，總能聽到腳下的葉子發出鬆脆的窸窣聲響。橙黃的樹葉覆蓋樺樹小路的天空，路旁的蕨類已經乾枯轉成褐色。空氣中飄散的濃厚香氣讓上學路過的女孩神清氣爽、精神抖擻。看看那完全不像蝸牛的輕快腳步，便知道她們期待上學。安妮再次和黛安娜共用褐色小書桌，走道另一邊的露比·吉利斯向她點頭打招呼，凱莉·史隆遞上紙條，坐在後面的茱莉亞·貝爾傳來一塊樹脂「軟糖」，重新感受這一切的確讓人無比快活。安妮暢快地深吸一口氣，把鉛筆削尖，並將書桌上的圖卡排放整齊。生活果然充滿樂趣呢。

新來的史黛西老師成為安妮另一個良師益友。她是一位個性開朗、富同理心的年輕女子，擁有為人師長所需的特長，容易贏得學生的好感，喚醒他們內心乖巧善良的一面。在史黛西老師的薰陶之下，安妮如花朵般成長綻放。回到家後，她常常興高采烈地談論自己的學業表現和學習目標，馬修往往給予讚賞，瑪莉拉則是維持批判的態度。

「瑪莉拉，我打從心底喜歡史黛西老師。她好有氣質，嗓音也很甜美。她叫我的名字時，我的直覺告訴我，她一定有注意到我是「安妮」而不是「安」。我們今天下午有朗讀課，如果你們也能聽我唸〈蘇格蘭的瑪麗女王〉就好了。我把我的靈魂都投入朗讀中了。回家的路上，露比跟我說，我唸『為了拿起父王的武器，再會了，我的女人心』的時候，語氣震撼得讓她全身發冷喔。」

「真的啊，那妳這幾天可以在穀倉唸給我聽。」馬修提議。

「當然好，」安妮想了想，說道：「但我知道，我沒辦法唸得和在學校時一樣好。全校同學屏住呼吸、專注聽我朗讀的感覺好刺激，和在穀倉朗讀差多了，所以你聽了不可能全身發冷。」

「林德太太說，上星期五她在貝爾家的山丘看到有男孩子爬到大樹上找烏鴉的巢，她才嚇得全身發冷呢。」瑪莉拉說。「史黛西老師居然鼓勵學生做這種事，真是匪夷所思。」

「那是因為我們要做自然研究。」安妮解釋。「那天下午我們上野外生物課，野外生物課很有趣喔，瑪莉拉。不管是什麼事，史黛西老師都能解釋得生動又清楚。上完野外生物課要寫心得作文，我是全班寫得最好的。」

「自己說這種話未免太自大了，這應該讓老師來判斷。」

「可是老師**真的**這麼說呀，瑪莉拉。被老師稱讚我也沒有自大，我的幾何學這麼爛，要怎麼自大呢？不過，我最近有點搞懂幾何學了，因為史黛西老師講解得很清楚，但我還是不可能精通這門學問，想到這點我就不會自大了，妳可以放心。話說回來，我好喜歡寫作文。史黛西老師通常讓我們自己決定作文題目，但下星期我們會統一寫偉人的事蹟。要從這麼多了不起的人裡面選一個真的好難。成為了不起的人，死後還有人寫作文紀念妳，一定很棒吧？我也好想變成了不起的人喔。等我長大，我想當一位專業的護士，跟著紅十字會去戰場上救援受傷的人。不過，我的第一志願還是去國外傳教。當傳教士感覺好浪漫，但傳教士一定要非常善良，這對我來說太困難了。還有，我們每天都會做體操，不只能改善身材，也能促進消化道健康。」

「什麼促進不促進的，別鬧啦！」瑪莉拉真心認為這些都是不實際的花樣。

然而，比起史黛西老師十一月提出的驚人計畫，野外生物課、朗讀課和體操訓練只能算小巫見大巫。她打算和艾凡里學校的學生一起籌辦音樂會，預定聖誕節晚上在禮堂舉行，門票收入則用來為學校購置一面象徵加拿大的旗幟。所有學生都舉雙手贊成，立刻開始準備表演節目。在所有表演者中，最興奮的非安妮．雪利莫屬。雖然瑪莉拉認為舉辦音樂會的點子愚蠢透頂，相當反對這項計畫，但安妮的熱情完全不受影響，仍然全心全意投入籌備活動。

「整天想些沒意義的事，該讀書的時候也不好好讀書。」瑪莉拉抱怨。「我不贊成讓小孩子辦音樂會，三不五時跑去排練，這樣你們只會變得虛榮又冒失，還會養成貪玩的壞習慣。」

「但是我們的目標很有意義啊，瑪莉拉。」安妮辯解道。「旗子可以培養學生們的愛國精神。」

「少來！你們滿腦子只想著玩，根本沒人在意愛國精神。」

「可是，如果能結合愛國精神和玩樂，不是很好嗎？辦音樂會真的很有趣，我們要合唱六首歌，黛安娜會獨唱一首歌。我要演兩齣話劇，分別是《流言蜚語防制協會》和〈仙后〉，男生也有自己的話劇表演。我還要朗讀兩篇文章喔，瑪莉拉，一想到我就忍不住發抖，是因為興奮才發抖啦。最後一個節目是『信、望、愛』[34]的活人畫[35]，我、黛安娜和露比會穿白色長袍，披著長髮，我演的角色是『望』，到時我會握著雙手——像這樣——抬頭望著天空。我會在小閣樓練習朗讀，如果聽到我呻吟，請不要在意，因為其中一篇文章有痛苦呻吟的段落，要發出有美感的呻吟真的好難啊，瑪莉拉。喬西．派伊沒有拿到她想要的角色，所以臭著一張臉。喬西想當仙后，這真是太可笑了，有人看過像她這麼胖的仙后嗎？仙后不夠苗條可是不行的。扮演仙后的是珍．安德魯斯，我是演她的侍女。喬西說，紅髮仙女也沒比胖仙女好到哪去，但我才不在意她說的話。到時我會戴上白玫瑰花環，還會借露比的涼鞋來穿，因為我只有靴子。妳知道，仙女一定要穿涼鞋，妳能想像有仙女穿靴子嗎？而且是鞋尖包著銅片的靴子？我們要用插著粉紅色紙玫瑰的雲杉和冷杉枝條排成字裝飾禮堂。觀眾就座後，艾瑪．懷特會用簧風琴演奏進行曲，其他人就會兩兩一組列隊走進禮堂。噢，瑪莉拉，我知道妳不像我這麼期待音樂會，但妳難道不希望，妳的小安妮能讓大家刮目相看嗎？」

34 信、望、愛為基督教所強調的三種美德。

35 活人畫（tableau，源自法文tableau vivant）為一種靜態展演活動。穿著戲服的演員擺出相應姿勢，以重現文學作品、藝術作品或歷史事件的場景。

「我只希望妳好好守規矩。等這場鬧劇結束，妳終於可以靜下心來的時候，我一定高興得不得了。妳現在滿腦子都是話劇、呻吟、活人畫，什麼事都做不好。妳嘮叨了這麼久，舌頭竟然不會累，真是奇蹟啊。」

安妮嘆了口氣，走到後院。西邊蘋果綠的天空中掛著一彎新月，月光透過葉子掉光的白楊樹流瀉而下。馬修在院子裡砍柴，安妮找了塊木頭坐下，和他說起音樂會的事。她知道，至少馬修會了解她，也能以欣賞的態度聆聽她的話。

「嗯，我想音樂會一定會很精彩，妳的表演也會很順利的。」馬修笑咪咪地低頭看著安妮熱切活潑的小臉蛋，安妮也對他報以微笑。他們倆是最要好的朋友。馬修常常慶幸，教導安妮不是自己要煩惱的事，而是瑪莉拉必須一肩扛起的責任。如果是由他來管教，他一定會因為心疼安妮，頻頻陷入天人交戰的窘境。照現在的責任歸屬，他才能盡情地「寵」安妮（瑪莉拉總是這樣數落他）。不過，這樣的安排也不是什麼壞事，畢竟，一點「欣賞」有時就和耳提面命的「教導」一樣有效。

第二十五章　馬修的聖誕禮物

十二月某個寒冷陰暗的傍晚，馬修熬過緊張不安的十分鐘。他走進廚房，坐在堆放柴火的箱子上脫厚重的靴子，沒發現安妮和同學在起居室排練〈仙后〉的話劇表演。過了一會，那群女孩有說有笑地穿過走廊來到廚房。她們沒有看到馬修，因為怕生的他已經躲到柴火箱後面的暗處。他一手拎著靴子，一手拿著脫靴器，就這樣整整躲了十分鐘，害羞地看著她們一邊戴帽子、穿外套，一邊討論表演和音樂會。安妮站在那群女孩之中，和其他人一樣，眼睛炯炯有神、充滿活力，但馬修驚覺，安妮和她的同學似乎有哪裡不一樣。馬修不太放心，他隱約覺得這個差異似乎不應該存在。安妮的臉龐散發比其他人更活潑靈動的氣質，眼睛更大、更閃亮，五官也更加精緻，就連內向、遲鈍的馬修都能注意到，但讓他感到不對勁的卻不是這些差異。那麼，到底是哪裡不一樣呢？

女孩們手挽著手，沿著路面結冰的漫長小路離開了，安妮也去念書了，馬修還在苦苦思索這個問題。他不能找瑪莉拉討論，因為瑪莉拉一定只會冷哼一聲，說安妮和其他女孩的唯一差別，就是別人有時會閉上嘴巴，但她的嘴巴永遠停不下來。馬修心想，這個問題瑪莉拉恐怕幫不上忙。

當天晚上，馬修為了刺激思緒，又拿出了菸斗，瑪莉拉看了不禁露出厭惡的表情。經過兩小時的吞雲吐霧和冥思苦想，馬修終於得出了答案。安妮的衣服和其他女孩不一樣！

馬修越是深入思考，就越是確定，安妮打從來到綠山牆之家，穿的衣服就一直和別的女孩不同。瑪莉拉給安妮做的衣服都是樸素黯淡的顏色，樣式也一成不變。馬修對服裝時尚一竅不通，但他很確定，安妮的袖子和其他女孩的看起來完全不一樣。他回想起傍晚在安妮身旁的那些同學，每個人都穿著鮮豔亮麗的衣服，紅色、藍色、粉色、白色都有。馬修不禁納悶，為什麼瑪莉拉總是讓安妮穿得這麼簡單樸素？

當然，這個做法一定是正確的。瑪莉拉永遠是對的，而且教養安妮是她的責任，她這麼做，應該自有難以理解的深刻用意。但是，給安妮一件黛安娜．巴瑞平常穿的那種漂亮洋裝，也不是什麼壞事。馬修決定就這麼辦，這一定不算擅自插手安妮的教育，所以瑪莉拉不會反對。離聖誕節只剩兩星期，漂亮的新衣服當禮物正合適。馬修心滿意足地長吁一口氣，收起菸斗回房睡覺，瑪莉拉則連忙打開所有的門將菸味排出去。

馬修決定要盡快解決棘手的事，於是隔天傍晚就出發去卡莫地買洋裝。他深知，這個考驗不是普通的嚴酷。有些商品馬修很了解，殺起價來也精明得很，但這次是買女孩的洋裝，他只能任由店家擺布了。

經過一番深思熟慮，馬修決定不去威廉．布雷爾的店，改去山謬．羅森的店。卡斯柏家一向只去布雷爾的店，這個習慣幾乎就像加入長老教會和支持保守黨，已經成了不可違背的道德原則。問題是，威廉．布雷爾的兩個女兒常常來顧店，馬修怕她們怕得要命。如果他清楚知道自己要買什麼，可以用手指出來，還能設法和她們打交道。但是，買洋裝需要向店家說明來意、徵求意見，馬修認為必須找個只會有男人站櫃檯的商店，於是他決定去羅森的店，那裡顧店的不是山謬，就是他兒子。

這下糟了！馬修不知道，其實山謬最近擴大營業規模，請了他太太的姪女來站櫃檯。這位女店員是個時髦又熱情的年輕小姐，梳著誇張的龐巴度髮型，一大卷頭髮垂在額頭上方，一雙棕色大眼骨碌碌地轉，還掛著令人無法招架的燦爛微笑。她穿著最時尚的服裝，戴了好幾只手鐲，雙手一有動作，手鐲就跟著叮噹作響、閃閃發光。馬修一進店門，看到女店員站在那裡，完全反應不過來，店員手上晃動的手鐲更是一下子讓馬修的腦袋亂成一團。

「有什麼能為你服務的嗎，卡斯柏先生？」露希拉．哈里斯小姐雙手輕拍櫃檯桌子，愉快且討好地招呼馬修。

「你們有……有……有……呃，花園用的耙子嗎？」馬修結結巴巴地說。

哈里斯小姐看起來有點驚訝，這也難怪，任誰聽到有人想在天寒地凍的十二月中旬買耙子，都會有這種反應。

「耙子應該還有一、兩枝，」她說。「但是放在樓上的雜物間，我去找一下。」

馬修趁著哈里斯小姐離開的空檔，整理自己混亂的思緒，準備再試一次。

哈里斯小姐拿著耙子回來了，她爽朗地問：「還需要什麼嗎，卡斯柏先生？」馬修鼓起勇氣回答：「嗯，既然妳都說了，那我就……買……我是說……看一下……買一點……一點乾草籽。」

哈里斯小姐曾聽說馬修．卡斯柏是個怪人，但她現在確定了，馬修不只是怪而已，他根本是腦袋有問題。

「乾草籽只有春天才有。」她傲慢地說。「這裡現在沒有存貨。」

「喔，當然……當然……妳說得對。」馬修懊惱地回答，抓著耙子就要離開，到了門口才想起還沒付錢，又尷尬地折回來。哈里斯小姐清點零錢時，馬修擠出僅存的所有力量，做最後一搏。

「呃……如果不會太麻煩妳……我想要……那個……我想看……看一下……砂糖。」

「白糖還是紅糖？」哈里斯小姐耐著性子問。

「喔……呃……紅糖。」馬修有氣無力地說。

「紅糖的話，那裡有一桶。」哈里斯小姐伸手指向裝著紅糖的桶子，手鐲跟著不停晃動。「我們只有那種紅糖。」

「那我……我要九公斤。」馬修的額頭冒出豆大的汗珠。

直到駕車回家的途中，馬修才逐漸恢復理智。這趟購物之旅嚇得他魂飛魄散，但他認為這是自己活該，誰叫他破壞了規矩，走進平常不會光顧的店家。回到家後，馬修將耙子藏進工具間，糖則交給了瑪莉拉。

「紅糖！」瑪莉拉驚呼：「你瘋了不成？買這麼多紅糖幹麼？你也知道，我只有煮傑利的燕麥粥和做黑水果蛋糕才會用紅糖，傑利已經辭職了，蛋糕也早就做好了。再說，這紅糖的品質也不好，又粗又黑，威廉．布雷爾通常不會賣這種糖啊。」

「我……我想說哪天可能會用到。」馬修順利蒙混了過去。

馬修仔細思考後，認為需要找個女人來幫忙。瑪莉拉就不用說了，他很確定，瑪莉拉聽了他的點子，一定會立刻潑冷水。剩下的人選就只有林德太太了，因為除了她，馬修不敢向艾凡里的任何婦女尋求建議。於是馬修去找了林德太太，熱心助人的她馬上接手了這個讓馬修煩惱不已的計畫。

「幫你挑一件洋裝給安妮？當然沒問題。我明天會去卡莫地，可以順便處理。你對洋裝款式有什麼想法嗎？沒有？好，那我就自己挑了。典雅的深棕色應該挺適合安妮的，威廉·布雷爾的店最近剛好進了一些漂亮的絲毛薄綢。要不要我順便把洋裝做好？不然交給瑪莉拉做，安妮可能會提早發現，驚喜就沒了。嗯，就交給我吧。不會，一點都不麻煩，我本來就愛做針線活。洋裝的版型我會照我的外甥女珍妮·吉利斯的身材剪，她和安妮的體型簡直一模一樣。」

「真是太謝謝妳了。」馬修說。「還……還有……我不知道該怎麼說……但我想……我覺得現在的袖子和以前長得不太一樣了。如果不會太麻煩，我……我想請妳把袖子做成新的款式。」

「你說泡泡袖嗎？當然好。你儘管放心吧，馬修，我會依照最新的造型來做這件洋裝。」林德太太說。馬修離開後，林德太太忍不住自言自語：

「終於能看到那可憐的孩子穿得像樣點，真是太高興了。瑪莉拉給她穿的衣服實在荒謬極了，就是這麼回事。我好幾次都巴不得直接告訴瑪莉拉，但我還是忍下來了，因為我看得出來，她不會接受建議。就算她根本沒生養過孩子，還是覺得自己比我更了解孩子的教育。這世界就是這個樣子。養過小孩的人都明白，世界上沒有一種教育方式可以套用在所有孩子身上，但沒有養過孩子的人就會覺得，教小孩像套數學公式一樣簡單明瞭，只要依樣畫葫蘆地計算，就能得出正確答案。問題是，人心和算術完全是兩回事，這就是瑪莉拉．卡斯柏沒有考慮到的。我猜她讓安妮穿樸素的衣服，是為了幫助安妮培養謙虛的美德，但這麼做反而容易養成忌妒和不滿足的心態。我敢說，那孩子絕對感覺得出自己的衣服和別人的有落差。馬修居然注意到了這個問題，真不敢相信！他六十多年來都是一副迷迷糊糊的樣子，現在總算清醒了。」

接下來的兩星期，瑪莉拉一直知道馬修有心事，卻猜不到是什麼，直到聖誕節前一晚，林德太太送新洋裝過來，才真相大白。瑪莉拉得知後，表現得還算冷靜得體。林德太太告訴她，洋裝之所以由她製作，是因為馬修擔心要是交給瑪莉拉，安妮很快就會發現，不過這套委婉說詞，瑪莉拉大概沒有採信。

「原來馬修這兩星期一副神祕兮兮的樣子，還常常自個兒傻笑，就是為了這個呀？」瑪莉拉的語氣雖然有點嚴肅，但她沒有生氣。「我就知道他偷偷做了什麼蠢事。老實說，我不覺得安妮還需要更多洋裝。我秋天就給她縫了三件溫暖耐穿的洋裝，再多就是浪費了。我看這袖子的布料都夠做一件上衣了。馬修，你只是在助長安妮的虛榮心，她已經像孔雀一樣虛榮啦。好吧，但願這樣安妮就滿意了。雖然她只提過一次，但我知道，打從這種不實用的袖子開始流行，她就一直想要得不得了。這些泡泡袖越做越大、越來越荒謬，現在已經和氣球一樣大了，到了明年，穿泡泡袖衣服的人進門都要側著走了。」

聖誕節的晨曦照耀美麗的白色世界。今年十二月天氣溫和，大家以為聖誕節不會有雪，但前一夜飄了點雪，正好足夠讓艾凡里煥然一新。安妮欣喜地從結霜的閣樓窗戶望向屋外。幽靈森林的冷杉樹裹上鬆軟的雪；白樺樹和野櫻桃樹宛如鑲滿了珍珠；翻過土的田野布滿一條條積雪的淺坑；空氣中瀰漫宜人的清爽氣息。安妮唱著歌跑下樓，歌聲在綠山牆之家處處迴盪。

「瑪莉拉，聖誕快樂！馬修，聖誕快樂！多麼美麗的聖誕節呀，白色聖誕真是太棒了，沒有下雪就不像聖誕節了，對吧？我就不喜歡綠色聖誕，那明明不是綠色，只有褪色的褐色和灰色，看起來好醜，為什麼大家要說沒有下雪的聖誕節是綠色聖誕呢？天……天啊，馬修，那是給我的嗎？噢，馬修！」

馬修羞怯地打開包裝紙，將洋裝交給安妮，心虛地瞥了瑪莉拉一眼。瑪莉拉雖然假裝不屑，但心裡其實相當感興趣，她一邊將水倒進茶壺，一邊以眼角餘光偷偷觀察馬修和安妮。

安妮接過洋裝，一臉崇敬地安靜端詳。噢，多麼美麗的洋裝——柔軟的棕色絲毛薄綢散發絲綢般的溫潤光澤；裙襬添加精巧的波浪邊和抽褶設計；上衣縫了做工精細、款式新潮的細褶，領口還有輕薄的蕾絲製成的荷葉邊裝飾。不過袖子才是最搶眼的！兩邊的七分袖各有兩段美麗的泡泡袖，泡泡袖中間以抽褶隔開，並繫上棕色絲帶打成的蝴蝶結。

「這是給妳的聖誕禮物，安妮。」馬修靦腆地說。「怎……怎麼了，安妮？妳不喜歡嗎？哎呀，哎呀。」

馬修會這麼說，是因為安妮的雙眼突然湧出了淚水。

「**喜歡**！噢，馬修！」安妮將洋裝擱在椅子上，握起雙手。「馬修，這洋裝太精緻、太完美了。噢，不管我怎麼謝謝你都不夠。看看這袖子！噢，這一定是一場美夢。」

「好啦、好啦，先吃早餐吧。」瑪莉拉打岔：「我得說，我覺得妳其實不需要這件洋裝，安妮，但既然馬修都送給妳了，妳要好好珍惜啊。林德太太留了一條綁頭髮的緞帶給妳，緞帶是棕色的，正好可以搭配洋裝。快來坐下吧。」

「我吃不下早餐了。」安妮欣喜若狂地說。「在這麼令人激動的時刻，早餐實在太普通了，我更想好好欣賞洋裝。幸好泡泡袖還很流行，要是在我有泡泡袖洋裝前，它就退流行了，這會變成我永遠的遺憾。到時就算可以穿上泡泡袖，我也不可能像現在這麼滿足了。林德太太對我真好，還送了我緞帶。我真該做個一百分的好孩子。每當這種時候，想到自己不是模範女孩，我就覺得很抱歉，也會下定決心，以後一定要當個模範女孩。可是不知道為什麼，只要有難以抗拒的誘惑出現，就很難實踐我的決心。不過從今天開始，我真的會加倍努力的。」

吃過普通的早餐後，黛安娜出現了。她穿著緋紅的阿爾斯托大衣，雀躍地走過溪谷裡積著白雪的圓木橋。安妮匆匆跑下山坡和她會合。

「聖誕快樂，黛安娜！噢，今年聖誕節真是太幸福了。我有很棒的東西要給妳看，馬修送了我好漂亮的洋裝，袖子真的**太美了**。我想像不出比它更棒的禮物了。」

「我也有東西要給妳。」黛安娜氣喘吁吁地說。「來，就是這個盒子。約瑟芬姑婆寄了一個大包裹給我們，裡面裝了好多東西，這個是給妳的。我其實想昨天晚上拿過來，但包裹是天黑後才到，現在晚上走幽靈森林，我老是覺得害怕。」

安妮打開盒子看向裡面。首先映入眼簾的是一張卡片，上面寫著「給安妮，聖誕快樂」，然後是一雙精美的羔羊皮涼鞋，鞋尖繡著珠子，還有綢緞蝴蝶結和閃亮的扣環。

「哇，」安妮驚嘆：「黛安娜，這鞋子太漂亮了，我一定是在做夢。」

「我覺得這叫上帝的恩賜。」黛安娜說。「太好了，這樣妳就不用借露比的涼鞋了。她的鞋子尺寸比妳的大兩號，仙女拖著鞋子走路不好看，喬西．派伊看了一定會笑妳。我跟妳說，前天晚上排練結束後，羅伯．萊特和葛蒂．派伊一起走路回家耶！妳有聽過這麼有趣的事嗎？」

艾凡里的學生今天全都亢奮不已，大夥兒布置完禮堂，又進行了最後一次大彩排。音樂會在晚上正式登場，演出大獲成功。小小的禮堂擠滿了觀眾，所有表演者也都表現得十分優秀，但誰都比不過安妮這顆最耀眼出眾的星星，就連忌妒的喬西．派伊也無法否認這一點。

「今天晚上真的好棒喔，對吧？」安妮說。音樂會結束後，她和黛安娜在星光熠熠的漆黑夜空下一起走回家。

「一切都很順利。」黛安娜的感想非常實際。「我想我們一定有賺到十元。我跟妳說，艾倫先生打算寫一篇報導，投給沙洛鎮的報社。」

「哇，黛安娜，我們的名字真的會登在報紙上嗎？想想就好興奮喔！黛安娜，妳的獨唱太精彩了。臺下觀眾喊安可的時候，我比妳還要驕傲，我對我自己說：『大家喝彩的那個人就是我親愛的知心密友。』」

「大家聽了妳的朗讀也是拍手叫好呢，安妮。那首悲傷的詩妳唸得太棒了。」

「我那時很緊張呢，黛安娜。艾倫先生喊我的名字時，我真的不知道我是怎麼走上臺的。我覺得臺下有一百萬隻眼睛盯著我，一道道銳利的視線穿過我的身體，在那可怕的一瞬間，我覺得我根本開不了口。但是我想到我的泡泡袖，就鼓起了勇氣，因為我得拿出好表現，才對得起這漂亮的袖子，黛安娜。接著我就開始朗讀，但我的聲音好像是從很遙遠的地方傳來，我覺得自己活像一隻鸚鵡。幸好我常常去小閣樓練習，不然我一定會搞砸。我的呻吟聽起來還可以嗎？」

「很好，非常感人。」黛安娜回答。

「我回座位的時候，看到史隆老太太在擦眼淚。想到我的表演感動了別人，感覺真好。在音樂會表演好浪漫呀，對不對？這真是個難忘的夜晚。」

「男生的話劇也很精彩，對不對？」黛安娜說。「吉爾伯特．布萊斯表現得特別好。安妮，我真的覺得妳這樣對吉爾太過分了。先聽我說完，〈仙后〉的表演結束後，妳從舞臺上跑下來，頭上有一朵玫瑰掉了下來，我看到吉爾把它撿起來，放進胸前的口袋，就是這麼回事。妳是個這麼浪漫的人，一定會覺得高興吧。」

「那個人做什麼都不重要。」安妮高傲地說。「我不會浪費時間想他的事，黛安娜。」

這天晚上是瑪莉拉和馬修二十年來第一次參加音樂會。安妮上床睡覺後，他們倆在廚房火爐前坐了一會。

「我覺得我們安妮是今天表現最好的。」馬修自豪地說。

「我也這麼想。」瑪莉拉坦率地回應：「她是個聰明的孩子，馬修，而且她今天看起來好可愛。雖然我之前有點反對舉辦音樂會，但看來我的擔心是多餘的。總之，今晚我為安妮感到驕傲，雖然我不會跟她說就是了。」

「嗯，我也以她為榮，她上樓前我就告訴她了。」馬修說。「我們得想想該怎麼栽培安妮了，瑪莉拉，艾凡里學校很快就不夠她學習了。」

「這件事還有時間慢慢考慮。」瑪莉拉說。「她三月才滿十三歲。話是這麼說，我今晚卻突然覺得她長大好多。林德太太把洋裝做得長了點，讓安妮看起來特別高。她腦袋聰明、學得快，我想我們能做的最好安排就是以後送她去女王學院，但這件事一兩年後再開始討論也不遲。」

「這個嘛，偶爾先想一下也沒壞處。」馬修說。「這種事多多考慮總是好的。」

第二十六章　故事俱樂部成立

音樂會落幕之後，艾凡里的青少年難以回到往常單調乏味的生活，其中就屬安妮最不能適應。過去幾星期以來，她品嘗著刺激的絕妙滋味，相比之下，現在的一切顯得極度平淡、無聊且缺乏目標。她是否能回到音樂會前那段遙遠的日子，滿足於平凡生活的樂趣呢？就像她對黛安娜說的，一開始她真的認為自己做不到。

「黛安娜，我非常確定，我的生活再也不可能像從前一樣了。」安妮語調感傷，彷彿她說的是五十多年前的往事。「也許過一段時間我就會習慣了。音樂會好像會讓人不能適應日常生活，瑪莉拉之前不贊成辦音樂會，可能就是擔心這點。瑪莉拉真是個理智的人。當個理智的人應該會好得多吧，不過我也不是真心想當理性的人，因為他們很不浪漫。林德太太說我不可能變理性，但這種事誰說得準呢？我現在就覺得我長大後可能會變理性，但這也許只是因為我太累了。我昨天晚上躺了很久都沒睡著，一直回想音樂會的盛況。這種活動可以成為美麗的回憶，這就是它的好處。」

儘管如此，艾凡里學校的生活最終還是回到了日常軌道，學生也重新關注起過去的活動。然而，音樂會確實留下了些許影響。露比．吉利斯和艾瑪．懷特再也不一起坐了，她們之前因為舞臺座位的問題吵得不可開交，持續三年的美好友誼也宣告破裂。喬西．派伊和茱莉亞．貝爾整整三個月沒和對方說話，因為喬西告訴蓓希．萊特，茱莉亞在臺上朗讀時，蝴蝶結在頭上晃來晃去，看起來像一隻搖頭晃腦的雞，結果蓓希跑去和茱莉亞說了這件事。史隆和貝爾兩家的孩子鬧翻了，因為貝爾家指控史隆家分到太多表演節目，史隆家則反譏貝爾家分到的節目那麼少，竟然還表演不好。除此之外，穆迪．司布真．麥弗森說安妮．雪利只不過朗讀得好一點，就自以為了不起，查理．史隆聽了氣不過，和穆迪大打出手，穆迪三兩下就被查理撂倒了，穆迪的妹妹艾拉梅也因此整個冬天都不和安妮說話。撇除這些微不足道的摩擦，在史黛西老師治理的小小王國中，一切都規律順暢地運行著。

冬天轉眼就來到尾聲。這個冬天異常溫暖，很少下雪，安妮和黛安娜幾乎每天都能走樺樹小路上學。安妮生日這天，她們輕快地沿著樺樹小路前進，一邊聊天，一邊觀察、聆聽周遭。史黛西老師之後要大家寫一篇以「冬日林間漫步」為題的作文，所以她們必須保持敏銳，留意森林景物。

「想想看，黛安娜，我今天就滿十三歲了。」安妮驚嘆：「真不敢相信我已經是青少年了。早上起床時，我覺得一切一定都不一樣了。妳比我早一個月滿十三歲，我想這對妳來說應該沒那麼新奇了。到了十三歲，生活感覺更有趣了。再過兩年我就是大人了，那時我就可以自由自在地用文謅謅的詞彙，不會被別人取笑，想想就好開心。」

「露比．吉利斯說，她滿十五歲就要馬上找一個男朋友。」黛安娜說。

「露比滿腦子都是交男朋友。」安妮不屑地說。「每次有人把露比和男生的名字寫在一起，她都假裝生氣，但明明就很開心。糟糕，我講了她的壞話。艾倫太太說，我們不可以說別人的壞話，但壞話很容易就脫口而出，對吧？我一講到喬西．派伊，就忍不住想批評她，所以我乾脆就不提她了，妳可能有注意到。我很努力想變得跟艾倫太太一樣，因為她太完美了，艾倫先生也這麼想。可是林德太太說，艾倫先生對自己的妻子太痴情了，堂堂一位牧師不該這麼迷戀一個凡人。可是，黛安娜，牧師也是人，他們和大家一樣都有自己容易犯的罪。上星期天下午，我和艾倫太太針對常犯的罪做了很有趣的討論。適合在星期天討論的話題不多，這就是其中一個。我常犯的罪就是太愛幻想，忘了自己該做的事。我一直努力想克服這點，現在我已經十三歲了，說不定我之後真的能改掉這個壞習慣。」

「再過四年，我們就可以把頭髮盤起來了。」黛安娜說。「艾莉絲．貝爾才十六歲，就開始梳大人的髮型，真是荒謬。我會等到十七歲再盤頭髮。」

「要是我的鼻子和艾莉絲的一樣歪，」安妮毫不猶豫地說。「我才不會——等等！我不能再說下去了，這樣我又說了別人的壞話。而且我還拿艾莉絲的鼻子和自己比較，這就是虛榮心在作怪。自從聽到別人誇我的鼻子，我就一直想起鼻子的事，因為受到稱讚真的讓我很高興。哇，黛安娜，妳看，是兔子耶！這可以當做森林作文的題材。我覺得冬天的森林完全不輸夏天的森林。冬天的森林一片潔白，樹木一動也不動，它們好像睡著了，正在做美麗的夢呢。」

「寫這篇作文我是不介意。」黛安娜說，嘆了口氣。「描寫森林不是大問題，但下星期一要交的那篇作文實在太可怕了。史黛西老師居然要我們自己編故事！」

「為什麼？這不是很簡單嗎？」安妮說。

「妳會覺得簡單，是因為妳有想像力。」黛安娜反駁：「生來就沒有想像力的人要怎麼辦？妳的作文應該寫完了吧？」

安妮點點頭，她拚命想藏住洋洋得意的表情，卻澈底失敗了。

「我星期一晚上就寫完了，我的故事名字是〈嫉妒的情敵，又名：至死不分離〉。我把故事念給瑪莉拉聽，她說我在胡言亂語，後來我唸給馬修聽，他說我寫得很好，我比較喜歡馬修的評論。那是個悲傷又唯美的故事，我邊寫邊哭，簡直哭得像小孩一樣。故事的主角是兩位美麗的少女，珂蒂莉亞．蒙莫朗西和潔拉汀．西摩，她們住在同一個村莊，是感情深厚的朋友。珂蒂莉亞氣質高雅，有著午夜般的黑髮和閃亮的黑眼睛；潔拉汀像女王般高貴，有著金絲般的耀眼秀髮，和一雙含情脈脈的紫色眼睛。」

「我從來沒看過有人的眼睛是紫色的。」黛安娜懷疑地說。

「我也沒看過，那是我想像出來的，我想加入一點奇特的東西。潔拉汀還有雪花石膏般的前額，我終於知道『雪花石膏般的前額』是什麼了，這也是滿十三歲的好處，妳懂的東西會比十二歲時多很多。」

「那麼，珂蒂莉亞和潔拉汀後來怎麼樣了？」黛安娜對她們的命運產生了興趣。

「她們兩個漸漸長大，出落得越來越美，而且感情一直很好。十六歲那年，伯特倫．德維爾來到這兩個女孩住的村子，和美麗的潔拉汀墜入愛河。那時潔拉汀的馬失控了，拉著馬車亂衝亂撞，是伯特倫救了她一命。她昏倒在伯特倫懷裡，伯特倫抱著她走了五公里，把她送回家——妳知道的，因為馬車被撞爛了。我在求婚的情節遇到瓶頸，我沒有被求婚的經驗，所以想像不出來。我問露比知不知道男人怎麼求婚，畢竟她有好幾個姊姊已經結婚了，我想她應該是這方面的專家。露比說，麥肯·安德魯斯向她姊姊蘇珊求婚時，她躲在走廊旁邊的儲藏室偷聽。麥肯告訴蘇珊，他已經繼承了他爸爸的農場，接著又說：『親愛的寶貝，我們這個秋天就結婚，好嗎？』蘇珊回答：『好啊……不，我不知道……讓我想想……』然後他們就訂婚了。我覺得那種求婚有點不浪漫，所以到頭來我還是得自己想像。我盡力編出了最棒的求婚情節，華麗又優美，伯特倫還單膝下跪，雖然露比說現在求婚不流行單膝下跪了。潔拉汀接受了求婚，還說了整整一頁的感言。寫她的感言費了我好大的工夫，我重寫了五次才完成這部傑作。伯特倫是個大富豪，他送給潔拉汀一只鑽戒和一條紅寶石項鍊，還要帶她去歐洲度蜜月。但是，唉，他們未來的人生道路逐漸烏雲密布。其實，珂蒂莉亞偷偷愛慕著伯特倫，所以潔拉汀說她和伯特倫已經訂婚時，珂蒂莉亞非常憤怒，看到項鍊和鑽戒，更是氣得火冒三丈，她對潔拉汀的愛也轉成強烈的憎恨。她發誓絕對不會讓潔拉汀嫁給伯特倫，但表面上還是跟潔拉汀維持朋友關係。某天傍晚，珂蒂莉亞和潔拉汀站在一座橋上，橋下的河水波濤洶湧，珂蒂莉亞以為周遭沒有人，就伸手把潔拉汀推下橋，還狂妄地嘲笑落水的潔拉汀，殊不知全被伯特倫看到了。伯特倫一個箭步跳進河裡，大喊：『我來救妳了，我最親愛的潔拉汀。』唉，他一時心急，忘了自己不會游泳，最後他和潔拉汀緊緊抱著彼此溺死了。他們的遺體很快就被沖上岸，被人們葬在同一座墳中，還舉行了隆重莊嚴的葬禮呢。比起婚禮，用喪禮做為故事結局浪漫多了。至於珂蒂莉亞，她因為太過自責，最後瘋了，被關進精神病院。我覺得這個懲罰非常有詩意。」

「太感人了！」黛安娜忍不住感嘆，她也是馬修那一派的評論家。「安妮，妳怎麼能想出這麼精彩的故事呀？真希望我的想像力跟妳一樣豐富。」

「只要妳認真鍛鍊，想像力就會變好。」安妮鼓勵她。「我剛剛想到了一個計畫，黛安娜。我們兩個來組故事俱樂部，一起練習寫故事吧。在妳能自己編出故事前，我會幫妳的。妳知道，我們應該好好培養想像力，史黛西老師就是這麼說的，只不過我們必須用對方法。我跟老師說過幽靈森林的事，她說我們那時就是用錯方法了。」

這就是故事俱樂部誕生的契機。俱樂部成立時只有黛安娜和安妮，但很快就有新成員，包括珍．安德魯斯、露比．吉利斯，以及另外一兩位想培養想像力的女同學。俱樂部禁止男生加入——雖然露比主張有男孩子會更好玩——此外，每位成員每星期都要發表一篇故事。

「故事俱樂部真的很有趣。」安妮告訴瑪莉拉。「每個女孩都要朗讀自己的故事，大家聽完後會一起討論。我們打算好好保存我們寫的故事，傳承給後代子孫。每個人都用筆名創作，我的筆名是蘿莎蒙德．蒙莫朗西。大家的表現都不錯。露比．吉利斯很感性，她的故事加了太多戀愛情節，妳也知道，戀愛情節寫得太多比太少還糟糕。珍和露比相反，她從來不寫愛情故事，她說把那種故事唸出來很尷尬。珍的故事都非常理性。黛安娜的故事充滿了謀殺案。她說自己常常不知道怎麼處理那些角色，所以乾脆把他們殺了。通常都是我幫她們出主意，告訴她們可以寫什麼，這對我來說一點都不難，因為我的點子數都數不完。」

「這個寫故事活動實在愚蠢透頂。」瑪莉拉嗤之以鼻地說。「妳們都浪費時間想些沒意義的東西，不去用功讀書。讀故事就夠糟糕了，寫故事還得了。」

「可是我們的故事都有融入道德寓意。」安妮解釋。「這是我定下的規則。好人都會獲得回報，壞人都有受到適當的懲罰，我相信這麼做可以教育讀者。故事最重要的就是它的道德寓意，艾倫先生是這麼說的。我唸了一篇故事給艾倫先生和艾倫太太聽，他們都說我的故事寓意深遠，但他們老是在不該笑的地方笑出來，我比較希望我的故事可以讓別人感動落淚。每次我唸到悲傷的段落，珍和露比幾乎都會掉眼淚。黛安娜寫信給她的約瑟芬姑婆時，有提到我們的俱樂部，她的姑婆說希望我們寄一些故事給她，所以我們謄了四篇寫得最好的作品寄過去。後來約瑟芬．巴瑞女士回信了，她說她這輩子從來沒讀過這麼好笑的故事。我們不太懂為什麼她會這麼說，因為我們選的都是非常悲傷的故事，幾乎所有角色都死了。不過巴瑞女士喜歡就好，這表示我們的俱樂部對世界有點貢獻。艾倫太太說，不管做什麼事，都要以幫助社會為目標。我很努力把這個當成我自己的目標，但我玩耍的時候，就常常忘得一乾二淨。我希望我長大後，可以更像艾倫太太一點。妳覺得我有機會嗎，瑪莉拉？」

「坦白說，我覺得機會不大。」瑪莉拉的回答非常「鼓舞人心」。「艾倫太太小時候一定不像妳這樣迷迷糊糊，整天做蠢事。」

「是這樣沒錯，但艾倫太太也不是一開始就像現在這麼完美。」安妮嚴肅地說。「這是她自己告訴我的，她小時候是個搗蛋鬼，三不五時就闖禍。我聽了之後都振作起來了。瑪莉拉，我聽說別人以前不守規矩、愛惡作劇，反而覺得受到鼓勵，這樣很不好嗎？林德太太說我這樣很不好。她說，每次她聽到別人做過壞事都非常震驚，不管那人犯錯時年紀有多小都一樣。林德太太以前聽過一位牧師在懺悔時說，他小時候曾經從姑姑的儲藏室偷了一塊草莓塔，從那之後，林德太太就不再尊敬那位牧師了。我就不會那麼想。我反倒覺得，那位牧師願意承認自己的錯誤是非常高尚的行為，他的經歷也能給調皮搗蛋的男孩子很大的信心。但是，一想到這也代表那些男孩以後可能會當牧師，我就忍不住同情他們。我是這麼想的，瑪莉拉。」

「安妮，我現在是這麼想的，」瑪莉拉說。「妳該去把碗盤洗一洗了，妳已經多講半小時以上啦，請把工作做完再閒聊。」

第二十七章　虛榮與憂愁

四月下旬的一天傍晚，瑪莉拉結束援助協會的會議走回家。她發覺冬天的腳步已經離去，一股雀躍的心情油然而生。無論年紀大小、心境悲喜，人人都能體會春天帶來的喜悅悸動。瑪莉拉不習慣分析自己的思緒和情緒，她大概以為自己是在想援助協會、募款箱和為教堂祭衣室換新地毯的事，但在這些表面的想法之下，她的心底其實對周圍景物產生了和諧愉快的感受。斜陽下的紅土田野冒出淡淡的紫色霧氣，冷杉樹拉長的尖影落在小溪對岸的草地，綴滿緋紅蓓蕾的楓樹靜靜環繞著森林裡明鏡般的池水。世界逐漸甦醒，在灰色土壤之下，蓬勃的生命力正在脈動。春天的足跡遍布大地每個角落，那原始卻深刻的喜悅讓瑪莉拉冷靜嚴謹的步伐變得輕盈迅捷。

綠山牆之家掩映在樹林之間，一扇扇窗戶在陽光的照耀之下，反射出燦爛光輝。瑪莉拉小心地沿著泥濘的小路行走，深情的目光注視著綠山牆之家。想到家裡有燃燒的爐火和已經上桌的晚餐等著她，她便感到十分滿足。在安妮來到綠山牆之家前，每次結束援助協會的會議回到家，家裡總是一片冷清。

因此，當瑪莉拉進了廚房，發現火爐一片漆黑，安妮也不見蹤影時，她會感到失望和惱火也是理所當然。她明明叮囑過安妮五點要把晚餐準備好，現在她只能趕快換掉她第二好的裙子，自己張羅晚餐，不然在田裡耕種的馬修就快回來了。

「等安妮小姐回來，我再跟她算帳。」瑪莉拉板著臉說。她用刻刀使勁削著引火柴，像在發洩自己的怒氣。馬修已經回來了，他坐在平常習慣坐的角落，耐心地等待晚餐。「她一定又和黛安娜跑出去閒晃，寫故事、練話劇，淨做些無聊事，都不注意時間，也不想想自己該做的工作，不好好罵她一頓不行。就算艾倫太太說安妮是她看過最聰明可愛的孩子，我也不在乎。她或許是聰明可愛，但她滿腦子古怪念頭，你永遠不知道她下次會闖什麼禍，好不容易解決一個，下一個又馬上冒出來。這下好了！我現在說的話跟瑞秋．林德今天在援助協會說的一模一樣。那時我聽了實在很火大，好在艾倫太太有替安妮說話，不然我一定會忍不住在大家面前對瑞秋說出不客氣的話。安妮的確有很多缺點，這我不否認，但負責管教她的是我，不是瑞秋．林德。天使加百列要是也住艾凡里，我看瑞秋也會挑祂的毛病。但不管怎麼說，我明明交代安妮今天下午看家，她就不能把工作丟著跑出門。我得說，雖然她有很多缺點，我以前也不覺得她不聽話、不能信任，結果她現在卻做這種事，真的讓我很失望。」

「這個嘛，我不太清楚。」耐心又明智的馬修認為，最好讓瑪莉拉自由發洩怒火。他肚子餓了，想趕快吃飯，多年的經驗告訴他，只要別選瑪莉拉在忙的時候跟她唱反調，她就能盡快完成手上的工作。「妳可能太快下定論了，瑪莉拉。在妳確定安妮真的沒有聽話之前，先別說她不能信任。說不定她能把這件事解釋清楚，畢竟她最擅長解釋了。」

「我叫她留在家，但她人就不在這兒。」瑪莉拉反駁：「光憑**這點**，她就很難解釋到我滿意。我知道你一定會站在她那邊，馬修，但負責管教她的是我，不是你。」

晚餐煮好時，天已經黑了，這時安妮照理應該從圓木橋或戀人小徑趕回來，跑得氣喘吁吁，因為疏忽自己的本分而一臉慚愧才對，但她還是沒有出現。瑪莉拉沉著臉將碗盤清洗乾淨、收拾整齊後，準備下去地窖一趟，於是上來東邊閣樓拿平常放在安妮桌上的那根蠟燭。她點亮蠟燭後，轉身準備離開，赫然發現安妮趴在床上，臉埋在枕頭堆裡。

「天啊！」瑪莉拉嚇了一大跳。「妳是睡著了嗎，安妮？」

「沒有。」安妮的聲音隔著枕頭傳來。

「妳身體不舒服嗎？」瑪莉拉走到床邊，著急地問。

安妮把臉埋進枕頭的更深處，似乎想從此消失在眾人眼前。

「沒有。瑪莉拉，拜託妳別過來，也不要看我。我已經陷入絕望的深淵，誰得第一名、誰的作文是全班最好的、誰加入了主日學校的唱詩班，我都不在乎了。現在那些小事一點都不重要，因為我再也不能出門了，我的人生就到此為止了。求求妳，瑪莉拉，請妳離開房間，不要看我。」

「怎麼回事？」瑪莉拉困惑極了，她問：「安妮．雪利，妳到底怎麼啦？妳做了什麼嗎？馬上起來跟我說清楚。我叫妳馬上起來。很好，發生什麼事了？」

安妮乖乖下了床，看起來一臉絕望。

「妳看我的頭髮，瑪莉拉。」她低聲說。

瑪莉拉舉起蠟燭，仔細打量安妮披散在背上的濃密頭髮，頭髮的外觀的確非常不對勁。

「安妮．雪利，妳對妳的頭髮做了什麼？為什麼頭髮是**綠的**？」

說安妮的頭髮是綠色也不太對，因為這個顏色太過詭異，難以用現有的顏色定義區分——這是一種古怪陰暗、帶著青銅色調的綠，中間還夾雜著幾縷原本的紅髮，營造出恐怖的視覺效果。瑪莉拉這輩子從來沒看過這麼怪異的東西。

「對，是綠的。」安妮哽咽地說。「我本來以為紅頭髮已經是最醜的了，但我現在發現，綠頭髮比紅頭髮還醜上十倍。啊，瑪莉拉，妳不知道我有多難受。」

「我不知道妳是怎麼把自己搞成這樣的，但我想了解一下。」瑪莉拉說。「這裡太冷了，我們先去廚房，妳再告訴我妳做了什麼。我最近一直在想，妳應該又要做出什麼怪事了。妳已經超過兩個月沒闖禍，也差不多是時候了。所以，妳對妳的頭髮做了什麼？」

「我染了頭髮。」

「染！妳染頭髮！安妮．雪利，妳不知道染頭髮很要不得嗎？」

「嗯，我知道。」安妮承認：「我仔細考慮過了，瑪莉拉，我想說只要能擺脫紅頭髮，做點壞事也值得。我打算在其他方面好好努力來彌補。」

「就算是這樣好了，」瑪莉拉嘲諷地說。「我要是決定染頭髮，起碼也會挑好看一點的顏色，我就不會想染成綠色。」

「我也不想染成綠色啊，瑪莉拉。」安妮哀怨地辯解：「如果我要做壞事，也會做些有意義的壞事啊。他說那瓶染髮劑可以把我的頭髮染成漂亮的黑色，還再三跟我保證一定會成功。我怎麼能懷疑他呢，瑪莉拉？我懂被別人懷疑的感覺。艾倫太太也說，除非我們有證據，不然就不能懷疑別人的話。我現在有證據了，綠頭髮就是最好的證據，可是我那時沒有證據，所以他說的話我就完全相信了。」

「『他』說？妳說的『他』是誰？」

「下午來這裡的小販，染髮劑就是跟他買的。」

「安妮．雪利，我說過多少次了，絕對不可以讓那些義大利人進來家裡！我根本不想要他們靠近這裡。」

「噢，我沒有讓他進門。我沒有忘記妳說的話，所以我走了出去，站在臺階上看他賣的東西，也小心地把門關好了。而且他不是義大利人，是德國猶太人。他有一個大箱子，裡面裝了好多有趣的東西。他說他努力工作賺錢，就是為了接在德國的太太和小孩過來一起生活。他講到家人時的語氣好深情，我聽了很感動，所以想買點東西，幫助他實現這個高尚的目標。就在那個時候，我看到了一瓶染髮劑。那個小販保證，那瓶染髮劑可以把所有顏色的頭髮都染成美麗的黑色，碰到水也不會掉色。聽他這麼說，我的腦海馬上浮現我的頭髮烏黑亮麗的模樣，我真的抵擋不了那個誘惑。染髮劑要七十五分錢，但我只有五十分錢。那個小販很好心，他說看我們兩個有緣，就用成本價五十分賣給我，所以我就買了。小販一走，我就來樓上，照著說明書用一枝舊髮刷把染髮劑塗到頭髮上。我把整瓶染髮劑用完後，噢，瑪莉拉，然後我看到頭髮變成這可怕的顏色，我馬上就後悔了。我不應該做壞事的，我從那時就一直懺悔到現在。」

「我希望妳能記取教訓，以後不要再犯，」瑪莉拉嚴厲地說。「也希望妳知道愛慕虛榮會有什麼下場了，安妮。我還真不知道這染髮劑要怎麼處理。妳先去把頭髮好好洗一洗，看看會不會有效吧。」

安妮照著瑪莉拉的建議去洗了頭髮。她用肥皂和清水拚命地搓洗頭髮，結果只是把原本的紅髮洗得更亮而已。不論小販說的其他話再怎麼令人懷疑，染髮劑洗不掉這點倒是真的。

「噢，瑪莉拉，我該怎麼辦？」安妮哭著說。「我準備丟臉丟一輩子了。大家差不多都忘了我以前犯過的錯——止痛藥蛋糕、害黛安娜喝醉、衝著林德太太發脾氣，但他們永遠不會忘記這件事，還會覺得我品行不端，看不起我。噢，瑪莉拉，『當我們開始欺瞞，謊言的網就逐漸糾纏』[36]，這句詩詞說的是事實。噢，喬西．派伊一定會笑我！瑪莉拉，我沒臉見她了。我是愛德華王子島最不幸的女孩。」

安妮的不幸持續了一星期。這段期間她哪裡也沒去，每天都在家洗頭髮。只有黛安娜知道這個重大的祕密，她信誓旦旦地保證絕對不會洩漏出去，而她也確實遵守了承諾。過了一星期，瑪莉拉果決地說：

「這樣下去不是辦法，安妮。染髮劑真的洗不掉，除了剪掉頭髮，沒別的辦法了。妳不能頂著這個頭出門。」

安妮聽了，雙脣忍不住顫抖，但她體認到，瑪莉拉說的話雖然殘酷，卻是不爭的事實。她發出一聲悲涼的嘆息，去拿了剪刀。

「瑪莉拉，長痛不如短痛，請妳一刀把頭髮剪了吧。噢，我覺得我的心碎了，這種苦難一點都不浪漫。書裡的女孩剪頭髮不是因為生病，就是要賣頭髮籌錢做善事。如果我剪頭髮

---

36 出自十八世紀末浪漫主義代表作家華特．史考特（Sir Walter Scott）的史詩"Marmion"。

的原因和她們一樣，我才不會這麼難過。因為頭髮染壞才剪掉，我一點也不覺得安慰。如果不會干擾妳，剪頭髮的時候我想好好哭一場，這真是太悲慘了。」

安妮悲切地哭了起來。之後上樓照鏡子時，她已經絕望得心如死水，反倒顯得十分平靜。瑪莉拉把染壞的部分都修剪掉了，因此安妮的頭髮變得非常短。就算以最含蓄的方式形容，這個髮型也稱不上美觀。安妮立刻將鏡子轉向牆壁。

「在頭髮變長之前，我再也不想看到自己了！」她悲憤地大喊。

下一秒，她卻突然將鏡子轉了回來。

「不行，我一定得看，我要用這個方式贖罪。每次走進房間，我都要照鏡子，看看我有多醜，而且還不能靠想像來逃避現實。我以為我討厭自己的紅頭髮，現在才發現，我其實對自己的頭髮感到得意，雖然它是紅的，但是又長又捲又濃密。看來下一個出事的就是我的鼻子了。」

星期一安妮以短髮造型在學校亮相，引起一陣轟動。所幸，沒有人猜到她剪頭髮的真正原因，就連喬西．派伊也沒有，但喬西還是嘲笑了她一番，說她看起來活像一個稻草人。

「喬西笑我的時候，我什麼話也沒說。」當天晚上，安妮向瑪莉拉描述了上學發生的事。瑪莉拉因為又頭痛了，所以躺在沙發上休息。「我想這也是懲罰的一部分，應該要好好忍耐。被說長得像稻草人我真的很受傷，很想回嘴，但還是忍住了。我只有不屑地瞪了喬西一眼，就原諒她了。原諒別人時，會覺得自己很正直，對不對？從今以後，我會全心全意努力做個善良的人，不會再想著要變漂亮了。善良一定比漂亮更好，這我知道，但有時就算知道，還是很難相信。我想變成一個善良的人，瑪莉拉，就像妳、艾倫太太和史黛西老師一樣，讓妳以我為榮。黛安娜說，等我的頭髮長一點，可以在頭上纏一條黑絲絨緞帶，在側邊綁一個蝴蝶結，她說應該會很適合我。我是不是說太多話了呢，瑪莉拉？會不會害妳頭更痛了？」

「我現在已經好些了，下午頭真的痛得很厲害。我的頭痛越來越嚴重了，之後該去看一下醫生。至於妳，我是不介意妳吱吱喳喳，因為我已經很習慣了。」

瑪莉拉這麼說，言下之意就是她喜歡聽安妮喋喋不休。

第二十八章　落難的百合少女

「妳一定要演依蓮，安妮。」黛安娜說。「我真的不敢坐船漂下去。」

「我也是。」露比．吉利斯說著，忍不住打了個冷顫。「如果是和大家一起坐在船上漂下去，我倒是可以。那樣很好玩。但要我裝死躺著……我做不到，我會真的被嚇死。」

「這樣是很浪漫沒錯。」珍．安德魯斯承認：「但我一定沒辦法安靜躺在船上。我大概每過一分鐘就會坐起來一次，看我漂到哪裡、有沒有漂過頭。這樣效果就沒了，安妮。」

「可是紅頭髮的依蓮太可笑了吧。」安妮沮喪地說。「坐船漂下去我是不怕，我也很想演依蓮，但這樣行不通的。依蓮應該讓露比來演，露比皮膚白，還有漂亮的金色長髮。妳們也知道，依蓮『一頭亮麗的金髮流瀉而下』[37]。依蓮就是百合少女，所以紅頭髮的人不能演百合少女。」

「妳的皮膚和露比一樣白呀。」黛安娜認真地說。「而且妳剪頭髮之後，髮色變深很多喔。」

「噢，真的嗎？」安妮大聲問，臉上立刻綻放喜悅的光彩。「我有時也覺得我的髮色變

---

37 出自丁尼生詩作〈國王之歌〉（*The Idylls of the Kings*）中的「蘭斯洛與依蓮」（"Lancelot and Elaine"）。依蓮是亞瑟王傳說中的人物，愛上圓桌騎士蘭斯洛，因戀情未果，最後憂鬱而死。依蓮死後，遺體被放入船中，漂流到了卡美洛（Camelot），即亞瑟王宮廷的所在地。

深了，但我一直不敢問別人，我怕別人說是我想太多。黛安娜，妳覺得現在這顏色算紅棕色了嗎？」

「算呀，而且我覺得很漂亮。」黛安娜說，她看著安妮俏麗柔順的捲髮，以及頭上優雅的黑絲絨緞帶和蝴蝶結，露出讚賞的目光。

這四個女孩站在果園坡下方的池塘邊。這裡有一小塊陸地從岸邊凸向水面，陸地邊緣環繞著白樺樹，尖端有一座木製小平臺，供漁夫和狩獵野鴨的人上下船使用。盛夏時節的這天下午，露比、珍和黛安娜相約一起玩耍，安妮也過來加入她們。

這個夏天，安妮和黛安娜幾乎都在池塘一帶玩耍。悠閒野居已經成為過去式，因為今年春天貝爾先生整頓牧場時，無情地將那片小樹林夷為平地。安妮雖然能感受到這個情境下的浪漫氣氛，還是忍不住跌坐在殘留著樹墩的荒地上哭泣。但她很快就振作起來了，畢竟就像她和黛安娜說的，年滿十三、即將邁向十四歲的大女孩已經不適合扮家家酒這種幼稚的遊戲。池塘邊有更引人入勝的娛樂在等著她們。在橋上釣鱒魚刺激又有趣，安妮和黛安娜也學會了划巴瑞先生獵鴨子用的平底小船。

演依蓮的故事是安妮的主意。愛德華王子島的教育局長將丁尼生[38]的詩列為英文課的指定讀物，所以她們去年冬天學了這位詩人的著作。在課堂上，她們探討文字、分析語法，把整部作品拆解得支離破碎，都不像個有意義的故事了，但至少美麗的百合少女、圓桌騎士蘭

38 阿爾弗烈德．丁尼生（Alfred Tennyson），維多利亞時代的英國桂冠詩人。

斯洛特、闍妮薇王后和亞瑟王在她們心中成了栩栩如生的人物。安妮甚至因為自己不是誕生在卡美洛宮廷，偷偷感到惋惜不已。她說，那個久遠的年代比現在浪漫多了。

安妮的提議受到熱烈歡迎。她們發現，如果將小船從這個碼頭推出去，船會順著水流通過橋下，最後停在池塘下游轉彎處凸出來的另一塊陸地。她們常常搭船順流而下，用這個方法演出依蓮的故事再方便不過了。

「好吧，那我演依蓮。」安妮最終無奈地妥協了。雖然她很高興能飾演主角，但在她的審美觀念中，演員必須具備與角色相符的特質，而她因為外型限制，註定無法勝任依蓮的角色。「露比，妳演亞瑟王，珍演闍妮薇，黛安娜就是蘭斯洛特了，但妳們要先扮成依蓮的哥哥和爸爸。我們得刪掉啞巴老僕人的角色，因為依蓮要躺在船上，船載不下第二個人。依蓮的船要鋪滿純黑的錦繡，黛安娜，我們需要妳媽媽那條舊的黑色披肩。」

黛安娜把披肩拿來，安妮將披肩鋪在船上，接著躺下來，閉上雙眼，雙手交疊在胸前。

「啊，她看起來好像真的死了。」露比看著白樺樹搖曳的陰影下、安妮那張蒼白沉靜的臉龐，緊張地悄聲說。「大家，我覺得有點害怕。我們是不是不應該演戲？林德太太說演戲是很邪惡的行為。」

「露比，這種時候別提林德太太。」安妮嚴肅地說。「妳這樣會破壞戲劇效果，現在的時間是幾百年前，林德太太根本還沒出生。珍，剩下的事就交給妳了。依蓮已經死了，再開口說話就太荒謬了。」

珍臨機應變的能力相當卓越。雖然沒有能覆蓋安妮的金絲布，但她們找到一條日本縐材質的黃色舊鋼琴罩能完美替代。這個季節沒有白百合花，她們摘了一朵藍色鳶尾花放到安妮手中，效果也不賴。

「安妮準備好了。」珍說。「現在我們要親吻她平靜的額頭。黛安娜，妳要說『妹妹，永別了』，露比，妳說『別了，親愛的妹妹』，盡量表現得悲傷一點。安妮，詩裡的依蓮『躺著，彷彿在微笑』，拜託妳稍微笑一下吧。這樣好多了。好了，把船推出去吧。」

小船被推離碼頭，雖然船身擦撞到一根繫船用的舊木樁，仍順利漂了出去。等到小船順著水流往橋的方向前進，黛安娜、珍和露比就匆匆穿過樹林、橫越主要道路，到下游的那塊陸地上，扮成蘭斯洛特、關妮薇和亞瑟王，等待載著百合少女的船抵達。

在最初的幾分鐘內，安妮順著水流緩緩漂浮，沉醉在浪漫的氛圍中。接著，一點也不浪漫的突發狀況出現了。水開始滲進小船，不過一會兒，依蓮就被迫起身，抓著金絲布和黑色錦繡，呆楞地看著水不斷從船底的巨大裂縫湧進來。原來碼頭那根尖銳的木樁把釘在船身的扣板扯掉了。安妮不知道進水的原因，但她很快就意識到自己身陷險境。照這樣下去，船一定會在漂到陸地之前沉沒。船槳在哪裡？居然被留在碼頭上了！

安妮發出一聲驚駭的尖叫，但沒有人聽見。她雖然嚇得臉色發白，連嘴唇也沒了血色，卻依然沉著鎮定。她知道自己有一次死裡逃生的機會——只有這麼一次。

「我那時嚇得要命。」隔天她向艾倫太太這麼說。「船裡的水每分每秒都在上升，小船感覺要好幾年才會漂到橋下。艾倫太太，我那時非常誠懇地祈禱，但祈禱時我沒有閉上眼，因為我知道，上帝拯救我的唯一方法就是讓船漂得離橋墩近一點，我才能爬上去。妳知道，橋墩其實都是樹幹做的，上面有很多樹瘤和殘留的樹枝。在那種時候，祈禱當然是對的，但我很清楚，我也必須做好自己能做的事，注意周遭的狀況。我不停唸著：『親愛的上帝啊，請讓船靠近橋墩，剩下的我會自己看著辦。』在那種情況下，我不可能還想著要講出華麗的禱告。但上帝還是回應了我的請求，小船不偏不倚地碰到一座橋墩，橋墩上還有一大段殘留的樹枝。我把鋼琴罩和披肩掛到肩膀上，踩上了那段樹枝。艾倫太太，我抱著滑溜溜的老橋墩，往上也不是，往下也不是。那個姿勢很不浪漫，但我那時管不了這麼多。我才剛逃過被淹死的命運，根本不會在意自己看起來浪不浪漫。爬上橋墩後，我馬上禱告感謝上帝的幫忙，然後就專心地緊緊抱著橋墩，因為我知道，我大概得等別人來救我，才能回到岸上。」

平底船才漂過橋下，就沉入水中。已經在下游的陸地等待的露比、珍和黛安娜目睹小船消失在眼前，以為安妮也跟著沉下去了。突如其來的悲劇嚇得她們臉色一白，三人一時之間動彈不得，呆立在原地。接著，她們放聲尖叫，發狂似地奔跑著穿過樹林，經過主要道路時，也沒有停下來往橋的方向看一眼。安妮拚命在危險的立足點上穩住自己，看到她們狂奔的身影，也聽到她們的尖叫。救援很快就會來了，但她現在的姿勢非常不舒服，恐怕撐不了多久。

時間一分一秒流逝，對不幸的百合少女來說，每一分鐘都像一個小時那麼漫長。怎麼都沒有人來？那些女孩跑去哪了？她們該不會全昏倒了？難道永遠不會有人來救她了嗎？要是她的手腳累到抽筋了，再也撐不住，該怎麼辦？安妮望著下方險惡幽深的綠色池水，細長油滑的暗影波動起伏，她不由得打了個冷顫。她的想像力開始向她展示各式各樣的可怕發展。

安妮覺得手臂和手腕痛得讓她再也忍不下去了。就在這時，吉爾伯特．布萊斯划著哈蒙．安德魯斯的船來到了橋下！

吉爾伯特抬起頭，驚訝地發現一張蒼白的小臉不屑地俯視著他，那雙灰色大眼充滿恐懼，卻又混雜著輕蔑。

「安妮．雪利！妳怎麼會在這種地方？」吉爾伯特忍不住驚呼。

他沒有等安妮回答，就將船划向橋墩，對安妮伸出手。安妮別無選擇，只能抓住吉爾伯特．布萊斯的手，爬進平底船。安妮滿身髒水，抱著溼答答的披肩和鋼琴罩，氣沖沖地在船尾坐了下來。在這種情況下，要保持尊嚴實在太難了！

「發生什麼事了，安妮？」吉爾伯特一邊問，一邊拿起船槳。

「我們在演依蓮的故事。」安妮冷冷地說，完全不看她的救命恩人一眼。「我要躺在小船上，漂到卡美洛。後來船進水了，我就爬到橋墩上。其他女孩去找人幫忙了。可以麻煩你載我到碼頭嗎？」

熱心的吉爾伯特載著安妮到碼頭，安妮不願意讓吉爾伯特扶她上岸，一個箭步自己跳了上去。

「非常謝謝你。」安妮傲慢地扔下這句話，轉身就要離開。吉爾伯特這時也跳上岸邊，抓住安妮的手臂。

「安妮，」他匆忙地說。「聽我說，我們不能當朋友嗎？我當時不該嘲笑妳的頭髮，我真的很抱歉。我不是故意要惹妳生氣，只是想開個玩笑。再說，那已經是好久以前了，我覺得妳現在的頭髮非常漂亮——我是說真的。我們做朋友吧，好嗎？」

有一瞬間，安妮猶豫了。在她憤怒的自尊心之下，一種從未有過的奇妙心情甦醒了。吉爾伯特那雙綠褐色眼睛流露出羞澀又熱切的神情，讓她忍不住想多看一眼。她的心跳加快，有種不可思議的感覺。然而，過往的委屈和憤恨立刻堅定了她動搖的決心。兩年前的情景閃過她的腦海，一切歷歷在目，彷彿就發生在昨天。吉爾伯特叫她「紅蘿蔔」，更害她在全校面前蒙受屈辱。在其他人或年紀大一點的人眼中，她怨恨吉爾伯特的原因和心情可能都非常可笑，即使如此，這股恨意似乎沒有隨著時間流逝而淡化。她恨吉爾伯特．布萊斯！她永遠不會原諒他！

「不，」安妮冷冰冰地回答。「我永遠不會和你當朋友，吉爾伯特．布萊斯，我也不想和你當朋友！」

「好啊！」吉爾伯特跳上小船，臉頰因為憤怒漲得通紅。「我不會再要妳跟我做朋友了，安妮．雪利，反正我也不在乎！」

吉爾伯特氣沖沖地快速划船離開了，安妮也走上楓樹夾道、蕨類遍布的陡峭小路。她的頭抬得高高的，心裡卻不知怎地感到後悔，幾乎希望自己剛才給吉爾伯特不同的答案。沒錯，以前吉爾伯特狠狠地羞辱了她，可是……經歷一連串的混亂，安妮現在只想坐下來好好大哭一場。剛才的恐懼和奮力求生的疲憊向她襲來，讓她精疲力盡。

安妮在半路遇到珍和黛安娜，她們正要衝回池塘，幾乎陷入了狂亂的狀態。原來她們三人跑去果園坡求救，卻發現巴瑞先生和巴瑞太太都不在家。露比開始變得歇斯底里，珍和黛安娜只好將她留在那裡平復情緒，兩人獨自穿過幽靈森林、越過小溪，一路飛奔到綠山牆之家，結果那裡也沒有人，因為瑪莉拉去了卡莫地，馬修則在田裡晒乾草。

「啊，安妮，」黛安娜緊緊抱住安妮，還不停喘著氣，如釋重負的喜悅淚水奔湧而出。「啊，安妮……我們以為……妳……溺水了……我們覺得……妳會死……都是我們害的……因為是我們要妳……扮成依蓮。露比驚嚇到歇斯底里……噢，安妮，妳怎麼逃出來的？」

「我爬上了橋墩。」安妮疲倦地解釋：「吉爾伯特．布萊斯剛好划著安德魯斯先生的船經過，就把我載回岸邊。」

「噢，安妮，吉爾伯特真是太棒了！好浪漫啊！」氣喘吁吁的珍好不容易吐出一句話。「妳之後一定會跟他說話了吧。」

「我才不會。」安妮突然有了力氣，大聲駁斥：「還有，我不想再聽到『浪漫』這個詞了，珍．安德魯斯。真的很對不起，讓妳們受了這麼大的驚嚇，這都是我的錯。我這個人一定是天生倒楣，我不管做什麼事，都會把我自己或最親愛的朋友捲入麻煩。我們把妳爸爸的船弄沉了，黛安娜，我有預感我們以後再也不能來池塘划船了。」

安妮的預感真的應驗了。下午的災難曝光後，巴瑞家和卡斯柏家的大人全都嚇壞了。

「安妮，妳**到底**會不會有學聰明的一天？」瑪莉拉忍不住埋怨。

「喔，我會學聰明的，瑪莉拉。」安妮樂觀地回答。她在東邊閣樓痛哭了一場後，沉浸在撫慰人心的寧靜之中，已經冷靜下來，恢復平常快活的神態。「我覺得我變理智的機會比以前高了。」

「我看不出來。」瑪莉拉說。

「這個嘛，」安妮解釋：「我今天學到了寶貴的一課。我來綠山牆之家後一直在犯錯，每個錯誤都幫我改掉了嚴重的缺點。紫水晶胸針的事教會我不該亂動別人的東西；幽靈森林的事教會我要控制自己的想像力；止痛藥蛋糕的事教會我下廚時不能粗心大意；染頭髮的事教會我不要有虛榮心。我已經不在意我的頭髮和鼻子了——至少我最近很少想到它們。今天的事教會我別老是想追求浪漫。我得出了我的結論，想在艾凡里當個浪漫的人是不會成功的。在好幾百年前的卡美洛城堡，當個浪漫的人應該很容易，但現在浪漫已經沒有人重視了。我想妳很快就能看到更理性的我了，瑪莉拉。」

「但願如此。」瑪莉拉顯然不太有信心。

馬修一直沉默地坐在他的角落，瑪莉拉離開廚房後，他走到安妮身邊，將手放在安妮的肩上。

「別完全放棄妳的浪漫啊，安妮。」馬修靦腆地輕聲說。「一點浪漫是好事——當然不能太多——但要保留一點浪漫，安妮，保留一點浪漫。」

第二十九章　永生難忘的旅行

九月一天黃昏，安妮沿著戀人小徑將牛群從屋子後面的牧場趕回家。紅寶石般的夕陽餘暉充滿樹林中的缺口和空地，也灑落在小徑上，但小徑大部分的路段因為有楓樹遮蔽，已經顯得昏暗。澄澈的紫色暮光注滿冷杉樹下方的空間，有如純淨的美酒。晚風拂過冷杉樹梢，這颯颯風聲是世界上最動聽的音樂。

牛隻悠閒地走在小徑上，安妮漫不經心地跟著牠們，一遍又一遍大聲背誦傳奇史詩《馬米恩》的戰爭篇章，這首詩也是去年冬天在英文課學的，史黛西老師規定學生要把詩背熟。安妮一邊朗誦，一邊興奮地感受詩歌迅猛奔騰的氣勢，以及字裡行間的刀光劍影。當她唸到「頑強的士兵堅守不屈，密集的長矛陣如幽暗森林」，陶醉地停下腳步、閉上眼睛，想像自己也是其中一位堅守防線的英勇士兵。再睜開眼時，她看到黛安娜從通往巴瑞家田野的大門走出來，一副得意洋洋的模樣。安妮立刻明白黛安娜有重要的消息要告訴她，但她決定不要表現出很想知道的樣子。

「黛安娜，今天傍晚像不像一個紫色的夢？我覺得活著真好。每天早上，我總是覺得早上就是一天最美的時候，但到了傍晚，我就覺得傍晚更迷人。」

「今天傍晚很漂亮。」黛安娜說。「不過，安妮，我有一件大事要告訴妳。讓妳猜猜看，妳有三次機會。」

「夏綠蒂・吉利斯最後決定在教堂結婚，艾倫太太請我們布置教堂！」安妮大聲說。

「不是。夏綠蒂的未婚夫不贊成，因為還沒有人在教堂辦過婚禮[39]，而且他覺得把婚禮辦在教堂看起來太像葬禮。太可惜了，不然在教堂辦婚禮一定很好玩。妳再猜一次。」

「珍的媽媽答應讓她辦生日派對？」

黛安娜搖搖頭，靈動的黑眼眸散發歡快的氣息。

「我真的猜不到。」安妮無奈地投降了。「除非妳要說昨晚禱告會結束，穆迪・司布真・麥弗森送妳回家。真的有嗎？」

「才沒有呢！」黛安娜氣憤地大聲說。「就算他真的送我回家，我也不想炫耀，那個討厭的傢伙！我知道妳猜不到。我媽媽今天收到約瑟芬姑婆的信，姑婆要妳和我下星期二進城，去她家住個幾天，一起去逛博覽會。就是這樣！」

「噢，黛安娜，」安妮聽了，幾乎站不穩了，還得靠在一棵楓樹上。她低聲說：「這是真的嗎？可是我擔心瑪莉拉不會讓我去。她一定會說她不贊成我到處亂跑。上星期她就是這麼說的。那時珍邀我一起坐馬車去白沙大飯店聽美國人辦的音樂會，我本來想去，但瑪莉拉說我和珍都應該留在家讀書。黛安娜，我真的好失望。我因為太傷心，睡覺前也不想禱告了，但我後來覺得很抱歉，所以半夜又爬起來禱告。」

「聽我說，」黛安娜說。「我們請我媽媽去跟瑪莉拉說，這樣她比較有可能讓妳去。如

---

39 當時北美洲的新教徒多在自家舉行婚禮。

果瑪莉拉答應了，那就太棒了，安妮。我還沒去過博覽會呢，每次聽其他女生講去博覽會的事，我都羨慕得要命。珍和露比已經去過兩次了，她們今年還要再去。」

「在我知道能不能去之前，我絕對不會想旅行的事。」安妮堅決地說。「要是我先想了這件事，結果不能去，我一定會受不了那種失望的感覺。不過，如果真的可以去，我的新外套剛好能趕在出發前做好，真是太棒了。其實瑪莉拉覺得我不需要新外套，她說舊的那件還能再穿一個冬天，我已經有一件新洋裝，應該要滿足了。那件洋裝很漂亮唷，黛安娜——它是深藍色的，設計也非常時髦。現在瑪莉拉幫我做的洋裝都是流行款式，她說她不想再讓馬修去麻煩林德太太了。我真的很開心。穿著時尚的衣服，當個乖小孩就簡單多了，至少對我來說是這樣，我想對天生善良的人來說應該沒什麼差別。但是馬修堅持要給我一件新外套，所以瑪莉拉買了一匹漂亮的藍色絨布，請卡莫地一位真正的裁縫師幫我做外套。外套星期六晚上就會做好了，我很努力不去想像我星期天穿新衣、戴新帽走過教堂走道的樣子，我怕想這些事是不對的，但我有時還是會忍不住想到。我的新帽子很好看，是我們去卡莫地那天馬修買給我的。那頂帽子是現在最流行的藍色絲絨帽，上面有金色的絲線和流蘇。黛安娜，妳的新帽子好優雅，而且好適合妳。上星期天我看到妳戴著新帽子走進教堂，想到妳是我最好的朋友，就覺得好驕傲喔。我們這麼常想衣服的事是不對的嗎？妳覺得呢？瑪莉拉說這是一種罪過，但衣服的話題真的很有趣嘛，對吧？」

瑪莉拉同意讓安妮進城。下星期二由巴瑞先生負責載兩個女孩過去，由於沙洛鎮距離艾凡里近五十公里，且巴瑞先生希望可以當天往返，所以他們必須一大早就出發。但是安妮完全不以為苦，星期二一早太陽還沒升起，她就起床了。她望向窗外，幽靈森林冷杉樹後方的東邊天空萬里無雲，呈現銀白色，表示今天會是好天氣。果園坡西側閣樓亮著一盞燈，燈火透過森林的縫隙閃爍著，看來黛安娜也已經起床了。

馬修生好火時，安妮已經穿好衣服，也在瑪莉拉下樓前準備好了早餐，但她自己卻興奮得吃不下飯。吃過早餐，安妮穿戴上時髦的新帽子和新外套，匆忙越過小溪、穿過冷杉林到果園坡。巴瑞先生和黛安娜已經在那裡等她，一行人很快就上路了。

雖然路程遙遠，但安妮和黛安娜每一分每一秒都樂在其中。紅色朝陽冉冉上升，照耀收割後的田野，馬車哐啷哐啷地在潮溼的道路上前進，令人感到愉快。空氣清新涼爽，藍灰色的薄霧從山谷中翻捲而上，飄到山丘上便四處飛散。有時，馬車穿過樹林，林間的楓樹已經掛出緋紅的旗幟；有時，馬車駛過河流上的橋梁，安妮感受到從前那股愉悅的恐懼，忍不住縮起身子；有時，馬車沿著港口蜿蜒的海岸線前行，經過幾間斑駁的灰色漁民小屋形成的聚落；接著他們再次爬上山丘，眺望連綿起伏的高地或朦朧的藍天。不論路邊的景物為何，總有許多有趣的話題可以討論。他們抵達鎮上，找到「山毛櫸莊園」時，已經接近中午。山毛櫸莊園是一座美麗的古老宅第，遠離嘈雜的街道，隱身在綠意盎然的榆樹和枝繁葉茂的山毛櫸林中。巴瑞女士在門口迎接他們，銳利的黑色眼睛閃著一絲愉快的光芒。

「妳終於來看我啦，安妮。」她說。「天哪，孩子，妳長大好多啊！妳現在一定比我高了，也比以前好看多了，但這用不著我說，妳自己應該知道。」

「其實我不知道。」安妮小臉一亮，雀躍地回答。「我只知道我的雀斑比以前少了，這樣我就謝天謝地了。除了這點，我實在不敢奢望自己有變得更好看。巴瑞女士，聽妳這麼說，我很開心。」

正如安妮後來向瑪莉拉描述的，巴瑞女士的宅第布置得「富麗堂皇」。巴瑞女士要去安排午餐，於是先把她們安頓在客廳。兩個鄉下女孩看著客廳的金碧輝煌，顯得有些不自在。

「這裡簡直像皇宮一樣，對不對？」黛安娜悄聲說。「我以前沒來過約瑟芬姑婆家，不知道這裡這麼豪華。真希望能讓茱莉亞．貝爾看看，她老是愛炫耀她媽媽的客廳。」

「天鵝絨地毯，」安妮發出陶醉的嘆息：「還有絲綢窗簾！我一直夢想著這些東西啊，黛安娜。話是這麼說，但妳知道嗎，我覺得我住在這種房子裡，應該不會太開心。這房間有好多擺設，每樣擺設都好華麗，反而沒有想像空間了。當窮人有個好處——妳可以想像的東西會多很多。」

對安妮和黛安娜來說，這趟城市之旅成了她們永遠難忘的美好經歷，旅程的每一天都樂趣滿滿。

星期三，巴瑞女士帶她們去逛博覽會，她們在那裡玩了一整天。

「博覽會太棒了，」安妮後來這麼告訴瑪莉拉：「比我想像出來的東西都更有趣。我選不出哪個展區是最有趣的，我最喜歡的應該是馬、花卉和刺繡吧。喬西．派伊的蕾絲作品得了第一名，我很替她開心。我看到喬西得獎，能為她感到開心，這點也讓我覺得高興，因為這表示我進步了，對不對，瑪莉拉？哈蒙．安德魯斯先生的格拉文斯頓蘋果拿了第二名，貝爾先生的豬拿了第一名。黛安娜說，主日學校的校長在養豬比賽得獎很可笑，但我不懂為什麼可笑，妳知道為什麼嗎？她說以後貝爾先生一臉嚴肅地禱告時，她都會想起這件事。克拉拉．露易絲．麥弗森的畫有得獎，林德太太的自製奶油和起司也拿下第一名。艾凡里的比賽成績很不錯，對吧？林德太太也有去博覽會，我在一大群陌生人中看到她熟悉的臉時，才知道自己有多喜歡她。瑪莉拉，那裡來了好幾千人，讓我覺得自己好渺小。後來，巴瑞女士帶我們去大看臺看賽馬。林德太太沒有去，她說賽馬是不正經的活動，身為教會成員，她有責任做個好榜樣，所以她不看賽馬。可是好多人都去了，我不覺得會有人注意到林德太太沒去。不過，我覺得我也不應該常常去看賽馬，因為賽馬**真的**太吸引人了。黛安娜看得很興奮，還問我要不要打賭，她用十分錢賭一匹紅馬會贏。我不相信那匹馬會贏，但我沒有和她打賭，因為我想告訴艾倫太太旅行發生的所有事，我覺得我不能告訴她我和別人打賭。如果妳不能告訴牧師太太妳做了某件事，就代表那件事是錯的。和牧師太太做朋友，就像多了一顆良心一樣。幸好我沒有賭，因為紅馬真的贏了，要是賭了，我就賠十分錢了。妳看，這就是『好人有好報』。我們看到有個男人坐著熱氣球飛上天空，我也好想坐熱氣球喔，瑪莉拉，那一定很刺激。我們還看到一位算命先生，只要付十分錢，就會有一隻小鳥抽出代表妳的命運的卡片。巴瑞女士各給了黛安娜和我十分錢去算命。算命先生說，我以後會嫁給一個皮膚黝黑的有錢人，還會搬到海的另一邊去住。後來我認真觀察了每個皮膚黝黑的男生，但都不是特別喜歡，也許現在開始找那個人有點太早了。噢，那真是難忘的一天，瑪莉拉。我玩得太累了，結果晚上睡不著。巴瑞女士實現了我們的約定，讓我和黛安娜在客房過夜。那間房間的裝潢非常高雅，瑪莉拉，但不知道為什麼，睡在客房的感覺和我以前想的不一樣。

我已經慢慢體會到了，這就是長大最糟糕的地方。當你得到小時候夢寐以求的東西時，會發現它沒有想像中那麼美好。」

星期四，兩個女孩坐馬車在公園裡兜風，晚上巴瑞女士帶她們去音樂學院聽音樂會，會中演唱的是著名的歌劇首席女歌手。對安妮來說，這個夜晚有如光彩奪目的快樂夢境。

「噢，瑪莉拉，那真的難以形容。我興奮到說不出話，妳就知道那有多精彩了。我就靜靜坐著，陶醉在美妙的音樂中。塞利茨基夫人非常美麗，她穿著綢緞白禮服、戴著鑽石飾品，但她一開口唱歌，我就深深被吸引，完全沒有心思想別的事了。噢，我不知道要怎麼形容我的心情，我覺得聽了她的歌聲之後，當個善良的人似乎一點都不難了。那就像我仰望星空時會有的感覺，我的眼睛充滿淚水，但是，噢，那是幸福的淚水。音樂會結束時我好難過，我跟巴瑞女士說，我不知道要怎麼回到原本的生活了。她說去對街的餐廳吃冰淇淋，我應該就會好了。巴瑞女士的方法聽起來很普通，想不到居然有用。冰淇淋很好吃喔，瑪莉拉，晚上十一點坐在餐廳裡吃冰淇淋，那種放縱的感覺好棒喔。黛安娜說，她簡直就是為了城市生活而生的。巴瑞女士問我怎麼想，我說我得仔細想想，才能告訴她我真正的想法。於是我爬上床準備睡覺時，就認真思考了這個問題。睡覺前最適合想事情了。然後我得出了結論，瑪莉拉，我不適合城市生活，也很高興自己不適合。偶爾在晚上十一點去光鮮亮麗的餐廳吃冰淇淋當然很棒，不過平常我還是想在東邊閣樓睡覺。就算睡著了，我還是隱約知道星星在外面的天空中閃耀，微風從小溪對面的冷杉林吹過。隔天吃早餐時，我跟巴瑞女士說了我的答案，結果她笑了出來。不管我說什麼，巴瑞女士常常都會大笑，就算我說的是正經的事也一樣。我不太喜歡這樣，瑪莉拉，因為我不是在搞笑。不過，巴瑞女士真的非常好客，她很熱情地招待了我們。」

星期五，回家的時刻到了，巴瑞先生駕著馬車來接兩位女孩。

「希望妳們有玩得開心。」巴瑞女士送別她們時說。

「我們玩得很開心。」黛安娜說。

「安妮，妳呢？」

「我在這裡的每一分鐘都很開心。」安妮說著，情不自禁抱住老太太，親吻她布滿皺紋的臉頰。黛安娜被安妮大膽的舉動驚呆了，這種事她絕對不敢做，但巴瑞女士卻很高興。她站在屋外的走廊目送她們離去，直到馬車消失在視野之中，接著她嘆了口氣，走進宅第。偌大的宅第少了那些活力充沛的年輕生命，頓時顯得冷清寂寥。平心而論，巴瑞女士是個有些自私的人，向來不太在乎除了自己以外的任何人，只有對她有用處或能取悅她的人才會受到她的青睞。安妮因為能逗樂她，因此很得她的歡心。然而，巴瑞女士發現，現在自己關注的不再是安妮古怪的發言，而是她清新純真的熱情、率直奔放的情感、討人喜愛的性格，以及甜美的眼眸和雙唇。

「之前聽說瑪莉拉．卡斯柏從孤兒院領養了一個女孩，我還以為她老到腦袋不清楚了。」巴瑞女士忍不住自言自語：「不過現在看來，她的決定倒沒什麼錯。要是我家也有個像安妮這樣的孩子，我應該會變成一個更和善、更快樂的人吧。」

對安妮和黛安娜來說，回家和進城一樣愉快，甚至有過之無不及。知道溫暖的家園就在旅途盡頭等待她們，兩人心裡洋溢著幸福的感覺。夕陽西下，她們經過白沙鎮、進入濱海公路，艾凡里漆黑的山丘出現在遠方橙黃色的天空下。在她們身後，月亮逐漸從海中升起，月光將海面照得光輝閃耀，宛如仙境。曲折的道路下方，每個小海灣都是一片波光粼粼，美不勝收。海水拍打懸崖下的岩石，傳來輕柔的波浪聲，空氣中瀰漫海洋清新強烈的氣息。

「噢，活著真好，回家的感覺真好。」安妮輕聲說。

她走過小溪上的圓木橋時，綠山牆之家閃爍的廚房燈火彷彿在對她眨眼，歡迎她回家。熊熊爐火的溫暖紅光透過敞開的門，照亮寒冷的秋夜。安妮雀躍地爬上山坡、跑進廚房，熱騰騰的晚餐已經擺在桌上等待她歸來。

「妳回來啦？」瑪莉拉說著，摺起她手上的針線活。

「對。噢，回家的感覺真好。」安妮開心地說。「我可以把家裡所有東西都親過一遍，連時鐘也不例外。瑪莉拉，是烤雞耶！妳該不會是特地為我準備的吧？」

「沒錯，」瑪莉拉說。「我想說妳坐了那麼久的車，應該很餓了，需要吃點好吃的。快去把行李放好，等馬修回來我們就開動。我得說，我很高興妳回來了，妳不在的時候這裡好冷清，這四天真是漫長。」

吃完晚餐，他們三人在火爐前坐了下來。安妮坐在馬修和瑪莉拉中間，細細描述旅途中的大小事。

「我玩得很盡興。」最後她愉快地說。「這是一趟永生難忘的旅行，不過旅行最棒的部分還是回家。」

第三十章　女王學院升學班成立

瑪莉拉將針線活擱在腿上，往後靠向椅背。她覺得眼睛痠澀，心裡隱隱想著，最近眼睛疲勞的症狀越來越頻繁，下次去鎮上該配一副新眼鏡了。

天色漸暗，十一月黯淡的暮色籠罩綠山牆之家，廚房裡唯一的光亮來自火爐中跳動的紅色火焰。

安妮盤腿坐在火爐前的地毯上，凝視著歡快跳躍的爐火，那是楓木吸收一百年的夏日陽光所凝聚的光亮。她本來在看書，但這時書本已經滑到地上，她做著白日夢，微張的嘴脣泛起淡淡笑意。在她生動的想像中，迷霧和彩虹化成燦爛輝煌的西班牙城堡，她在雲端夢境展開奇妙又迷人的冒險，在那裡，冒險總是圓滿收場，不像現實生活中老是害她陷入麻煩。

瑪莉拉溫柔注視著安妮，這份溫柔只有在交織著陰影的柔和火光下才會流露，從未在更明亮的光線下展現。瑪莉拉永遠學不會輕鬆地以言語和眼神表達愛，但她的確學會愛這個身形纖瘦、有著灰眼睛的女孩。她的愛雖然含蓄，卻更顯深刻堅定。然而，她擔心自己太溺愛安妮，甚至害怕將如此強烈的感情寄託在一個人身上是一種罪過。或許正因如此，她出於下意識的贖罪心態，對安妮加倍嚴格挑剔。安妮自然也不知道瑪莉拉有多愛她，她有時會感到難過，覺得瑪莉拉難以親近，缺乏同情心和同理心。每當安妮浮現這個念頭，總會責備自己不該這麼想，因為她明白瑪莉拉為她付出了多少。

「安妮，」瑪莉拉突然開口說。「今天下午妳和黛安娜出去的時候，史黛西老師來過我們家。」

徜徉在幻想世界的安妮突然驚醒，嘆了口氣。

「老師有來過？噢，可惜我剛好不在家。妳怎麼沒有叫我呢，瑪莉拉？我和黛安娜就在幽靈森林而已。這個季節的森林很漂亮，樹林裡的小植物——蕨類啦、北美珊瑚草啦、茱萸草啦——全都睡著了，好像有人把它們藏到樹葉底下，到了春天才會叫醒它們。我想一定是仙女做的，在前一個有月光的晚上，一位圍著彩虹圍巾的灰色小仙女輕手輕腳地來過這裡。可是黛安娜不太想聊這些，之前我們幻想幽靈森林有鬼，害她被媽媽訓了一頓，她一直沒有忘記。那件事嚴重影響了黛安娜的想像力，她的想像力毀了。林德太太說茱特兒．貝爾的人生也毀了，我問露比．吉利斯為什麼茱特兒的人生毀了，她說可能是因為她的男朋友背叛她。露比滿腦子都是男生，越長大越嚴重。在對的時候討論男孩子的話題當然很好，但不能什麼事都扯到他們吧？我和黛安娜正在認真考慮這輩子不結婚，做個端莊賢淑的老小姐，永遠住在一起，不過黛安娜還沒決定好，她覺得和一個瀟灑狂野的壞男人結婚，幫助他改過自新，說不定是一件更崇高的事。我和黛安娜現在常常討論嚴肅的問題，我們覺得自己已經長大很多，不適合講幼稚的話題了。瑪莉拉，我們快十四歲了，這是需要認真面對的大事。上星期三，史黛西老師帶著所有十三歲以上的女孩去溪邊，和我們聊了進入青春期的事。老師說，我們要非常注意自己在這段期間養成的習慣和立定的志向，因為到了二十歲，我們的個性就定型了，未來人生的基礎也打好了。如果基礎不穩固，我們就不可能有一番成就。

放學回家的路上，我和黛安娜討論了老師說的話，我們覺得自己就站在人生的十字路口，瑪莉拉。我們決定要非常小心，培養好習慣、努力學習、做個明智的人，這樣我們二十歲的時候，就會養成良好的品格。想到有一天我們也會滿二十歲，感覺好可怕喔，瑪莉拉。二十歲聽起來好老、好成熟。所以史黛西老師下午來家裡做什麼？」

「我就是要跟妳說這個，安妮，但妳完全不給我開口說話的機會啊。老師和我們談了妳的事。」

「我的事？」安妮露出害怕的表情，接著她突然漲紅了臉，大聲說：

「啊，我知道老師說什麼了。我本來要告訴妳的，瑪莉拉，真的，但我不小心忘了。昨天下午的加拿大歷史課，史黛西老師抓到我在偷讀《賓漢》[40]。那本書是珍・安德魯斯借我的，我趁午休時間看，但我剛看到馬車比賽的段落，下午的課就開始了。我實在太想知道比賽結果——雖然我覺得賓漢一定會贏，畢竟他要是輸了，就不符合『善有善報』的原則了——所以我把歷史課本攤開擺在桌上，把《賓漢》放在大腿上，這樣我看起來就像在讀歷史，但我其實沉浸在《賓漢》的世界裡。我看得太沉迷，完全沒發現老師走過來，後來我抬起頭，才看到老師站在我旁邊，用責備的眼神盯著我。我沒辦法形容我有多羞愧，瑪莉拉，

40《賓漢》全名為《賓漢：基督的故事》（*Ben-Hur: A Tale of the Christ*），為美國軍人暨作家盧・華萊士（Lew Wallace）的暢銷小說，多次被翻拍成電影。《賓漢》講述猶太貴族猶大・賓漢（Judah Ben-Hur）遭友人誣陷，因而淪為罪犯，最後成功復仇並信奉基督教的故事。馬車比賽則是賓漢向友人復仇的經典橋段。

我還聽到喬西・派伊在偷笑，真的丟臉死了。史黛西老師沒有說什麼，只有把《賓漢》沒收。下課時她把我留下來，和我談了這件事。她說我犯了兩個大錯。第一，我浪費讀書時間做別的事；第二，我偷看故事書，卻假裝在讀歷史，這樣是欺騙老師。瑪莉拉，我聽了非常震驚，我那時才發現自己欺騙了別人。我難過得哭了起來，求老師原諒我，也向她保證我以後不會再做這種事。為了展現我的誠意，我跟老師說我可以整整一星期不看《賓漢》，就連馬車比賽的結果也不看，但老師說她不會要求我做到那種地步，很爽快地原諒我了。沒想到她還是跟妳說了這件事，我覺得這樣有點過分。」

「史黛西老師根本沒提這件事，是妳自己作賊心虛，安妮。妳怎麼能帶故事書去學校呢？妳看小說看得太凶了，在我小時候，大人根本不准我碰小說。」

「《賓漢》明明是宗教故事，怎麼能算小說呢？」安妮不服氣地說。「當然，《賓漢》的情節有點太刺激了，不適合在星期天讀，所以我只有平日會讀。我現在只看史黛西老師或艾倫太太認證過的書，她們覺得那本書適合十三歲又九個月的女孩看，我才會看。這是我和史黛西老師的約定。她上次發現我在讀《鬼屋的駭人謎團》，是露比借我的。噢，瑪莉拉，那個故事真的好精彩、好恐怖，我嚇得血液都凝固了。可是史黛西老師說那本書沒營養又不健康，叫我別看了，以後也別碰類似的書。以後不看類似的書是不難，但還沒看到結局就把那本書還回去，真的好痛苦啊。不過，我對史黛西老師的愛戰勝了考驗，所以我還是把書還給露比了。瑪莉拉，當妳認真想討一個人開心，妳能做到的事真的超乎想像呢。」

「好，我看我還是去點燈，開始幹活吧。」瑪莉拉說。「妳根本不想聽史黛西老師說了什麼，妳只在乎妳自己想說什麼。」

「瑪莉拉，我想聽，我真的想聽啦。」安妮懊悔地大喊。「我不會再多說一個字了，一個字也不會。我知道我話太多，但我很努力在克服這個缺點。要是妳知道我本來還有更多話想說，只是我忍住了，妳就會知道我其實很棒了。拜託妳告訴我吧，瑪莉拉。」

「史黛西老師打算集合想考女王學院的高年級學生，另外開一個升學班，放學後會有一小時的課後輔導。她來問馬修和我有沒有意願讓妳參加。妳自己覺得呢，安妮？妳想去女王學院進修，以後當老師嗎？」

「噢，瑪莉拉！」安妮跪直身體，握住雙手。「這是我一生的夢想——我的意思是，半年前我聽到露比和珍說到準備入學考的事，從那時候開始，這就成了我的夢想。我沒有跟你們說，因為我覺得說這個沒有意義。我的確很想當老師，但這很花錢吧？安德魯斯先生說，他送普莉希去讀女王學院，花了一百五十元，而且普莉希的幾何比我厲害多了。」

「錢的問題妳不需要擔心。我和馬修收養妳時，就決定盡力讓妳接受好的教育。在我看來，不管將來會不會派上用場，女孩子都要培養謀生的技能。只要馬修和我在綠山牆之家，這裡就永遠是妳的家，不過世事難料，沒有人知道以後會發生什麼事，還是做足準備比較妥當。所以，安妮，如果妳想的話，就加入升學班吧。」

「噢，瑪莉拉，謝謝妳。」安妮環抱住瑪莉拉的腰，以認真的眼神仰望她的臉。「我真的很謝謝妳和馬修，我會用功讀書，盡全力成為你們的驕傲。但我得先說，不要對我的幾何抱太大的期望，至於別的科目，只要我認真學，應該都不是問題。」

「妳一定不會有問題的，史黛西老師說妳聰明又認真。」其實老師對安妮的讚美不只這些，但瑪莉拉絕對不會告訴她，因為那樣會助長她的虛榮心。「妳不要太勉強自己，讀書讀到把身體搞壞了。不用著急，妳有一年半的時間可以慢慢準備，不過最好趁早開始，打下紮實的基礎，這是史黛西老師說的。」

「我現在更有學習的動力了。」安妮的語氣充滿喜悅。「因為我有了人生的目標。艾倫先生說，每個人都應該找到人生目標，並努力不懈地實現它，但在那之前，我們得先確定自己的目標有沒有意義。我想成為和史黛西老師一樣的老師，這個目標很有意義吧，瑪莉拉？我覺得老師是非常崇高的職業。」

女王學院升學班按照計畫成立了。參加的學生有吉爾伯特．布萊斯、安妮．雪利、露比．吉利斯、珍．安德魯斯、喬西．派伊、查理．史隆和穆迪．司布真．麥弗森。黛安娜．巴瑞沒有參加，因為她的父母不打算讓她就讀女王學院，這對安妮來說是莫大的打擊。從米妮梅得了喉炎的那一夜開始，她和黛安娜不論做什麼事都在一起。這天傍晚，升學班第一次留校上輔導課，安妮看著黛安娜慢吞吞地和別的同學走出教室，想到黛安娜得一個人走過樺樹小路和紫羅蘭谷，安妮只能拚命壓抑想追上去的衝動，勉強留在座位上。她忍不住哽咽，趕緊立起拉丁文法課本，把臉藏到書頁後面，因為她說什麼都不想被吉爾伯特．布萊斯或喬西．派伊看到她的眼淚。

「噢，瑪莉拉，我看著黛安娜孤伶伶地走出去，我覺得我已經嘗到死亡的苦難了，就像艾倫先生上星期天講道時說的一樣。」當天晚上，安妮感傷地說道。「如果黛安娜也要準備入學考，那該有多開心呀，但就像林德太太說的，在這個不完美的世界裡，我們不能要求事事完美。林德太太雖然有時說話不太中聽，但她的話的確非常中肯。我覺得升學班一定會很有意思。珍和露比考女王學院就是為了當老師，那是她們的目標。露比說她畢業後打算教兩年書就結婚。珍說她打算教書教一輩子，絕對不要結婚，因為教書有薪水，但結了婚丈夫一毛錢都不會給妳，妳想跟他分一點賣雞蛋和奶油賺的錢，他還會對妳大呼小叫。我想珍的家裡就是這樣，所以她才這麼說。林德太太說，珍的爸爸脾氣暴躁，還是一毛不拔的鐵公雞。喬西．派伊說，她讀女王學院只是為了進修，因為她不用賺錢養活自己，還說她和靠別人施捨的孤兒不一樣——孤兒就得拚命幹活。穆迪．司布真想成為牧師。林德太太說他叫這個名字，非做牧師不可。[41]瑪莉拉，我想到穆迪當牧師的樣子就想笑，希望我這樣不會很壞。他真的長得好怪，胖嘟嘟的大餅臉、小小的藍眼睛，還有大大的招風耳，也許等他長大後，他的長相會變得聰明一點。查理．史隆說他想從政，成為國會議員，可是林德太太說他不可能成功，因為史隆家都是老實人，現在的政壇只有無賴才能生存。」

「那吉爾伯特．布萊斯以後想做什麼？」瑪莉拉看安妮已經翻開凱撒的拉丁文讀本，似乎不打算說下去，便開口問。

「我剛好不知道吉爾伯特．布萊斯的目標——不過那也要他有目標才行。」安妮不屑地

---

41 林德太太會這麼說，是因為穆迪．司布真．麥弗森（Moody Spurgeon MacPherson）的名字源於兩位基督教領袖人物，分別為美國布道家德懷特．萊曼．穆迪（Dwight Lyman Moody），以及英國浸信會牧師查爾斯．哈登．司布真（Charles Haddon Spurgeon）。

回答。

吉爾伯特和安妮之間的競爭已是眾所周知的事實。先前只有安妮單方面想打敗吉爾伯特，但現在吉爾伯特想爭第一的決心顯然不輸安妮，他和安妮旗鼓相當，是個強勁的對手。兩人的高強實力讓班上其他同學自嘆不如，完全沒想過要和他們一較高下。

吉爾伯特自從那天在池畔道歉遭到拒絕後，不只決心要在課業上贏過安妮・雪利，更是對她的存在視若無睹。他和其他女生談天說笑、交換書籍和拼圖、討論課程和計畫，有時參加完禱告會或辯論社活動，也會陪女孩子一起走回家。至於安妮，他理都不理，安妮也因此體會到，被人無視的感覺還真不好受。面對吉爾伯特的冷落，安妮高傲地揚起頭，告訴自己她一點都不在乎，卻還是欺騙不了自己。在那顆敏感善變的少女心深處，她知道自己其實很在乎。如果有第二次機會，那天在閃耀之湖，她一定會給出截然不同的答案。她赫然發現，自己一直以來對吉爾伯特的憎恨似乎消失了，不由得感到懊惱，因為現在偏偏是她最需要這股恨意支持的時候。她努力回想兩年前的情景，想喚醒從前那股令她渾身暢快的憤怒，卻一點用也沒有。那天在池畔迸發的怒火就是最後一道。安妮這才發現，原來她早就原諒吉爾伯特，放下過往的怨恨，但一切已經太遲了。

安妮對她之前傲慢冷淡的態度感到懊悔，幸好吉爾伯特和其他人都沒有察覺她的愧疚和悔恨，就連黛安娜也渾然不知。安妮決定要「深深隱藏她的感情」，而她也確實做到了。吉爾伯特其實不像表面上對安妮那麼漠不關心，只是為了還以顏色才無視她。在吉爾伯特眼中，他的冷落對安妮來說似乎不痛不癢，讓他無法從中獲得任何安慰。只有看到安妮一次又一次無情忽視查理．史隆的示好，他才覺得好過一些。

除此之外，冬天就在一連串快樂的工作與學習中過去了。對安妮來說，這段充實的日子就像項鍊的金珠子般閃閃發亮，流逝得特別快。她過得很快樂，對生活充滿期待與熱忱。有新課程要學習，有榮譽要爭取，有精彩的好書可讀，有主日學校唱詩班的新曲子要練習，星期六下午還能和艾倫太太在牧師館共度愉快時光。然後，就在不知不覺間，春天悄悄降臨綠山牆之家，大地再度繁花盛放。

就在這時，學習變得有點乏味。放學後，其他同學紛紛踏上綠意盎然的道路，走入茂密的森林和僻靜的草地，留校的升學班只能看著窗外同學的背影，渴望加入他們的行列。不知怎地，拉丁文動詞和法文練習都不像寒冷的冬天時那麼吸引人了。就連安妮和吉爾伯特的學習腳步也慢了下來，不像之前那麼有衝勁。學期結束時，老師和學生都鬆了一口氣，準備迎接美好的假期。

「這一年大家都很努力了。」放假前的最後一天傍晚，史黛西老師對學生說。「好好享受愉快的暑假，到戶外盡情玩耍、養精蓄銳，才有力量和鬥志度過下學年。下學年就是入學考前的最後一年，這會是一場考驗耐力的拔河比賽。」

「史黛西老師，妳下學年會回來教我們嗎？」喬西．派伊問。

喬西．派伊問問題總是不看場合，但這次班上同學都很感謝她，因為大家都想知道史黛西老師之後會不會留在這所學校，只是沒人敢問。最近學校裡流傳著令人擔憂的傳聞，據說史黛西老師的家鄉有一所學校邀請她過去任教，老師也有意接受，因此下學年不會回艾凡里了。升學班的學生全都屏息等待老師回答。

「會的，我會回來。」史黛西老師說。「我有考慮過去別間學校，但我最後決定回來艾凡里。說真的，我發現我越來越喜歡這裡的學生，捨不得離開，所以我會留在這裡，陪你們度過這一關。」

「好耶！」穆迪興奮地大喊。個性內斂的他以前從來沒表現得這麼激動過，之後的一星期，他只要想到自己當時的行為，就尷尬得臉紅。

「噢，我好開心。」安妮的眼睛一亮。「親愛的史黛西老師，妳不回來的話就糟了，如果下學期換了新老師，我就沒有心思繼續讀書了。」

晚上回家後，安妮把她所有的課本都收進頂樓的舊收納箱，接著把箱子上鎖，鑰匙扔進放毛毯的箱子。

「放假的時候我絕對不念書。」安妮告訴瑪莉拉：「我整學期都拚了命地用功，認真研究幾何學，把第一冊的每道題目都搞懂了，現在就算題目的字母換了，對我也不是問題了。我看膩了理性的東西，暑假我要盡情幻想。啊，妳不用擔心，瑪莉拉，我只會在合理範圍內發揮想像力。我想好好享受這個夏天，因為這可能是我當小女孩的最後一個夏天了。林德太太說，我明年要是也像今年一樣一直長高，就要改穿長裙了，她還說我的眼睛看起來越來越大。如果改穿長裙，我覺得我就得盡量端莊一點，有大人的樣子。到了那時候，也不能再相信仙女的存在了，所以今年夏天我要全心全意相信世界上有仙女。我想這個暑假一定會很開心。露比．吉利斯的生日派對就快到了，下個月還有主日學校的野餐和傳教音樂會。還有啊，巴瑞先生說，他想找一天晚上帶我和黛安娜去白沙大飯店吃大餐。珍．安德魯斯去年夏天去過一次飯店，她說那裡到處都有電燈和鮮花，女人個個穿得好華麗，看得她眼花撩亂。那是珍第一次體驗上流社會的生活，她說她到死都不會忘記。」

隔天下午，林德太太上門來關心瑪莉拉星期四為何沒去援助協會的會議。瑪莉拉沒有出席會議，大家就知道綠山牆之家一定發生了什麼事。

「馬修星期四心臟不舒服。」瑪莉拉解釋：「我覺得我應該留下來陪他。噢，對，他現在沒事了，但他的心臟比以前更常不舒服，我實在很擔心。醫生交代馬修要盡量避免情緒激動，這倒很容易，畢竟他從來不會去做什麼刺激的事。問題是，醫生還說馬修不能做太粗重的工作，但叫他別工作，乾脆叫他別呼吸算了。瑞秋，把妳的東西放在這兒吧。妳要留下來喝茶嗎？」

「既然妳都說了，我就恭敬不如從命囉。」其實瑞秋本來就打算留下來喝茶。

瑞秋和瑪莉拉愜意地坐在客廳，安妮為她們沏茶，還烤了熱騰騰的比司吉。她做的比司吉鬆軟又雪白，就連吹毛求疵的瑞秋也無從挑剔。

「我不得不說，安妮真的變得聰明伶俐。」日落時分，瑪莉拉送瑞秋到小路盡頭時，瑞秋說道。「她一定幫了妳很多忙吧。」

「妳說得沒錯。」瑪莉拉說。「她現在穩重多了，做事也很可靠，我本來還擔心她永遠改不掉迷糊的個性呢。現在不論什麼事，我都能放心交給她了。」

「三年前我第一次見到安妮時，完全沒想到她會有這麼大的轉變。」瑞秋說。「說真的，她那天大發脾氣的樣子，我一輩子都忘不掉！那天晚上回家後，我跟湯瑪斯說：『記住我的話，湯瑪斯，瑪莉拉．卡斯柏以後一定會後悔領養那孩子。』但我猜錯了，我也很高興自己猜錯了。瑪莉拉，我不是那種犯了錯卻不肯承認的人。謝天謝地，那從來不是我的作風。我的確錯看安妮了，但這也難免，因為她簡直是世界上最古怪、最讓人摸不著頭緒的孩子，不能用評斷其他孩子的標準來評斷她，就是這麼回事。這三年來，她各方面都進步很多，尤其外表的改變更讓人驚訝。她真的長成一個標緻的女孩了。雖然我不是特別喜歡皮膚白、眼睛大的類型，我比較喜歡黛安娜．巴瑞或露比．吉利斯那種臉色紅潤、有活力的類型，露比．吉利斯那張漂亮臉蛋的確引人注目。安妮遠遠沒有她們那麼美，但不知道為什麼，安妮和她們在一起時，就顯得她們俗氣又花俏——就像一株白水仙擺在又大又紅的芍藥花旁邊，就是這麼回事。」

第三十一章　小溪與大河的交會處

安妮全心全意享受了一個美好的夏天。她和黛安娜幾乎整天都在戶外，陶醉於戀人小徑、樹精泡泡、柳潭和維多利亞島的美麗風光。安妮成天往外跑，瑪莉拉卻沒有阻擋，原來暑假剛開始的一天下午，米妮梅生病的夜裡從史賓賽谷請來的那位醫生到一名病患家看診，碰巧遇到安妮。他仔細打量安妮之後，撇了撇嘴、搖了搖頭，託人傳話給瑪莉拉．卡斯柏：

「這個夏天讓妳家的紅髮女孩多去戶外走走，在她的腳步變輕快以前，別讓她再待在家看書了。」

瑪莉拉知道後簡直嚇壞了，她擔心要是沒有確實遵守醫生的叮囑，安妮就會過勞生病而死，於是安妮得以自由嬉戲，度過最充實璀璨的夏天。整個暑假，她盡情散步、划船、採莓果、徜徉在想像國度中，到了九月，她變得精神飽滿，雙眼炯炯有神，輕盈的腳步足以讓史賓賽谷那位醫生滿意，心中也再度充滿抱負與熱忱。

「我準備好用功讀書了。」安妮說，將收在頂樓的課本拿下樓時。「噢，各位老朋友，看到你們真誠的臉，我真開心——對，也包括你，幾何學。我過了一個最美好的暑假，瑪莉拉，我現在就像上星期天艾倫先生說的，和賽跑的勇士一樣歡欣鼓舞。艾倫先生講道是不是很精彩？林德太太說他講得一天比一天好，都市的教會很快就會來挖角，我們又得找一個沒經驗的牧師，從頭訓練起。但我覺得現在煩惱這個太早了，妳說呢，瑪莉拉？我們只要把握艾倫先生還在這裡的時間，好好聽他講道就夠了。如果我是男生，就會想當牧師。牧師只要對神學了解得夠透澈，就能帶來強大的正面影響，而且發表精彩的布道演說，打動聽眾的心，感覺一定很棒。為什麼女人不能當牧師呢，瑪莉拉？我問過林德太太這個問題，她聽了嚇一大跳，說讓女人當牧師太不像話了。她說美國應該有女牧師，但謝天謝地，加拿大還沒有淪落到那個地步，她也希望永遠不會。我不懂林德太太的想法。我覺得女人也能成為優秀的牧師，每次舉辦聚會或教會茶會之類的募款活動，都是女人負責的呀。我相信林德太太能禱告得和貝爾校長一樣好，而且她只要練習一下，也能上臺講道。」

「對，我也這麼想。」瑪莉拉幽默地說。「她那麼愛說教，一定很擅長講道。艾凡里只要有瑞秋在，大家就沒什麼犯錯的機會。」

「瑪莉拉，」安妮說，似乎有什麼祕密想一吐為快。「我想跟妳說一件事，聽聽妳的意見。每到星期天下午我就好煩惱，我真的很想當個善良的人，和妳、艾倫太太或史黛西老師在一起時，這個想法就特別強烈，我想做會讓妳們開心、認同的事。可是和林德太太在一起時，我常常覺得自己很惡劣，當她說什麼事不能做，我就忍不住想唱反調。妳覺得我為什麼會這樣？是因為我真的壞得無藥可救了嗎？」

瑪莉拉一時之間不知該如何回答，接著她笑了起來。

「那我大概也是吧，安妮。和瑞秋在一起時，我也常有這種感覺。我有時會想，瑞秋要是別一直說教，反而能像妳說的一樣，帶來更多正面影響。戒律應該多一條禁止說教的規定才對。哎，我實在不該這麼說。瑞秋是虔誠的基督徒，她也是一片好心。瑞秋總是熱心公益，艾凡里找不到第二個像她這樣的大善人了。」

「幸好妳也這麼覺得。」安妮毫不猶豫地說。「這樣我就安心了，我不會再這麼煩惱這個問題了。但之後我一定又會有別的煩惱，新的煩惱一直冒出來，好不容易解決一個問題，下一個馬上就出現了。成長的過程中，有好多事要考慮和決定，所以我一直忙著思考怎麼做才是對的。長大是很嚴肅的課題呢，對不對，瑪莉拉？不過我有妳、馬修、艾倫太太和史黛西老師這些好朋友，應該能順順利利長大，要是我失敗了，那一定是我自己的問題。我覺得我的責任重大，因為我只有一次機會，如果沒有成為理想中的大人，也不能從頭來過了。今年夏天我長高了五公分喔，瑪莉拉，是吉利斯先生在露比的生日派對上幫我量的，幸好妳有把我的新洋裝做得比較長。那件深綠色的洋裝好漂亮，謝謝妳還特地加了荷葉邊。我知道荷葉邊不是非有不可，但這是今年秋天流行的裝飾，喬西．派伊的每件洋裝都鑲了荷葉邊。想到洋裝上有荷葉邊，我的心情就會很好，也能更認真念書了。」

「這樣的話，加荷葉邊也算是值了。」瑪莉拉說。

史黛西老師回到艾凡里學校時，發現所有學生都迫不及待想開始學習，升學班更是個個摩拳擦掌，準備迎接忙碌的新學年。這學年的尾聲就是名為「入學考」的重頭戲登場的時候，大考的肅殺氣氛已經隱隱籠罩前方道路，所有人一想到考試，心情就無比沉重。如果落榜了怎麼辦？這個念頭揮之不去，整個冬天，安妮醒著的每分每秒都在苦惱這件事，星期天下午也不例外，現在的她幾乎沒有心力思考道德和宗教問題了。就連她的惡夢也和考試脫不了關係，每次她都夢到自己痛苦萬分地盯著入學考榜單，因為吉爾伯特．布萊斯的名字高掛榜首，而她的名字根本不在榜單上。

儘管如此，這個冬天依舊快樂又充實，轉眼間就過去了。有趣的學校作業、刺激的同儕競爭，全都一如既往。從未有過的想法、感受、抱負，以及有待探索的新鮮知識，建構出令人著迷的嶄新世界，在安妮熱切的眼前逐漸開展，就如同詩中所說的：

阿爾卑斯層巒疊嶂、聳入雲霄，一山更有一山高。

這大多歸功於史黛西老師的循循善誘與開明思想。她帶領學生獨立思考、探索並發掘答案，鼓勵他們跳脫常軌，嘗試與前人不同的新方法。史黛西老師的教育方針對林德太太和學校理事而言簡直驚世駭俗，他們對所有傳統做法的改革一律抱持懷疑態度。

除了用功讀書之外，安妮也廣泛投入各種社交活動，因為瑪莉拉一直記得史賓賽谷那位醫生的叮嚀，不再反對她偶爾出門參加活動。辯論社蒸蒸日上，舉辦了好幾場音樂會，安妮也參加了一、兩場幾乎像大人聚會一樣成熟的派對，更常常和朋友坐雪橇兜風、一起溜冰嬉戲。

這段時間，安妮的身高不斷抽高。有一天瑪莉拉和她站在一起時，赫然發現安妮已經比她還高了。

「哇，安妮，妳長高好多啊！」瑪莉拉幾乎不敢相信，說完便嘆了口氣。目睹安妮的成長，她的心中升起一股難以言喻的感慨。她學會去愛的那個孩子已在不知不覺間消失，取而代之的是眼前身材高䠷、目光嚴肅的十五歲少女。少女抬頭挺胸、自信沉著，眉宇之間流露若有所思的氣質。瑪莉拉對女孩的愛沒有改變，卻不知怎地感到悲傷和失落。當天晚上，安妮和黛安娜去參加禱告會，在冬日暮色籠罩的家裡，瑪莉拉獨自坐著，盡情流淚抒發情緒。馬修碰巧提著燈走進屋子，發現瑪莉拉在哭，一臉驚慌失措地盯著她，看得瑪莉拉不禁破涕為笑。

「我在想安妮的事。」瑪莉拉解釋：「她已經長這麼大了，明年冬天可能就要離開我們、去外地讀書了，我一定會很想念她。」

「她可以常常回家的。」馬修安撫她。四年前的六月晚上，馬修從明河把安妮帶了回家，在他眼中，安妮一直是當時那個充滿殷切期盼的小女孩，未來也不會改變。「那時候卡莫地的支線鐵路就會蓋好了。」

「那也和安妮天天在家的感覺不一樣。」瑪莉拉悲觀地說，這時的她不接受安慰，只想沉浸在無盡的悲傷中。「哎，這種事你們男人不會懂的！」

除了外在的變化，安妮其他方面的轉變也同樣顯著。比如說，她變得安靜許多。或許她思考的時間變多了，也和從前一樣愛幻想，但她的話確實變少了。瑪莉拉也注意到了，便問了這件事。

「安妮，妳最近都不像以前那樣吱吱喳喳了，說話也很少咬文嚼字，妳是怎麼啦？」

安妮一聽，臉倏地泛紅，輕聲笑了一下，接著放下手中的書本，若有所思地望著窗外。窗邊的爬藤在春日陽光的鼓動下，吐出碩大的紅色花苞。

「我不知道，就不想說那麼多話了。」她用食指按著下巴，想了想後說道。「把可愛美好的想法像寶藏一樣藏在心裡比較好，我不想要說出來後，看到別人輕蔑或無法理解的表情。我也不知道為什麼，但我不想再說深奧的詞彙了。我現在長大了，明明可以盡量說，但我卻不想了，感覺挺可惜的，對吧？我就快變成大人了，從某些方面來說這滿有趣的，但跟我以前想的有趣不一樣，瑪莉拉。我有好多事要學習、完成和思考，根本沒有時間咬文嚼字。史黛西老師也說，簡單的詞彙更生動有力。她規定我們寫作文要盡量簡潔易懂，一開始我覺得老師的要求很困難，因為我可以想到很多華麗詞藻，也習慣把它們全塞進作文裡，但我現在已經學會老師的做法了，我也發現這樣的確比賣弄詞藻來得好。」

「妳的故事俱樂部後來怎麼樣了？很久沒聽到妳說了。」

「故事俱樂部已經解散了。我們沒有時間寫故事，而且大家也膩了，寫愛情、謀殺、私奔和懸疑故事實在很蠢。史黛西老師有時會叫我們寫故事鍛鍊寫作技巧，但我們只能寫在艾凡里生活可能會遇到的事。老師批改得很嚴格，還會讓我們評論自己的作品。我仔細讀了自己的作文，才發現我的作文有多少毛病，我覺得好丟臉，想說乾脆放棄算了，但老師說只要我嚴格要求自己，就可以寫得更好，所以我正在努力。」

「離入學考只剩兩個月了。」瑪莉拉說。「妳覺得妳考得過嗎？」

安妮忍不住打了個冷顫。

「我不知道。有時我覺得沒問題，有時又害怕得不得了。我們很用心準備，史黛西老師也盡心盡力訓練我們，但我們還是有可能考不過。每個人都有特別不擅長的科目，我當然是幾何，珍是拉丁文，露比和查理是代數，喬西是算術，穆迪有預感他的英國歷史一定會考砸。老師六月要辦一次模擬考，題目難度和批改標準都會比照正式考試，讓我們對自己的實力有點概念。我好希望入學考趕快結束，瑪莉拉。我一直好害怕，有時我會在半夜驚醒，煩惱沒考過的話要怎麼辦。」

「回學校重讀一年，明年再試一次不就好了？」瑪莉拉顯然一點也不擔心。

「唔，我覺得我沒那個勇氣。要是吉爾——其他人考上了，結果我沒上，那真的太丟臉了。每次考試我都緊張得要命，很可能搞砸。真希望我像珍．安德魯斯那麼有膽識，什麼事都嚇不著她。」

安妮嘆了口氣。窗外春光明媚，徐徐微風與蔚藍晴空，以及花園裡萌發的新綠嫩芽似乎都在呼喚她。她依依不捨地將視線拉回課本，毅然埋頭苦讀了起來。春天還會再來臨，但要是沒有通過入學考，安妮深知，自己以後再也無法享受春天了。

第三十二章　放榜

六月底，學期告一段落，史黛西老師在艾凡里學校的任期也結束了。這天傍晚，安妮和黛安娜懷著極其嚴肅的心情走回家。她們哭得兩眼通紅，手帕也沾滿淚水，可見史黛西老師的離別感言就和三年前菲利浦老師的一樣感人肺腑。走到山腳下時，黛安娜回頭望了雲杉山丘上的學校一眼，深深嘆了口氣。

「感覺一切都結束了，對吧？」她沮喪地說。

「妳不可能和我一樣傷心吧。」安妮一邊說，一邊尋找手帕上還有沒有乾的地方能擦眼淚，卻沒有找到。「妳冬天還能回來上課，但我可能要永遠離開親愛的母校了——不過那也要我運氣夠好。」

「可是一切都不一樣了，那時史黛西老師就不在學校了，妳、珍和露比應該也是。我得自己一個人坐，因為我不能忍受和除了妳以外的人共用一張桌子。噢，我們以前過得好快樂，對不對，安妮？想到快樂的時光都結束了，就覺得好難過。」

兩顆大大的淚珠從黛安娜的鼻子兩側滑落。

「妳別哭了，這樣我才能不哭。」安妮哀求。「我剛把手帕收起來，看到妳掉眼淚，我又想哭了。林德太太說：『如果妳高興不起來，就盡量高興一點。』而且我明年八成會回學校念書，我現在確定我考不上，最近我越來越常有這種感覺。」

「怎麼會呢，模擬考妳明明考得很棒呀。」

「是這樣沒錯，但考模擬考我不會緊張，一想到真正的考試，我就全身發冷，心臟怦怦亂跳。我的號碼是十三號，喬西．派伊說很不吉利。我不迷信，我也知道號碼是幾號都沒差，但還是希望自己不是十三號。」

「如果能和妳們一起進城就好了，」黛安娜說。「那該有多開心啊。但妳們晚上應該要抓緊時間複習吧？」

「沒有，我們答應史黛西老師考前不看書了，她說那只會害我們又累又混亂，我們應該出門走走，不要想考試的事，早早上床睡覺。老師的建議很好，但感覺很難遵守，好的建議都是這樣吧。普莉希．安德魯斯說，入學考那一週她每天晚上都熬到半夜，拚命複習接下來的考科，我決定至少要和她讀到一樣晚。妳的約瑟芬姑婆人真好，讓我進城考試的這幾天住在山毛櫸莊園。」

「妳在城裡會寫信給我吧？」

「我星期二晚上就寫，告訴妳第一天考得怎麼樣。」安妮保證。

「那我星期三去郵局等妳的信。」黛安娜信誓旦旦地說。

下星期一，安妮動身前往沙洛鎮。星期三，黛安娜依約守在郵局，也收到了安妮的信。安妮的信是這麼寫的：

親愛的黛安娜，

現在是星期二晚上，我在山毛櫸莊園的圖書室寫信給妳。昨晚我一個人待在房間，覺得好孤單，真希望妳在我身邊。我答應過史黛西老師了，所以不能再複習，但叫我不讀歷史，就像以前叫我功課寫完前不看故事書一樣難。

今天早上，史黛西老師來帶我去女王學院，我們沿路接了珍、露比和喬西。露比叫我摸她的手，她的手冷得像冰塊一樣。喬西說我看起來像是整晚沒睡，照這個樣子，就算我真的考上了，身體大概也撐不過辛苦的教師培訓。雖然我很努力學著喜歡喬西．派伊，但有時我還是好討厭她！

我們抵達學院時，那裡已經聚集了好多從島上各個鄉鎮趕來的學生。我們第一個遇到的人是穆迪．司布真，他坐在臺階上，一直自言自語。珍問穆迪到底在幹麼，他說他在唸九九乘法表放鬆心情，還叫我們千萬別打斷他，因為他一停下來就會開始緊張，把學會的東西全部忘光。唸九九乘法表可以幫助他記住所有東西。

我們進到各自的考場時，史黛西老師就不能陪我們了。我和珍坐在一起，珍看起來好冷靜，我真羨慕她。理智又沉著的珍根本不需要乘法表！我在想我緊張的心情是不是都寫在臉上了，我的心臟跳得好大力，說不定整間教室的人都聽得到。過了一會，一個男人走進教室發英文考卷。拿到考卷時，我的雙手發冷，一陣頭昏眼花。在那可怕的一瞬間，我的感覺就像四年前問瑪莉拉我能不能留在綠山牆之家時一模一樣啊，黛安娜。然後我的腦袋變得清晰起來，心臟也開始跳動——我忘了說我嚇得心跳都停了——因為我知道，我一定答得出那張考卷的題目。

中午我們回家吃午餐，下午再回學院考歷史。歷史的考題好難，我把事件發生的時間都搞混了，但我還是覺得今天考得不錯。可是，黛安娜，幾何考試就是明天了，我好想翻開幾何課本，我用盡了全部的意志力才克制住這股衝動。要是唸九九乘法表可以緩解我的焦慮，我大概會一直唸到明天早上吧。

傍晚我去找其他女生，半路看到穆迪一臉失魂落魄地在街上亂晃，他說他的歷史考砸了，他生來就只會讓他爸媽失望，還說他明天早上就要搭火車回家，反正當木匠怎麼說都比當牧師簡單。我替他加油打氣，勸他堅持到最後，如果他中途放棄，那就辜負史黛西老師的教導了。有時我會想，如果自己是男生就好了，但我一看到穆迪，就很慶幸自己是女生，而且不是他的姊妹。

我到女孩們寄宿的地方時，露比因為發現她在英文考試犯了一個嚴重的錯誤，哭得死去活來。她冷靜下來後，我們去鬧區吃了冰淇淋。大家都好希望妳在這裡。

噢，黛安娜，如果幾何考試已經結束就好了！不過，我想林德太太一定會說，不管我有沒有考過幾何考試，太陽還是照樣升起落下。這句話很有道理，但聽了也不會覺得好過一點。要是我真的考砸了，那太陽乾脆不要升起了吧！

妳忠實的朋友

安妮

幾何學和其他科目的考試終於都結束了，安妮在星期五傍晚回到家，雖然疲憊，卻流露出通過考驗的喜悅光彩。黛安娜早已在綠山牆之家等候她，兩人見面時萬分欣喜，彷彿好幾年不見了。

「親愛的安妮，妳回來真是太好了，我總覺得妳在城裡待好久了。噢，安妮，妳考得還好嗎？」

「除了幾何學，其他都不錯。不知道幾何能不能考過，我有種考不過的不祥預感。啊，回家真好！綠山牆之家是世界上最親愛、最美麗的地方。」

「其他人考得怎麼樣？」

「女孩們都說沒考過，但我想她們都表現得不錯，喬西還說幾何簡單到連十歲小孩都會咧！穆迪還是覺得他的歷史完蛋了，查理說他的代數考差了，但放榜之前一切都說不準。榜單至少要兩個星期後才會公布，我們居然得提心吊膽兩星期！如果能一直睡到放榜再醒來就好了。」

黛安娜知道追問吉爾伯特考得如何不會有答案，所以她只說了句：

「妳一定能順利考上的，別擔心。」

「如果排名不夠前面，那我寧願沒考上。」安妮冷不防吐出這句話。她的言下之意是，要是她的名次不在吉爾伯特．布萊斯之上，那上榜就不是十足的勝利，也不值得慶祝了。黛安娜也聽出了安妮的意思。

為了贏過吉爾伯特，安妮每場考試都拚盡全力，吉爾伯特也是如此。他們好幾次在街上擦肩而過，卻裝作互不認識。每次相遇，安妮總是把頭抬得更高一點，後悔自己當初沒和吉爾伯特和好的缺憾也更多一點，在考試中贏過他的決心也更強一點。安妮知道，艾凡里所有的青少年都等著看這場競賽的結果，吉米．葛洛佛和奈德．萊特甚至為此打了賭，喬西．派伊則說吉爾伯特贏定了。安妮覺得，自己要是真的輸了，一定無法忍受那種奇恥大辱。

然而，安妮之所以一心一意想名列前茅，還有另一個更高尚的動機。她想為了馬修和瑪莉拉「高分上榜」，特別是馬修，因為馬修曾告訴她，他相信安妮「一定能打敗島上的所有人」。安妮從來不敢奢望能達成這個目標，但她的確熱切盼望著自己至少能擠進前十名。如果可以讓馬修慈祥的褐色眼睛閃耀自豪的光芒，那麼她努力用功、耐心鑽研無趣的公式和動詞變化就有了最甜美的收穫。

兩星期過去了，安妮和珍、露比以及喬西也開始到郵局等候消息。她們每天懷著忐忑不安的心，顫抖著雙手翻開《沙洛鎮日報》，那種緊張又沉重的心情就和考試週一樣煎熬。查理和吉爾伯特也天天去郵局報到，只有穆迪堅決不加入他們的行列。

「我不敢自己去郵局讀報紙。」穆迪對安妮說。「我寧願等別人來跟我說我有沒有通過。」

距離入學考已經過了三星期，榜單卻遲遲沒有公布，安妮開始覺得自己焦慮得快受不了了。她茶不思、飯不想，對艾凡里的大小活動也提不起勁。林德太太沒好氣地說，主管考試作業的教育局長是保守黨員，民眾還能期待些什麼？馬修發現安妮氣色欠佳，對周遭事物漠不關心，每天下午都拖著沉重的腳步從郵局走回家，他不禁認真思考，下次選舉是不是該把票投給自由黨了。

一天傍晚，消息終於來了。當時安妮坐在敞開的窗前，暫時忘卻了考試的煩憂與世俗的牽掛，沉醉在夏日黃昏的美景中，嗅著樓下花園飄來的陣陣花香，聆聽清風拂過白楊樹的窸窣聲響。東邊冷杉林上方的天空在西邊夕陽餘暉的映照下，泛著淡淡的粉色，安妮恍惚地想著，色彩精靈是不是就長這副模樣？就在這時，她看到黛安娜從冷杉林飛奔而來，跑過圓木橋、爬上山坡，手裡的報紙迎風飄動。

安妮瞬間明白報紙上刊了什麼，從椅子上跳起來。榜單公布了！她感到天旋地轉，胸口因為心臟狂跳而隱隱作痛，雙腳連一步也邁不出去，只能在原地等黛安娜過來。黛安娜實在太興奮了，她一路衝過走廊，連門都沒敲就闖進安妮的房間，但對安妮來說，這過程彷彿有一小時這麼漫長。

「安妮，妳考上了！」黛安娜大喊。「而且是**第一名**——妳和吉爾伯特都是第一名，你們平手——但妳的名字排在前面。噢，我好驕傲！」

黛安娜把報紙扔在桌上，接著倒在安妮的床上，喘得上氣不接下氣，無法再多說一句話。安妮雙手不停顫抖，不小心打翻火柴盒，又劃斷了六根火柴，好不容易把燈點亮，趕緊抓起報紙一瞧。沒錯，她真的考上了，還在兩百位錄取的考生中名列榜首！所有的辛苦都值得了！

「妳考得太棒了，安妮。」黛安娜稍微恢復之後，便坐起身，氣喘吁吁地說。安妮不發一語，一雙大眼如星光般閃耀，出神地看著榜單。「報紙是我爸爸不到十分鐘前從明河拿回來的，下午的火車剛送過來，明天才會寄到艾凡里。我一看到榜單，就發瘋似地衝過來了。你們每個人都考上了，穆迪也是，但他的歷史要補考。珍和露比考得很棒，進了前一百名，查理也是。喬西的分數只比錄取線高三分，但妳等著看，她一定會像考了第一名一樣囂張。史黛西老師一定會很高興吧？噢，安妮，看到自己的名字列在榜首，是什麼感覺？如果是我，一定會開心到瘋掉吧，我現在就快要樂瘋了，但妳看起來好冷靜。」

「我現在腦袋一片空白。」安妮說。「我有好多話想說，但不知道該怎麼說才好。我從來沒幻想過這種事——不，我有想過，一次而已！我只戰戰兢兢地想過一次：『有沒有可能我是第一名？』因為這個想法太自大、太厚臉皮了。妳等我一下，黛安娜，我要趕快去田裡告訴馬修，然後我們沿路告訴大家這個好消息。」

她們趕到穀倉下方的田地，馬修正在那裡捲乾草，林德太太碰巧也在小路圍籬邊和瑪莉拉說話。

「馬修，」安妮大喊。「我考上了，考了第一名——應該說是並列第一名！我沒有得意忘形，我只是很開心。」

「我就說嘛，」馬修說，歡天喜地看著榜單。「我就說妳可以輕鬆打敗他們。」

「妳做得很棒，安妮。」瑪莉拉雖然心裡無比驕傲，卻不想讓挑剔的瑞秋察覺，但這次她多慮了，心地善良的瑞秋也真誠地說：

「我也覺得安妮會考得很好。我一定要好好稱讚妳，安妮，妳是瑪莉拉和馬修的驕傲，就是這麼回事，我們大家都以妳為榮。」

安妮後來去牧師館，和艾倫太太懇談了一番，為這美妙的夜晚畫下句點。睡前，心滿意足的安妮跪在敞開的窗前，在皎潔的月光下輕聲禱告，由衷感激過去的一切，並虔心祈求未來的抱負都能一一實現。接著，她枕著雪白的枕頭，沉入少女最光明美麗的夢鄉。

第三十三章　飯店音樂會

「安妮，妳一定要穿這件白蟬翼紗洋裝。」黛安娜果斷地給出建議。

她們倆在東側閣樓房間。這時還只是黃昏，窗外萬里無雲的清澈藍天染上美麗的黃綠色暮光，一輪蒼白黯淡的大圓月高掛在幽靈森林上空，月光漸漸轉成光輝燦爛的銀白。空氣中迴盪著夏季特有的甜美音樂——睏倦鳥兒的啁啾鳴叫、恣意吹拂的微風，以及遠處人們的交談聲與笑聲。雖然時間還早，但安妮房間的百葉窗已經拉下，燈也點亮了，原來她們正忙著梳妝打扮。

和四年前的那天晚上相比，東側閣樓已經大不相同。當時這裡一片空蕩蕩，荒涼冰冷的氣息直直滲進安妮的心底。然而，在瑪莉拉睜一隻眼、閉一隻眼的默許下，房間一點一滴地產生變化，直到今天，這裡已經變成少女夢想中最溫馨別緻的小窩了。

從前，安妮幻想能擁有粉紅玫瑰圖案的天鵝絨地毯和粉紅絲綢窗簾，雖然這些擺設沒有化為現實，但隨著年齡增長，她的夢想也趨於成熟，不會為此感到惋惜。現在，房間地板鋪著漂亮的地墊，高高的窗戶上掛著淺綠色細棉布窗簾，窗簾隨風微微飄動，修飾了窗戶僵硬的線條。牆壁沒有金線和銀線織成的錦緞掛毯，而是貼著雅緻的蘋果花壁紙，還掛了幾幅艾倫太太送的美麗圖畫。史黛西老師的照片放在最顯眼的位置，下方的架子不時擺著鮮花，這是安妮感性的堅持。今晚花瓶裡插著一枝白百合，淡雅夢幻的香氣在房裡飄散。雖然沒有桃花心木家具，但有擺滿書本的白色書櫃、一張白色矮床、附椅墊的藤編搖椅、白色細棉布裝點的梳妝檯，以及一面古色古香的鏡子。鏡子以前掛在客房，鍍金鏡框的拱形頂部畫著白胖粉嫩的丘比特和紫葡萄。

安妮梳妝打扮是為了出席白沙大飯店的音樂會。音樂會是飯店住客為沙洛鎮醫院募款而舉辦，並廣邀附近鄉鎮有特殊才藝的人參與演出。白沙浸信會唱詩班的柏莎．桑普森和珍珠．克雷表演二重唱；新橋的米爾頓．克拉克表演小提琴獨奏；卡莫地的溫妮．艾德拉．布雷爾演唱蘇格蘭民謠；史賓賽谷的蘿拉．史賓賽及艾凡里的安妮．雪利則表演朗誦。

如果是以前的安妮，一定會說受邀參加音樂會是「永生難忘的大事」，現在的她也興奮不已。安妮獲得這份殊榮，馬修簡直樂得飛上天了。瑪莉拉的欣慰與自豪不亞於馬修，但她打死不承認，只說一大群年輕人跑去飯店那種地方，還沒有大人看著，實在不妥當。

安妮和黛安娜約好和珍．安德魯斯以及她的哥哥比利坐馬車去飯店，村裡有幾個少男少女也會去，也有一群旅客會從沙洛鎮過來。音樂會結束後，還有為表演者舉行的晚宴。

「蟬翼紗真的最好看嗎？」安妮不放心地問：「我覺得還是藍花細棉布這件更漂亮、更時尚。」

「可是蟬翼紗這件最適合妳。」黛安娜說。「這件洋裝布料軟、褶邊多，還能凸顯身材曲線。細棉布洋裝太硬挺，穿起來太正式了。蟬翼紗這件和妳非常搭，簡直就像妳身體的一部分呢。」

安妮嘆了口氣，選擇妥協。黛安娜出色的時尚品味逐漸在村裡打響名號，許多人遇到這方面的問題，都爭相向她討教。黛安娜今晚看起來美麗動人，身上的洋裝是甜美的玫瑰粉，那是安妮永遠無法嘗試的顏色。不過黛安娜不會上臺表演，所以她自己的打扮只是其次。她將所有心思都放在安妮身上，為了艾凡里的榮耀，她發誓一定要把安妮打扮到連女王都讚譽有加。

「把那條波浪褶邊拉出來一點，就是那樣。我幫妳把腰帶綁好，接下來穿涼鞋。我要把妳的頭髮編成兩條粗辮子，在中間綁上白色的大蝴蝶結。不行，不能有瀏海，把額頭露出來。中分髮型真的太適合妳了，安妮，艾倫太太也說，妳梳這個髮型好像聖母瑪利亞呢。這朵白玫瑰插在妳耳朵後面，我的玫瑰盆栽只開了一朵花，我特地留給妳的。」

「我可以戴珍珠項鍊嗎？」安妮說。「馬修上星期去鎮上買了一條給我，他一定希望我戴上。」

黛安娜噘起嘴、歪著頭，認真思考了一會，終於同意了，並將珍珠項鍊圍上安妮纖細白皙的脖子。

「妳看起來好高雅，安妮。」黛安娜說，語氣流露出由衷的欣賞，沒有一絲妒意。「抬起頭的樣子也好有氣質，我想是因為妳身材苗條，不像我又矮又胖。我一直怕自己變成矮胖子，現在我擔心的事成真了。唉，我看我還是認命吧。」

「可是妳有可愛的酒窩呀。」安妮看著眼前的黛安娜活潑美麗的臉蛋，露出親暱的微笑。「妳的酒窩就像鮮奶油上的小凹洞呢。我已經放棄我的酒窩夢，我這輩子是不可能有酒窩了，但我有好多夢想都實現了，所以不能再抱怨。我打扮好了嗎？」

「都好了。」黛安娜回答。這時瑪莉拉出現在門口，她的頭髮白了不少，瘦削的身子仍像從前那樣稜角分明，臉上的表情卻變得柔和許多。「瑪莉拉，快來看看我們的朗誦家，她很美吧？」

瑪莉拉哼了一聲。

「她看起來整齊又端莊，我很喜歡這個髮型，但白色裙子八成會弄髒，妳們要坐馬車過去，一路上很多灰塵和露水，而且最近晚上溼氣重，穿這件裙子太單薄了。蟬翼紗真是世界上最不實用的布料，馬修買回來的時候我就告訴他了。現在跟馬修說什麼都沒用，以前他還會聽我的話，現在他老是不顧我的意見，隨便替安妮買這買那。卡莫地的店員都知道馬修很好騙，只要告訴他什麼東西漂亮又時髦，他馬上就會掏錢出來。安妮，小心別讓裙子碰到車輪，還有，記得套一件暖和的外套。」

瑪莉拉說完，就大步走下樓了。她自豪地想著，安妮看起來真可愛，「光潔的前額宛如一道月光」，她不能到現場聽安妮朗讀，實在太可惜了。

「溼氣會不會很重，不適合穿這件裙子啊？」安妮擔憂地說。

「一點也不會。」黛安娜一邊拉開百葉窗、一邊說道。「今天晚上天氣很好，不會有露水。妳看，月光多亮呀。」

「我的窗戶面向東邊，可以看到日出，真是太好了。」安妮說，走到黛安娜身旁。「太陽從平緩的山坡上升起，照亮冷杉林尖尖的樹梢，看起來美極了。每天早上的陽光都不一樣，沐浴在第一道陽光中，感覺靈魂都被淨化了。噢，黛安娜，我真的好愛這個小房間。下個月去城裡讀書，就不能住在這裡了，我一定會受不了的。」

「今晚別說妳要離開的事。」黛安娜哀求：「一想到我就好難過。今晚我想玩得開心，所以我不想去煩惱那件事。妳打算朗讀什麼文章，安妮？妳會不會緊張？」

「一點也不會。我常常在大家面前朗讀，已經很習慣了。我要朗讀〈少女的誓言〉，是一首很淒美的詩。蘿拉．史賓賽要朗讀一首幽默詩，但比起逗觀眾笑，我更喜歡讓他們感動落淚。」

「如果觀眾要妳再來一首，妳要唸什麼？」

「他們才不會呢！」安妮雖然嘴上這麼自嘲，心裡其實希望到時有人喊安可，甚至幻想明天吃早餐時，能和馬修描述那個情景。「比利和珍來了，我聽到馬車的聲音了，走吧。」

比利．安德魯斯堅持要安妮和他一起坐前座，安妮雖然比較想和其他女孩坐在後座，一同暢談歡笑，卻只能不情願地照辦。比利這個人不太會和人談笑。他今年二十歲，體型又高又胖，一張圓臉總是沒什麼表情，而且非常不擅言談。儘管如此，比利十分愛慕安妮，想到能和這位窈窕淑女肩並肩乘著馬車到白沙鎮，他心裡得意極了。

一路上，安妮不時回頭和女孩們聊天，偶爾和比利客套幾句，還是盡可能享受了這段旅程。可惜每次她向比利搭話，比利只會咧著嘴笑，不知該怎麼回應，最後錯過了回話的時機。今晚洋溢著歡樂的氣氛，路上都是要前往飯店的馬車，人們響亮的笑聲此起彼落。他們抵達飯店時，整棟飯店燈火輝煌，幾位音樂會委員在門口迎接他們，其中一位女士帶領安妮到表演者的化妝間。化妝間擠滿了沙洛鎮交響樂團的成員，被這些人團團包圍，安妮既羞怯又害怕，突然覺得自己看起來好土氣。在東邊閣樓時，她的洋裝看起來精美亮麗，但這裡人人穿著閃閃發亮、沙沙作響的絲綢和蕾絲禮服，相形之下，她的裙子顯得過分簡單樸素。旁邊那位高大美麗的女士戴著華麗的鑽石，她的珍珠項鍊要怎麼相比？大家都別著又大又鮮豔的溫室花朵，她那小小的白玫瑰一定也相形失色吧！安妮脫下帽子和外套，悶悶不樂地縮在角落，好希望能回去綠山牆之家的白色房間。

來到大音樂廳的舞臺上，安妮的心情更差了。電燈亮得她睜不開眼，香水味和噪音從四周向她襲來，令她不知所措。坐在後方觀眾席的黛安娜和珍似乎相當樂在其中，安妮好希望自己和她們一起坐在臺下。她夾在一位穿著粉色絲綢禮服的胖女士和一個穿著白蕾絲裙、一臉不屑的高個子女孩中間。那位胖女士不時轉過頭來，隔著眼鏡毫不避諱地打量安妮，安妮被她看得很不舒服，忍不住想大聲尖叫。穿白蕾絲裙的少女則不停和另一邊的人大聲取笑觀眾席的「鄉巴佬」和「可愛村姑」，還興致缺缺地說這些當地表演者的演出一定會「非常有趣」。安妮不禁覺得自己會一輩子討厭這女孩。

安妮的運氣不太好，有位職業朗誦家正巧下榻這間飯店，也同意參與演出。她的體態輕盈優美，有一雙黑色眼眸，閃亮的銀灰色禮服有如月光編織而成，脖子上戴著寶石項鍊，烏黑的秀髮還有珠寶點綴。朗誦家的聲音收放自如、張力十足，觀眾聽了無不大聲叫好。安妮眨著晶亮的雙眼，聽得渾然忘我，暫時忘記了所有煩惱，但朗誦一結束，她猛然用雙手摀住臉。這場表演太精彩了，要她接著上臺，她絕對辦不到。她怎麼會以為自己懂朗誦？啊，如果能回去綠山牆之家就好了！

就在這絕望的一刻，司儀喊了她的名字。安妮茫然地站起來，那位白裙女孩沒看出氣質高雅的安妮就是她口中的「村姑」，露出心虛又驚訝的表情；但安妮沒有注意到，就算注意到了，也不會明白女孩為何會有那種反應。安妮搖搖晃晃地走上前，臉色一片慘白，坐在觀眾席的黛安娜和珍看了都替她捏一把冷汗，緊張地握住對方的手。

安妮突然怯場了。雖然她常在公開場合朗誦，卻沒有面對過這麼多觀眾，光是看著臺下，就嚇得全身無力。一切都好陌生、好明亮，讓人感到迷茫，一排排身穿晚禮服的女士、一張張批判的臉孔、富麗堂皇又充滿文藝氣息的音樂廳，和辯論社簡樸的長椅，以及朋友鄰居親切和善的臉龐都不一樣。安妮心想，這些人一定會把她批評得體無完膚，他們說不定跟那個白裙女孩一樣，都等著看她這個「鄉下人」賣力演出的滑稽模樣。她無助地站在臺上，簡直羞恥又悲慘到了極點。她感到頭暈目眩，膝蓋抖個不停，心臟撲通撲通地狂跳，一個字也說不出來。此時此刻，就算臨陣脫逃會讓她一輩子抬不起頭，她也只想馬上跑下臺。

然而，就在她睜著驚恐的雙眼望向觀眾時，她看見吉爾伯特．布萊斯坐在音樂廳後方，身子往前傾，臉上掛著一抹微笑。在安妮看來，那是得意、嘲諷的微笑，但事實卻不是如此。吉爾伯特之所以笑，只是因為喜歡音樂會的氣氛，以及看到棕梠樹背景的襯托下安妮修長的白色身影和清麗的面容，覺得格外賞心悅目罷了。吉爾伯特身旁坐著和他一起搭馬車來的喬西．派伊，她倒真的一臉得意、嘲諷的表情，但安妮沒有看到她，就算看到了也不會在乎。安妮深吸了一口氣，驕傲地抬起頭，勇氣和決心像是一道電流竄過她的身體。她不會在吉爾伯特．布萊斯面前出醜，吉爾伯特不會有嘲笑她的機會，絕對不會！恐懼和緊張頓時煙消雲散，安妮開始朗讀，清亮悅耳的嗓音一路傳到音樂廳最遠的角落，聽不出一絲顫抖或瑕疵。她已經完全恢復冷靜，剛才怯場的無力感激發了她的潛能，讓她發揮出前所未見的實力。朗誦結束後，觀眾掌聲如雷，誠心為她喝彩。安妮害羞又雀躍，臉上泛起紅暈，她回到座位後，穿粉色禮服的胖女士激動地握住安妮的手。

「親愛的，妳唸得太好了。」她熱切地感嘆：「我哭得像個小嬰兒一樣，真的。妳聽，大家在喊安可，妳一定要再上臺一次！」

「噢，我做不到。」安妮慌亂地說。「但我一定要上臺，不然馬修會失望的，他說大家一定會喊安可。」

「那就別讓馬修失望啦。」那位女士笑著回答。

眼神清澈的安妮紅著臉、微笑著，快步走回臺上。她唸了一首機智詼諧的小品，進一步擄獲觀眾的心。對安妮來說，她今晚達成了相當了不起的成就。

音樂會結束後，粉色禮服的胖女士——原來她是一位美國百萬富翁的太太——對安妮特別關照，將她介紹給所有人認識。大家對安妮非常親切，那位職業朗誦家伊凡斯太太過來和她聊天，誇讚她聲音迷人，對文章的「詮釋」也深刻精準，就連白裙女孩也冷淡地恭維了她幾句。他們在美輪美奐的大餐廳裡享用晚餐，黛安娜和珍是和安妮同行的朋友，因此也受邀參加餐會，而比利遇到這種大場面簡直嚇得要命，早已溜得不見蹤影。晚宴結束，比利終於出現了，準時備好馬車在外面等候。三位女孩滿心歡喜地走出飯店，來到皎潔寧靜的月光下。安妮深深吸了口氣，仰望漆黑的冷杉樹上方的清澈夜空。

噢，再次踏入純淨且靜謐的夜晚，真是美好！天地萬物是如此宏偉、平和而美妙，海浪的呢喃依稀可聞，遠處幽暗的懸崖聳立，彷彿莊嚴的巨人守護著仙境般的海岸。

「真是太開心了，對吧？」一行人坐車離開後，珍忍不住感嘆：「我好希望我是有錢的美國人，夏天可以到飯店度假，戴珠寶、穿低領禮服，每天都有冰淇淋和雞肉沙拉能吃，這種生活一定比教書有趣多了。安妮，妳的表演太精彩了，一開始我還擔心妳永遠開不了口了呢。我覺得妳朗誦得比伊凡斯太太更好。」

「噢，珍，千萬別說這種話。」安妮急忙說。「聽起來太離譜了。我不可能比得上伊凡斯太太，她是專業的朗誦家，我只是個稍微懂朗讀的學生而已。大家喜歡我的表演，我就滿足了。」

「我聽到有人稱讚妳喔，安妮。」黛安娜說。「從那個人的語氣判斷，我想應該是讚美，至少有一部分一定是。有個美國人坐在我和珍後面，他看起來很浪漫，有著烏黑的頭髮和眼睛。喬西．派伊說他是有名的畫家，喬西住在波士頓的阿姨嫁給了畫家的老同學。我們聽到那位畫家說：『臺上那個提香色頭髮的女孩是誰？我真想替她畫肖像畫。』對吧，珍？他是這麼說的，安妮。不過『提香色』的頭髮是什麼意思呀？」

「我猜就是紅頭髮吧。」安妮笑著說。「提香[42]是很有名的畫家，他很喜歡畫紅頭髮的女人。」

42 提香（Titian），義大利文藝復興時期威尼斯畫派的大畫家。

「妳們有沒有看到那些女士戴的鑽石？」珍嘆著氣說。「真是太耀眼了。妳們不會想當有錢人嗎？」

「我們**現在**就很富有了啊。」安妮堅定地說。「我們認真生活了十六年，像女王一樣每天過得開開心心，而且多少有一些想像力。妳們看看那片海，漆黑的海上銀光閃閃，既神祕又夢幻。如果我們變成百萬富翁，有數不清的鑽石項鍊，就不能體會海洋的美了。就算能變成那些有錢的女人，妳也不會想這麼做。妳會想當那個穿白裙的女孩，這輩子都擺著臭臉，一副瞧不起全世界的樣子嗎？穿粉色禮服的女士雖然人很好，但妳會想像她一樣又矮又胖，完全沒有曲線可言嗎？妳會想當伊凡斯太太，眼神那麼悲傷嗎？她一定過得很不快樂，才會露出那種眼神。珍．安德魯斯，妳知道妳不會想的！」

「我不知道——不太確定。」珍看起來沒有被說服。「我覺得鑽石能帶來很多快樂。」

「我想當我自己就好，就算一輩子買不起鑽石，我也不想變成別人。」安妮毫不猶豫地說。「當『綠山牆之家的安妮』、戴珍珠項鍊，我覺得很滿足。我知道我的項鍊有馬修滿滿的愛，不會輸給那位粉色禮服女士的珠寶。」

第三十四章　女王學院的女學生

接下來的三個星期，綠山牆之家的人為安妮前往女王學院做準備，忙得不可開交，不僅有許多針線活要做，還有許多事要商量、安排。有馬修負責打點，安妮多了好幾件漂亮的新衣裳，這次不論馬修買什麼、提議什麼，瑪莉拉都沒有反對。不只如此，有一天傍晚，瑪莉拉還抱著一大塊細緻的淡綠色布料來到東邊閣樓。

「安妮，這布料可以給妳做一件漂亮的禮服。妳已經有很多好看的衣服了，應該不需要再一件，但我想如果妳在城裡要去晚會之類的社交場合，可能需要穿正式的服裝。我聽說珍、露比和喬西都準備了所謂的『晚禮服』，我不希望只有妳沒有。這塊料子是我上星期拜託艾倫太太和我去鎮上挑的，我們會請艾蜜莉．吉利斯來幫妳做禮服，艾蜜莉很有品味，裁縫手藝也是一流的。」

「哇，瑪莉拉，這布料太美了。」安妮說。「真的很謝謝妳。妳不該對我這麼好的，這樣我越來越捨不得離開了。」

艾蜜莉依照她獨到的時尚品味，為安妮的綠色禮服設計了許多褶線、波浪邊和抽褶。一天晚上，安妮特別穿上禮服，在廚房為馬修和瑪莉拉朗誦〈少女的誓言〉。瑪莉拉看著安妮活潑開朗的臉龐和優雅的舉止，回想起她剛來綠山牆之家的那天晚上。往事歷歷在目，當時的安妮還是那個古怪的孩子，一身滑稽的黃灰色裙子，滿臉的害怕，淚光閃爍的雙眼流露出心碎的眼神。想著想著，瑪莉拉也不禁流下了眼淚。

「瑪莉拉，我的朗讀居然讓妳感動得掉眼淚。」安妮高興地說，接著在瑪莉拉的椅子前彎下腰來，輕輕吻了一下她的臉頰。「看來我成功了。」

「沒有，我不是因為聽了妳的朗讀才哭。」瑪莉拉回答。她才不會被「詩歌那種玩意」惹哭，表現出脆弱的一面。「我只是忍不住想起小時候的妳，安妮，如果妳永遠都是個小女孩該有多好，就算個性古怪也沒關係。現在妳已經長大，要離開我們了。妳穿這件禮服，看起來好高䠷、好有氣質，簡直變……變了個人，好像妳根本不屬於艾凡里。想到這些，我就覺得好寂寞。」

「瑪莉拉！」安妮坐上瑪莉拉覆著格子裙的膝蓋，雙手捧著她滿是皺紋的臉，認真且溫柔地凝望她的眼睛。「我一點也沒變——沒有真的改變，只是修剪掉多餘的枝葉，長出新樹枝而已。真正的我還是從前的樣子，就藏在我的心裡。不管我去了哪裡、外表怎麼改變，我永遠都是妳的小安妮，我每天都會越來越愛妳和馬修，還有親愛的綠山牆之家。」

安妮將她年輕粉嫩的臉頰貼在瑪莉拉衰老憔悴的臉頰上，並伸手拍了拍馬修的肩膀。此時此刻，瑪莉拉多麼希望自己能像安妮那樣，以言語自在地表達情感，但礙於天性和習慣，她還是說不出口，只能深情地將安妮擁入懷中，盼望著能永遠不放手。

馬修發覺自己眼眶溼潤，趕緊起身走到屋外。湛藍的夏日夜空星光閃閃，他走過庭院，來到白楊樹下的大門邊，情緒顯得有些激動。

「嗯，她沒有被寵壞。」馬修喃喃自語，語氣充滿驕傲。「到頭來，我偶爾插手她的教育也沒造成什麼問題。她聰明又漂亮，而且重感情，這一點比所有的優點都來得珍貴。遇到這孩子是我們的福氣，當初史賓賽太太意外把她帶來這兒，真是我們最幸運的事。但我不相信這真的是運氣，這一定是上天的旨意，上帝知道我們需要她，才把她賜給我們。」

安妮必須進城的這一天終於到來。九月一個晴朗的早晨，她和黛安娜哭著互相道別，也含淚向瑪莉拉說再見——瑪莉拉倒顯得很冷靜——馬修便載著她到城裡去了。安妮出發後，黛安娜擦乾眼淚，和幾個住在卡莫地的表親去白沙鎮的海邊野餐，她決心玩個痛快，好不容易讓心情平復了一些。至於瑪莉拉，她整天拚命忙著不必做的家事，仍舊無法消除心中的悲痛。那股心痛無法以眼淚沖淡，在胸口灼燒，不停折磨著她。夜裡，瑪莉拉躺在床上，深切地意識到走道盡頭的閣樓房間少了那位活潑少女的身影，也沒有少女睡夢中發出的輕柔鼻息，她一陣心酸，把臉埋進枕頭，痛哭了起來。稍微冷靜下來後，她驚覺自己竟然為了一個具有原罪的凡人，表現出這麼強烈的悲傷，又不禁自責萬分。

安妮和其他艾凡里的學生及時抵達位於沙洛鎮的女王學院。開學日既愉快又刺激，新鮮事一件接一件，新生齊聚一堂、認識教授，接著被編入各自的班級。安妮聽了史黛西老師的建議，打算直接修習二年級的進階課程，吉爾伯特．布萊斯也一樣。如果順利的話，一般學生需要兩年才能獲得的一級教師執照，他們只需要一年就能取得，這也表示他們的課業更繁重，需要加倍努力。珍、露比、喬西、查理和穆迪的企圖心沒那麼旺盛，能取得二級教師執照就滿足了。安妮來到教室，放眼望去，五十個新同學中，除了教室另一邊那個褐髮高個子的男孩，沒有一張熟識的面孔，一股寂寞頓時湧上她的心頭。她悲觀地想著，以自己和吉爾伯特形同陌路的關係，有他當同學也沒有多少幫助。然而，安妮還是很高興能和吉爾伯特分在同一班，繼續以往的競爭。如果沒了這個對手，她一定會感到不知所措。

「要是少了他做對手，我會渾身不對勁。」安妮心想：「吉爾伯特看起來很堅決，他一定下定決心要拿到第一名獎牌了吧。他的下巴線條怎麼這麼好看？我以前都沒注意到。要是珍和露比也和我同班該有多好，但跟新同學混熟之後，我應該就不會這麼不安了。不知道哪個女生會變成我的朋友，猜這種事還挺好玩的。我已經答應黛安娜，就算我在女王學院交到再要好的朋友，她在我心中的地位也不會被取代。話是這麼說，但普通朋友倒是能多交幾個。那個紅色衣服、棕色眼睛的女孩看起來很有活力，好像一朵紅玫瑰，我喜歡她的長相。那裡還有一個皮膚白皙的金髮女孩，她的頭髮好美喔。看她一直盯著窗外，說不定她也很擅長幻想。我想認識她們兩個，和她們變成好朋友，可以摟著對方的腰、用小名稱呼對方的好朋友。但現在我還不認識她們，她們也不認識我，可能也沒有特別想認識我。唉，感覺好孤單啊！」

傍晚時分，安妮獨自待在房間，感覺更孤單了。她沒有和其他女孩一起住，因為她們在城裡都有親戚家可以借住。約瑟芬・巴瑞女士雖然很樂意讓安妮住在山毛櫸莊園，但莊園離學院太遠，只好作罷。不過，她另外替安妮找了寄宿地點，也向馬修和瑪莉拉保證，安妮住在那裡絕對合適。

「房東是一位家道中落的貴婦人。」巴瑞女士說。「她丈夫是退休的英國軍官。她挑選房客非常謹慎，安妮不會遇到不適合來往的對象。那裡的伙食很不錯，房子在一個安靜的社區，離學院很近。」

這些雖然都是事實，卻無法緩解安妮的思鄉之苦。她憂傷地環顧這狹小的房間，看著沒有任何圖畫的單調牆壁、小小的鐵床和空蕩蕩的書櫃，不由得一陣哽咽。她想起自己在綠山牆之家的白色房間，在那裡，她總能感受到窗外遼闊靜謐的翠綠大地、花園裡生長的豌豆、灑落在果園的月光、山坡下的小溪、森林裡隨夜風搖曳的雲杉枝椏、一望無際的星空，還能從樹林縫隙望見黛安娜房間的燈火。然而，能帶給她快樂的一切景物都不在這裡。如今她的窗外是一條堅硬的道路，縱橫交錯的電話線遮蔽了天空，街上熙來攘往，輝煌燈火照亮的全是陌生的臉孔。她知道自己快哭了，拚命忍住淚水。

「我**不會**哭，那樣太蠢了，而且顯得我很軟弱。第三滴眼淚從鼻子旁邊滴下來了，還有更多要掉下來了！我得趕快想些好笑的事，可是好笑的事也都和艾凡里有關，我只會更想哭而已。第四滴、第五滴——星期五就能回家了，但感覺要等一百年那麼久。啊，這時候馬修差不多到家了吧，瑪莉拉會站在大門口張望，看馬修有沒有出現在小路上。第六、第七、第八滴——啊，根本不用數了！眼淚已經流個不停了。我沒辦法打起精神，我也**不想**打起精神，還是傷心難過好多了！」

要不是喬西．派伊在這時出現，安妮一定會大哭一場。看到熟悉的面孔，安妮喜出望外，一時忘了自己和喬西感情不好。在這種時候，只要是艾凡里的人事物，她一律歡迎，就算是派伊家的人也不例外。

「我好高興妳來了。」安妮發自內心地歡迎她。

「妳在哭啊？」喬西憐憫的語氣聽了實在惱人。「我猜妳是想家了吧，有些人在這方面真的很沒自制力呢。我告訴妳，我一點都不想家。跟無聊的艾凡里比起來，都市實在太好玩了，真不曉得我怎麼能在艾凡里那種地方活這麼久。安妮，妳不該哭的，妳一哭，鼻子和眼睛都變紅了，那妳就一片紅通通了，很難看的。我今天在學院過得真痛快。我們的法文教授長得好帥，看著他的八字鬍，妳一定會興奮得心怦怦跳。妳有吃的嗎，安妮？我快餓死了。啊，瑪莉拉應該幫妳準備了不少蛋糕吧？我就是為了這個來的，不然我早就和法蘭克．斯托利去公園聽樂團演奏了。法蘭克和我住同一棟宿舍，個性很不錯。今天上課他有注意到妳，還問我那個紅髮女生是誰。我說妳是卡斯柏家領養的孤兒，至於妳被領養前的事就沒有人知道了。」

安妮突然覺得，與其和喬西．派伊做伴，還不如自己一個人傷心流淚。就在這時，珍和露比也來了。她們都在外套上別了女王學院的紫紅兩色緞帶，看起來意氣風發。喬西因為這陣子不和珍說話，所以變得比較安分，沒有繼續大放厥詞。

「唉，」珍說，嘆了口氣。「我覺得從早上到現在，好像過了好幾個月了。我其實應該在家讀維吉爾[43]的詩，才第一天那個討厭的老教授就叫我們預習明天要教的二十行詩詞，但我今天晚上實在靜不下心讀書。安妮，妳的臉上好像有淚痕，如果妳剛剛有哭，就快點承認喔，這樣我就不覺得丟臉了。露比來找我前，我哭得好慘，如果有人跟我一樣愛哭，我就不

43 維吉爾（*Virgil*），古羅馬詩人，著名作品包含史詩《伊尼亞斯紀》（*Aeneid*）。

在意了。那是蛋糕嗎？能不能給我一點？謝謝。是道地的艾凡里風味呢。」

露比看到桌上的學院行事曆，問安妮是不是想爭取第一名的金牌獎。

安妮臉紅了，坦承自己確實有這個打算。

「啊，聽妳們一說，我才想到，」喬西說。「女王學院也分到艾佛瑞獎學金了，這是今天才傳出來的消息，是法蘭克．斯托利告訴我的──他叔叔是學校董事。明天學院就會正式宣布這個消息了。」

艾佛瑞獎學金！安妮突然覺得心跳加速，她的雄心也像中了魔法一般瞬間壯大。在喬西提到獎學金前，安妮的最高目標就是在一年後取得一級教師執照，或許再加上金牌吧！但就在這一刻，喬西的話音剛落，安妮的腦海已經閃過自己贏得獎學金、去雷蒙德大學進修文學課程、最後穿著學士服畢業的模樣。艾佛瑞獎學金是頒發給英文科目表現卓越的學生，而英文正好是安妮最在行的學科，因此她頓時充滿信心。

新布藍茲維省一位富有的製造商去世後，部分遺產被用來廣設獎學金，依據學校的排名，將獎學金分配給海洋省分[44]的多所高中和學院。女王學院本來不一定能分配到獎學金，但現在一切塵埃落定，學年結束後，在英文和英國文學拿到最高分的畢業生，就能獲得每年兩百五十元的獎學金，前往雷蒙德大學進修四年，怪不得安妮晚上上床睡覺時，高興得眉開眼笑。

---

44 加拿大海洋省分係指正面大西洋的三個省分：新布藍茲維省、新斯科細亞省和愛德華王子島省。

「我一定要努力爭取那筆獎學金。」她暗暗下定決心。「如果我拿到學士學位，馬修一定會很驕傲吧？啊，人生有目標的感覺真好，更棒的是，我有好多目標，好像永遠沒有盡頭。實現了一個目標，馬上就會看到另一個目標在更高的地方閃閃發亮，這樣的人生才有趣嘛。」

第三十五章　女王學院的冬天

因為週末經常能回家，安妮的思鄉之情漸漸淡去。每個星期五傍晚，只要天氣晴朗，來自艾凡里的學生都會搭乘新的支線列車到卡莫地。黛安娜和幾位艾凡里的年輕人會在車站迎接他們，一行人熱熱鬧鬧地走回艾凡里。在秋日傍晚的山丘上漫步，沐浴在金黃色的落日餘暉與清爽的空氣中，遙望艾凡里的燈火在前方閃爍，對安妮來說，這是一星期中最快樂、最寶貴的時光。

吉爾伯特幾乎都和露比走在一起，還會替她拿書包。露比已經出落得亭亭玉立，她也覺得自己是大人了，會在母親許可的範圍內盡可能把裙襬加長，在城裡也把頭髮盤起來，回家時才會放下頭髮。露比有一雙又大又亮的藍眼睛，肌膚白裡透紅，體態豐滿。她的個性開朗、好相處，總是笑臉迎人，盡情享受生活的樂趣。

「我覺得吉爾伯特不會喜歡露比那型的女生。」珍小聲地對安妮說。安妮其實也有同感，但為了艾佛瑞獎學金，她沒有出聲附和。有時她忍不住會想，如果有吉爾伯特這樣的朋友一起聊天說笑、交換學習心得、談論理想抱負，那該有多開心呀。她知道吉爾伯特志向遠大，但露比似乎不是討論這類話題的好對象。

安妮對吉爾伯特沒有抱持傻氣的情感。對她來說，男生只不過是好夥伴的人選。如果她能和吉爾伯特變成朋友，她不會介意吉爾伯特另外交了多少朋友，又和誰一起走回家。安妮有吸引朋友的天賦，雖然她有許多女生朋友，卻隱約意識到自己需要結交男生朋友，以豐富對友誼的了解，拓展判斷和比較的觀點。但安妮其實沒辦法將內心模糊的感受梳理得如此清晰，她只是覺得，如果下火車後能和吉爾伯特一起穿過涼風吹拂的田野、沿著蕨類叢生的小路走回家，他們說不定能展開許多歡樂有趣的對話，討論逐漸在眼前開展的新世界，以及彼此的理想與抱負。吉爾伯特是個聰明的年輕人，對事物有自己的看法，也決心全力以赴，活出充實有意義的人生。露比告訴過珍，吉爾伯特的話她有一半都聽不懂，他的說話方式和安妮靈感迸發時簡直一模一樣。至於露比自己，除非逼不得已，她不喜歡費心思考書本內容之類的東西。比起吉爾伯特，法蘭克．斯托利更豪爽熱情，但他沒有吉爾伯特那麼英俊，所以露比真不知道自己該選哪一個才好。

安妮在學院也結識了幾位志同道合的朋友，個個和她一樣熱愛思考、想像力豐富，而且充滿雄心壯志。她很快就和「玫瑰女孩」斯黛拉．梅納德及「幻想女孩」普莉希拉．格蘭特打成一片。令人意外的是，膚色白淨、氣質脫俗的普莉希拉其實是個頑皮少女，喜歡嬉鬧、開玩笑。有著烏溜溜的眼睛、生性活潑的斯黛拉反倒熱衷於想像，她的幻想就和安妮的一樣天馬行空、繽紛絢爛。

聖誕假期過後，來自艾凡里的學生不再每週五回家，而是留在城裡專心讀書。這時女王學院的學生實力已經大致明朗，各個班級也形成了不同的風氣，學生對一些事也有了共識。有機會拿下金牌獎的選手只剩下三人，分別是吉爾伯特．布萊斯、安妮．雪利和路易斯．威爾森。艾佛瑞獎學金的戰況較為膠著，有六個學生可能成為最後贏家。數學科的銅牌獎應該會由一個從內地鄉下來的胖男孩奪得。那男孩的額頭坑坑疤疤，老是穿著打了補丁的外套，一副古怪滑稽的模樣。

露比・吉利斯是全學院公認的第一美女。斯黛拉・梅納德榮登二年級進階班的班花寶座，但有一小群眼光獨到的同學則是安妮・雪利的擁護者。艾瑟・瑪爾是了解時尚的學生一致推崇的美髮專家，至於相貌平平卻認真刻苦的珍・安德魯斯，則是家政課第一把交椅，就連喬西・派伊也被封為「全校講話最刻薄的女生」。由此可見，史黛西老師教出來的學生來到競爭更激烈的學院，也都有傑出的表現。

安妮持續不懈地努力學習。雖然新同學普遍不知情，但她和吉爾伯特之間的較勁還是跟以前在艾凡里時一樣激烈。然而，她心中的怨恨已經消失。安妮想拿下勝利，不再是為了打敗吉爾伯特，而是為了享受戰勝可敬的對手所帶來的成就感。對現在的她來說，贏了固然值得高興，就算輸了，天也不會因此塌下來了。

即使課業繁重，學生還是能找機會玩樂。安妮有空時常去山毛櫸莊園做客，星期天通常會在那裡吃午餐，和巴瑞女士一起上教堂。巴瑞女士雖然說自己老了，但她的黑眼眸依舊清澈，言談也一樣犀利。不過這位挑剔的老太太向來中意安妮，因此她辛辣的言詞從來不會用在安妮身上。

「安妮那丫頭一直在進步。」她說。「其他女孩總是讓我厭煩，她們永遠都是同一副模樣，我看了就生氣。安妮像彩虹一樣多變，不管變成什麼顏色都是最美的。她雖然不像小時候那麼有趣，卻一樣討喜。我喜歡討喜的人，因為我不用特別花力氣去喜歡他們。」

接著，春天在不知不覺中來臨。在艾凡里，草木凋零、積雪未融的荒地上有粉色的五月花悄悄探出頭來，樹木抽出嫩芽，宛如一片「綠色薄霧」籠罩森林和山谷。然而在沙洛鎮的女王學院，學生個個焦慮不已，思緒和話題都離不開考試。

「真不敢相信，這學年居然快結束了。」安妮說。「去年秋天，我還覺得一學年好漫長，整個冬天都要讀書上課，轉眼間下星期就要考試了。有時我覺得考試就是人生的一切，但一看到栗樹上大大的花苞，還有街道盡頭的藍色霧氣，就覺得考試沒那麼重要了。」

來拜訪安妮的珍、露比和喬西卻不這麼想。對她們而言，即將到來的考試比栗樹花苞和五月的霧靄重要多了。安妮有十足的把握能通過考試，因此不會把考試看得那麼重，但其他女孩打從心底認為這場考試會決定自己的將來，自然無法淡然處之。

「我這兩星期已經瘦三公斤了。」珍嘆著氣說。「跟我說『別擔心』也沒用，我就是會擔心。不過擔心也有好處，人擔心的時候，會覺得自己在做有意義的事。我已經在學院上了整個冬天的課，花了這麼多錢，要是還考不到執照就太悲慘了。」

「我倒不在意。」喬西．派伊說。「要是今年沒考過，大不了明年再來，我爸有錢讓我回來重讀一年。安妮，我聽法蘭克說，崔曼教授覺得吉爾伯特一定會拿到金牌獎，艾蜜莉．克雷可能會拿到獎學金。」

「喬西，也許我明天聽了會很難過吧，」安妮笑著回答。「可是現在，我知道綠山牆之家旁的山谷開滿了紫羅蘭，戀人小徑的蕨類都冒出頭來了，我真的覺得，有沒有拿到獎學金對我來說都不重要了。我已經盡了最大的努力，也慢慢了解『奮鬥的喜悅』是什麼感覺了。

努力能有好的結果當然是最開心的，但努力後失敗也是寶貴的經驗。我們別講考試的事了！看看那邊屋頂上的淺綠色天空，妳們試著想像一下，在艾凡里那片深紫色的山毛櫸森林上面，天空又會是什麼模樣？」

「珍，妳要穿什麼衣服去畢業典禮？」露比問了個實際的問題。

珍和喬西立刻回答了露比，話題的焦點便轉移到服裝上了。只有安妮沒有繼續參與討論，她的手肘撐在窗臺上，柔軟的臉頰倚著合攏的雙手，漫不經心的視線越過城市的屋頂和尖塔，飄向夕陽西下的燦爛天空。她的眼裡滿是對將來的憧憬，以年輕人特有的樂觀編織夢想中的錦繡前程。未來的歲月充滿無限可能，等著她去發掘，每一年都會化成一朵希望的玫瑰，織成一頂永不凋零的花冠。

第三十六章　榮耀與夢想

這天早上，各項考試結果將會張貼在女王學院的布告欄。安妮和珍一起走去學院看成績。考試結束了，珍知道自己一定會及格，一路上都笑容滿面。沒有雄心壯志的她已經別無所求，自然沒有其他要煩惱的事。一旁的安妮卻是臉色蒼白、一語不發。人生在世，萬事萬物都有其代價。懷有遠大抱負固然是件好事，想實現卻不容易，必須刻苦自勵，承受相應的焦慮和沮喪。再過十分鐘，她就會知道金牌獎和艾佛瑞獎學金的得主是誰了，此時此刻，除了等待結果的這十分鐘，未來的時間似乎都失去了意義。

「不管怎樣，妳一定會拿到其中一項。」珍覺得要是校方的公告沒有安妮的名字，那就太離譜了。

「我看獎學金是沒希望了。」安妮說。「大家都說艾蜜莉．克雷會拿到獎學金。我沒有勇氣走到布告欄前，在所有人面前看公告。我要直接去女生休息室了，珍，拜託妳看完來告訴我結果。看在我們是老朋友的分上，動作越快越好。如果我沒得獎就直說，不用拐彎抹角，還有，**千萬不要**同情我。希望妳能答應我，珍。」

珍鄭重答應了安妮的請求，但這約定其實是多餘的。兩人一走上學院門口的臺階，就看到大廳擠滿了男同學，他們把吉爾伯特．布萊斯扛在肩膀上，高喊：「金牌得主布萊斯，萬歲！」

落敗和失望的痛苦瞬間向安妮襲來。她失敗了，是吉爾伯特贏了！啊，馬修那麼相信安妮能贏得金牌，他一定會很難過。

沒想到過了幾秒，有人大喊：

「為獎學金得主雪利小姐歡呼三聲！萬歲！萬歲！萬歲！」

在一片熱烈的歡呼聲中，安妮和珍跑進了女生休息室。「噢，安妮，」珍氣喘吁吁地說。「真是太棒了，安妮，我好為妳驕傲！」

進了休息室，女同學一擁而上，笑著齊聲道賀。大夥兒圍在安妮身邊，激動得拍著她的肩膀、握著她的手。在眾人推擠擁抱的混亂中，安妮小聲地對珍說：

「馬修和瑪莉拉一定會很高興！我要馬上寫信告訴他們。」

下一場重頭戲就是畢業典禮。典禮在學院的大禮堂舉行，致詞、朗誦散文、唱歌等儀式結束後，接著頒發畢業證書及各種獎項。

馬修和瑪莉拉也出席了典禮。他們的注意力全放在臺上一位學生身上——身穿淡綠色洋裝、雙頰微紅、眼神閃亮的高䠷少女。她朗誦的散文是所有畢業生中最優秀的，臺下觀眾一看到她，紛紛低聲議論，說那女孩就是艾佛瑞獎學金的得主。

「妳現在很高興我們當初收養她吧，瑪莉拉？」安妮的朗誦結束後，馬修小聲地說。這是他進禮堂後第一次開口。

「這又不是我第一次覺得高興。」瑪莉拉忍不住回嘴：「馬修·卡斯柏，你真的很愛翻舊帳。」

坐在他們後面的巴瑞女士湊上前，用陽傘戳了一下瑪莉拉的背。

「你們是不是以安妮那丫頭為榮？我就是。」她說。

當天傍晚，安妮和馬修及瑪莉拉一道回艾凡里。她從四月就沒回過家，所以連一天都等不下去了。沿途蘋果花盛開，世界看起來煥然一新、生氣蓬勃。回到綠山牆之家時，黛安娜已經在那裡等待。走進自己的白色房間，安妮環顧四周，還有瑪莉拉擺在窗臺上的那盆玫瑰花，她深深吸了口氣，露出幸福的表情。

「啊，回家真好，黛安娜。看到粉紅天空下尖尖的冷杉樹、果園的白色花海和冰雪女王，感覺好開心呀。薄荷的味道是不是很好聞？還有那盆茶玫瑰——哇，簡直把歌曲、希望和祈禱融為一體了呢。不過，還是見到妳最開心了，黛安娜！」

「我還以為妳更喜歡那個叫斯黛拉．梅納德的女生呢。」黛安娜不高興地說。「喬西．派伊跟我說，妳根本迷上她了。」

安妮一聽，笑了起來，用枯萎的水仙花束拍了拍黛安娜。

「斯黛拉．梅納德是我第二要好的朋友，但她還是比不過另一個女孩，那就是妳，黛安娜。」她說。「我比以前更愛妳了。我有好多話想跟妳說，但現在只要坐在這裡看著妳，我就心滿意足了。我好像累了，當個認真好學、積極向上的學生真的好累。明天我至少要在果園草地上躺個兩小時，什麼也不想。」

「妳表現得太棒了，安妮。現在妳拿到獎學金，應該不會去教書了吧？」

「對，我九月就要去雷蒙德大學了，是不是很棒？接下來有三個月的暑假，我要盡情玩耍，這樣九月時我又能鬥志滿滿了。珍和露比準備去教書了。大家都順利考到執照，穆迪和喬西也是，真是太好了。」

「新橋學校的理事會已經聘用珍了。」黛安娜說。「吉爾伯特也會去教書，他不教不行。他爸爸沒辦法供他讀大學，所以他要自己賺學費。如果艾密斯老師決定離職，吉爾伯特應該會留在艾凡里學校教書。」

安妮聽了很驚訝，心裡有種說不出的失望。她沒聽說這個消息，還以為吉爾伯特也會去雷蒙德大學呢。沒有他們之間的競爭，她要怎麼鞭策自己用功？少了亦敵亦友的吉爾伯特，就算能進入男女合校的大學深造，拿到貨真價實的學位，學習恐怕也會變得無趣吧？

隔天吃早餐時，安妮突然發現馬修氣色欠佳，頭髮也比一年前白了許多。

「瑪莉拉，」馬修走出廚房後，安妮不放心地問：「馬修的身體最近還好嗎？」

「不太好。」瑪莉拉的口氣透露出她的憂心。「春天時他的心臟老是不舒服，卻還是拚命工作，不肯休息。我真的很擔心他，但他這陣子有好一點了，我們也僱到一個不錯的幫手，但願他能好好休息一下，讓身體恢復。現在妳回來了，他應該能好起來，畢竟妳總是能逗他開心。」

安妮越過桌子，伸出手捧著瑪莉拉的臉。

「妳的臉色也不太好，瑪莉拉。妳看起來好疲憊，恐怕是太操勞了。既然我回來了，妳一定要好好休息。我就放一天假，去逛逛我喜歡的老地方，重溫以前的幻想；明天開始妳就儘管放鬆，把工作交給我吧。」

瑪莉拉慈愛地對安妮笑了笑。

「不是工作的關係，是頭痛。最近我的眼窩後面痛得厲害，史賓賽醫生給我換了好幾副眼鏡，但一點用也沒有。有個眼科名醫六月底會來我們島上，史賓賽醫生建議我去給那位眼科醫生檢查一下。我看我真的得去一趟，不然現在看書和縫紉都很吃力。對了，安妮，妳在女王學院真的表現得很好，只花一年就考到一級執照，還拿到了艾佛瑞獎學金。哎，林德太太說什麼『驕兵必敗』，還說女人根本不該上大學，那只會妨礙她們盡相夫教子的義務。我完全不同意。說到瑞秋，妳最近有聽說亞比銀行的消息嗎，安妮？」

「我聽說可能會倒閉。」安妮回答。「發生什麼事了嗎？」

「瑞秋就是這麼說的。上星期她來家裡說有這樣的傳聞。馬修聽了很擔心，因為我們的每一分錢都存在那家銀行。我很早以前就叫馬修把錢存去儲蓄銀行，但亞比老先生是我父親的好朋友，父親以前都把錢存在他那裡。馬修也說，亞比老先生經營的銀行絕對沒問題。」

「這些年來亞比老先生應該只是名義上的負責人。」安妮說。「他年紀很大了，現在銀行其實是他的幾個姪子在管理。」

「瑞秋也這麼說。我叫馬修趕快把錢領出來，他說他會考慮看看。可是昨天羅素先生又跟他說銀行的財務狀況沒問題。」

安妮在大自然的陪伴下度過美好的一天。她永遠不會忘記這一天，陽光閃耀，風光明媚，大地彷彿沒有一點陰影，到處繁花盛開、萬紫千紅。安妮趁著陽光正好的時候，在果園逛了幾個小時，接著造訪樹精泡泡、柳潭和紫羅蘭谷，還去牧師館和艾倫太太暢聊了一番。

黃昏時分，她和馬修走過戀人小徑，去牧場把牛群趕回家。森林在落日的照耀下金光閃閃，溫暖的陽光從西邊的山坳流瀉而下。馬修垂著頭慢慢走著，一旁高䠷的安妮昂首挺胸，她的腳步雖然輕盈有力，卻配合馬修的步伐緩緩前進。

「馬修，你今天太操勞了。」安妮埋怨：「為什麼不多休息一點呢？」

「這個嘛，我好像做不到。」馬修一邊回答，一邊打開庭院大門讓牛隻通過。「我老是忘記自己上年紀了，安妮。我已經習慣辛苦幹活，也寧可在工作中倒下。」

「如果我是你們當初想領養的男孩，」安妮失落地說。「我就能幫上很多忙，減輕你的負擔了。就衝著這一點，我也想變成男孩。」

「哎呀，安妮，就算是一打男孩也比不上妳。」馬修說著，輕輕拍了拍安妮的手。「聽好囉，一打男孩也比不上妳。拿到艾佛瑞獎學金的不是男孩子吧？是女孩，是我們家的安妮，讓我引以為傲的安妮。」

馬修看著她，露出一貫的靦腆微笑，接著走進院子。安妮默默將馬修的笑容記在心裡，晚上回到房間後，她在敞開的窗前坐了好一段時間，回憶著過往的時光，幻想著將來的日子。窗外的冰雪女王在月光下呈現迷濛的白色，果園坡再過去的沼澤地傳來青蛙的鳴叫。安妮永遠記得那一晚銀色月光下的祥和、美麗與芬芳。那是哀痛降臨她生命前的最後一夜；一旦那冰冷而神聖的手落下，生命就再也無法回到原本的模樣。

第三十七章　死神降臨

「馬修！馬修！怎麼了？馬修，你不舒服嗎？」

瑪莉拉呼喚著馬修，語氣急促又驚慌。安妮這時正好捧著一束白水仙經過走廊——後來很長一段時間，安妮看到白水仙或聞到它的氣味，總會觸景傷情。她聽到瑪莉拉的呼喊，看到站在門口的馬修拿著一疊報紙，臉色鐵青，表情扭曲。安妮一把扔下手裡的花，衝過廚房，和瑪莉拉同時跑向馬修，卻晚了一步，她們還來不及趕到馬修身邊，他就已經倒在門檻上。

「他昏倒了。」瑪莉拉驚叫。「安妮，快去找馬丁，快！快！他人在穀倉。」

新來的幫手馬丁剛駕著馬車從郵局回來，聽到馬修昏倒的消息，立刻動身去請醫生，沿途經過果園坡時，先請巴瑞夫婦過來幫忙。林德太太剛好也在，便一起趕來了。三人抵達綠山牆之家，便看到焦急的安妮和瑪莉拉拚了命地想喚醒馬修。

林德太太輕輕推開她們，探了探馬修的脈搏，接著把耳朵貼近他的胸口。林德太太悲傷地看著憂心如焚的安妮和瑪莉拉，不禁掉下眼淚。

「瑪莉拉，」她沉重地說。「我……我們恐怕無能為力了。」

「林德太太，妳該不會是說……不，馬修不可能已經……已經……」安妮說不出那可怕的字眼，她渾身癱軟，臉上全沒了血色。

「是的，孩子，恐怕是這樣。妳看他的臉。這種場面看多了，就會知道那個臉色是什麼意思。」

安妮望著馬修平靜的臉龐，明白死神已經降臨。

醫生趕來後，做了一些檢查。根據診斷，馬修是受了突如其來的打擊，導致心臟病發作，他走得很快，應該沒有感覺到痛苦。原來馬修的死和他手上的報紙有關。那份報紙是馬丁早上從郵局拿回來的，上面刊登了亞比銀行倒閉的報導。

馬修去世的消息迅速傳遍艾凡里。整天都有鄰居朋友到綠山牆之家慰問家屬，替死者張羅後事。沉默內向的馬修．卡斯柏第一次成為村裡的重要人物，神聖莊嚴的死亡降臨在他身上，彷彿為他戴上冠冕，賦予他特殊地位。

寧靜的夜色輕柔籠罩綠山牆之家，老房子內一片沉寂。馬修．卡斯柏躺在客廳的靈柩中，灰白長髮垂在臉龐兩側，安詳的臉上有一抹和藹的微笑，彷彿他只是睡著了，正做著美夢。馬修身旁擺滿了香花，全是他母親新婚時期在花園種下的傳統花卉，他雖然不曾明說，卻一直很喜愛這些花。花朵是安妮摘來的，這是她能為馬修做的最後一件事。她臉色蒼白，悲痛燒灼的雙眼卻沒有一滴眼淚。

這天晚上，巴瑞一家和林德太太留在綠山牆之家陪伴安妮和瑪莉拉。黛安娜走進東邊閣樓，看到安妮站在窗前，她輕聲問：

「親愛的安妮，今晚要不要我陪妳一起睡？」

「黛安娜，謝謝妳。」安妮說，以認真的眼神望著她的朋友。「我想一個人待著，我相信妳能諒解。我一點也不怕。事情發生到現在，我連一分鐘的獨處時間也沒有。我想自己靜一靜，弄清楚現在的情況。我想不透。我有時覺得馬修不可能真的死了，有時又覺得馬修很早以前就死了，從那時開始，我的心就一直隱隱作痛。」

黛安娜不是很了解安妮這番話。悲痛至極的瑪莉拉一反內斂的個性與壓抑的習慣，哭得肝腸寸斷。比起安妮那種欲哭無淚的哀痛，黛安娜更能理解瑪莉拉的心情。但她還是體貼地離開了，留下安妮獨自度過哀傷的夜晚。

安妮希望獨處一會，自己就能哭出來。她明明這麼愛馬修，馬修也這麼疼愛她，昨天傍晚他們還一起散步，現在馬修卻躺在樓下陰暗的客廳，遺容安詳平和。馬修過世了，她卻一滴眼淚也沒有，這真是太可怕了。然而，就算她跪在漆黑的房間，仰望著窗外山丘上的星空禱告，卻還是擠不出眼淚，只有胸口的悶痛不停折磨著她。承受了整天的痛苦和緊張，她早已疲憊不堪，最後便沉沉睡去了。

夜裡，她醒了過來，周遭一片寂靜黑暗，白天的情景有如悲傷的浪潮向她湧來。她彷彿能看見昨天傍晚馬修在大門邊對她微笑，聽見他說「是我們家的安妮，讓我引以為傲的安妮」。安妮終於流下眼淚，放聲痛哭。瑪莉拉聽到她的哭聲，悄悄走進來安慰她。

「乖，乖……別哭了，親愛的，妳哭得再傷心，他也不會回來了。哭成這樣是不……不對的，我也知道不該這樣，但白天時我真的控制不住。馬修是個好哥哥，他總是對我那麼好……但上帝自有祂的安排。」

「讓我哭個夠吧，瑪莉拉。」安妮啜泣著說。「比起哭，沒有眼淚的心痛更難受。妳在這裡陪我一下，抱著我——像這樣。我不能讓黛安娜留下來陪我。黛安娜雖然善良又體貼，但她不可能理解我的悲傷。這件事和她沒有關係，她沒辦法走進我的心幫助我。這是妳和我兩個人的悲傷。瑪莉拉，馬修走了，我們該怎麼辦？」

「我們還有彼此啊，安妮。要是妳不在這裡——要是妳沒有來我們家——我一個人真的不曉得該怎麼辦。安妮，我知道我對妳比較嚴厲，但別以為我不像馬修那麼愛妳。這些話我想趁我能說出口的時候告訴妳。對我來說，說出心裡話從來都不容易，只有這種時候會變得容易一點。我愛妳，妳就像我的親生骨肉一樣，打從妳來到綠山牆之家，就帶給我好多快樂和安慰。」

兩天後是馬修出殯的日子。眾人將他的靈柩抬出他的家，離開他辛苦耕耘的田野、深愛的果園和親手種植的樹木。葬禮過後，艾凡里恢復往常的寧靜，就連綠山牆之家的生活也重新上了軌道。儘管「景物依舊，人事全非」的痛苦揮之不去，所有工作都和從前一樣規律進行著。這對初次經歷死別的安妮而言，簡直令人難以接受——少了馬修，她們**竟然能繼續過**以往的生活！看到太陽從冷杉林後方冉冉升起，花園的淡粉色花朵一一綻放，她的心依舊湧現了喜悅的暖流；黛安娜來訪總讓她滿心歡喜，黛安娜開朗的話語和舉動還是能逗笑她。簡而言之，這個充滿花朵、愛和友誼的美麗世界仍能滿足她的幻想、打動她的心，生活從未喪失它的種種魅力。安妮發現這一點，不禁羞愧又自責。

「馬修不在了，我居然還開心得起來，總讓我覺得自己背叛了他。」一天傍晚，安妮和艾倫太太在牧師館的花園聊天，她憂傷地說。「我好想念馬修，每分每秒都想念他。可是，艾倫太太，我還是覺得世界和人生既美麗又有趣。馬修剛離開時，我以為我再也不可能開懷大笑了，可是今天黛安娜說了很好笑的話，我發現自己居然笑了出來，但總覺得笑很不應該。」

「馬修生前喜歡聽妳笑，也希望妳因為周遭美好的人事物感到快樂。」艾倫太太溫柔地說。「他只是去了很遠的地方，但他希望妳快樂的心意不會改變。我認為我們不該豎起心防，拒絕讓大自然療癒我們的心。但我了解妳的感受，我想大家都有同樣的經驗。如果所愛的人再也不能和我們分享快樂，我們卻還能感到快樂，難免會討厭這樣的自己。當我們找回生活的樂趣，也會覺得自己對不起我們愛的人。」

「我今天下午去了墓園，在馬修的墳前種了一株薔薇。」安妮心不在焉地說，彷彿在幻想些什麼。「我從家裡的密刺薔薇叢剪了一小段枝葉。馬修最喜歡那些白薔薇了，那是很久以前他媽媽從蘇格蘭帶來的。薔薇花長在布滿刺的枝條上，看起來小巧又可愛。把薔薇種在馬修的墳前陪伴他，他應該會很開心，所以我也覺得高興。希望天堂也有這樣的花。說不定馬修這些年來深愛的那些白薔薇的靈魂都在天堂迎接他了。我差不多該回家了，家裡只有瑪莉拉一個人，傍晚她特別容易覺得寂寞。」

「之後妳就要離家上大學了，那時她恐怕會更寂寞吧。」艾倫太太說。

安妮沒有回答，只和艾倫太太說了再見，便慢慢走回綠山牆之家。瑪莉拉坐在前門的臺階上，安妮在她身旁坐了下來。她們身後的門敞開著，並以一顆大大的粉色海螺殼抵住，貝殼內壁光滑的螺旋圖案好似海上的落日。

安妮摘了幾枝淡黃色的金銀花插在頭髮上。她喜歡金銀花的香氣，每次頭一轉動，就能聞到淡淡芬芳，讓人心曠神怡。

「妳出門的時候，史賓賽醫生來過。」瑪莉拉說。「他說那位眼科醫生明天會到城裡，勸我一定要去給那位醫生檢查，我想最好還是跑一趟，盡快解決這件事。如果眼科醫生能幫我配一副適合的眼鏡，我就謝天謝地了。明天妳自己待在家沒問題嗎？馬丁得載我去，而且家裡還有工作，有衣服要燙，還得做些麵包糕點。」

「沒問題，黛安娜可以過來陪我。我會把工作處理得很完美，妳不需要擔心我會替手帕上漿，或把止痛藥加到蛋糕裡。」

瑪莉拉笑了起來。

「妳以前真是錯誤百出啊，安妮，一天到晚闖禍，我那時還以為妳中邪了呢。染頭髮的事妳還記得嗎？」

「當然，我一輩子也忘不了。」安妮微笑著說，伸手摸了摸纏繞在頭上的粗辮子。「想到以前這一頭紅髮帶給我多少困擾，我有時會忍不住笑出來，但不會哈哈大笑，因為當初我真的非常苦惱。紅髮和雀斑讓我吃盡了苦頭，幸好現在雀斑真的不見了，大家也很體貼，都說我的頭髮變成紅棕色了，只有喬西．派伊例外。她昨天說我的頭髮越變越紅，也可能是我穿著黑色喪服，讓頭髮看起來特別紅。她還問我，紅頭髮的人到底會不會有習慣自己髮色的一天。瑪莉拉，我不想再勉強自己喜歡喬西了。我盡力了，套句我以前會說的話，我費了『九牛二虎之力』，但我真的沒辦法喜歡她。」

「喬西畢竟是派伊家的人。」瑪莉拉不客氣地說。「所以她總忍不住想惹人厭。我想那種人對社會可能也有某種貢獻，但我實在不知道是什麼。喬西打算去教書嗎？」

「沒有，她會回女王學院讀二年級，穆迪．司布真和查理．史隆也是。珍和露比會去教書，也都有學校錄取她們了，珍在新橋學校，露比要去西部的一所學校。」

「吉爾伯特．布萊斯也要教書，對不對？」

「對。」安妮簡短地回應。

「那小伙子長得真英俊。」瑪莉拉心不在焉地說。「我上星期天在教堂看到他，他個頭很高，很有男子氣概，和他父親那個年紀時長得好像。約翰．布萊斯是個不錯的男生，以前我和他很要好，大家都說他是我的男朋友。」

安妮突然來了興致，抬頭看著瑪莉拉。

「噢，瑪莉拉，後來怎麼了？你們為什麼沒有……」

「我們吵了一架。他求我原諒他，但我不肯。其實我是想原諒他的，但我那時還在氣頭上，想先懲罰他，結果他再也沒有回來找我。布萊斯家的人都很獨立，不喜歡看人臉色。我一直覺得……有些遺憾，我當初應該原諒他的。」

「所以妳也談過戀愛囉？」安妮輕聲說。

「嗯，可以這麼說。看我這副樣子，妳應該想不到我也談過戀愛吧？只看外表，不可能真正了解一個人。大家都忘了我和約翰的事，連我自己也忘了，上星期天看到吉爾伯特，我才想起這件往事。」

第三十八章　峰迴路轉

隔天，瑪莉拉進城看醫生，傍晚回到家。安妮跟黛安娜去了果園坡，回家發現瑪莉拉坐在廚房的桌子旁，一手撐著頭。看到瑪莉拉消沉的樣子，安妮心裡閃過一絲恐懼，她從來沒看過瑪莉拉如此垂頭喪氣。

「瑪莉拉，妳是不是累壞了？」

「對……不是……我不知道。」瑪莉拉抬起頭，有氣無力地說。「我可能累了，但我沒注意到。不是累不累的問題。」

「妳看過眼科醫生了嗎？他怎麼說？」安妮著急地問。

「有，醫生幫我做了檢查。他說，如果我以後再也不看書、縫紉，做些傷害眼睛的活動，注意不要哭，再戴他幫我配的眼鏡，我的視力應該不會繼續惡化，頭痛也會痊癒。但要是不照他說的做，半年內就會失明。妳想想，安妮，失明啊！」

安妮錯愕不已，忍不住驚呼一聲，接著陷入沉默，似乎說不出話來了。過了一會，她鼓起勇氣開口，聲音聽起來不太自然。

「瑪莉拉，不要胡思亂想。醫生這麼說，表示還有希望呀。只要妳以後小心點，就不會看不見。如果戴眼鏡能治好頭痛，那就太好了。」

「我不覺得有多少希望。」瑪莉拉痛苦地說。「要是不能看書、縫紉，什麼耗眼力的事都不能做，那活著還有什麼意義？倒不如瞎了或死了算了。醫生還說不能哭，但我只要覺得孤單就想哭，根本忍不住。算了，說這個也沒用，我累了，幫我倒杯茶吧。總之，先別跟任何人提起這件事。我不想讓鄰居跑來問東問西，也不想要別人同情我。」

安妮等瑪莉拉吃完飯後，勸她早早回房休息，自己也回到東側閣樓，懷著沉重的心情坐在漆黑的窗邊獨自掉淚。從女王學院回來的那天晚上，她也是這樣坐在窗前，但如今一切都變了調。那時的她滿懷希望與喜悅，未來一片光明，此刻的她卻歷盡世事的無常。想著想著，安妮不禁有種恍如隔世的感慨。然而，她準備上床睡覺時，嘴角卻泛著笑意，心情也平靜下來。她勇敢正視自己的責任，發現責任不是敵人，而是盟友——只要我們坦率面對自己的責任，往往就能理解這點。

幾天後的一個下午，瑪莉拉在庭院和一位客人說完話，拖著沉重的腳步走回屋裡。安妮只知道那個人是住在卡莫地的約翰·賽德勒，但不認識他。她納悶賽德勒先生究竟說了什麼，瑪莉拉的表情才會這麼凝重。

「瑪莉拉，賽德勒先生來做什麼？」

瑪莉拉在窗邊坐了下來，望著安妮。雖然眼科醫生交代她不准哭，她還是忍不住紅了眼眶，哽咽地說：

「他聽說我想賣掉綠山牆之家，打算買下來。」

「買下來？買綠山牆之家？」安妮以為自己聽錯了。「瑪莉拉，妳真的想把綠山牆之家賣了？」

「安妮，我已經仔細想過，沒有別的法子了。要是我的眼睛沒出問題，只要僱一個不錯的幫手負責耕作，我就能留下來，打理好這裡的一切。但我說不定會瞎掉，已經不可能撐起這個家了。啊，真想不到有一天我得賣掉自己的家，但我們非得現在賣不可，再拖下去，房子只會越來越舊，到時就找不到買家了。我們的每一分錢都存在那家銀行，馬修去年秋天借了一些錢，現在還款期限也到了。林德太太建議我把農場賣了，找個地方借住，我想是借住在她家吧。賣農場籌不到多少錢，我們的土地不大，房子也舊了，但應該足夠我過日子了。安妮，幸好妳有獎學金能供妳讀書，只是妳以後放假就無家可回了，真的很對不起，但我相信妳能想辦法適應的。」

瑪莉拉說到這裡，忍不住痛哭失聲。

「絕對不能賣掉綠山牆之家。」安妮的態度十分堅決。

「唉，安妮，我也不希望走到這一步啊。妳自己想想，我不可能一個人待在這裡，煩惱和寂寞會把我逼瘋的，而且我的眼睛也會瞎掉，我知道這是遲早的事。」

「妳不是一個人，瑪莉拉，我會留在這裡陪妳。我不去雷蒙德大學了。」

「不去雷蒙德大學！」瑪莉拉抬起憔悴的臉看著安妮。「這是什麼意思？」

「就是字面上的意思。我不要那筆獎學金了，妳從城裡回來的那天晚上我就決定了。瑪莉拉，妳為我付出了這麼多，我絕對不會丟下妳單獨面對這一切。我一直在思考、計畫，我說說我的辦法給妳聽。巴瑞先生明年打算租我們的農場，所以農場的事妳不用操心。另外，我也會開始教書，我向艾凡里學校應徵了，但應該不會錄取，因為理事會已經答應吉爾伯特會聘用他了。不過我可以去卡莫地的學校，昨晚我去布雷爾先生的店裡，他是這麼跟我說的。去卡莫地教書當然不比留在這裡方便，但我可以住家裡，天氣暖和的時候，每天靠馬車通勤，到了冬天，也能每星期五回家，所以我們要留一匹馬才行。我都計畫好了，瑪莉拉。我可以念書給妳聽、逗妳開心，妳不會覺得無聊或孤單。我們可以舒舒服服、快快樂樂地生活在一起，就我們兩個。」

瑪莉拉聽得出神，彷彿在做夢。

「噢，安妮，如果妳在這裡，我一定不會有問題，但我不能讓妳為我做出這麼大的犧牲，這怎麼行呢？」

「沒有這回事！」安妮笑著說。「這不算犧牲。失去綠山牆之家才是最糟的，沒有什麼比這件事更讓我心痛。我們一定要保住這個親愛的老地方。我已經下定決心了，瑪莉拉，我不會去雷蒙德大學，我要留下來教書，妳不必擔心我。」

「可是妳的抱負……還有……」

「我還是一樣充滿抱負呀，只是打拚的目標變了而已。我想成為一個好老師，也想保護妳的眼睛。另外，我打算在家自修大學課程。我有很多計畫喔，瑪莉拉，我已經思考一星期了。我要留在這裡努力過生活，我相信生活也會給我最好的回報。從女王學院畢業時，未來就像一條筆直的路在我的眼前延伸，可以清楚看到沿路有好幾個里程碑。現在道路拐了個彎，我不知道轉角後會有什麼，但我相信那一定是最好的發展。曲折的道路也別有一番風情喔，瑪莉拉。我很好奇過了這個轉角，這條路會通往哪裡。前方青翠的森林會形成怎麼樣的斑駁光影？會有什麼美麗的新景色？還有什麼樣的彎路、山丘和山谷在等著我呢？」

「我還是覺得妳不該放棄獎學金。」瑪莉拉說。

「妳阻止不了我的，我已經十六歲半了，而且脾氣『倔得像頭騾子』，這是林德太太說的。」安妮笑著回答。「噢，瑪莉拉，妳千萬別同情我。我不喜歡被同情，何況也沒有這個必要。可以留在心愛的綠山牆之家，我打從心裡感到高興。沒有人像我們一樣深愛這個地方，所以我們一定要保住它。」

「妳真是個好孩子！」瑪莉拉終於被說服了。「聽妳這麼說，我好像又活過來了。我應該堅持到底，叫妳去上大學才是，但我知道我說服不了妳，就不白費力氣了。但我會補償妳的，安妮。」

安妮·雪利放棄讀大學、選擇留在家鄉教書的消息在艾凡里傳開後，村民都議論紛紛。大部分的人因為不知道瑪莉拉的眼睛出了問題，都覺得安妮做了件蠢事。但艾倫太太不這麼認為，她支持安妮的決定，也讚揚了她，安妮聽了不禁感動落淚。好心的林德太太也一樣。一個溫暖的夏日黃昏，她來到綠山牆之家，看到安妮和瑪莉拉坐在前門邊。每當天色漸暗，她們喜歡坐在那裡，看著白色飛蛾在花園中翩翩飛舞，嗅聞瀰漫在溼潤空氣中的薄荷香氣。

身材肥胖的瑞秋看上去很疲憊，她在門邊的石椅上坐了下來，如釋重負地吐出好大一口氣。她的身後矗立著一排高大的蜀葵，綻放著粉色和黃色的花朵。

「終於可以坐下，真是太開心了。我站了一整天，兩隻腳要扛起九十公斤的體重真不容易。瑪莉拉，當個瘦子可是天大的福氣，妳要好好珍惜。對了，安妮，我聽說妳不讀大學了，我真的很欣慰。身為一個女人，妳受的教育已經夠多了。女孩子不需要跟男人一起上大學，盡往腦袋裡塞拉丁文、希臘文那些沒意義的東西。」

「但我還是要學拉丁文和希臘文呢，林德太太。」安妮笑了出來。「我要在綠山牆之家自修大學的文科課程。」

林德太太錯愕地兩手一攤。

「安妮．雪利，妳會累死的。」

「沒問題，我會量力而為，一定應付得來。冬天的夜晚很長，而且我沒興趣做針線活，所以有很多空閒時間。對了，妳應該知道我要去卡莫地教書吧？」

「我不知道，我還以為妳要在艾凡里教書呢。學校理事會決定聘用妳了。」

「真的嗎？林德太太！」安妮大聲說，驚訝地跳起來。「我以為理事和吉爾伯特講好要錄取他了。」

「的確是這樣，但吉爾伯特一聽說妳也參加了甄選，昨晚在學校開會時，他就跟理事會說他要退出甄選，還向他們推薦妳。他說他打算去白沙學校教書，但他當然是為了妳才這麼做，他知道妳很想多陪陪瑪莉拉。吉爾伯特真是個善良又體貼的年輕人。大家都知道他要自己存錢上大學，但他去白沙教書還得花錢租房子，所以他為妳犧牲了很多，就是這麼回事。總而言之，理事會打算要聘用妳了，湯瑪斯昨晚回家告訴我這件事的時候，我簡直開心死了。」

「我覺得我不該接受。」安妮低聲說。「我是說……我不能讓吉爾伯特為了……為了我犧牲這麼多。」

「妳來不及阻止他了，他已經和白沙學校的理事會簽約了，就算妳拒絕，對他也沒有任何好處。妳一定要接下這份工作，現在學校裡沒有派伊家的小孩了，妳教課會輕鬆很多。這二十年來，一直有派伊家的孩子在艾凡里學校讀書，但謝天謝地，喬西是最後一個了，就是這麼回事。我看他們家小孩的人生目標就是讓老師知道，學校的事不是老師說了算。我的老天啊！巴瑞家閣樓的燈為什麼一閃一閃的？」

「那是黛安娜的信號，她叫我過去一趟。」安妮笑著說。「這是我們多年來的習慣。我去看看她要幹麼，先失陪了。」

安妮像小鹿般跑下長滿三葉草的山坡，林德太太憐愛地注視她的背影，直到她消失在昏暗的幽靈森林之中。

「有時她還是像個小孩子。」

「她越來越像個女人啦。」瑪莉拉立刻反駁她，短暫恢復了以往的犀利。

然而，犀利不再是瑪莉拉的特色，當天晚上，林德太太就跟她的丈夫這麼說：

「瑪莉拉．卡斯柏變溫柔了，就是這麼回事。」

隔天下午，安妮前往小小的艾凡里墓園，到馬修的墳前獻上鮮花、為密刺薔薇澆水。清風拂過小墓園，墳間恣意生長的青草窸窣低語，沙沙作響的白楊樹親切地招呼她。她喜歡這裡的靜謐氛圍，一直逗留到黃昏時分。等她終於離開墓園時，太陽已經沒入地平線。她沿著平緩的山坡，往山下的閃耀之湖走去，整個艾凡里村在她眼前展開，籠罩在如夢似幻的餘暉中，「彷彿古老的寧靜時光凝結於此」[45]。微風捎來三葉草原野的甜美芳香，為空氣增添一股清新氣息。家家戶戶的燈火在樹林間閃爍，更遠處則是一片迷濛的紫色海洋，輕柔的海浪聲縈繞耳際，久久不散。西邊天空散發繽紛柔和的光輝，也為閃耀之湖染上些許晚霞的色彩。眼前的景色深深打動了安妮，她滿懷感激，對美麗的天地敞開心扉。

「親愛的世界，」她輕聲說。「你好美，活在這世上真是太好了。」

安妮走到半山腰時，一個高個子男孩吹著口哨，從布萊斯家的大門走出來，原來是吉爾伯特。他一認出安妮，便停止吹口哨，客氣地摘下帽子向她致意，打算默默往前走，但這時安妮停下腳步，伸出她的手。

「吉爾伯特，」安妮紅著臉說。「謝謝你為了我放棄艾凡里的學校，你真體貼……我想告訴你，我非常感謝你的幫忙。」

吉爾伯特熱切地握住安妮的手。

「這點小事不算什麼，安妮，我很高興能多少幫上妳的忙。我們以後可以做朋友嗎？妳真的原諒我了嗎？」

安妮不好意思地笑了，想把手抽回來，卻被吉爾伯特牢牢握住。

「其實在池塘碼頭的那一天，我就原諒你了，只是當時我沒發現。我以前真是個頑固的傻瓜。我一直……不如就老實跟你說吧，從那之後，我就一直很後悔。」

---

45 出自丁尼生詩作“The Palace of Art”。

「我們一定會成為最要好的朋友。」吉爾伯特興高采烈地說：「我們註定要當好朋友的，安妮。妳已經反抗命運的安排夠久了。我們在很多方面都能互相幫助、一起成長，妳打算繼續進修吧？我也是。走吧，我陪妳走回家。」

安妮走進廚房時，瑪莉拉一臉好奇地看著她。

「安妮，跟妳一起從小路走上來的人是誰？」

「吉爾伯特．布萊斯。」安妮發現自己居然臉紅了，感到十分懊惱。「我在巴瑞家的山丘遇到他。」

「我不曉得妳和吉爾伯特那麼要好，居然站在大門和他講話講了半小時。」瑪莉拉露出微笑，偷偷調侃安妮。

「才沒有，我和他是競爭對手，不過我們決定以後還是當朋友比較好。我們真的講了半個小時嗎？感覺才過了幾分鐘而已。可是，瑪莉拉，妳想想，我們有整整五年沒說話，當然有很多話要說嘛。」

當天晚上，安妮在窗前坐了很久，心中感到快樂而滿足。低聲呢喃的風吹過櫻桃樹，捎來薄荷的香氣。溪谷裡冷杉尖尖的樹梢上，星星一閃一閃，森林的缺口微微透出黛安娜房間的燈火。

從女王學院回家的那晚過後，安妮的未來藍圖逐漸受到侷限。儘管前方的道路變得狹窄，她深信平淡的幸福會像花朵般沿途綻放，她能從中收獲勤奮工作的喜悅、遠大的抱負和志趣相投的友誼。不論外界如何變化，都無法奪走她與生俱來的想像力，以及她所憧憬的理想國度。何況人生總是峰迴路轉，永遠都有嶄新的風景！

「上帝在天堂，世間一切安好。」安妮輕聲說著。

讀書會・深刻閱讀

——領讀人：林玫伶

1. 本書第一、二、三章的標題，分別提到某人「驚訝不已」。是誰驚訝不已？為什麼會驚訝不已？他們怎麼處理這個令人驚訝的事？

2. 「綠山牆之家」的馬修，沉默寡言、害怕和女人互動；瑪莉拉個性嚴肅務實、一板一眼。這兩位的個性都不可能領養一個瘦弱、多話、愛幻想的女孩，為什麼最後他們卻願意讓安妮成為家庭成員？

3. 安妮喜歡為山川路徑、花草樹木取名，她也不同意莎士比亞說的「玫瑰不叫玫瑰，依然芳香如故」，她認為取個好名字很重要。那麼，被安妮取了名字的道路、湖泊、花樹……帶給我們怎樣的不同感受？「名字」的意義又是什麼？

4. 書中描述安妮有多次的道歉，包括因為失禮而向林德太太道歉（第九章）、因為紫水晶遺失而向瑪莉拉道歉（第十三章）、因為黛安娜喝醉而向巴瑞太太道歉（第十六章），以及因為嚇到人而向約瑟芬姑婆道歉（第十九章）等。安妮在這些事件中犯錯的比重不同，為什麼她仍選擇道歉？道歉後雙方的感受如何？

5. 故事中也有大人向安妮道歉的例子，是什麼事呢？安妮怎麼回應大人的道歉？

6. 紅髮是「我心裡一輩子的痛」，這是安妮初見馬修時說的話。林德太太也說：「那孩子的頭髮會那麼紅，肯定是因為她的脾氣太暴躁」。吉爾伯特在班上用「紅蘿蔔」取笑她的髮辮（第十五章）、喬西說過「紅髮仙女也沒比胖仙女好到哪去」（第二十四章）……紅頭髮當時似乎是少數，而且被貼上負面標籤，讓安妮十分在意，還想用染髮劑將紅髮變色，但長大後的安妮似乎漸漸釋懷，在飯店的音樂會甚至有人形容紅髮是「提香色」（第二十八章）。紅髮仍是紅髮，當初批評紅髮的人感受卻漸漸改變了，為什麼？

7. 安妮常用「心靈相通」形容懂她的人，第一位就是馬修，還有哪些人呢？怎樣才能算是心靈相通？

8. 安妮是個充滿想像力又浪漫的人，教導她的瑪莉拉希望安妮不要幻想、要理智一點，馬修則對安妮說：「一點浪漫是好事——當然不能太多——但要保留一點浪漫。」（第二十八章）浪漫和理智有沒有可能兼具？又該怎麼調和呢？

9. 安妮說了許多讓人思考的「金句」，例如「不問問題，我要怎麼知道答案呢？」（第二章）、「當你得到小時候夢寐以求的東西時，會發現它沒有想像中那麼美好。」（第二十九章）。你還找到哪些令你格外有感的金句？安妮是在怎樣的情境下說的？

10. 書上對愛德華王子島的環境有大量且深入的描寫，特別是植物物種相當多，風姿各異。請找出書中提到過哪些植物？對於不認識的植物，可以上網查一查它們的模樣。再想一想，作者大篇幅描述這些植物與姿態，可能有什麼用意？對於安妮的成長有什麼影響？

讀書會・延伸討論

——領讀人：李佩蓉

1. 安妮總說「幸好能夠幻想」，更有一大堆莫名的堅持。你認為幻想對於孩子／大人而言重要嗎？為什麼？你對於安妮非常介意她的名字有沒有被加上「妮」字的看法如何？你也曾經有過類似的幻想或堅持嗎？持續到多大的時候？

2. 馬修與瑪莉拉原本希望收養一個男孩，卻得到安妮這個女孩。你認為男孩與女孩能做的事有所不同嗎？從林德太太的言論，你可以試著理解為什麼過去女性只被期許成為牧師娘，而非牧師呢？時至今日，有哪些工作已經打破這樣的刻板印象？又有哪些還沒有？

3. 安妮明明那麼多話，又時常惹出讓人意想不到的烏龍事，為什麼竟然能夠被愛德華島上那麼多大人與同儕喜歡？你覺得她最有魅力的特質是什麼？對照而觀，你也擁有這個層面的特質嗎？目前這番特質是被壓抑或者被鼓勵開展的呢？

4. 瑪莉拉偏嚴肅地「教」安妮，馬修則負責溫暖「寵」安妮。你認為二人分別對安妮的成長產生什麼影響？回歸真實，你認為師長對於時下青少年在「教」與「寵」的比例上如何拿捏最為妥當？試舉自己的生活經驗來說明。

5. 安妮有過兩次戲劇性的道歉經驗，一是向林德太太，另一是對巴瑞女士。在這兩次道歉中，安妮願意道歉的理由與姿態分別為何？她能成功化解衝突的理由又是什麼？在成長過程中，你也有過印象深刻的「道歉」經驗嗎？

6. 安妮終於在聖誕節收到馬修為她請人訂做的泡泡袖新衣，你覺得「新衣」究竟如瑪莉拉所言，會助長女孩的虛榮心，或者如安妮所述，反而有助於更容易成為一個好女孩？你自己也曾渴求過得到什麼奢華的禮物嗎？後來可有如願獲得？無論有否，這件事對於你的成長有什麼影響呢？

7. 史黛西老師教的很多東西都讓林德太太與瑪莉拉覺得「不切實際」，就你的看法，史黛西老師的教學中，有哪幾件事對於安妮是至關重要的？又，你認為現今對於青少年階段的教育應該教些什麼？男女之間需要有區別嗎？為什麼？

8. 黛安娜絕對是超級好朋友！一起分享生活、一起想像編故事，更在對方成功時真心為對方打扮、在台下為她高興。在你的成長歷程中，也有過像這樣心靈相通的摯友嗎？你們時常一起做什麼？他對你而言最重要的意義是什麼？

9. 安妮長期視吉爾伯特為競爭對手，二人關係更在〈落難的百合少女〉之後產生關鍵性轉變。為什麼人常會陷溺在「明知有解、後悔當時衝動，卻不願改變作為以修補關係」的處境裡呢？你也有過類似的經驗嗎？那段關係有為你帶來什麼意料之外的動力嗎？又，箇中僵局後來是否有機會化解？是如何化解的？

10. 安妮最後放棄雷蒙德大學進修的獎學金，選擇留在「綠山牆之家」。她發現一旦選擇勇敢正視，那麼「責任不是敵人，而是盟友」。你如何理解這樣的說法？如果你是安妮，又會如何抉擇呢？為什麼？

紅髮安妮
Anne of Green Gables

作　　者　露西·莫德·蒙哥馬利
　　　　　Lucy Maud Montgomery
譯　　者　張鈞涵
特約編輯　許嘉諾
封面設計　吳郁婷
內頁版型　高巧怡
行銷企劃　蕭浩仰、江紫涓
行銷統籌　駱漢琦
業務發行　邱紹溢
營運顧問　郭其彬
責任編輯　林淑雅
總 編 輯　李亞南

出　　版　漫遊者文化事業股份有限公司
地　　址　台北市103大同區重慶北路二段88號2樓之6
電　　話　(02) 2715-2022
傳　　真　(02) 2715-2021
服務信箱　service@azothbooks.com
網路書店　www.azothbooks.com
臉　　書　www.facebook.com/azothbooks.read
發　　行　大雁出版基地
地　　址　新北市231新店區北新路三段207-3號5樓
電　　話　02-8913-1005
訂單傳真　02-8913-1056
初版一刷　2024年1月
定　　價　台幣390元

ISBN　978-986-489-891-6

國家圖書館出版品預行編目 (CIP) 資料

紅髮安妮 ／露西·莫德·蒙哥馬利 (Lucy Maud Montgomery) 著 ; 張鈞涵譯. -- 初版. -- 臺北市 : 漫遊者文化事業股份有限公司, 2024.1
352 面 ; 14.8 x 21 公分
譯自 :Anne of Green Gables
ISBN　978-986-489-891-6 (平裝)
885.357　　　　112021582